天觀雙俠

—鄭丰作品集—

目錄

第十一部■修羅面目 1221

第十二部■愛恨情仇 1331

第十部

三幫新主

第一百二十一章　又見浪子

卻說趙觀在邵十三老、李四標、田忠等人的簇擁下離開大漠，南行進入陝西境內，沿黃河而下，經河南鄭州，再南下湖北武漢。趙觀早從眾人口中得知總壇情勢尚不穩定，他雖有諸位大老的支持，但總壇中仍有多方勢力公開宣稱不服他繼任幫主，其中聲音最大的正是趙自詳的五個兒子和兩個女婿。趙幫主的眾子孫中只有四女婿祁奉本忠於老幫主的遺命，全心擁護趙觀繼位，其餘各人不但極力反對趙觀入主青幫，更互鬥激烈，公然爭奪幫主之位。

趙觀心知眼前的道路並不好走，便專心籌劃入總壇即位之事，日夜與幫中大老長談計議。這日一行人來到了鄭州，趙觀連日來被幫中事務弄得煩惱已極，便獨自出去飲酒散心。他來到河邊一間酒樓，眺望河中來往的船隻，心想：「這許多人急急忙忙地來往航行，都在忙些什麼，爭些什麼？嘿，我自己又在忙些什麼，爭些什麼？」

正自思索，忽聽一人大聲道：「來兩壺白乾，我要跟久違故人喝個痛快！」

趙觀一怔，只覺這聲音好熟，忙轉頭去看，卻見一個漢子獨自坐在角落一張桌旁，留著鬍鬚，滿面風霜，竟是久別未見的浪子成達！

趙觀驚喜交集，起身叫道：「成大叔！」

那漢子果然便是成達。他抬頭望向趙觀，微微一笑，說道：「趙觀，好久不見啦。」

趙觀心中激動，衝上前去，一把抱住了成達，紅了眼眶，說道：「成大叔，我想你想得好苦。」

成達見他眞情流露，不由得十分欣慰感動，拉著他坐下，說道：「好小子，你長大了許多。」趙觀笑道：「你卻一點也沒老，仍舊風度翩翩，不愧是天下第一風流浪子！」

成達哈哈大笑，說道：「小子嘴巴甜。年輕時風流胡來也就罷了，我現在老頭子一個，哪裡能跟往昔相比？趙觀小子，你的事我聽見了許多，不錯，不錯！義氣深重，艷福不淺，連朝鮮公主都對你死心塌地，我浪子當時可選對了傳人！這叫作青出於藍而勝於藍，很好，沒有墮了我浪子的威風！」

趙觀笑道：「我怎敢墮了你的威風？只怕我奪走了你天下第一浪子的稱號，你要大大惱我，不肯將你的風流祕訣傳授給我了。」成達聽了撫掌大笑。

小二送上酒來，成達倒了兩滿碗酒，二人相對飲盡。趙觀難掩心中歡喜，問道：「成大叔，你怎會在此？是來找我的麼？」

成達點頭道：「不錯。我來找你，是想託付你一件事。」

趙觀正色道：「大叔請說，我一定盡力辦到。」

成達望著他，說道：「我聽說你作了青幫幫主，這便去往總壇去就任，是麼？」趙觀道：「是。承蒙大叔庇蔭，眾前輩錯愛，我實在擔當不起。」成達搖頭道：「你擔當得起。事實上，青幫之中也只有你一個人可以擔當此位。」

趙觀沒想到成達會如此抬舉自己，微微一呆，說道：「大叔謬讚了。我知道自己有幾分斤兩，這幫主之位，實在是當之有愧。」

成達道：「我不是隨口說說。你聽我道來。趙自詳這人什麼都好，就是有個毛病，對自己的子孫家人太過縱容。他趙家子弟在青幫總壇勢力龐大，張揚跋扈，擅自奪權，這問題存在已久，直到趙自詳去世之後才一舉爆發出來。青幫中人都知道這幫趙家子弟不是材料，絕不可讓他們執掌幫主大權，但要找別人去作幫主，他們卻又會不服鬧事。趙自詳、劭十三老、李四標他們找上你，確是一著高棋。你向我學過武功，人人認定你是成老幫主的後嗣，趙自詳立你爲幫主，名正言順，便不怕他的子孫借題發揮，糾纏不清。」

趙觀點頭道：「我原也料想是如此。」成達道：「加上你本身有勇有謀，機智重義，是個難得的幫派人物，他們推你去作幫主，便是料準你有辦法將這位子坐得穩實。趙觀，我知道你的性子，作不作這幫主都無所謂，你自己拿主意便是。若是想作，就要將它作好了，不要丟了我的臉。」趙觀點頭道：「我已答應了青幫中人，這幫主嘛，自是要好好幹的。」

成達點了點頭，笑道：「你肯去幹，肯去吃這個苦頭，那也很好。你記著我的話，這番回總壇就位，還有得你麻煩頭痛的。趙觀，我只想囑託你一事。不論趙家子弟如何胡鬧妄爲，囂張無禮，你都莫要對他們太過狠絕。我盼你當上幫主後能善待趙家子弟，顧全我成家和趙家數代的交情。」

趙觀肅然道：「成大叔，我一定遵照你的話去作。」成達一笑，說道：「那我就放心了。你儘管放手去幹，只要在緊要關頭時想起我的話，記得手下留情，別傷他們的性命便是。喂，趙觀，咱們多年不見，別再談這些煞風景的事。來來，咱們一邊喝酒，一邊好好敘舊，才是正經！」

趙觀知道相見難得，便與成達互述往事近況、風流事跡，盡興傾談，相對大笑，暢懷共飲，直至夜深。

次日趙觀酒醒以後，成達早已飄然遠去。他心中一陣悵惘，心想：「成大叔對我恩義深重，我可不能辜負他的囑託。那些趙幫主的子弟聽來不好對付，我盡力包容便是。」

卻說趙觀與眾大老繼續南下，又行數日，便傳來一個驚人的消息：河南鄭州分壇為敵攻破，壇中二十餘名幫眾被人亂刀殺死，下手的竟是龍幫中人。龍幫並向總壇投遞戰書，公然挑釁，揚言要與青幫一決死戰。

總壇趙家子弟抓緊了這個機會，紛紛遣人送信來給趙觀，有的要求他立時上龍宮興師問罪；有的責問他怎能容許這等事情發生，讓青幫丟盡顏面；有的指斥他無威無德，方引起龍幫心生輕視，以致對本幫挑釁。各信用辭激烈，直斥其非，毫不客氣，好似趙觀尚未回總壇接位，便已成為青幫的大罪人，理當自刎謝罪，以安眾心。

趙觀一時之間得聞噩訊，又收到這許多封存心不良的信件，皺眉心想：「總壇這些傢伙借題發揮的本事當真不小，且先不去理他。河南鄭州的事頗有蹊蹺，龍幫和我向來河水不犯井水，好端端的怎會突然來向青幫挑釁？」

他一時想不清頭緒，便請了李四標、田忠等來同商此事。田忠正是鄭州乙武壇主，聽說手下慘遭殺戮，義憤塡膺，大怒道：「龍幫定是看前幫主大喪，幫中不定，才出手偷襲，藉以擴展勢力！幫主，我們這就上龍宮去找他們算帳！」

趙觀沉吟道：「龍幫與我青幫素無仇恨，爲何要下此毒手？青幫不定，難道龍幫就定了？凌二哥離開後，龍幫由誰執掌？」

李四標道：「他們上回來信中說，是由凌二夫人和鄭女俠同時執掌。聽說鄭女俠不久前離開龍宮去往北京，此刻主掌龍宮的應是凌二夫人。」

趙觀皺起眉頭，心知背後主使者若是雲非凡，事情便甚是棘手。他沒想到自己還未即位便遇上這等大事，吸了一口氣，心想：「這事定須先聯絡上寶安，再行處理。如今之計，當先安內，再攘外。」當下說道：「我們先回總壇，再作計較。田大哥，請你即時回返鄭州，查明出手的是否眞是龍幫，還是有人陷害栽贓，並替眾位受難兄弟好生安葬，辦理後事。切不可輕舉妄動，我二幫素無仇隙，若陷入互相仇殺爭鬥，死傷必多，積怨難解，無有了局。一切等我號令。」

田忠聽了趙觀的話，漲紅了臉，欲語又止，顯然壓不下這口氣。趙觀望向他，說道：「田大哥，我們不是不報仇，只是時候未到。若要報仇，自要找到正主兒。莫要像少林派那樣認錯凶手，冤枉好人，遭天下人恥笑。就算認清了正主兒要報仇，也要從長計議，一出師便有必勝的把握，才不會墮了青幫的威風。」田忠聽他說得有理，點頭應承，領命而去。

趙觀便與劭十三老、李四標、祁奉本等連夜趕回武漢。在總壇等著他的，卻比預料中還要糟糕；不但沒有任何迎接繼位幫主的排場，更有數十名幫眾嚴密把守總壇門口，不讓眾人進去。這是趙觀第三次來到總壇，第一次是初任辛武壇主時跟著李四標前來覲見趙老幫主；第二次是武丈原之役後從泰山回到總壇，受到幫眾熱烈的歡迎；這次以新任幫主的身份回來，竟然被拒在門外，情況變化之劇，實令人再也料想不到。

幾個大老眼見情勢不對，只好請趙觀先在武漢的一間客店落腳。邵十三老和祁奉本原是總壇的執事，見到總壇成此局面，都是變了臉色，連忙派親信手下去探查情況，才知此時總壇千來名幫眾已分別歸附於趙家子弟的各流各派，將擁立趙觀的邵十三老的兩百名手下都扣押了起來，打定主意要廢除趙觀，另立幫主。趙家各派擁護的對象不同，數月來爭鬥激烈，相持不下。勢力最大的四派首領分別是趙老幫主的大兒子趙恭誠，三兒子趙恭禮，四兒子趙恭信，和二女婿米爲義。這四人自已聽說趙觀來到武漢，卻更未出來相見，只有趙恭禮派兒子送來一桌簡陋的酒席。

趙觀見此情勢，不知該怒還是該笑，說道：「這幾個傢伙膽子不小。立我繼位的是他們的丈人老子，趙老幫主屍骨未寒，他們便鬧成如此！」

馬賓龍是個血氣衝動的漢子，聞訊勃然大怒，拍桌道：「這幾個狗崽子，待我率人闖進去，將他們全數擒殺了！」

邵十三老老成持重，阻止道：「趙家子弟在武漢勢力龐大，我們離開時原派了兩百名親信弟子看住趙家的人，沒想到他們竟如此大膽，將我們的手下全抓了起來。現在我們投鼠忌器，不能跟他們硬來。」

李四標道：「邵十三爺說得是。待我派人去跟他們交涉，看他們能否顧及兄弟之義，先放出了十三爺的手下。現今我們身邊帶的人手不夠，硬打是不行的。再說，自己兄弟，爲了爭奪幫主之位而大打出手，總是不好。」

趙觀不熟悉總壇形勢，便道：「好吧，便請四爺和邵十三爺派人去總壇，跟趙家幾位交涉。」

豈知派出去交涉的人竟一去不回，卻是又被趙家諸人扣留住了。如此過了兩日，交涉全無結果，仍是僵持的局勢。

趙觀知道自己若再不行動，趙家眾人更要將自己看扁了，一旦失去威勢，要坐上幫主之位便更加困難。但他辛武壇的親信手下都不在身邊，無法任意指揮，甚感不便，心中反覆思慮對策，卻始終無法定奪。

第二日傍晚，他獨自坐在客店中皺眉籌思，忽聽門口微響，卻是李彤禧推門走進，說道：「趙大哥，你若不介意，讓我陪你談談，好麼？」

趙觀眼睛一亮，忙拉著她坐下，笑道：「彤彤，我怎會如此糊塗，竟忘了去請教妳的高見？」

要知李彤禧乃是一位擁有安邦治國大才的長公主，曾在數月之內清除政敵，主掌漢京政局，扶佐兄弟安穩坐上朝鮮王之位，什麼政治風浪未曾見過，趙觀此時繼任幫主所面對的種種阻礙，在她眼中實是小事一樁了。

李彤禧微微一笑，說道：「趙大哥，我沒有什麼高見，淺見倒是有一些。說出來讓你斟酌一下，你也不必全數聽信。」

趙觀點頭道：「妳請說吧，我正好跟妳談談我的打算。」

李彤禧道：「我當時在朝鮮的政變之中學會了一件事，那就是要降服你的敵人，須得先徹底認識你的敵人。你對這幾個趙家子弟知道多少？他們有什麼弱點，最害怕什麼？須得先摸清楚了，才能針對他們的弱點下手。」

趙觀點頭道：「我前兩次來到總壇，都只短短停留數日，未曾深入接觸趙家子弟，對這幾個傢伙的底細知道得確實不多。這幾日我已派人探查清楚，心中有了個底。」

李彤禧道：「一旦你知道了他們的爲人，便須先使出嚴厲威猛的手段，讓他們對你心生敬畏，不敢輕舉妄動，之後再用懷柔的方法，穩定人心。」趙觀笑道：「是了，這就是先扮黑臉，再扮白臉的道理。我原想好好嚇嚇他們，讓他們知道厲害，但又不能眞的對他們痛下殺手。」李彤禧微笑道：「正是。你名正言順，原本不必怕他們。」

趙觀沉吟道：「說是名正言順，對這些人來說也只是耳邊風。趙老幫主的遺命是經由我身邊幾位大老傳來的，總壇眾人又怎會不知？」

李彤禧道：「知道歸知道，趙家子弟心中不服，定會散布各種流言，令幫中兄弟不能確定。因此你在對付趙家兄弟之前，須得讓總壇的幫眾清楚你才是名正言順的幫主，而那些趙家子弟只是趁機作亂的禍源。一旦幫眾都歸附了你，趙家子弟就無法再興風作浪了。」趙觀點頭道：「這一步確實重要。我自己出來說是不行的，該倚賴誰替我出面，取信於人？四爺麼？」

李彤禧道：「四爺在幫中威望雖大，在總壇卻並沒有實際勢力，你不能倚賴他。趙家子弟並非草包，想必已試著拉攏四爺，讓他知道就算你無法當上幫主，他的地位都可保無虞。」

趙觀嗯了一聲，說道：「但我是四爺一手提拔起來的，我若作上幫主，對他只會有莫大好處。」李彤禧搖頭道：「四爺對你是會講義氣的，但他也是個老江湖，深切知道這場幫主爭奪戰的危險和後果。他若置身事外，便能明哲保身，仍舊坐穩幫中第二把交椅；若是挺身為你爭取，或許將捲入漩渦，反遭其害。」

趙觀沉吟道：「那麼邵十三老和祁奉本呢？」李彤禧道：「祁奉本忠厚無才，在這緊要關頭派不上用場。邵十三老才是取得幫眾信服的關鍵。他跟隨老幫主日久，在總壇資歷深厚，他出來說話，大家不能不聽。但是有一事你得小心：邵十三老若從未見識過你的手段，對你的信心恐怕未足；其次，他跟你並不相熟，不一定會願意為你賣命。年大偉的為人你是知道的，只要有利可圖，他便會為你效命。田忠是最會對你講義氣的，可惜他去了鄭州。」

趙觀聽了，不由得暗暗點頭，陷入沉思。

第一百二十二章　聚義歸心

李彤禧用心細膩，跟隨趙觀從大漠回到中原的這一路上，早將這幾個青幫大老的人品底細看得十分清楚。她知道趙觀精明細心，想必也已摸清了身邊各人的心性，只是他跟幫中兄弟素來只講義氣，不願往人心的陰暗面看去，對別人的機心私慮並不去深究，不如李彤禧以局外人的眼光看得這般透徹。

趙觀沉思半晌，心中已擬定了主意，抬頭道：「彤彤，妳說得眞好！我這就去找邵十三老。」

李彤禧微微一笑，說道：「也不必那麼急，我還有話要跟你說。」趙觀拉著她的手，笑道：「妳快說，我什麼都聽妳的。」

李彤禧道：「這其中還有一件棘手的事，你得盡快處理。」趙觀道：「你是說龍幫的事？」李彤禧點頭道：「正是。你要收服人心，龍幫這件事須得當大事來辦，切不可顯出半分畏縮退讓。你若處理不當，別人很容易便能抓著把柄，將你從幫主之位上拉下來。」

趙觀歎了口氣，說道：「這件事，我須得先找到龍幫的鄭姑娘，才能處理。」李彤禧奇道：「鄭姑娘？龍幫的首腦莫非是個姑娘？」趙觀道：「這位鄭姑娘，便是小三兒的師妹，也就是他心中念念不忘的女子。」李彤禧恍然道：「原來是她。昊天對她一往情深，我倒眞想會會這位聞名已久的鄭姑娘！」

趙觀道：「事不宜遲，我這得開始著手安排了，明天一早，妳等著看好戲便是。」李彤禧望著他，微微一笑，說道：「趙大哥，我知道你不論想作什麼，都一定能成功的。」

趙觀笑道：「可不是？我想要親親我的好彤彤，這就能成功了。」說著抱著李彤禧，在她唇上深深一吻。李彤禧臉上緋紅，嗔道：「你這輕薄兒！快去吧。等你事情辦完了，再來陪我不遲。」

趙觀一笑，出門而去，逕去找邵十三老。

次日清晨，青幫總壇門口的廣場上搭起了一個極大的祭壇，輓聯四垂，白燭高燒，招魂幡迎風飄揚，銀紙錢灰隨風飛舞。祭壇之旁坐了一列灰衣僧人，手敲木魚大磬，沉聲誦念經咒。大批幫眾身上戴孝，成列進入靈堂跪拜哭泣，場面極爲莊重肅穆。

總壇幫眾聽到外面聲響，都大爲奇怪，紛紛奔出來看，悄悄向人打聽，才知當日正是老幫主的十七。青幫幫眾對趙老幫主素來尊重，眼見總壇之前擺起了十七的祭壇，一來自責自己怎能忘記這重要日子，二來驚訝在總壇外設壇祭拜的這等大事自己怎能毫不知情，都匆匆趕去祭拜。但見當中壇上供著的正是老幫主的神主靈位，鮮花香果，一應俱全，跪在主祭位上的是個年輕男子，身上披麻帶孝，眼睛哭得紅腫，正是趙觀；在他身旁陪祭的卻是總壇大老邵十三老。

總壇幫眾見此情狀，都是面面相覷，心中不禁想：「今兒是老幫主的十七，趙家子弟竟然毫無準備，這算什麼尊重先人？反倒是這趙觀在此主祭，並有邵十三老相陪，看來老幫主確實屬意傳位給他，他也知道孝敬先人。」

這個念頭一起來，幫眾不免爭相走告，木魚經咒聲中，從總壇出來的幫眾愈來愈多，紛紛來老幫主的神主前祭拜。趙觀在壇前回拜，行禮如儀。邵十三老、李四標等看在眼裡，心中都暗自佩服，知道幫眾來此祭拜，便算承認了趙觀是這場大祭的主祭，也等於間接承認了他繼任幫主的重要地位。

趙家子弟自也聽說了消息，大驚趕出來看，見到趙觀竟擺出公祭的場面，自任主祭，都不由得臉上變色。四子趙恭信素來凶狠蠻橫，登時大叫大嚷起來，叫道：「不准祭，不准祭！來人，快去將那小子抓了起來，將老幫主的神主拿回來！」

他的十多名親近手下便闖入祭堂，圍上去抓趙觀。但見那幾個手下奔到趙觀身前，便停步不敢再上前，趙恭信一呆，奔上去看，卻見趙觀安然站在壇前，手中捧著老幫主的神主，神色平靜，眼望眾人，沉聲道：「老幫主，您老人家自己看吧，您的子孫是如此孝敬您的！」眾人望著他手中的神主，都遲疑不敢上前動手。

邵十三老走上一步，喝道：「見到老幫主神主，還不快跪下？」那幾名幫眾一聽，不敢衝撞邵十三老，更不敢對幫主神主無禮，忙跪倒在地。

趙恭信卻不吃這一套，衝上前想自己動手搶回神主，大叫道：「無恥小賊，竟敢將阿爹的神主偷了出來！」

趙觀側身避了開去，伸手扣住了趙恭信的手腕，朗聲道：「你聽好了！昨兒夜裡，老幫主托夢給我，說道明日是他的十七，但他的子孫沒有一個想到替他準備祭禮，盼我能替他打點幾樣奠儀，以安他在天之靈。我醒來之後，老幫主的神主便端坐在我外屋堂上！我看了好生心痛，他老人家稱雄一世，受天下好漢敬仰，豈知過身之後，轉眼便被子孫手下遺忘得一乾二淨！我們青幫號稱天下第一幫，難道便是這般對待前輩先人的麼？」

趙恭信手腕被他捏得疼痛已極，額頭冒出汗珠，更說不出話來。趙觀手上用力，趙恭信登時疼得跪倒在地。邵十三老高聲道：「三拜為禮！」趙恭信不得不磕下頭去，趙觀捧著神主受他禮拜，之後將神主恭恭敬敬地放回壇上，跪下回禮。

祭壇旁此時已聚集了六七百名幫眾，聽得趙觀述說老幫主托夢的事，心中都相信了七八分，紛紛交頭接耳，暗暗點頭。眾人眼見趙家子弟這陣子實在鬧得不像話，老幫主喪禮未畢，有的便開始飲酒作樂，毫無哀戚之情；有的囂張跋扈，在總壇中作威作福；彼此間又明爭暗鬥，甚至大打出手，惱起來時隨口斥罵，怪責老幫主在世時未能將己立為幫主，說他見事不明，頭腦糊塗等等，言語中對老幫主毫無尊重恭敬之心。眾幫眾看在眼裡，都是敢怒不敢言，此時見到趙觀出面祭拜老幫主，皆不由自主對他生起信賴好感。

趙觀此時要爭的，正是幫眾之心。趙家其他子弟眼看情勢如此，雖極不情願，但在眾目睽睽之下，也不敢不去祭拜，紛紛來到壇前草草拜了，便躲回總壇裡去。

趙觀待祭典完畢，雙手捧起神主，朗聲道：「祭典已畢，恭送老幫主之靈返回總壇！」當即率領邵十三老、祁奉本、李四標、年大偉等進駐總壇。

趙家眾人都沒想到趙觀會這般堂而皇之地進入總壇，原本打算給他的閉門羹、下馬威全派不上用場。趙觀一進入總壇，便請邵十三老和祁奉本過來，密密囑咐了一番，二人此時對他已十分心服，各自領命去了。

趙觀自己卻坐在堂上悠閒地喝茶，神色自若。李四標、年大偉、馬賓龍三個壇主見他胸有成竹，都不由得又是著急，又是好奇，不知他讓邵祁二人去作了什麼。年大偉原本知道趙觀手段厲害，昨夜趙觀來向他要五千兩銀子，他雖滿口答應了，卻不免有些心疼，今日見到他將銀子全用在籌辦祭典之上，心中很覺紮實，暗自打著算盤：「老幫主的喪事，我並未拿出一毛錢，以後人家定要說我丙武壇不夠意思。現在他拿了我的錢去辦老幫主的十七祭典，錢正用在刀口上，有何不美？如此也算對得住老幫主在天之靈了。」

馬賓龍是個耿直漢子，忍不住開口問道：「幫主，十三爺的人還被扣在趙家那些子弟手中，我們怎地不快去救出？他們此時不知在打什麼主意，這些傢伙無法無天，恐怕正策劃來刺殺你也說不定！」

趙觀擺手道：「馬大哥請不要擔心，我自有主張。」

李四標咳嗽一聲，說道：「幫主，你究竟讓十三爺和祁爺去作了什麼？爲什麼不說出來，讓大家商量斟酌一下？」

趙觀望向李四標，微微一笑，說道：「四爺，你信得過我麼？」

李四標微微一頓，隨即道：「自然信得過。但現在總壇諸事不定，步步危機，若不集思廣益，謀求對策，只怕大家都不免遭遇危險。」趙觀點頭道：「四爺說得是，大家若是一條心，集思廣益自能想出最妥善的法子。」

李四標聽他話中有話，便站起身道：「幫主，這兒大家難道不是一條心麼？」

趙觀伸出手，指著掛在北面牆上一幅濃墨寫的巨大「義」字，說道：「若說一個義字，大家都是一條心。若提一個利字，那就各有各心了。」

李四標望著趙觀，靜了一陣，心中已然有數，點頭道：「幫主這話說得極是。大家誠心奉立你繼任幫主，自是看在一個義字之上，哪裡還有別的心思？」年大偉忙道：「是啊。現在是什麼時候，我自然早將利字放在一邊了。」

趙觀笑道：「年大老闆是生意人，要放下這利字可不容易哪。我跟你打包票，只要不離開義字，便絕不會蝕本虧損的。」

馬賓龍不懂他的意思，心中焦急，大聲道：「幫主，現在不是談什麼義啊利的時候，我們該怎樣對付趙家子弟，你快拿主意吧！」

趙觀神色從容，慢慢地道：「根本穩固了，接下來的事情便好辦了。我已拿了主意，現在是要請各位出力的時候了。」李四標、馬賓龍等都道：「便請幫主示下，屬下定當盡心竭力去辦，赴湯蹈火，在所不辭！」

趙觀站起身，說道：「好！馬大哥，請你派五十個手下去大少爺趙恭誠家門口守著，不讓任何人出入，但也不要傷了人。年老闆，請你派人整治一桌最精美的酒席，我要回請三少爺趙恭禮。四爺，請你派手下闖入四少爺趙恭信的府第，將他強架出來，不要傷他性命，只教牢牢綁住，押來此地見我。」

趙觀要李四標和馬賓龍去辦的事，等於公然向趙家子弟挑戰，李馬二人既已說出口將全心爲他辦事，便不能推拖迴避，各自肅然領命，出去向手下傳令。趙觀知道年大偉不是帶人打架的料子，便要他辦件容易些的事，讓他花錢整治一桌酒席。

過不多時，李四標、馬賓龍和年大偉都已向手下交代好事情，回到廳中。但見祁奉本匆匆進來，稟道：「幫主，那事物取到了，請幫主過目。」從袖中取出一本帳簿模樣的冊子，呈上給趙觀。

趙觀伸手接過，仔細翻看了一陣，才抬頭問道：「馬大哥，大兄那邊都準備好了麼？」馬賓龍道：「我手下已將四門守住，一切如幫主囑咐。」趙觀道：「好！我們這就去見趙家老大。」當下率領眾人去往趙恭誠在總壇中的住處。

趙恭誠並未出迎，只派了一個家人出來迎客。趙觀跟著那家人來到大廳，但見趙恭誠坐在廳上，更不起身迎接，無禮已極。趙觀似乎絲毫不以爲意，拱手笑道：「大兄，小弟初來總壇，未能先來向大兄見禮請教，難怪大兄要惱我了。」

趙恭誠望著他和他帶來的一群人，冷冷地道：「繼位大典未辦，閣下能否接任幫主還是未知之數，便有膽來我這兒耀武揚威了麼？」

趙觀不理他言語中充滿敵意，微笑道：「大兄，這兒李四爺你是熟識的，丙武年壇主你也想必見過。馬壇主近年很受老幫主的賞識，你們想必曾有一面之緣。我今日帶這三位壇主來此，是想跟你商量一件事。大家都說，大兄最懂得享受，在城北的莊園占地千頃，美侖美奐，乃是人間仙境。我爲人最喜歡美好的東西，得知大兄慷慨惠賜，在此先向大兄道謝了。」

趙恭誠沉著臉道：「你在胡說些什麼，我全不明白！」趙觀哈哈一笑，說道：「看來小弟說話還不夠直接。我來武漢，還未找到理想的住處，老幫主的舊居雖好，我卻是不敢僭越。因此我想將老幫主的舊居來換大兄的莊園，讓大兄一家搬去老幫主的舊居，我便可以搬入大兄的宅子了。」

趙恭誠臉色一變，將茶碗重重放下，冷笑道：「小賊，你好大的膽子，竟敢來我頭上動土！」趙觀望著他，臉上顯出困惑之色，說道：「以幫主舊宅換你的宅第，在兄弟看來，這筆交易很公平啊。再說，兄弟是個喜歡享受、貪圖清閒的人，若能住進大兄的屋子，這幫主之位麼，坐不坐都成。大兄如果願意，我便跟你對調，我住你的房子，作我的趙大少爺；你住進老幫主舊宅，作你的青幫幫主，這豈不是公平得很麼？」

趙恭誠雖覬覦幫主之位，但聽趙觀獅子大開口，討取自己造價數十萬的宅第，擺明是強人所難，不由得怒氣勃發，拍茶几喝道：「哪裡來的無賴小子，滿口胡言，來人，送客！」

趙觀搖頭道：「你既然不願意，我也不勉強。所謂敬酒不喝喝罰酒，我此時卻須罰大兄一杯酒了。」說著攤開了手，祁奉本便將那冊帳簿呈上。趙觀隨手翻開，念道：「上好桐木爲主屋棟樑，一萬三千兩銀子。東屋佛堂鑲金木雕細工，三萬七千兩銀子。碧綠琉璃屋瓦兩萬片，連同作工，十萬兩。嘖嘖，大兄，看來你這屋子的地契材料人工，全是青幫出的錢，一共六十七萬兩銀子，你長年拖欠不還，這房子自該歸青幫所有了。」

趙恭誠大怒道：「胡說八道！這屋子是老幫主送給我的，你憑什麼收回？」

趙觀道：「送給你？我所知卻非如此。我道老幫主當時不過租借給你，借據還在這兒呢。嗯，我替你算了一下，當是月租三千兩吧，至今欠下的租借費共是七十二萬六千兩銀子。你要付清租費，退還房屋呢，還是將地契材料人工費一併還清，都任隨你便。若是兩樣都不肯，我逼不得已，只能讓人去硬討回來了。這都是幫中兄弟的血汗錢，若不討回來，又怎麼對得起大家呢？」

第一百二十三章 降服逆子

趙恭誠正想破口大罵，便在此時，一個手下急急奔上前來，在趙恭誠耳邊說了幾句話。趙恭誠聽得家宅被馬賓龍的手下團團守住，不放人出入，儼然是要動手抄家的架式，心中又急又怒，憤然望向趙觀，說道：「閣下派人去威嚇我家小，未免太過分了！」

趙觀滿臉無辜之色，說道：「不是吧，我讓人去貴府看看而已，不過是想瞧瞧這造價六十七萬兩銀子的房子到底好在何處，開開眼界罷了，又怎敢驚擾府上各位？你先別急，這裡有一張老幫主的親筆字據，說將這屋子送了給你，只是上面的花押好像不大對頭。祁四姑爺，請你幫我看看。」

祁奉本瞥向趙恭誠，但見他怒目望向自己，不敢亂說，只道：「我也瞧不清楚。」

趙觀道：「你不敢說，那我只好去請教邵十三爺了。」說著便將那紙據收了起來。

趙恭誠盯著那張紙據，臉色變幻不定，大聲道：「姓趙的，這房子本就是我的產業，此事幫中眾人皆知，你莫想使什麼卑鄙手段搶奪過去！快快撤去你的手下，不然我絕不會跟你善罷干休的！」

趙觀恍若不聞，忽然站起身，說道：「時候不早了，我跟四少爺有約，這就該去了。大家走吧。」

眾人聽了都是一呆，他話才說了一半，事情還懸在那兒未決，他竟然打算就這麼一走了之。趙觀更不多說，一拱手，逕自率領眾人離去，只留下趙恭誠站在當地，又是憤怒，又是迷惑，又是忐忑不安，連忙派手下回家去查看狀況。

趙觀離開趙大少爺之處後，馬賓龍忍不住道：「幫主，你這是什麼意思？話也沒說清楚便走了，你不怕他來報仇？」

趙觀笑道：「他不敢。我就是要讓他抓不準我想怎樣。他是老成持重、深謀遠慮的性子，情況愈不清楚，他就愈不敢輕舉妄動。咱們去見四少爺吧。」原來他知道這趙恭誠在趙家子弟中勢力最大，野心也大，但年過六十，戒之在得，不免患得患失，爭不爭得幫主都好，卻最不願讓自己的產業家人受到波及，因此抓住這個弱處，令他心有顧忌，不敢輕舉妄動。

一行人回到正廳，卻見李四標的手下已將四少爺趙恭信押了過來。這趙恭信性情暴躁蠻橫，隨手打人罵人是家常便飯，今晨在祭壇前大吼大叫的便是他了。李四標派出幾個武功不弱的手下直趨趙恭信住處，打倒了一干護院武師，找到了趙恭信；這趙恭信拳腳功夫甚是平常，擋得幾招後便認栽了，被五花大綁地押了過來。

趙觀臉色陰沉，向跪在地上的趙恭信冷冷地打量了一陣，忽然喝道：「趙老四，你可知罪？」

趙恭信怒罵道：「王八蛋！我有什麼罪？你混小子才一入總壇便胡亂抓人，算什麼東西？你憑了什麼敢在我青幫總壇這般橫行霸道？」

趙觀冷笑道：「橫行霸道，不錯，這四個字正好形容本座！你給我聽好了，老幫主生前曾鄭重囑咐我，說他的子孫裡面最可惡的便是老四趙恭信，說我若看你不順眼，當場殺了便是。你今日在老幫主靈前大叫大鬧，驚擾了老幫主神靈，我若不治你的罪，老幫主在天上也不安穩的。來人！」

李四標的手下走上前一步，遞過一柄單刀。趙觀點了點頭，伸手接過了，走到堂上老幫主的神主靈位之前跪倒，祝禱道：「老幫主，今日我聽從你的囑咐，要殺了幾十年來最讓你頭疼的兒子，你生前多次想殺他，卻終於未曾下手，只因你不想負上殺子的惡名。我既然繼承你的遺願，自該助你完成這個心願，這就將他殺了，以慰你在天之靈。」

趙恭信聽了，不由得流下冷汗，他粗魯凶狠，素來與父親不合，幾次惹得父親暴怒，指著自己大罵要殺了這個逆子。父親死前若積怒未解，遺命要人殺了自己，也不是不可能的，他愈想愈心驚，大叫道：「姓趙的小子，你若殺我，我的手下絕不會放過你的！」

趙觀全不理他，口中喃喃道：「老幫主在天之靈，你托夢說要一個兒子去天上陪你，我這便送一個去給你，讓你在天上有個伴兒。以後有什麼事情，差遣他去便是。只是他沒了腦袋，辦事或許不力，你也莫太怪罪於他。老幫主，我雖殺人不眨眼，砍人腦袋這事卻沒幹過幾次，這一刀砍將下去，最好能將他的頭一刀砍斷了。若砍不斷，多砍幾次也就是了。總之我答應過你，不讓他受太多痛苦便是。」

趙恭信只聽得臉色蒼白，這人的凶蠻狠霸比自己還有過之而無不及，看來眞會一刀殺了自己，不由得全身顫抖，牙齒打戰，斷斷續續地道：「不要殺我……饒命……我不要死……」

趙觀回過頭來，說道：「生子忤逆，那是誰都忍受不了的。老幫主雖慈愛，畢竟不是個昏庸糊塗的父親。四少爺，我今日殺你，你心中不服，要變作厲鬼，去找你父親便是，別來纏著我。來人，拿裝血的盂來，別將廳上的地弄髒了。」

趙恭信這下當眞嚇得狠了，褲襠全濕，渾身抖得不能自制，連話都不會說了。便在這時，一人從門外奔進，口裡叫道：「幫主、幫主！刀下留人！」卻是邵十三老。他搶進廳來跪下，老淚縱橫，求道：「幫主，我是看著四少爺長大的，他性子是急躁了一點，但心地不惡，對你更是全心擁護。你便饒了他一命吧！」

趙觀歎道：「他擁不擁護我事小，老幫主要殺他事大。十三爺，你是幫中老人，你的說話我怎能不聽？但我若答允你，老幫主的遺命又當如何？」

邵十三老道：「老幫主確曾有過這樣的遺言，我怎會不知？但四少爺早已改過自新，誠心悔過了，是不是，四少爺？你說老幫主的吩咐你不敢不聽從，是不是，四少爺？你說一句話啊。」

趙恭信聽邵十三老也說父親曾有遺命要殺了自己，更是嚇得魂都沒了，連連點頭，說道：「我聽阿爹的話，我聽阿爹的話，什麼都聽，什麼都聽。」

趙觀歎了口氣，將刀放下，說道：「好吧，我便看在十三爺面上，這回放過了你。四少爺，你若膽敢再不遵從老幫主的遺命，我就只能從嚴處理了。」

邵十三老站起身，連連打躬，說道：「多謝幫主開恩，多謝幫主開恩！」忙要人替趙恭信解開束縛，帶了下去。

趙觀讓人收起單刀血盂，拍了拍手，說道：「咱們忙了半日，肚子也餓了，這就去和三少爺吃飯吧。」

馬賓龍眼看趙觀將四少爺嚇成如此，心中甚是快意，說道：「幫主，你幹得好！諒這小子以後再也不敢反了。」趙觀一笑，說道：「他不孝順他阿爹，活該被嚇。」

眾人來到偏廳之上，年大偉早已讓人準備了一桌精緻酒席。趙觀在主位坐下了，問道：「三少爺呢？怎麼還沒到？」年大偉道：「我已讓人去請了，三少爺卻遲遲不來。」

趙觀點了點頭，說道：「他不肯賞面，那也沒法子。我們自己先開始吃吧，免得菜涼了。」說著拿起筷子，頓了一頓，又道：「年兄，勞你派人再去請一次，就說他家小棍也在，大家一起聚聚。」年大偉便派人去了。

過不多時，趙恭禮怒氣沖沖地帶了一群人手持武器趕來，站在廳口盯著趙觀，冷冷地道：「我孫子呢？姓趙的，你太過卑鄙了！」

趙觀自顧吃飯，嘖嘖讚賞，說道：「年老闆叫的酒席，眞正不錯！就是菜辣了些，想是湖北人都愛吃辣。三少爺，不好意思我們肚餓得緊，沒等你大駕光臨便先動筷了，快快請坐。小棍沒事，你怎不就座，莫非不肯賞臉麼？」

趙恭禮見孫子不在其中，一時不知該不該就此發難，躊躇半晌，終於坐了下來。

趙觀悠然道：「我有位朋友，最善於替小孩兒看相，我想三少爺最鍾愛這個獨孫，一定很想知道他將來命運如何，是會夭折短壽呢，還是會長命百歲？是文星高照呢，還是升官發財？」

趙恭禮臉色一陣青，一陣白，說道：「我家小棍在哪裡？你綁架小孩子，眞正卑鄙！」

趙觀指著邵十三老，說道：「邵十三爺說來也是你的父執輩了，你趁他不在的時候扣留他的手下，難道便不卑鄙？你說什麼綁架小孩子，我全不明白，我最多不過是請令孫公子來玩玩罷了，送他些糖果紅包，教他些規矩禮數，也想讓他家裡大人知道，好端端的大家玩什麼手段？還是光明正大，有什麼話攤開來說便是。好比我自己，作事就爽快得很，說話算話。三少爺賞面跟我吃一餐飯，大家握手言歡，豈不是好？十三爺也在席上，三少爺既然肯與十三爺同席，想來也不會爲難了十三爺的手下了。哈哈，哈哈。」

趙恭禮聽得孫子果然在他手上，不禁又怒又急，說道：「好，我放人！你快交還小棍來。」

趙觀道：「不急，不急。大人吃飯談話，還是別讓小孩子來吵鬧打擾得好。十三爺，你派幾個手下跟三少爺的手下去，將被扣留的兄弟們都領了回來。三少爺，這菜眞的不錯，你快嚐嚐。」

邵十三老素知趙恭禮性格陰狠，自己的手下被他扣留住了，一直擔心他會下手殺害，待聽趙觀以牙還牙，逼得趙恭禮放人，這才噓了一口氣。趙恭禮無奈之下，只能下令放人。他坐在桌旁勉強吃了幾口菜，坐了半柱香的時間，但聽趙觀口口聲聲評賞菜色，與年大偉、祁奉本等閒聊湖北風物人情，沒有一句著邊際的話，再也按捺不住，放下筷子，沉著臉道：「飯吃飽了，小棍呢？」

趙觀滿面驚訝之色，抬頭道：「咦，三少爺說什麼來著？你自己的孫子跑去了哪裡，我怎麼知道？」

趙恭禮只氣得臉色發白，拍桌起身，喝道：「姓趙的，你莫以為我不敢叫人打你！」

趙觀搖頭道：「你叫人打我作什麼？你家老媽子今早帶小棍去武聖廟裡上香求籤，讓老道士替他算個命，卜個卦，測個字，求個福，此時想必已回到家了。這干我什麼事？你自己回去問問便知道了。我趙觀是什麼人，難道會為難小孩兒麼？」

趙恭禮素來以陰險狡詐著稱，怎料到這趙幫主竟能比自己還要陰險，偏生又作得乾淨漂亮，讓自己抓不到把柄，只恨得牙癢癢地，重重地哼了一聲，拂袖去了。

趙觀哈哈大笑，說道：「這位三少爺當真有趣，自己的孫子走丟了，便來找人出氣。」轉頭見邵十三老已然回來，便問道：「十三爺，你的手下可平安無事？」邵十三老道：「啓稟幫主，我兩百名手下都救出來了，無一死傷。多謝幫主相救！」

趙觀搖頭道：「你不用謝我。以後誰敢扣留你的手下，便是跟我過不去。」說著拍了拍肚子，說道：「酒醉飯飽，這該去拜訪二姑爺了。」

馬賓龍眼見趙觀整治了趙家大爺、三爺、四爺，忍不住問道：「幫主，你這回又要想法子嚇嚇二姑爺了，是麼？」

趙觀搖頭道：「非也，非也。這位米二姑爺是個有才有識的人物，不比趙家那三位兄弟。我對他好生尊重，因此要親自去拜訪，以表誠意。年老闆，四色禮物可準備好了麼？」年大偉道：「都已準備好了。」趙觀點頭道：「請你即刻讓人將禮物送去米二姑爺府上，說我要親自造訪。」

年大偉應了，趙觀便換了衣衫，備了名帖，帶了邵十三老、祁奉本、李四標、年大偉、馬賓龍等一起來到米府。

米爲義爲人機警深沉，早已派人去打聽趙觀的所作所爲，但聞趙觀才入總壇，便將趙恭誠唬得不敢動彈，將趙恭信嚇得屁滾尿流，又逼得趙恭禮乖乖放人，心中早知這人不簡單，當下坐在家中等候，看他要如何對付自己。但見趙觀送了禮來，又親自來訪，禮數周到，極爲客氣，倒是大出他意料之外，當下出門迎接，說道：「趙兄弟大駕光臨，小兄未曾遠迎，還請見諒。」趙觀道：「好說，好說。」

米爲義將一行人迎入府中坐下。趙觀當先開口道：「米二姑爺，小弟生平最佩服的，便是有勇有謀的人。素聞米二姑爺智計百出，勇猛果敢，幫中無人能及。老幫主在世時便對姑爺極爲倚重，常說我青幫中人才眾多，而米二姑爺要算得其中數一數二的英雄人物。小弟來到武漢，第一件事便想親自來向二姑爺求教，可惜俗務纏身，未能得便，還請二姑爺不要見怪才好。」

米爲義聽他說得客氣，拱手謙道：「趙兄過獎了。兄弟只不過多著幾分思慮，哪裡稱得上英雄。」

趙觀神色恭敬，站起身拱手說道：「米二姑爺這是太謙了。小弟聽聞，英雄者，聰明俊秀，膽識過人也。想米二姑爺當年孤身南下，一手平定庚武壇內亂，智慧膽識過人，自是當得起這八個字。若非如此，老幫主又怎會將最鍾愛的二小姐託付給姑爺呢？」

米為義聽他提起自己當年得意事跡，甚有誠意，也不由得感動，說道：「說起英雄，又有誰比得上趙兄？閣下在武丈原以一柄單刀降服叛亂，武勇過人，青幫上下無不欽服。趙兄為了保護朋友，不惜遠赴大漠苦寒之地，一去兩年，這等義氣才是人中少見！」

趙觀連連搖手，說道：「小弟年輕識淺，什麼也不懂得。承蒙老幫主和幫中眾位大老看得起在下，從大漠之上請了我回來，說真格的，我幫中人才濟濟，哪裡需要小弟回來主持？小弟後生莽撞，哪裡擔當得起啊。但為了不負老幫主的託付，只能勉為其難，硬挑起這個擔子。二姑爺才德兼備，依我之見，這幫主之位原該託付給閣下才是。想是老幫主不願讓人說一聲偏袒自家人，因而蓄意避嫌。在我心中，二姑爺才是最當得起幫主大位的人選。」

米為義連忙站起身謙辭，說道：「老幫主素有識人之能，他屬意趙兄，自有他的深思遠慮。老幫主臨去之前便曾和我提起，幫中論才能人品，武功勇氣，沒有能及得上趙兄弟的。因此趙兄弟年紀雖輕，卻最當得起這幫主之位。」

趙觀連聲謙遜，說道：「全憑幫中各位前輩厚愛推戴。兄弟自知有幾分能耐，實是力有不逮。只能竭盡所能，鞠躬盡瘁，但盼能不令兄弟大夥失望，也算對得起老幫主在天之靈了。」

馬賓龍、年大偉等見趙觀謙遜恭敬，吐屬有禮，和早先的刁鑽蠻橫、巧言多詐渾似兩個人般，都是面面相覷。卻不知這都在趙觀的計算之中，他先降服了趙家三兄弟，才來見米爲義，米爲義若不是已知道趙觀極有本事，聽他如此謙遜，只怕要就此看扁了他。此時趙觀的恭謙卻只讓米爲義覺得他極有誠意，對自己是眞心佩服，二人相談之下，甚是投契。米爲義是個聰明人，眼見趙觀勢力已成，便決意盡心輔佐，此後對趙觀忠心順服，成爲趙觀得力的左右手。

第一百二十四章　入主青幫

趙觀告別了米爲義，回到總壇大廳之中，噓了一口氣，說道：「今兒大家都忙了一日，這可該休息一下了。十三爺、祁姑爺、李四爺、年老闆、馬大哥，今日全靠各位出錢出力，事情才得圓滿完成。小弟在此向各位誠心道謝。」說著向眾人長揖爲禮。

眾人忙起身回禮，說道：「都是幫主策劃有方，處置得宜，才得順利擺平趙家眾人。」

趙觀坐了下來，說道：「擺平是不敢說，只求他們暫時不鬧事便是。至於這幫主繼位大典該什麼時候舉行，便請大家看個日子吧。」

眾人見他一日之間便壓倒了趙家四股勢力，銳不可當，自該順勢就任幫主，鞏固地位。邵十三老此時對他已是心服口服，拿出黃曆來翻看，說道：「啓稟幫主，本月十七是個好日子。」

趙觀道：「甚好，就定在那日吧。十三爺，你是幫中元老，幫中沒有人比你資歷更深厚的了，大典上的本命師一定得請你承擔。」又向李四標道：「我入幫進門檻都是四爺一手接引，這麼多年來深受四爺教導提拔，恩情深重，直比父母師還要重要。這繼任大典上的接引師，必得請你老擔任。」

李四標和邵十三老聽了，都是又驚又喜，恭敬應承。一般青幫幫主接任大位時，都捨棄接引師和本命師不置，顯示幫主之權位至高無上。趙觀請李邵二人作繼任大典上的接引師和本命師，便等同向全幫宣告他們有恩於己，在幫中地位極其重要，不是甲武壇主或總壇執事的位望可以企及的。二人資歷比趙觀深厚得多，原本見趙觀年輕資淺，心中都不免有些許不願臣服之意，但聽趙觀對自己二人萬分尊重，敬以師禮，此後平起平坐，地位崇高，心中原有的一絲不舒服之意至此盡去，此後對他再也沒有半分不忠之想。

青幫眾大老見趙觀輕而易舉便收服了趙家諸人，手段各異，措辭神態各有不同，卻個個正中要害，都不由得又驚又佩，拜服無已。趙家勢力被擺平了之後，總壇重歸邵十三老的掌握，幫主繼位大典如期舉行，趙觀順利當上了青幫幫主，成爲青幫史上年紀最輕的一位幫主。

卻說趙觀順利坐上青幫幫主的大位之後，第一件事便是處理龍幫的挑釁。田忠此時已從鄭州回來，向總壇各重要人物報告情況，說道已查明下手的正是龍幫中人。此時總壇又得傳消息，山東濟南的分壇也受龍幫攻擊，死傷了二十多名兄弟。總壇眾人都義憤塡膺，口口聲聲說要上龍宮去討回公道。

趙觀見眾口一辭，都是激於義憤、要大舉復仇的主張，但聽堂下趙恭信叫得最大聲，便開口道：「四少爺，你認爲咱們該去龍宮討回公道，是麼？」趙恭信道：「這當然了！我們青幫在江湖上稱雄數十年，自家兄弟被人殺了，怎能忍下這口氣？」

趙觀點頭道：「四少爺爲幫中兄弟遭難同仇敵愾，讓人好生感動。依你說，要帶多少人上龍宮才夠？」趙恭信語塞，隨口道：「我看帶上一百人便夠了吧！」其餘眾人聽了，都暗暗搖頭，知道這草包少爺對龍幫一無所知，還道龍幫是個地方上的小幫派，隨便帶個一百人去便能擺平了。

趙觀不再理他，問田忠道：「田大哥，你是何主意？」田忠道：「啓稟幫主：龍幫是武林幫會，我青幫是江湖幫會，二幫素來井水不犯河水，從未發生過任何爭執。這次龍幫蓄意挑釁，我想可能有兩個用意。」趙觀點頭道：「你說說看。」

田忠道：「第一，龍幫可能不滿足於稱雄於武林幫會，而想來江湖上分一杯羹，搶奪我青幫的糧運生意，這是全從金錢利益上著眼。第二，龍幫新主未定，可能害怕手下各黑幫邪教不服，急於鎭壓降服，才挑了青幫下手，用意不過是殺雞儆猴，讓他們屬下的小幫會不敢反叛。」

趙觀點頭道：「說得有理。二姑爺，你以爲呢？」米爲義道：「我倒還想到一個可能。依照龍幫以往的行事作風，突然對本幫下手，可能是有野心將我青幫收歸旗下。」此言一出，堂上眾人都群情湧動，交頭接耳。

趙觀想了想，說道：「米二姑爺，我青幫人數比龍幫多上許多倍，你倒說說看，他如何能夠收服本幫？」

米爲義道：「屬下只是如此推測。龍幫向來以收服其他幫會來擴大勢力，這十多年來龍幫沉靜已久，現在正是新人掌政之初，若決意啓動一輪新的擴張，也難說得很。」

趙觀伸手摸著下巴，說道：「我倒以爲還有一個可能。」眾人都道：「幫主請說。」

趙觀道：「這全是一場誤會，起於雲家大小姐與我青幫之間的私人恩怨。」眾人對龍幫中事都沒有趙觀清楚，聽他這麼說，都不甚明白，問道：「雲大小姐和我青幫有何私怨？」

趙觀搖頭道：「我也不知究竟。但依她的性情推測，派人來青幫殺人只爲出一口氣，發一頓狠，也是可能的。」

田忠大聲道：「私人恩怨也好，想收服本幫也好，我們都不能放過他們！幫主，請你下令，大家這就上龍宮去，向他們討個交代！」其餘眾人都齊聲附和，說這件事情不能輕易讓步，定要追根究底，血債血還。

趙觀見眾意如此，不能拂逆，便道：「好！我們這便上龍宮去，向龍幫要一個交代。龍宮乃是龍幫的大本營，地勢艱險，高手眾多，我們切不可輕敵。我便親率總壇五百名幫眾，請李四爺帶上三百兄弟，連同田大哥手下乙武壇兄弟，即日便上龍宮去指名問罪。」

趙觀不能不順從幫中眾人的意思，大舉率眾上龍宮問罪，心中卻知要解決此事，必得先找到鄭寶安。他心中焦急，暗中派了百花門手下去探詢鄭寶安的所在，傳話說自己急於見她，一面帶著青幫眾兄弟浩浩蕩蕩地往五盤山龍宮而去。趙觀一力主張不可輕舉妄動，勒令眾兄弟若非逼不得已，切不可輕率出手。眾人知道龍幫臥虎藏龍，幫中能人如雲，都不敢輕忽了。

這日眾人已來到山西境內，在一個青幫幫眾家裡歇宿。趙觀早先派去龍宮問罪的使者剛剛回來，報說龍宮中人無禮已極，使者上山之後，便被一個婦人臭罵一頓趕下山來，且對殺人之事完全不認帳。眾人聽了都是又驚又惱，說道龍幫無理如此，青幫豈能忍氣吞聲？對龍幫的蠻橫霸道只有更加仇視痛恨。

趙觀眼見情勢愈來愈糟，擔心一場大衝突不可避免，當晚獨自在燈下苦思對策，忽聽門口輕輕一響，一人低喚道：「趙家哥哥！」

趙觀大喜，連忙過去開了門，果見一個俏美姑娘站在門外，正是鄭寶安。趙觀忙讓她進屋，關上房門。但見鄭寶安猶自喘息不止，顯是急急趕來相見，尚未緩過氣來。她見到趙觀，神色又喜又憂，說道：「幸好我沒有來遲，在你上龍宮前找到了你！趙家哥哥，非凡姊聽說你們大舉上山問罪，也招集了大批幫眾，準備迎敵，兩邊若眞打了起來，就不可收拾了！」

趙觀皺眉道：「寶安，我找妳便是想問個清楚，這到底是怎麼回事？好端端的龍幫爲何來殺我青幫中人？」鄭寶安歎道：「我想你該已猜到，指派龍幫中人去挑了青幫分壇的，正是非凡姊。」趙觀點頭道：「我原是這麼猜想。寶安，妳怎能還讓她留在龍宮？」

鄭寶安歎了口長氣，說道：「當時二哥出走前，留話將龍幫交給我和非凡姊同掌，我無權也不忍將她們母女趕出龍宮。非凡姊自二哥走後，對我自是更加痛恨了，我只得暫離龍宮，迴避開去，幫中才不致成日鬧得天翻地覆。我那時決定去趟京城，追查害死雲幫主的凶手和玉修道姑的底細，沒想到才去了幾個月，非凡姊便弄出這等大事，殺了你青幫中人，還包庇丐幫叛徒，與丐幫起了好幾次衝突。唉！趙家哥哥，我眞不知該拿什麼臉來見你。我這就趕上龍宮去將事情理個清楚，好歹須給青幫一個交代！」

趙觀想起雲夫人的潑辣蠻橫和雲非凡的傲慢仇視，不禁爲寶安擔心，說道：「我跟妳同去！」鄭寶安沉吟一陣，說道：「也好，不然非凡姊恐怕會矢口不認向青幫出手之事。師父得知青幫丐幫大舉前來龍宮興師問罪，情勢嚴重，決意親自出馬，此刻也正趕往龍宮去。」趙觀知道事不宜遲，便交代青幫中人，說自己先走一步，前去探查狀況，三日內必回，讓大家按兵不動，靜觀待命。

該地離龍宮已不遠，趙觀和鄭寶安連夜趕上五盤山去，到達龍宮時，已是次日午後。二人來到龍宮門口，幾個守衛漢子見到鄭寶安，都向她恭敬行禮，匆匆進去通報。不多時，一個管事奔出來迎接，急道：「鄭姑娘，妳回來就好了。青幫昨日派人上來質問殺人之事，被凌二夫人大罵一頓趕走了。現在本幫各重要人物都已收到龍頭的通知，齊聚宮中，想是要爲此事作出個了斷。此刻龍頭未到，凌二夫人一意要將大家趕走，鬧得厲害，鄭姑娘快來主持大局！」燕龍離開龍幫已久，但她威名素著，龍幫中人仍舊稱她爲龍頭。

鄭寶安聽了，微微皺眉，說道：「雲夫人呢？她交出了帳簿沒有？」那管事道：「沒有。」

鄭寶安輕歎一聲，說道：「大家在哪個廳上？我這就過去。」那管事道：「在飛龍大廳上。」鄭寶安點了點頭，回頭向趙觀道：「趙家哥哥，咱們到了大廳，我先進去看看，請你在外頭等候一會。」趙觀點頭道：「好，妳一切小心。」

鄭寶安和趙觀來到飛龍大廳之外，但見廳內已聚集了數百名形形色色的漢子，都是龍幫各地的首腦，有的體格魁偉，神態凶猛；有的瘦小精幹，深沉精明，都非易與之輩。趙觀游目望去，但見雲非凡站在上首，以布帕蒙面，正與幾個首領戳指喝罵，吵得不可開交。龍幫當年將黑道上的許多幫會收歸旗下，折服了一群桀驁不馴的幫派頭子；火教消滅之後，又經過了這許多年，屬下的幫派不免生起離心。虧得雲龍英用心經營，極力攏絡，才維持住龍幫的架子，他一死，幫中便再也無人能掌控全局。

鄭寶安望向門內，輕輕地吸了一口氣，心知今日要面對的不只是阻止雲非凡鬧事這麼簡單：從雲非凡手中奪走龍幫權柄或者不難，但要令這些龍幫頭子衷心折服，卻非易事。

趙觀眼見這些頭目個個跋扈飛揚，不禁皺起眉頭，眼前這場大會顯然不是場好會，一個不好，便能惹出一場大亂。他暗暗為寶安著急，說道：「這些頭子只怕不好降服。妳師父怎地還沒有到？」急得直向外張望，但見龍宮之外陸陸續續又有幫派頭子到來，卻不見燕龍的身影。

鄭寶安忽道：「他都好麼？」

趙觀一怔，這才想起，二人分別兩年重見之後，這是她第一次問起小三。他轉頭望去，但見鄭寶安背對自己，眼望龍宮大廳，身子微微顫抖，不知是因為眼前局勢緊張，還是因為心中激動？他道：「他很好。他很掛念妳。」

鄭寶安並未回過身來，只低聲道：「他沒事，那就好了。」

趙觀還想再說，鄭寶安已舉步跨入廳中，朗聲說道：「小妹鄭寶安，拜見各位前輩大哥！」

廳中眾人的注意力霎時都集中在她身上。眾人雖未曾見過鄭寶安，卻都聽過她的名頭，有的便起身行禮，也有許多大剌剌地坐著，毫不理睬。鄭寶安一一行禮問名，最後來到幾個對她視若不見的首領面前，說道：「這幾位大哥，請問大號如何稱呼？是龍幫中的兄弟麼？」

那幾人都是東北黑龍江幫的頭子，聽她對自己說話，一人冷笑道：「我們是不是龍幫兄弟，干妳何事？」

鄭寶安道：「我是龍幫此刻的代理幫主，自然干我的事。」

雲非凡在堂上聽見了，冷笑道：「寶安，這些人連我的話都不聽，妳莫妄想他們會聽妳的話了！」

鄭寶安淡淡一笑，說道：「非凡姊，自古帶頭的領袖，不是以力服人，便是以德服人。我二人雖名正言順接掌龍幫，卻也須有德有力，才能讓人心服。黑龍江幫幫主賀老大、大力神王二哥、翠羽飛鏢梁三哥，你們說是不是？」

這三人聽她隨口叫出自己的名號，都是一呆，梁老三已感到這姑娘不是個簡單人物，站起身向她行禮。賀老大卻仍坐著不動，大笑道：「我知道妳！妳不就是那姓鄭的小姑娘？妳道自己拜了個好師父，便能對老子呼喝指使麼？」話聲未了，忽見寒光一閃，一柄長劍已抵在自己頸中。賀老大驚得不敢動彈，卻見持劍之人正是鄭寶安，她拔劍出劍之快實是匪夷所思，似乎只一眨眼間，長劍便已來到自己頸旁。

卻聽鄭寶安道：「家師隨後就到，賀大哥以後說話中提及她老人家，應當放尊重些。」賀老大臉色煞白，連聲道：「是、是！」

鄭寶安退後一步，長劍還鞘。她出劍快如閃電，收劍乾淨俐落，顯示出極高的劍術，眾人見了都不禁暗自驚佩，沒想到這姑娘年紀輕輕，已能有這般的造詣。鄭寶安又去向其餘幾個不肯理睬自己的幫派頭子見禮，這些頭子雖凶狠，卻已知道她不是易與之輩，不敢輕視怠慢，紛紛起身還禮。

第一百二十五章　比劍立主

鄭寶安與群雄見完禮後，來到堂上，向雲非凡行禮道：「非凡姊，小妹有禮。」

雲非凡冷然瞪視著她，說道：「好一個鄭寶安，小小年紀就懂得收買人心！妳被我趕出龍宮，落荒而逃，怎麼還有臉回來？」

鄭寶安不理她的奚落之辭，說道：「我爲了兩件事回來。第一是今日的聚會，我身爲龍幫接掌人之一，怎能不到場向各位大哥見禮？第二件是爲了青幫之事。我聽說非凡姊指揮手下去挑了青幫在鄭州和濟南的分壇，可有這事？」

雲非凡哼了一聲，說道：「有沒有這件事，干妳何事？」鄭寶安道：「青幫爲此極爲震怒，趙幫主就將率領幫眾大舉上龍宮興師問罪。非凡姊打算如何應付？在座各位又打算如何應付？」

雲非凡大聲道：「青幫要來，就讓他們來好了！難道我還怕了他們麼？」

鄭寶安道：「殺人償命，欠債還錢。江湖上血債向來只能用血還。非凡姊若沒有指使人去向青幫挑釁，我們自能分辨是非，好言向青幫解釋。倘若出手的眞是龍幫兄弟，卻該如何了結？」

雲非凡怒道：「了結什麼？我何曾傷害過青幫的人了？就算我派人去挑了青幫，那又如何？我是龍宮主人，自有權力指揮幫中兄弟幹我想幹的事。青幫有什麼可怕的？我偏偏要挑了他們，你們不敢惹青幫，我敢！」

眾人聽她這麼說，都不禁皺眉，知道幫派間興起爭鬥是常見的事，但龍幫屬於武林幫派，青幫屬於江湖幫派，向來互不侵犯，和平共處，這兩大幫派若生嫌隙，雙方人多勢眾，絕不肯善罷甘休，勢必形成一場曠日持久的大爭鬥，對兩邊都沒有好處。

鄭寶安道：「非凡姊，青幫若得罪了我們，我們自能去向他們問罪。他們若未曾得罪我們，好端端地去挑起爭端，就是無理取鬧了。」

雲非凡哼了一聲，說道：「妳口口聲聲說是我派人去挑青幫，有何證據？怎知派人去挑青幫的不是妳？」

鄭寶安歎了口氣，說道：「非凡姊，妳派去動手的幾個人，我都已問過他們了。挑鄭州乙武壇的是史老七和伊建，挑濟南戊武壇的是程美和劉城。妳要不要叫他們出來對質？」

雲非凡不再說話，臉色陰沉，過了一陣，才道：「好，不錯！就是我指揮他們幹的。那又如何？青幫正忙著內亂，姓趙的小子剛剛當上幫主，幫主之位還坐不穩，諒他也無法率領幫眾前來報仇。他們若來，我給他一個矢口不認，看他們敢怎樣？」幾個擁護她的龍幫幫眾大聲附和，紛紛叫囂起來，有的大讚雲姑娘所說不錯，有的要鄭寶安閉上嘴，莫管閒事。

正鬧成一片時，忽聽門口一人冷冷地道：「凌二夫人，等到我青幫大舉攻上龍宮興師問罪，事情就不會那麼容易收拾了！」眾人轉頭望去，卻見一個青年緩步走入，身長玉立，面容俊美，正是趙觀。廳中眾人都聽說過青幫新任幫主趙觀的名頭，但見他竟是這麼一個年輕俊美的青年，都不由得驚訝，竊竊私語之聲不絕於耳。

雲非凡見到趙觀，微微一呆，隨即沉下臉，說道：「無恥小子，是誰讓你上山來的？」

趙觀冷冷地道：「非凡姊，龍宮本是我家，我想來便來。我這次上山來，不過想通知妳一聲，龍幫無端殺死我青幫兄弟，我們是絕不會善罷干休的！妳龍幫若不給我一個交代，青幫指日便將大舉闖上龍宮問罪，到時會是怎樣的局面，妳下令派人去殺害我青幫兄弟之時，心裡應當已經有數！」

雲非凡哼了一聲，說道：「你是什麼東西，我怎會怕你？你此番帶了多少兄弟？我龍幫首腦全都聚集在此，你如何討得了好去？」

趙觀拍拍身上，向廳內環視，說道：「我單獨一人前來，只為向龍幫討一個交代。怎麼，你們想群起而攻麼？只怕拿不下我，你們反而要死傷慘重！」

廳中眾人互相望望，此時眾人都知趙觀便是百花門門主上官千卉，毒術武功驚人，決不是好對付的。但見趙觀竟敢單獨來到龍宮，就憑他這份傲視群雄的膽識，也足配掌領江湖第一大幫了。

眾人靜默之中，鄭寶安走上前去，行禮道：「趙幫主，可否請閣下稍候片刻，待我等此處事情了結之後，自會給閣下一個交代。」趙觀道：「也罷！我便給你們兩個時辰，看你們給我什麼解釋。」

便在此時，門外一人高聲道：「龍頭駕到！」大門開處，一個青衣婦人緩步走入廳中，全廳百餘名大漢轟然起身相迎，肅然無聲。

趙觀轉頭望去，但見那婦人正是燕龍，幾年不見，她較記憶中更加美貌超俗，眉宇間英氣照人，卻難掩一股淡淡的悲愁。趙觀心想：「凌夫人較幾年前好似更加年輕了些，凌莊主這丈夫眞不是白作的。但她想必仍為凌大哥和二哥的事傷心，唉！」

此時燕龍已走到堂前，趙觀上前恭敬行禮，說道：「凌夫人，小姪趙觀有禮。前輩芳容如昔，身體康健，令人欣慰無比。」

燕龍向他回禮，說道：「趙幫主不用多禮。請稍坐。」趙觀退到一旁，但見燕龍走到大堂正中，向廳中眾人環視，抱拳爲禮。眾人紛紛還禮，極爲恭敬，低下頭不敢仰視。

燕龍在堂上坐下了，開口說道：「非凡，我剛才在廳外聽到妳和趙幫主的對話，派人去殺害青幫中人的，果眞是妳麼？」

雲非凡臉色不改，說道：「不錯。」

燕龍望向她，冷然道：「妳到現在仍然毫無悔意，膽子果然很大。是不是要等到青幫率眾攻上五盤山，放火將龍宮燒了，妳才知道害怕？」

雲非凡大聲道：「我要作什麼便作什麼，妳憑什麼管我？我是龍宮主人，龍幫中人自然要爲我賣命。青幫要攻上來就讓他攻好了，我龍幫又怎會怕他？」

燕龍微微揚眉，臉上如罩了一層寒霜，緩緩說道：「非凡，雙飛以前太過縱容妳，我也太過縱容妳，才會弄到今日這等地步。我是龍幫的什麼人，又是妳的什麼人，妳竟敢如此對我說話？」

雲非凡想起燕龍在龍幫中的地位，此時見她口氣嚴厲，也不由得暗暗心驚，住口不語。

燕龍又向鄭寶安道：「寶安，雙飛將龍幫託付給妳，對妳何等信任，妳怎能任由非凡鬧出這等大事？妳若眞是爲了龍幫大局著想，便不該離開龍宮，只顧獨善其身。龍幫出事，不管是誰鬧起的事，妳都一樣要負責任！」

鄭寶安低頭道：「是，弟子知罪。」

燕龍將兩位代幫主都嚴辭教訓了，才轉向幫中眾人道：「各位幫中兄弟，我今日召集各位來此，只因前任幫主凌雙飛匆匆離去，幫中諸事未定，因此想請大家同來商量。本座早已退出江湖，不涉武林中事多年，只因不願見龍幫就此沉淪衰落，才在此時出面說一句話。你們願不願意聽，自是任隨尊意。」

眾人都道：「龍頭有令，豈敢不遵？」

燕龍道：「好！那麼龍幫幫主之位，我今日便在此與諸位一同篤定。這位新幫主的人選，自是由大家共同推舉認定。在座諸位此後若有人不服從聽命於這位新幫主，便是不給我面子。我要你們給我一句話。」

葉揚乃是龍宮中的資歷最老的前輩，當下站起身道：「龍頭如此說，大夥自都贊成。今日選定的幫主若經大夥認同，大家此後定然全心服從新幫主，不敢有違。」其餘人也都異口同聲，說道此後定將衷心服從聽令於今日會議上決定的幫主。

卻聽一人道：「雲姑娘是本幫代任幫主，這是眾所皆知之事，為何還要另立幫主？請龍頭解釋！」開口的是個名叫鐵聰的元老，他是雲龍英的親信舊部，自然對雲非凡特別維護。

燕龍向鐵聰望去，說道：「龍幫奉立幫主，向來依前任幫主的傳位而定。凌雙飛離去時遺命將幫中事務交給雲非凡和鄭寶安二人，照道理論，二人便該合力同掌龍幫。但一山不容二虎，一幫不容二主，一幫若有兩位代幫主，幫中何能不亂？因此我主張只奉一位幫主，才能消除幫中紛爭。」

鐵聰道：「龍頭所言甚是。屬下以爲，雲姑娘是前任幫主淩雙飛的元配夫人，又是故幫主雲龍英的女兒，最有資格掌管龍幫。」

燕龍道：「鄭寶安是我的親傳弟子，也有其資格執掌龍幫。今日之事並不困難，我只問在座各位是否同意在這兩位之中選擇一位作龍幫幫主，還是有意另選賢能，或是毛遂自薦，現下都說出來便是。」

廳中轟然一陣，討論紛紛，都知幫中以雲非凡勢力最大，鄭寶安入幫較遲，但甚得人心，燕龍似乎並不顯出偏向其中一人，但雲非凡倒行逆施是眾所皆知的事，燕龍自然要偏向自己的徒弟。此時雪族中人早已退出龍幫，龍宮之中有份量的首腦共有五人，其中葉揚是雲龍英生前的左右手，胡偉乃是雲龍英的首徒，跟隨雲龍英日久，極爲忠心，唯獨與雲夫人處不來；林百年則是龍宮中的大執事，主管宮中事務十餘年，精明幹練，人情通熟，卻不失忠耿；阮維貞和鐵聰是龍幫在地方上的首腦，資歷深厚，名望不在雲龍英之下。這五人中葉揚資格最老，最清楚燕龍在龍幫中的地位，不敢也不願違抗她的意思，首先表示贊成，說道：「龍頭說得不錯。便在鄭姑娘和雲姑娘之中選出一位，大家自都不能不服。幫中若有人願意出手爭奪幫主之位，現在便請出聲。」幫中眾人有的自知分量不夠，有的不願出頭，竟無人出來爭奪幫主之位。

燕龍向另外四人望去，林百年、阮維貞和胡偉等雖忠於雲龍英，但胡偉、阮維貞素來與雲夫人不和，林百年則是個顧全大局的人，都暗暗盼望讓鄭寶安出面主持龍幫，但又不能當面與雲夫人和雲非凡作對。這幾人都是飽經世故的江湖人物，此時都站出來道：「龍頭所說甚是。在這兩位中選出一位，我們都心服口服。」

鐵聰見其餘人都這麼說，也不能獨持異議，當下道：「但是在兩位中怎麼個選法，還要請龍頭示下！」

燕龍道：「既然大家都同意，那麼便在雲非凡和鄭寶安之中選出一位，繼承我龍幫幫主大位。我的主張很公平也很簡單，今日在大家面前，讓兩位以劍術對決，誰贏了，便是龍幫的主人。這麼幹大家有無異議？」

眾人都道：「龍幫是武林幫會，歷來幫主都以武功稱雄江湖，以武功決定自是再公平不過。」燕龍道：「好！就是如此。」

趙觀見燕龍處事明快，心想：「凌夫人畢竟有一套。這些幫派頭子平時悍狠霸道，目中無人，在凌夫人面前卻如小雞遇上老鷹一般，唯唯諾諾，不敢不遵。」他正讚歎燕龍輕而易舉便震懾住了這些龍幫頭目，但見雲非凡已搶到場中，指著鄭寶安冷笑道：「鄭寶安，妳竟有臉跟我對劍麼？」趙觀心想：「寶安是凌夫人的親傳弟子，武功定然不弱。但非凡姊年紀比寶安大上許多，劍術或許較精也說不定。」

鄭寶安也走上幾步，雙手捧劍，低聲道：「非凡姊，我並不願與妳對劍。妳心中恨我，我豈有不知？但那是妳我私人恩怨，現下我們在龍幫諸位兄弟面前，爲定奪龍幫大事，我不得不向妳討教，還請非凡姊大量寬宥，出手賜教。」

雲非凡呸了一聲，罵道：「左一句非凡姊，右一句非凡姊，我哪裡配讓妳稱得一個姊字？妳有師父在此撐腰，膽子可大啦。妳欠我的還不夠多麼？妳搶走我的未婚夫，可知我當時如何傷痛欲絕？之後又使詭計趕走了我的丈夫，逼他出家，讓我孤零零的一個人留在世間受苦，我的容貌也是因妳而毀。妳說吧，妳還要怎樣折磨我才甘心？爹爹去世以後，我孤兒寡母受盡妳這奸險丫頭的欺凌！妳一心逼我母女離開龍宮，三番四次與我母親作對，要她搬出住了三十年的龍宮，不過是想讓我二人流落江湖，無依無靠，妳好狠的心！現在妳又要從我手中奪走先父和外子的龍幫，是了，敢情所有是我的東西妳都要設法奪走！妳為何不乾脆上來一劍殺了我，一了百了？反正我也是不想活了！」她愈說愈悲傷，語音哀怨淒厲已極。

她這番話一說，廳中眾人有的心生惻隱，有的不以為然，都望著鄭寶安，想看她如何反應。

但見鄭寶安輕輕咬著下唇，說道：「我不願和妳對敵。妳出手吧，我讓妳十招。」雲非凡冷笑道：「鄭女俠好高的風範，一讓便讓十招！好，妳今日死在我手下，可怨不得人！」說著一躍上前，拔出了長劍，直指鄭寶安的胸口。

燕龍坐在堂上觀看，微微皺眉，卻並未出聲。她知道這個弟子外柔內剛，極有主見，唯獨心地太軟，看不得別人受苦，雲非凡正抓住了她的弱點，說出一番自憐自傷的話，逼她承諾相讓。這場比試原本勝負甚明，此時卻很難料了。燕龍伸手握住了椅臂，凝神望向場中二女。

趙觀坐在西首，望見燕龍的神色，心中不禁憂慮：「連凌夫人都為寶安擔心，情勢想必不大樂觀。非凡姊心狠手辣，寶安可千萬不要遭了她的毒手才好！寶安若遇上危險，我絕不能坐視。我不是龍幫中人，大家只能怪我多管閒事，卻不能怪凌夫人偏袒弟子。」打定了主意，伸手握住蜈蚣索的把柄，凝視著雲非凡的劍尖。

第一百二十六章　龍幫新主

龍宮大廳之上，雲非凡和鄭寶安相對而立，鄭寶安仍舊雙手捧劍，劍未出鞘，眼睫微微下垂。雲非凡狠狠向她瞪視，忽然冷笑一聲，尖聲道：「妳也知道慚愧二字麼？」陡然劍光一閃，一劍直向鄭寶安的臉面刺去，一出手便是最狠辣的招式。

鄭寶安側身避開，雲非凡的下一劍已然跟上，橫削對手的頸際，也是致人於死地的殺招。鄭寶安低頭讓過，仍舊未曾拔劍。雲非凡連續搶攻，長劍寒光在鄭寶安身周劃過，往往只差寸許便斬到她身上，鄭寶安雙眉微蹙，臉色蒼白，卻始終不肯拔劍。

趙觀只看得手心出汗，忍不住叫道：「已經十招了，寶安快拔劍！」

龍幫幫眾眼見鄭寶安存心相讓，而雲非凡步步緊逼，都覺得有欠公允，對趙觀的出言干涉不但不以為意，並且頗生同感，許多人見鄭寶安情勢危險，都急得站起身來。

燕龍握著椅臂的手更加緊了些。她望著場中相鬥的兩個妙齡少女，一個是本要嫁給自己長子的親傳弟子，一個是已嫁給了次子的媳婦；而如今長子已逝，次子出家遁世，這兩個妯娌之間怎會有如許深仇大恨？她們為何要在大庭廣眾間持劍相殺？自己難道願意見到她們其中一人受傷落敗麼？這是自己一手造成的麼？

燕龍忽然感到一陣難以言喻的沉重和荒唐，腦中閃過許多許多年前的一幕：那時自己剛剛出關，見到寶安和小三練劍時心神不屬，便問她怎麼回事。寶安吞吞吐吐地說出比翼昨夜向她求婚，又說了比翼退婚、雙飛向非凡求婚的經過。小三在旁聽著，不出一聲。燕龍當時隱約覺得有什麼不妥之處，卻說不出來。她彷彿還記得小三還劍入鞘時那清脆的喀啦聲響，現在想起，那一聲中該蘊藏了多少的傷心和絕望？她當時怎能體會不到？她當時若不讓小三離開虎山，寶安若有機會多想一想，結局可能會與現在大大不同了吧？比翼或許不會枉死，但卻會傷心一世？她又怎能預料得到這許多？她又怎能替自己的孩子決定他們的未來？兩個兒子現在一死一遁世，他們的未婚妻和妻子正在自己面前性命相搏，事情怎麼會弄成這樣？她作錯了什麼？

她一生經歷過如許大風大浪，卻終究仍未能看透命運能跟人開的玩笑；她稱雄江湖一世，卻不得不以一個悲傷的母親身分面對晚年。或許，或許，錯就錯在霄哥當年不該有那一念之仁，讓那兩個苦命的孩子來到世上吧？

場中鄭寶安始終沒有拔劍，她身上已被劃了兩道劍傷，鮮血染紅了半邊衣衫。趙觀看得又驚又急，站起身跨前一步，腦中忽然想起凌昊天：「寶安的性子竟和小三如此相像！他們都是寧願自己受苦，也不願令別人痛苦的人。寶安，寶安，妳不要這麼苦自己，妳出劍啊！」

轉眼間雲非凡已一連攻了三十來劍，鄭寶安不斷閃避後退，身上雖負傷，動作卻並未減慢。雲非凡見她身上流血，滿腔悲怨憤怒同時湧上心頭，出手更加凶殘狠辣，直要制敵死命方休。鄭寶安愈來愈難抵擋，情勢艱危，忽然清嘯一聲，拔劍出鞘，揮劍抵擋。旁觀眾人都高聲歡呼，爲她助勢。

雲非凡微微心亂，後退數步，二柄長劍在場中閃出一片耀目的劍光。鄭寶安使出秦家的石風雲水劍，雲非凡的劍法則是家傳的雲家流劍，都是輕柔的劍路，但見鄭寶安出劍輕靈沉穩，順暢自如，雲非凡的劍卻虛無縹緲，變幻難測，一時不相上下。

趙觀見鄭寶安神色平靜，無喜無悲，緊蹙的眉頭已然平緩，微微放心。他轉頭望向燕龍，但見她神色憂慮中更多添了幾分悲傷。趙觀自然無法猜知燕龍心裡在想些什麼，暗想：「只要寶安心裡不爲非凡姊難過，就必勝無疑。」

二女又交了數十招，高下漸判；鄭寶安攻守自如，已處於不敗之地，雲非凡開始心急，不斷變招，卻始終無法攻破鄭寶安的防守。如此又過了十來招，旁觀眾人都看出二人已分出高下，唯獨雲非凡不甘就此住手罷休，仍舊纏鬥不已。她咬緊了牙根：「她讓了我這許多招，我竟仍殺不了她，這輩子是不用想雪恥報仇了！」忽然高呼一聲，揮劍直刺，卻是將自己全身破綻都賣給了對手，只顧著要將對手刺傷。

鄭寶安看在眼中，並未趁機上前攻擊，卻退開一步避開她的來劍。雲非凡叫道：「好，今日我便死在妳面前！」忽然回劍自刎。

鄭寶安驚道：「不可！」衝上前揮劍去格雲非凡的長劍。哪知雲非凡只是虛張聲勢，長劍回轉，便往鄭寶安頸中刺去。

鄭寶安驚呼一聲，連忙側身閃避，揮掌向雲非凡肩頭推去，雲非凡的長劍卻已刺到她的頸邊。便在那一刹那，雲非凡的身子忽然向後飛去，重重地摔在地上，她手中長劍卻也刺入了鄭寶安的左肩。

這一下變起倉促，燕龍和趙觀更未來得及反應，二女已同時受傷。但見鄭寶安站在當地，肩頭傷口鮮血湧出，凝望著倒在地上的雲非凡，臉上神色又是痛苦，又是震驚。趙觀忙奔上前去替她拔出了肩頭長劍，手忙腳亂地替她包紮傷口。龍幫眾人見了都是一呆，全沒料到這青幫幫主竟會對本幫新任幫主如此情急關心，當著眾人之面親手替她治傷。

這場爭奪龍幫幫主之位的比武結局如此，旁觀眾人中要數燕龍最為驚訝喜慰。她只道鄭寶安這一下定要身受重傷，卻沒想到她的內力已如此深厚，能一掌將雲非凡震開，自己只受了輕傷。燕龍忙過去探視雲非凡，但見她臉色雪白，已然暈了過去，便扶起她替她推血過宮，但見她受傷不重，噓了一口氣，轉頭問道：「寶安，妳的傷沒事麼？」鄭寶安搖頭道：「師父，我沒事。」

旁觀龍幫眾人眼見鄭寶安心存仁厚、處處相讓，雲非凡卻痛下殺手、毫不留情，本就盼望鄭寶安會贏，但見她終於得勝，都拍胸稱幸，圍上來叫道：「是鄭姑娘贏了！」

鄭寶安望向師父，燕龍卻沒有開口，只向她投去鼓勵的眼光。鄭寶安會意，吸了一口氣，走上一步，朗聲道：「諸位前輩兄弟，小妹今日在眾位面前出手試劍，實是逼不得已之舉，絕非有意妄自逞能，爭奪幫主之位。我年幼無知，無智無才，龍幫的首領是作不來的，只盼能在此多事之秋，爲龍幫大家略盡一點心力。」

眾人都道：「妳出手比試，勝過了雲姑娘，自然便是龍幫首領了，還有什麼好說的？我們都服妳！」

鄭寶安搖頭道：「我自己知道有幾分能耐，絕對作不來幫主，因此今日定要跟各位約法三章。我願暫攝幫主之位，但有三件事情大家須得應承我。第一，雲姑娘得罪青幫和丐幫所惹起的種種事端，此後全由我一人承擔善後。雲姑娘是我龍幫中人，大家在外人面前須盡力維護，不能讓她獨當其罪。一切罪過錯誤，全數算在我身上便是。」

眾人聽了，都面面相覷，她竟有勇氣將青幫丐幫數十條人命都攬在自己身上，這是何等的膽量和承擔？雲非凡一心置她於死地，她卻要爲她擋罪，幫中老人如葉揚等聽了，都不由得暗暗點頭，其餘幫眾也不禁佩服她的膽識。

鄭寶安見眾人都表贊同，又道：「第二，我將盡力整頓龍宮內務，將掌管龍宮之全權歸還於本幫幫主。龍宮乃是歷代幫主的長住之所，四十年前由本幫創始人虎俠親手規劃草創，在此宮中與八位兄弟歃血爲盟，誓滅火教，龍幫由此而始。其後家師秦女俠接手龍幫龍宮，也是在這龍宮之中與雪族眾位英雄攜手同心，終於完成了虎俠的遺願。雲龍英幫主曾追隨虎俠多年，從家師手中接過掌龍幫之後，長年居於宮中，夙夜勤力，令幫務蒸蒸日上，勢力漸增，人才雲集，成爲江湖三大幫派之一。小妹不才，今日忝立於此，只盼能將龍宮之事理清，也算對得起歷代龍宮主人了。」

眾人聽了，都明白她是爲了大局著想，決意和雲夫人爭奪到底，從她手中取回龍宮和龍幫的其他財產。龍幫內外幫眾都曾聽聞，雲夫人因長年住在龍宮，早有計畫將龍宮據爲己有，在雲龍英彌留之際，她便設法將龍宮和其他許多龍幫產業歸於自己名下。待得凌雙飛接掌龍宮，曾想向雲夫人討回這些產業，但礙於她是自己岳母，又有妻子夾在中間，始終未能成功。凌雙飛離去之後，雲非凡自然站在母親那邊，龍幫中便只有鄭寶安主張要雲家退還龍幫產業。這原是一件艱難且吃力不討好的工作，不但須跟蠻橫潑辣的雲夫人和一群附和她的既得利益者周旋作對，也將得罪許多雲龍英舊時的親近下屬，但誰都知道這是件不可不作之事。

眾人聽她承諾作這兩件事，那是擺明要將困難事全攬在身上了。葉揚歎了口氣，問道：「鄭姑娘，請問那第三件事呢？」

鄭寶安道：「第三，我將繼續追查害死雲幫主的凶手，爲雲幫主報仇。這三件事作完之後，大家今日須應承我，將再次召開幫中大會，另選賢能，出任幫主。」

龍幫眾人聽她這麼說，都不由得暗暗慚愧：幫中哪裡還有第二個人敢站出來承擔這幾件事？她若眞作到了這幾件事，又有誰有資格從她手中接過幫主之位？一時廳上一片寂靜，沒有人出聲回答。龍幫中有些人原本見她是個嬌弱少女，溫和謙退，只道她不過是仗著師父的名聲地位，才來龍宮管事，今日見她出手對敵雲非凡，又說出這一番話，才知道她劍術超人，有膽有識，實是個世間少見的俠女。

鄭寶安向眾人望去，說道：「你們應承我，我便留下。不應承，我這便去了。」

龍幫眾人此時都對她佩服無已，同聲道：「請鄭女俠留下，主持龍宮。我等應承妳便是。」轟然聲中，眾人一齊向鄭寶安行禮，承認她的龍頭之位。

燕龍見龍幫大事已定，放下了心，轉頭向趙觀望去，說道：「趙幫主，這裡沒有我們的事了，我想勞駕你陪我出去走走，可好？」

趙觀道：「謹遵前輩吩咐。」當下向寶安一笑示意，跟著燕龍走出廳門。

燕龍信步來到龍宮旁的山林之中，回頭說道：「觀兒，你少年時曾在此地長住，也算和龍宮有緣。寶安完成這三件事後，你若想回來主掌龍宮，寶安一定歡迎得緊。」

趙觀笑道：「像寶安這般的女中豪傑，龍幫中人怎捨得讓她走？今日寶安坐鎮龍幫，一力承擔非凡姊的過失，實讓我打從心底佩服。青龍二幫的糾紛，我定會盡心處理，絕不讓寶安太過爲難。」

燕龍一笑，說道：「觀兒，你玲瓏剔透，我心裡的話還沒說出來，你就全知道了。你初任青幫幫主，若不追究幫中兄弟被人殺害，只怕也難以服人心。我只盼你和寶安能好生商量和解，化冤仇於無形。至於丐幫的血債，丐幫中人遲早會來尋仇，寶安既然承擔下來了，我也只能祈求此事最終能夠善罷甘休。」說著輕輕歎了一口氣。

趙觀道：「凌夫人請放心，青幫這邊我一定盡力。我和寶安是自幼相熟的好友，難道我還會跟她過不去麼？只是我從不知寶安有這等魄力膽識，今日見到她在群雄面前大展風采，當眞好生驚喜。」

燕龍仰頭望向天際，說道：「寶安是一柄剛剛出鞘的寶劍。她性情堅毅而頭腦清醒，平時謙讓內斂，別人看不出她有多少能耐，實則她的才能見識都遠遠超過常人。只要她想作願作，便是一位光芒萬丈的女俠。」趙觀微笑道：「想來都是凌夫人教導有方。所謂有其師必有其徒，凌夫人一站出來，便是氣勢萬千，讓人不由自主心生敬服。寶安長久跟您相處，自然也熏染到了您的氣度。」

燕龍一笑，說道：「觀兒，我退隱已久，哪裡還有什麼雄心壯志？年輕時我將該作的都作了，現在只求享享清福罷了。我們凌家已經欠你太多，今日我又得為龍幫之事煩勞你，真正過意不去。」趙觀忙道：「凌夫人何出此言？莊主夫婦昔年對我恩情深厚，我所作所為實難報答萬一。加上我和小三兒是莫逆之交，我作什麼都是應當的。」

燕龍笑了，問道：「你和小三兒在大漠這兩年，過得還好麼？」

趙觀笑道：「好極了。我們一塊兒過了好一段逍遙快活的日子，往後恐怕已無法再得啦。小三此時想必也已回到了中原，他一定等不及要見您呢。」

燕龍點了點頭，低聲道：「我又何嘗不想快快見到他？」

趙觀知道燕龍心中想念兒子，便滔滔不絕地說起二人在大漠上的種種經歷和趣事，比手畫腳地敘述小三如何馴伏暴躁激烈的非馬，如何用心訓練大鷹啄眼，如何單獨打退一百名蒙古士兵等等。

燕龍凝神而聽，嘴角帶著微笑。大約只有蒼天才知道，一個母親對兒子的關懷縈念能有多麼深厚，即使只是耳中聽著他的名字，母親的心裡也已感到無比的溫馨滿足。

龍宮大廳之中，鄭寶安正與龍幫重要首腦商討如何著手去辦這三件大事。她受傷不輕，身心疲累已極，仍舊強撐著與眾人傾談。在她腦後似乎有一個隱約的聲音在支持著她，連她自己都不很清楚，但那聲音正是她剛才聽到，趙觀所說的一句話：

「他很好。他很掛念妳。」

第一百二十七章 倒行逆施

一個月前，千里之外的大漠之上，凌昊天騎著非馬、帶著啄眼，獨自回向中原。他從黃河邊上的府谷入關，才一入關，便見關內城牆之旁聚集了幾十名乞丐，見到他便一齊圍了上來，紛紛叫道：「大爺，施捨一些吧！」「好心大爺，請你留步，施捨化子一些粥飯金銀吧！」

凌昊天見這些乞丐只顧圍著自己，對其他過關的商旅毫不理睬，心中奇怪，懷疑他們是丐幫中人，便跳下馬來，抱拳道：「請問丐幫哪位長老在此？」

眾乞丐卻不回答，口裡仍舊喊著要他施捨，簇擁著他入城。凌昊天知道這定是丐幫的安排，便跟著他們去，並掏出五兩銀子給眾乞丐去買酒吃菜。眾乞丐卻不肯接，只擁著他來到一條荒僻的小巷中，便紛紛退開散去了。

凌昊天在小巷中站了一會，忽聽一個熟悉的聲音說道：「小三兒，進來吧。」

他聽得聲音是從巷邊一扇破舊的柴門傳出來的，便推門進去，但見屋中灰暗，屋角一張草蓆上一人半坐半臥，卻是一個頭髮花白的老丐，缺了一條左臂，一張長臉上滿是傷疤，臉頰凹陷，顯然傷病交加，只有一雙眼睛仍炯然發光，直望著自己。凌昊天一呆，衝上前去叫道：「一里馬，是你！」

那老丐果然便是丐幫長老一里馬。他看到凌昊天，歷盡滄桑的馬臉上露出一絲笑容，說道：「小三兒，我等了你好久，這可終於見到你啦。」

凌昊天見他情狀悲慘，心中又驚又痛，握著他的右手，說道：「你……是誰將你傷成這樣？我那時聽說你受人暗算，心中好生擔憂，沒想到你竟傷得這麼重！」

一里馬長長地歎了一口氣，咬牙說道：「這件事說來要氣死人。暗算我的正是賴孤九這奸賊！」凌昊天忙問究竟。

一里馬聲音嘶啞，緩緩說道：「小三兒，我們聽人說青幫趙觀已回歸中原，心想你多半也將入關，便分頭在各個關口等你，想跟你說說這兩年中丐幫發生的大事。幫主當年將打狗棒法傳給你，本是想試探賴孤九的心胸度量。怎料得沒過多久，便出了衢州路姑娘的事，賴孤九顯然有心跟你作對，蓄意陷害於你。幫主見你爲此大怒，丟下殺賊棒離去，便急著想找你回來，卻始終未能找到你。後來發生了少林冤案，賴孤九便主張丐幫跟你劃清界限，勿再來往。幫主不同意，仍舊派大夥四出找你，加以保護。你在洛陽城外被人圍攻，賴孤九出面相助，卻被你罵退了去，便是那時候的事。他爲此又羞又惱，一心向你報復，才發生了後來暗算我又嫁禍於你的事。」

凌昊天咬牙道：「賴孤九這奸賊，我若知道他會作出這等卑鄙之事，當時就不該放過了他！」

一里馬歎道：「當時誰也料不到他會下這毒手。差不多是在那時節，我發現賴孤九幹了件傷天害理的事，他曾經藉醉強逼一名手下女弟子，讓她懷上了身孕，後來為了掩飾罪行，又將她殺害，造成一屍兩命的慘案。我身為戒律長老，自得向他問罪，依幫規處罰。我去湖北找賴孤九質問這事，他卻死不承認，後來他被我逼得緊了，竟出手偷襲，砍斷了我的手臂，又將我打成重傷，推入污泥坑裡等死。也是我命不該絕，三腿狗剛好到來，賴孤九只得趕快逃脫，我才被人發現救出。但我一直昏迷不醒，直到幾個月後才恢復神智。當時賴孤九一力作證，說見到下手的是你，大家不明眞相，只好去找你對質。那時好似全天下的人都在找你，三腿狗和明眼神等一路追到虛空谷，直到你失蹤，始終沒能找到你來問個清楚，但大家心想你那時到處躲避追殺，不可能跑來湖北傷我，都開始懷疑賴孤九的話。後來又聽說令兄遇害，有人說是你殺的，大家都又驚又疑，不敢相信。」

凌昊天想起大哥之死，雖事隔數年，心中仍不禁一痛。

一里馬喘了口氣，續道：「直到我醒來之後，才眞相大白，賴孤九不料我命這般硬，竟給我撐了過來，只能匆忙逃跑了。老幫主得知實情後，勃然大怒，就此一病不起。唉！可恨的是，老幫主死後，賴孤九竟偷走了打狗棒，又大搖大擺地出來，宣稱自己是幫主繼承人，會使打狗棒法，下令將其他長老全數革職查辦。我之所以得偷偷摸摸躲在這裡見你，就是為了避開那廝的追殺。三腿狗、明眼神和王彌陀三個跟我一條心，都想快快找到你，才能制得住那厮。我們知道你要入關，便分別在三個關口等你，現在總算等到你啦。小三兒，如今老幫主過身，我和其他長老商量了，都覺得該找你回來，當面向你道歉，更重要的是，我們想請你回來主持丐幫，擔任丐幫幫主。」

凌昊天一愣，搖頭道：「老幫主從來也無意讓我繼承幫主之位。再說，我從未加入丐幫，更無心作什麼幫主。一里馬大哥，我跟你們是好朋友，原本應當盡力相助，義不容辭。什麼幫主不幫主，再也休提。」

一里馬緊緊握住他的手，說道：「小三，我們都知道你的爲人。如今幫中情況不定，我們正需要你仗義相助。小三，我只求你看在老幫主面上，助我等除去賴孤九那奸賊。至於這幫主之位，實在是非你來作不可的。老幫主生前只將打狗棒法傳給了兩個人，除去賴孤九後，天下會使打狗棒法的便只有你了。你若不作幫主，還有誰能作？」

凌昊天仍舊搖頭，說道：「賴孤九這賊子涼薄寡義，我定會助你們除去這厮。當初老幫主傳我打狗棒法時便曾囑咐我，若是賴孤九多行不義，迫害幫中元老，我便可出手除去了他。至於幫主之位，幫中人才眾多，你們推選出一位新幫主，我將打狗棒法轉傳給他便是。」

一里馬見勸他不動，歎了口氣，說道：「我是個老粗，不會說話。小三，我們快去找三腿狗他們，你作不作幫主，以後再說吧。」

凌昊天道：「是，咱們快去找其他幾位長老要緊。」他扶一里馬坐起，但見他兩條腿都已折斷，難以行走，心中難受，說道：「讓我揹你。」

一里馬忙道：「我叫弟子來扶我就好了。」他知道自己身上傷口潰爛，不斷流出膿來，又髒又臭，即使親近的弟子都不大願意接近他，凌昊天卻全不在乎，輕輕將一里馬揹在背上，大步走出草屋。一里馬心中感動，暗想：「老幫主畢竟沒有看錯人，小三兒確實是個俠客！」

二人出得草屋，便見兩個丐幫弟子急急趕來，叫道：「這地方被他們發現了！長老快走！」凌昊天聽得遠處傳來叫囂打鬥之聲，說道：「不用走！待我去打發了他們。」當下揹著一里馬向著人聲奔去，但見前面巷中一里馬的手下正拿著棍棒和一群黑衣乞丐激鬥不止，凌昊天衝上前喝道：「住手！都是自家兄弟，打什麼？」

眾人一呆，轉頭看到凌昊天和一里馬，黑衣丐紛紛叫了起來：「是叛賊一里馬和惡賊凌昊天！」一里馬的弟子卻齊聲歡呼：「小三兒來了！」

黑衣丐中一個禿頭老丐叫道：「一個小賊，一個老賊，幫主有令，都抓了起來！」凌昊天見來人有三十多個，大聲道：「誰敢上來動手，我可要不客氣了！」

禿頭乞丐高聲呼喝，指揮手下衝上前向凌昊天圍攻。凌昊天不及放下一里馬，展開身法在眾丐之間穿梭，雙腿踢處，將幾個弟子踢飛了出去。他一手反手托著一里馬的身子，一手搶過一枝竹棒，展開打狗棒法，十多招之間，已將十多個黑衣丐打倒在地。眾人不料他揹著一個人還能神勇如此，都嚇得紛紛避讓，不敢再攻。禿頭丐見情勢不妙，當即喝令大家退下，叫道：「找到了人便好辦。大家走！快去報告賴幫主，讓他親自出馬收拾這些叛賊！」

凌昊天哼了一聲，並不阻擋，叫道：「去告訴賴孤九，多行不義必自斃，他若有膽量，便來找我！」眾黑衣丐互相扶持，狼狽萬狀地奔去了。

一里馬在凌昊天身後歎了口氣，說道：「小三兒，若不是你，我今日只怕逃不過那廝的毒手了。」

凌昊天問道：「這些乞丐爲什麼都穿黑衣？」一里馬歎道：「這廝早在暗中培植自己的勢力，組成了一批效忠於他的弟子，以穿黑衣爲標誌。他自封爲幫主之後，就靠著這批黑衣丐幫他辦事，鎮壓幫中不服的弟子。」凌昊天微微皺眉，說道：「這些黑衣丐武功都不弱，人數一多，三腿狗應能敵得過，明眼神和王彌陀就難說了。我們得快去找他們。」

眾人當即沿著長城往東，來到明眼神所在的下一個關口。一里馬讓手下四出尋找，卻遍尋明眼神不見，他心中生起一股不祥之感，果聽一個弟子回來報告，說明眼神被賴孤九的手下毒倒抓起，不知去向。

一里馬又驚又憂，忙讓人去查明眼神被帶去了何處。到得晚上，卻有二人悄悄找來，竟是三腿狗和王彌陀。原來他二人也已聽聞明眼神被擒的消息，相繼趕來，得知一里馬和凌昊天已來到城中，忙過來相見。兩個長老見到凌昊天，都是兩淚雙垂，說道：「小三兒，我們可找到你了！」

凌昊天見二人面黃肌瘦，滿面風霜，憔悴蒼老了許多，不復幾年前在洛陽大會上所見的意氣飛揚，不禁心中一酸，心知這二位長老都曾是威震一方的丐幫英雄，如今竟被小人逼迫得走投無路，四處躲避追殺，不由得又是難受，又是憤怒，說道：「兩位大哥，別來多有辛苦，你們……」卻說不下去了。

三腿狗拉著他的手，歎道：「小三，老哥哥差點便見不到你了。你一去兩年，我們只聽說你在大漠之上，卻找不到你的人。直到青幫新任幫主趙觀回到中原，我們才得知消息，趕去關口等你。老幫主死前要我們一定要找到你，請你替我們作主。事情到了如今這地步，小三兒，我們只能靠你了！」

凌昊天道：「三腿狗兄，你放心，我定會盡力替你們除去賴孤九這惡賊。我卻料不到他會心狠手辣到此地步，老幫主一去，便對幫中老兄弟下此毒手！」

王彌陀歎道：「賴孤九這人很工心計，多年來曲意奉承，討得老幫主的歡心，處心積慮想奪得幫主大位，又暗中收了一批效忠於他的弟子。老幫主去後，他便偷去了打狗棒，揚言自己是受了冤屈，打傷一里馬老兄的事情全出於其他長老的羅織陷害，之後又派出這群黑衣丐追殺我們，意圖消滅其餘長老的勢力，以免我們跟他爭奪幫主。我手下弟子打聽出了，他此時正準備在河南開封召集弟子，開壇祭天，正式登上幫主之位。」

一里馬大怒道：「這賊廝鳥，我定要將他的假面具扯下，打他個屁滾尿流！」

凌昊天問道：「聽說明眼神被他抓去了，可是眞的？」

三腿狗歎息道：「確是如此。明眼老兄眼睛不方便，那廝在他飯菜中作了手腳，毒倒了他。我聽說他們正將人送去開封，打算殺他立威。」

凌昊天想起自己初遇明眼神時的情景，他以一杖鐵枴在黑夜荒郊之中獨鬥修羅會眾，氣勢懾人，盲而不瞎，這樣一位英雄人物竟被賊人擒縛，準備當眾殺戮，不禁悲怒交集，說道：「走，我們這便去開封找賴孤九！」

三腿狗道：「他放出風聲要辦這場大會，顯然是想將大家都引去，一舉消滅。現在他抓住了明眼神，料知我們一定會去救，想必安排了不少陷阱。」一里馬道：「他此時應知道你已入關，而我們定會想盡辦法找到你。這人鬼點子多，一定早準備了對付你的法子。」

凌昊天大聲道：「任他設下什麼陷阱，我都要去闖一闖！」

一里馬和三腿狗、王彌陀等聽了，都甚覺欣慰。眾人知道賴孤九勢力不小，手下有上千弟子，其餘長老的手下死的死，傷的傷，更有不少歸附了賴孤九，剩下不到一百人，硬打是絕對打不過的，只能謹慎行事。眾人商議之下，決定喬妝改扮了，悄悄潛入開封城。

丐幫新幫主就位大會的消息早在城中傳得沸沸揚揚，街頭巷尾聚滿了乞丐，個個神色嚴肅，低聲交談，見到別的乞丐，先是互相打量，詢問對方以前是哪位長老的手下，才開始攀談。凌昊天等在城中轉了一圈，探聽出大會是在城東亂石岡上，便和眾長老分批往城東行去。卻見當地已聚集了數千名弟子，成堆而坐，安靜得出奇，全都向著東首搭起的一個高臺望去，默然無聲。一隊隊身穿黑衣的乞丐拿著鐵棍在人群中穿梭，目光掃視人叢，似乎不但在維持秩序，更在留心奸細叛徒。

凌昊天和三腿狗、一里馬、王彌陀等看了這等情勢，心頭都罩上一層陰影。回想當年洛陽大會，幫眾齊聚飲酒吃肉，高聲談笑，何等歡樂融洽，眼前這場大會卻肅殺靜默，戰戰兢兢，與洛陽大會直有天壤之別。眾人不願太早露面，便隱身在亂石岡旁的山石之後等待。

第一百二十八章　開封大會

過了一個多時辰，忽聽一群人高聲呼喊：「新任幫主賴大俠駕到！」臺下眾丐一齊起立，仍是一聲不響，但見高臺上出現了一人，一身新衣，得意昂揚地站在臺上，手持丐幫幫主信物青竹打狗棒，滿臉笑容，正是賴孤九。

他低頭向臺下巡視一圈，微笑道：「各位徒子徒孫，都到齊了麼？」一個黑衣丐朗聲報道：「稟告幫主，本幫弟子已到了九成了。」

賴孤九點了點頭，說道：「今日到場的，往昔曾犯過什麼罪過，本座都會從輕處理。未曾到場的，你們替我列出名單來，一律從嚴處置！」黑衣丐齊聲答道：「是！」

賴孤九又道：「大家都已知曉，本幫前幫主吳三石老幫主受人陷害，暴死在床，我曾發誓要找出害死他老人家的凶手，爲他報仇。今日我將繼承吳幫主的遺志，登上幫主之位，所幸已找出害死吳幫主的眞凶，得以手刃仇人，安慰吳幫主在天之靈。來人！帶了上來。」

臺下幾個黑衣丐便押了一人來到臺上，但見那人全身被綁得極爲結實，頸上套了沉重的木枷鎖，頭髮散亂，正是明眼神。

一里馬忍不住咒罵一聲，三腿狗和王彌陀也臉上變色。但見明眼神挺立不屈，一雙無神的眸子對著臺下，臉上滿是堅毅之色。臺下有不少弟子曾是明眼神的手下，見到他悲慘的情狀，都是熱淚盈眶，卻不敢哭出聲來。

卻聽賴孤九道：「我已查明眞相，一掌打死吳老幫主的，便是這狼心狗肺的奸賊！明眼神，我問你，老幫主往年待你不薄，你爲何要如此狠心？」

明眼神重重地哼了一聲，未及回答，一個黑衣丐已大聲搶著道：「還能爲了什麼，他是妄想篡奪幫主之位！老幫主知道他無才無德，眼睛又盲了，不肯答應，這老瞎子一怒之下，便下手殺了老幫主，想將打狗棒偷去，自立爲幫主。只他沒有料到，老幫主素有卓見，早已將打狗棒傳給了他最信任的弟子賴長老了。這瞎子一惡方畢，二惡又生，竟散布謠言，將一里馬被凌昊天打成重傷的帳歸到賴長老頭上，居心叵測，奸惡莫勝於此！請幫主將他就地正法，以平眾怒。」

賴孤九搖頭道：「事情經過原來是如此，怎不教人憤恨悲歎！各位兄弟，所謂惡能藏得一時，不能掩得一世。明眼老賊心懷不軌，想來早有預謀。各位曾在他言語行動中瞧見過些什麼破綻的，現在便請說出。」

他話聲一落，便有幾個弟子衝上前來，高聲指責明眼神不仁不義，隨意責打殺害手下弟子，凶殘暴戾；又一人說他貪戀女色，謀財害命；又有人說他不守幫規，四處斂財，招搖撞騙；還有人說他不敬幫主，時時在背後說吳老幫主的壞話，並暗中作針插布偶，詛咒老幫主早死。如此十多個弟子輪流上來指責唾罵一陣，愈說愈爲離奇，直將明眼神說成了個十惡不赦、無惡不作的大奸賊。

賴孤九歎道：「這人罪惡竟一深至此！他與前執法長老一里馬交好，我早知一里馬執法不公，卻沒想到他竟有膽包庇這等無法無天的賊子！我丐幫藏污納垢到此地步，無怪吳老幫主臨終前殷殷囑託，要我大力整頓了。明眼神，你還有什麼話說？」

明眼神仰天大笑，聲音淒厲，說道：「老天你可長眼麼？可見到妖人當道，忠良被害？老天你若有眼，便打雷下雨，讓雷電劈死奸人，讓暴雨洗清我的冤血！」

此時日正當中，秋高氣爽，臺下眾人聽得明眼神淒厲的話聲，身上都不由得一寒，抬頭望天。說也奇怪，但見西方飄來一塊烏雲，很快便遮住了太陽，四周陡然陰暗下來，悶然似乎便要落雨。臺下眾丐紛紛伸手指天，竊竊私語，人心浮動。

賴孤九臉色微變，叫道：「快殺了這瞎眼老妖怪，安定人心！」兩名黑衣丐奔上前來，將明眼神推倒在地，拿出一柄大刀，對準了明眼神的後頸。

忽聽臺下一人大叫：「不要殺我師父！」聲音稚嫩，卻是跟隨明眼神多年的小癩子。他瘋了似的奔向臺上，卻被幾個黑衣乞丐阻止住了。一個高大的黑衣乞丐伸手將他拽起摔在地上，伸腳踩住了他的頭顱，大聲道：「鬼叫什麼？要跟你師父一起去黃泉麼？」

另一個少年衝上前來，想扳開高大乞丐的腳，卻被他一腳踢得飛了出去。那少年跌在地上，一邊掙扎爬起，口裡一邊大叫道：「我師父是丐幫元老，有功於本幫，你賴孤九全無良心，陷害忠良，你黑了心謀害一里馬，背叛老幫主，又來陷害其他長老！賴孤九你不是人！」話未說完，又被幾個黑衣乞丐狠狠踢了幾腳，再也說不下去，凌昊天卻已看清，這少年正是小狗子。

賴孤九豎眉怒道：「這成何體統！一個低袋弟子在本幫大會之上大呼小叫，胡說八道，血口噴人，我丐幫還剩了多少紀律？來人，將這兩個小子拖下去，狠打一頓，關了起來，讓他們活活餓死！」

幾個黑衣乞丐上來抓住了小癩子和小狗子，當場便拳腳相加。其餘幫眾有看不過眼的，卻都不敢出聲，只能轉過頭去。要知丐幫中人大多是窮戶出身，挨餓的時候多，最初集結成幫時的精神便是互相扶助，讓大家都能填飽肚子。這時賴孤九下令讓兩名弟子活活餓死，實是完全違背牴觸了丐幫的立幫精神。

凌昊天再也看不下去，低聲道：「我出去，你們繞到後面伺機相救明眼神。」三腿狗等點頭答應。

凌昊天便從大石後竄出，大聲喝道：「住手！」這聲暴喝極響，只震得眾人耳膜隱隱作痛。眾人都是一驚，回頭看去，只見一個身影飛快地躍下大石，向著人叢衝來，幾個起落，已闖入人群，抓起毒打小狗子小癩子的黑衣乞丐，隨手摔出。眾丐一陣紛亂，但見那人扶起了小狗子和小癩子，面向著臺上的賴孤九，冷冷地道：「姓賴的奸賊，你膽子當真不小！明知我還活著，便敢這般倒行逆施！」

賴孤九站在臺上哈哈大笑，說道：「凌昊天，你終於來了！」一拍手，一群黑衣乞丐立時衝將上來，在凌昊天身邊數丈外團團圍住。賴孤九喝道：「這人乃是本幫的大仇人，打傷一里馬、害死吳老幫主的元凶。此人暴戾蠻橫，恃武欺人，早爲江湖中人仇視唾棄。本幫替天行道，他便不惹到本幫頭上，我也要收拾了他！結蓮花大陣！」

三十六名黑衣弟子早有準備，聞聲立時揮動長棍，虎視眈眈地望著凌昊天。

凌昊天知道這陣勢極爲巧妙險惡，曾困倒無數武林高手，較之自己在大漠上單獨對敵一百名蒙古士兵的情況要凶險得多。他向四周環望，緩緩地道：「你們可知自己在爲什麼樣的人賣命？丐幫自古以來，可有一位幫主還未上任便出手殘殺幫中長老，痛打幫中弟子的？謀害執法長老一里馬的正是賴孤九，他卻要推到我頭上；吳老幫主正是被賴孤九氣死的，他卻要誣陷明眼神。壞事作盡卻不敢認，一朝得勢便反目打殺元老，這樣的人，不値得你們爲他賣命！」

賴孤九在臺上叫道：「這小子妖言惑眾，不要聽他胡言亂語，快快拿下了他！」

凌昊天從腰間拔出一根竹棒，指著賴孤九道：「等我破了蓮花大陣，再用打狗棒法收拾你。你等著吧！」

賴孤九冷笑道：「這世上有沒人能破得了蓮花大陣，咱們走著瞧！兄弟們，動手！」

臺下許多幫眾並非賴孤九的屬下，對賴孤九的行事作風早已看不過眼，只是懼於賴孤九和眾黑衣丐的淫威，不敢出聲，此時聽了凌昊天的說話，都忍不住高聲相應：「小三說得好！」「小三替我們說明眞相，將姓賴的揪下臺來！」

黑衣群丐卻也不甘示弱，高聲叫道：「賴幫主是本幫名正言順的幫主，誰敢不服從幫主指令，替這小賊說話？」「賴幫主句句實話，明明是這小賊信口誣賴，大家不要相信！」「賴幫主英明決斷，才遭人忌妒。這小賊自恃家世武功，故意前來搗亂，大家快快將他抓起！」

凌昊天對身周的叫囂斥罵之聲充耳不聞，凝神望向身周三十六丐。但見眾丐齊聲唱起蓮花落調子，聲音此起彼落，腳下交叉而行，手中木棍在地上頓得篤篤而響。凌昊天見這陣勢設計得果然極巧，眾丐繞行了一圈，仍舊毫無破綻，難以攻破，心中籌思：「要破此陣，一是將人打傷，一是跳出重圍，從外攻入。我能不能跳得出去？」

當下仔細觀察三十六名乞丐，但見人人全神貫注，動作一絲不苟，顯然經過嚴密訓練，更無半分差錯。凌昊天吸了一口氣，心想：「用掌法可以傷人，用暗器也可以傷人。但我這是在丐幫之中出手，自當用打狗棒法破陣，方不負吳老幫主的託付。」

想到此處，清嘯一聲，忽然向後縱出，反手將竹棒往後刺去，是一招「夾尾不回頭」，接著衝向左首，竹棒橫揮，使出一招「喪家流浪犬」。眾丐訓練有素，雖見他棒法奇巧精妙，仍能合二三人之力擋了開去。場外丐幫弟子見凌昊天使出打狗棒法，心中激動，忍不住高聲叫好，為他助勢。三十六丐此時也已發動攻勢，三十六根棍子橫掃直戳，從四面八方攻向圈中的凌昊天，凌昊天卻總能以打狗棒法輕輕撥開，卸去力道，但見他身形輕靈，黃棒揮舞，如行雲流水般將三十六棍盡數撥去。

如此一輪攻勢過後，蓮花大陣略略停歇，三十六人仍舊圍著凌昊天繞行，伺機進攻。凌昊天不等眾人蓄勢準備，一躍上前，向著領頭的乞丐攻去，連續使出「肉包子打狗」、

「棒打癩皮狗」、「搖尾乞憐狗」、「狗眼看人低」、「狗眼看人低」、「屠狗眞英雄」、「好狗不擋路」、「犬馬來生報」等招，都以輕巧奇幻取勝，招招指向蓮花大陣的弱處。眾丐見他出招極快，黃竹棒似乎化成一片黃影般不斷攻來，都不由得暗暗心驚：「打狗棒法竟有這等威力！」

領陣的乞丐心中更是驚詫，口中呼喝，令眾丐變換陣勢，心中暗暗焦慮：「本幫自創立蓮花大陣以來，從未曾以之對付幫主，因此這陣勢能不能困住會使打狗棒的人，倒也難說。」

但見凌昊天安然站在圈心，黃竹棒戳刺挑絆，招招得心應手。他從未僅以打狗棒法對敵，此時使將出來，才慢慢領略這打狗棒法的妙處：他只須眼明手快，更不須使多少力氣，便能擋下身周眾人的攻擊，就算須在這圈中耗上一整天，也不會感到疲累。他想通了這一層，心中更加安穩，忽想：「無無功的妙處，在於平時不必消耗內力，只在須用之時一舉發出，力量自能凝聚而強大。我若將無無功用在打狗棒法中，只在棒與棍相交時才使力，或許能有奇效。」想到此處，臉上不由得露出微笑，圍攻他的三十六丐看在眼中，心中都又驚又急：「他笑什麼？難道他當眞穩操勝券，有恃無恐？」

凌昊天在蓮花大陣中揮灑自如，已立於不敗之地。但聽他清嘯一聲，陡然出手猛攻，打狗棒法快中挾勢，巧中帶勁，七招過去，竟將七人手中的棍子擊飛了出去。眾丐大驚，更加緊陣勢向凌昊天攻去。

凌昊天有意試試無無功配合打狗棒法的威力，出招靈巧快捷，用勁拿捏準確，每一棒出，不是擊斷群丐手中的木棍，便是將木棍打飛，隨心所欲，控制自如，連他自己也沒料到打狗棒和無無神功同使能有如斯威力，心中興奮，數十招後，已將三十六根木棍全數打折打飛。

三十六名乞丐盡皆失色，空著手呆在當地，想不出凌昊天手中的黃竹棒究竟有何魔力，竟能以弱擊強，以少擊多，打斷打飛自己手中的木棍。這威名赫赫的蓮花大陣竟就此被人攻破，陣中陣外的丐幫弟子見了，都極為震驚，不敢相信眼前之事。

凌昊天手持黃竹棒站在場中，轉頭望向臺上的賴孤九，說道：「吳老幫主當年傳我這打狗棒法，便是要我防備你作出不仁不義之事。你偷襲殺傷一里馬在先，擒拿冤枉明眼神在後。像你這樣的小人，如何配作丐幫幫主？」

賴孤九此時臉色已蒼白如紙，他熟知蓮花大陣的威力，自忖便憑打狗棒法也絕難脫身，本擬一定能困得住凌昊天，豈知凌昊天的武功竟遠遠超出自己的估計，竟能輕易破陣。只見凌昊天大步走向臺上，一躍上臺，冷然望著自己，說道：「交出打狗棒來！」

賴孤九退後一步，冷笑一聲，凌昊天忽覺腳下一鬆，落足處一塊石板竟陡然往下跌去。他反應極快，雙足一點，向後躍出，落在臺邊，卻見那下陷的洞底豎起七八柄利刃，若跌了下去，不死也是重傷。

賴孤九不等他站穩，已揚聲叫道：「動手！」高臺四邊的石板一齊翻開，躍出十多個黑衣人，持刀劍向凌昊天攻去。凌昊天施展輕功閃避，皺起眉頭，看出這些人的刀劍上閃著青綠光芒，顯然都餵了毒藥。丐幫號稱武林第一幫，這些黑衣人的出招卻陰狠毒辣已極，戳眼挑陰種種招術無所不為。凌昊天心中惱怒，黃竹棒揮處，將當先兩人的手腕打折了，又揮棒戳上另兩人的肩頭穴道，抬腿將另二人踢下臺去。他出手甚重，將眾黑衣人打得臂折腿斷，不多時便全摔下臺去。

這十多人都是受過嚴密訓練的殺手，此番被賴孤九請來埋伏在臺下，一得號令便衝出來殺人，不料對手武功出神入化，只以一根黃竹棒對敵，幾招之間便將眾人打傷驅退。賴孤九原本料想這些人不是凌昊天的敵手，叫他們出來只爲讓自己有機會逃走，卻沒想到凌昊天這麼快便將他們盡數擺平，他還未及逃下臺去，眼前一花，便見凌昊天攔在自己身前，喝道：「你還有什麼花樣，儘管使出來！不然便乖乖交出打狗棒！」

賴孤九此時已對凌昊天的武功心驚膽戰，哪裡敢跟他動手？當此情勢，若交出竹棒不免威信全失，臉面掃地；若不肯交，凌昊天又怎會輕易放過自己？他雙手緊緊握著青竹棒，忽然大喝一聲，衝上前揮棒打向凌昊天。

凌昊天黃竹棒伸出，在青竹棒上一挑，那青竹棒便像活了一般，飛上半空，落在凌昊天手中。賴孤九退後一步，臉色更白，心中念頭急轉，一側頭，望見三腿狗和王彌陀已趁機救走了明眼神，心中更是一涼。

三腿狗走上前來，大聲道：「賴孤九，老幫主得知你狠心偷襲一里馬，一氣病死，你又忝不知恥，趁他老人家去世時偷走了打狗棒，自封爲幫主，下手迫害幫中元老，濫殺屬下弟子，丐幫出了你這種敗類，實是丐幫百年之恥！賴孤九，你可知罪？」

賴孤九又退了一步，忽然想起：「他們都來了，一里馬想必也在此。」心念一動，當即放眼四望，果見一里馬在一個小丐的攙扶下，緩緩向臺前走來。賴孤九心中一鬆，暗想：「天助我也！」湧身跳下臺往一里馬衝去，一腳將小丐踢飛，拔出小刀架在一里馬頸上，喝道：「誰敢近前，我便殺了他！」

一里馬身已殘廢，被他制住，如何能掙脫，大怒叫道：「這賊廝已殺害過我一次，看他有沒有種再殺我一次！你們讓他殺了我好，替我報仇便是！」

三腿狗和王彌陀大聲叫道：「快放了一里馬！勿要再惡上加惡，罪上加罪！」

賴孤九自知已走上絕路，哪裡還有顧忌，獰笑道：「我便是要讓他血濺當場，你們道我不敢麼？我可不似你們這些假仁假義的膽小鬼，殺個把人也不敢？這老頭子自命正直，執法嚴厲，幫中誰不恨他？他活該落得這般下場，全身殘廢，人不像人，鬼不像鬼！這樣的廢人，你道我不敢殺麼？」

三腿狗急怒攻心，大罵道：「賴孤九你這黑心奸賊，無恥無義到此地步！一里馬是本幫兄弟，和你一起拜過祖師爺的，你怎敢殺他？他秉公執法又有什麼不對了？是你自己違反幫規，才對一里馬如此忌恨！」

賴孤九叫道：「他不惹我，我不惹他。我自和門下女弟子要好，關他什麼事了？他爲何一定要來深究，逼我殺死那女子，造成一屍二命的慘劇？」

一里馬聽了，怒道：「我要你自己了斷，是要你娶了她回來，或是接受幫規懲罰，誰知道你一心掩飾，自己動手殺了她，卻要怪到我頭上？」

賴孤九狀若瘋狂，叫道：「是你逼我殺的！是你逼我殺的！丐幫之中無仁無義，無情無理，我早不想待下去了！」說著拖著一里馬向亂石岡旁一步步退去。數百名賴孤九的親信黑衣弟子紛紛追上去護衛，有的默不作聲，有的回頭叫罵，臉色都甚是難看。

三腿狗和王彌陀急於救回一里馬，指揮丐幫弟子逼近前去，卻不敢硬攻搶救。

凌昊天眼見情勢如此，長長歎了一口氣，開口說道：「賴孤九，你若還有點良知，便就此退出丐幫，從此與丐幫毫無瓜葛。你將一里馬留下，我們今日便不再爲難你，讓你自去。」

賴孤九要聽的便是這一句，說道：「凌昊天，你說話可要算話！」凌昊天道：「自然算話。」

賴孤九冷笑一聲，伸手推開一里馬，率領手下弟子揚長去了。

第一百二十九章　丐幫三哥

三腿狗衝上前扶住了一里馬，忙問：「馬兄，你可沒事麼？」一里馬連連搖頭，勉力伸手指向臺上，說道：「事不宜遲，小三在此，你們還不快勸他？」

三腿狗領悟，轉頭向跟上來的王彌陀和明眼神道：「是時候了，大家記得老幫主的遺言麼？」四個長老心意相同，三腿狗揹起一里馬，四人一起來到臺前，高聲叫道：「奉吳老幫主遺命，丐幫一體奉凌昊天爲幫主！」

凌昊天正怔然望著賴孤九和手下黑衣群丐匆匆離去的背影，想起吳三石在少林寺外向自己託付後事的情景，忽然聽得幾個長老在臺下的叫聲，一驚回身，但見丐幫上千弟子已黑壓壓地跪了一地，口裡叫道：「參見幫主！」

凌昊天一呆，忙跪倒在地，雙手將打狗棒高舉過頂，說道：「我早已說過，我不配作丐幫幫主。各位兄弟千萬不可如此！」

眾人聽他不肯接任幫主，都相顧無策。明眼神道：「小三兄弟，本幫現下全靠你作主了，我們都聽你的。你若不願當幫主，那也不打緊，我們便不稱你幫主，稱你一聲三哥便是。」

凌昊天失笑道：「你們心中當我是幫主，卻稱我別的名號，這不是開玩笑麼？我不作幫主，也不要你們聽我的話。丐幫中的事情，但教我能力所及，定當盡力去作。叫我三哥什麼的也不大對勁，我年紀比你們小上這許多，怎麼當得起一個哥字？你們若看得起我，仍舊叫我小三便是。」

眾人聽他承諾相助，都露出喜色，但仍舊不肯喚他小三，堅持稱他三哥，最後取了個折衷辦法，稱他為「小三哥」。從此幫中上下當著他的面便稱呼他一聲小三哥，背後仍稱他三哥。直到許多許多年後，丐幫之中凡提起「三哥」二字，都知道便是第三十七任幫主凌昊天。他雖從未正式接任幫主之位，實際上卻領導主持丐幫達二十年之久。他在丐幫中受到的尊敬愛戴，對幫眾的影響和威信，更是許多正式幫主難以企及的。

凌昊天替丐幫趕走了賴孤九，餘下四位長老得以重掌幫務，第一件事便是整頓幫中弟子。丐幫素來以俠義為先，幫規嚴謹，幫中弟子品行端正，互敬互助，剛直重義，這些難得的素質卻在賴孤九一場奪權陰謀中被消磨殆盡。有的幫眾見執法長老被廢，便大膽違反幫規；有的見連賴孤九這等奸人都能逍遙法外，他既能當上幫主，下面的人還有什麼不敢作的？一年多來幫中大亂，正直之士受到打壓，邪曲之人逍遙法外，幫中弟子的品行一落千丈。眾長老深知問題嚴重，決心重新整頓，極力提倡兄弟間的義氣，宣導爲人處世的義理。

當時四位長老之所以一定要留下凌昊天，自是經過深刻的考量。丐幫此時人心渙散，確實需要一個具有威信的英雄人物出來主持。丐幫中人對凌昊天的事跡都是耳熟能詳，從他十四五歲時跟隨三腿狗和一里馬赴淨慈庵，冒命解救小尼姑慈惠，憑智巧奪回絕寒寶劍；到十八歲時爲了解救明眼神等而不顧性命，出頭向斷魂劍程無垠挑戰；又在少室山上以過人識見調解武當和丐幫的紛爭，其後在被正派、邪派大批人馬圍攻，陷入死地之際，仍凜然拒絕接受賴孤九的救援等行徑，在在都顯示出他重義輕生、率直無畏的豪傑氣度。丐幫中人對他的智勇義氣都留下了極深刻的印象，此番他挺身趕走了賴孤九，出面主持丐幫，許多原本決意退幫的幫眾都又回歸幫下，希望能追隨凌昊天。

凌昊天卻是個毫無機心，更無野心的人。之前諸事他作是作了，卻並非特爲丐幫而作，事後也從沒放在心上。他並不十分明白丐幫中人爲何如此尊敬重視自己，只覺得人生實在奇怪得很，短短兩年之前，自己身上背負了一樁又一樁的冤案血債，千手所指，萬人唾棄，似乎天底下沒有比他更加卑鄙可惡的人了。黑白兩道不惜大舉出動人馬追殺他，非要置他於死地不可。他被迫遠遁避世，在大漠之上沉潛索居、與世隔絕了兩年之久，一回到中原，那些莫名其妙的冤案血債竟已一一破解消散，丐幫中人翹首盼望他的歸來，對他尊重推崇備至，竟要奉他為幫主，彷彿他凌昊天已死過一次又再重生，變成了另一個人一般。世事轉移之奇幻莫測，人心喜惡之變化多端，實令人再也無法猜想逆料。

卻說凌昊天和丐幫眾人在開封留了十餘日，待幫中局勢安定之後，眾長老便聚集討論該如何處置賴孤九。三腿狗主張去將他追回，依幫規處置。一里馬卻道：「他已被逐出丐幫，我們最多將此事宣告江湖，卻不能再以幫規處置他。」王彌陀道：「這人是不會死心的。你們信我這一句：賴孤九一日不除，幫中便一日不得安寧！」

四位長老又請問凌昊天的意見。凌昊天沉吟道：「王七哥說得不錯。這人不會輕易放棄，大家須得小心提防。我以為我等應立即傳話給武林各大門派幫會，告知賴孤九被逐出丐幫之事；其次須派出弟子監察留意他的行動。他若敢輕舉妄動，我們便能盡快出手制止。他若善罷甘休，我們也不應對他太過趕盡殺絕。」

眾人聽了都表贊同。眾長老便分派手下弟子去各門派通告，又分頭搜尋探聽賴孤九的下落。

不一日，一個弟子回來報告，說賴孤九身邊的弟子一一離他而去，現下只剩不到三十個了。眾長老知道賴孤九手下的黑衣丐原是他一手帶起來的，但真正效忠他的畢竟只是少數，有些是貪圖他給予的錢財，有些是妄想在幫中得到崇高的地位，一旦賴孤九失勢，許多弟子便脫下黑衣，另謀生存了。更有許多仍然一心歸附丐幫，便穿上破舊衣衫重新加入丐幫。幾日之後，賴孤九身邊便弟子便走得寥寥落落了。

眾人正覺放心，不料三日之後，卻傳回驚人的消息；一個弟子身負重傷趕回，報說一同出去追蹤賴孤九的十多名弟子在二十里外的常家坡受人圍攻，死傷慘重。

明眼神忙問：「是誰下的手？」那弟子受傷甚重，硬撐著趕了這段路，幾乎不支，斷斷續續地道：「領頭的便是賴孤九，一共五十多人，武功都很高，卻不是他原先的黑衣弟子，而是些穿著青衣的漢子。」說完便暈厥了過去。

凌昊天和眾長老都又驚又怒，連忙趕去出事地點，但見十多個弟子屍橫就地，地上用鮮血寫了數行大字：「五人在我手上。若要贖人，叫凌昊天單獨赴惡泉岡風雲臺，遲一日，殺一人！」

凌昊天臉上變色，忍不住罵道：「卑鄙狗賊！」三腿狗皺眉道：「這很奇怪了，賴孤九的手下已然不多，他從哪召集這許多人來下此毒手？」王彌陀道：「他作事謹慎之極，若知自己實力不夠，絕不會有膽向我們挑戰。依他的野心，也不會只要小三哥去換人便罷。」

明眼神在小狗子的扶持下，聽小癩子述說眾人的致命傷處，沉思一陣，這時忽然開口說道：「小三哥，我猜想相助賴孤九下手殺人的，應是龍幫中人！」

眾人聽了，都是一驚。凌昊天皺眉道：「龍幫怎會來作這等事？」丐幫素來少與其他幫派結仇，與龍幫的關係算是好的，雖甚少來往，龍幫卻絕不會無緣無故對丐幫弟子狠下殺手。再說，龍幫龍頭便是凌昊天的母親，前任幫主又是凌昊天的二哥，龍幫若全力擁護凌昊天那還說得過去，現在卻蓄意來對付凌昊天，卻是什麼道理？

凌昊天也猜不透其中緣故，眼見事機緊急，說道：「我便去惡泉岡贖人，看看他們究竟有何計謀。」眾長老都道：「小三哥，此行險惡，你不可單獨去犯險。」

凌昊天道：「我的命是命，難道那五位兄弟的命便不是命？我自得去救出他們，也要瞧瞧賴孤九究竟有什麼花樣。你們不用擔心，我不會有事的。」

明眼神道：「我們帶了弟子跟去，躲在山石草叢中，你若遇上危險，我們便能出手相助。」眾人商量停當，凌昊天便單獨去惡泉岡赴會。

那惡泉岡是個小小的山丘，四面開闊，任何人一走近，遠遠便能看見。眾人見了地勢，都不禁皺起眉頭。三腿狗道：「小三哥，你此去若有危難，我們只怕不易相助。」凌昊天微一凝思，說道：「我若遇險，便讓啄眼來向你們通報。」當下吹哨喚啄眼近身，單獨往岡上行去。

卻見小岡上樹立了五根粗木，木上各綁了一人，正是被劫去的五名弟子。岡旁站了一排五十多名青衣漢子，手持刀劍，冷冷地望著凌昊天。

凌昊天沉聲道：「賴孤九呢？要他出來！」卻聽一人哈哈大笑，從坡後走了出來，說道：「凌昊天，你太愛逞英雄，竟真敢單獨赴會，今日是死有餘辜！」正是賴孤九。

凌昊天冷冷地道：「我來了，快放人！」賴孤九搖頭道：「你來了還不夠，我還要你見一個人，承諾一件事。」

凌昊天道：「誰？什麼事？」

賴孤九一笑，說道：「要見的這人麼，你須得跟我走。要承諾的事麼，也很簡單。我要你承諾將丐幫幫主之位還給我！」

凌昊天搖頭道：「賴孤九，你還在癡心妄想這幫主之位？你就算坐上了，又如何坐得穩？」賴孤九道：「我自有辦法！你看看這個！」說著拋過去一封信。

凌昊天接過了展開，卻見信上寫著：「龍幫支持賴孤九爲丐幫正統幫主。凌昊天篡奪幫主之位，眾所不恥。若不即時退位讓賢，龍幫將出手殲滅依附凌之丐幫弟子，扶持賴幫主重登大位。」

凌昊天心中一凜：「在常家坡下手的果然是龍幫！難道這是娘的意思？」他向兩旁的龍幫中人環視，說道：「這是誰的指令？」龍幫眾人並不回答，只森然向他瞪視。

賴孤九哼了一聲，說道：「這自是龍幫幫主的指令了。凌昊天，你連自己母親的話都不聽了麼？」

凌昊天不答，沉默一陣，才道：「第一，我並不是丐幫幫主，本就無所謂篡奪，更無所謂還位與你。第二，你道有龍幫撐腰，就能令人心服了麼？賴孤九，老幫主曾託付於我，你若多行不義，我便可廢除你的幫主之位。你便有再多人撐腰，丐幫中人不服你，你也不用妄想在丐幫中混下去了！」

賴孤九笑道：「別人此刻不服我，以後也會服的。我也不用勉強誰，我會使打狗棒法，世上若是沒有了你，丐幫中人怎能不來求我？打狗棒法若就此失傳，也未免太可惜了吧？」

凌昊天聽他竟以打狗棒法自重，不禁怒道：「吳老幫主當初傳你棒法，難道不曾告誡過你這棒法是爲了扶助孤弱，鏟奸除惡？賴孤九，我本想饒你一命，現在卻不能饒過你了！」

賴孤九哈哈大笑，說道：「你饒過我？我還不一定饒過你呢。凌昊天，跟我們走！」凌昊天道：「你要我來贖人，爲何還不放走這五位兄弟？」賴孤九笑道：「要我放人麼？那也簡單。你站在這兒，讓我打你五棒，我便放人。」

凌昊天瞪著他，心中怒極。賴孤九將他的心性摸得甚準，知道他不能夠眼睜睜地看著這五名弟子受苦喪命，只要自己仍掌握著這五人，便不怕凌昊天不屈服。果聽凌昊天道：「奸詐小人，我早知你說話不會算話。好！我便讓你打五棒，你得立時放走他們！」

賴孤九道：「就是如此。你若還手呢？」凌昊天道：「我不還手。」賴孤九喝道：「君子一言，快馬一鞭。」

凌昊天轉向龍幫眾人，說道：「你們在此作證，我若讓他打五棒，他就得依言放人。」龍幫眾人互相望望，爲首的漢子道：「好！就是如此。」

賴孤九大喜，跨上前來，拔出一根鐵鑄的棒子，三棒揮出，連續打在凌昊天胸口、小腹、左腿，出棒又重又狠。凌昊天運起無無神功抵禦，勉力擋下了，仍覺胸口疼痛，受了內傷，吐出一口鮮血，左腿那棍打得甚重，不禁跪倒在地。

那五名丐幫弟子看在眼中，都叫了起來：「小三哥，你快走！讓他殺了我們便是！」

凌昊天搖了搖頭，說道：「還有兩棒。」賴孤九冷笑一聲，揮棒打出，一棒打在他右臂，一棒點上他胸口穴道。

凌昊天強忍著受了他五棒，跌倒在地。賴孤九大喜，說道：「小渾蛋，沒想到你也有今日？來人，將他綁起帶走了！」

凌昊天怒喝：「你還不放人？」

賴孤九冷笑道：「似你這般軟弱無用之人，如何當得了幫主？」走上前去，又踢了他一腳。凌昊天陡然伸手，抓住了他的腳踝。賴孤九大驚，沒想到他受傷中穴後竟還能對自己出手，連忙縮腿，凌昊天卻怎會讓他逃脫，手上用力，將他扯倒在地。兩旁賴孤九的弟子見了，忙奔上前來相助，有的揮兵刃攻擊凌昊天，有的去救賴孤九。

凌昊天不得不鬆手放了賴孤九，揮掌將來人逼退，跳起身來，喝道：「還不放人？」幾個龍幫幫眾見凌昊天臉上身上都是血，卻神威凜凜，哪敢遲疑，忙過去放走了那五名弟子。五名弟子連忙衝到凌昊天身邊，叫道：「小三哥！你沒事麼？」凌昊天道：「我沒事。你們快走，去向長老們報訊。」

丐幫弟子最重義氣，都不肯捨他而去，只一人匆匆奔去報訊，其餘四人卻仍圍在凌昊天身旁，誓與他共生死。

賴孤九好不容易才掙脫了凌昊天的掌握，臉色蒼白，更說不出話來，忙指揮手下和龍幫眾人上來圍住凌昊天，罵道：「小賊，你今日不跟我走也不行了！」

凌昊天向他瞪視，說道：「姓賴的，你現在敢不敢跟我一對一決鬥？」

賴孤九見他受傷已重，似乎連站都站不穩，冷笑道：「怎麼不敢？只怕不敢的是你！」跳上前，揮鐵棒向凌昊天打去。

凌昊天左手揮動打狗棒，擋了五六招，知道自己受傷不輕，難以久戰，只能仗著打狗棒加上無無神功的威力，勉力擋開賴孤九的鐵棒。

賴孤九全沒想到他被自己打了五棒、多處受傷後還能使動打狗棒法，心中驚疑不定，更加緊攻擊。他卻不知這打狗棒法的微妙處正在於它能以巧馭力，一個人即使沒有內力、身受重傷，也能使打狗棒防身自禦。賴孤九心中焦躁：「我若連一個受傷的後生都打不過，龍幫眾人又怎能相信我會使打狗棒法？」忽然向旁縱出，揮棒打向站在一旁的丐幫弟子。凌昊天想跨上前擋住，左腿卻不聽使喚，一個蹎踣，卻見那丐幫弟子大叫一聲，被賴孤九打得跌倒在地，眼見就要喪命棒下。

凌昊天大急，心念一動，尖聲作哨，啄眼一直在天上盤旋，留意主人的情況，聞聲立即從天而降，轉眼已離凌昊天不到一丈遠近。凌昊天向賴孤九一指，啄眼在空中一個轉折，如閃電般向賴孤九臉上啄去。賴孤九不防，只覺左眼一陣劇痛，一隻眼睛已被啄眼的尖喙啄瞎。他大叫一聲，不敢戀戰，向後縱出，叫道：「走，大家走！」

龍幫眾人從未見過這等凶猛的大鷹，見賴孤九受傷甚重，連忙簇擁著他匆匆離去。

凌昊天以打狗棒撐地，勉力站著，只覺身上傷口火辣辣地疼痛，自知無法追上，縱聲叫道：「賴孤九，我今日殺不了你，你也逃不長久的！」

那四名丐幫弟子眼見凌昊天豪氣過人，都不禁佩服得五體投地，在他身前跪倒，叫道：「多謝小三哥相救！」此時丐幫眾長老也已得訊趕上山來，見凌昊天受傷甚重，都是又驚又怒，連忙替他治傷。

第一百三十章　三幫聚首

眾人得知在背後支持賴孤九的確實是龍幫，大感惱怒不解，都說定要向龍幫質問此事。眾人商量之下，認爲上策乃是先追到賴孤九，避免與龍幫正面衝突，四位長老便各率屬下出發追蹤賴孤九。賴孤九卻逃得極快，在龍幫幫眾保護下，直向龍宮逃去。

眾人追蹤了數日，凌昊天傷勢恢復了七八成，聽說賴孤九逃上了龍宮，不禁遲疑。他自不願與龍幫作對，便寫了封急信去龍宮探問情況。

當時燕龍和鄭寶安都不在龍宮，那信便送到了雲非凡手中。當初讓手下支持賴孤九重任幫主、下手殺死丐幫弟子的正是她，她認定逼走凌雙飛的罪魁禍首中凌昊天也有一份，對他極爲憤恨，見到那信便即撕了，將賴孤九留在龍宮，並令手下盡力保護。凌昊天見沒有回音，只能帶著丐幫一路來到五盤山腳下。

丐幫依照江湖規矩，先派人送上名帖，雲非凡卻將送帖的丐幫弟子轟下山去，極爲無禮。眾長老見此情勢，別無他法，一致決議次日大舉上龍宮問罪要人，心中都知道一場大戰是免不了了。

不意那天晚間，龍幫忽然派了使者來，恭請丐幫眾位英雄次日齊赴龍宮，商量要事。眾人見了，都認為會無好會，宴無好宴，龍幫這是要攤牌明幹了。龍幫邀請丐幫上龍宮去，在它自己的地盤上，龍幫若要作什麼手腳，設什麼陷阱，將丐幫精英一舉殲滅，再擁立賴孤九為幫主，並不是辦不到的事。四位長老都不禁擔憂，忙命弟子勤加演練打狗陣和蓮花大陣，以備迎戰。

次日清晨，丐幫數千幫眾在淩昊天的帶領下，浩浩蕩蕩地來到龍宮門外。

這一日，正是鄭寶安登上龍幫幫主之位後的第三日。

淩昊天幼年時曾跟著母親來過龍宮許多次，此番重來，心情極為複雜，腦中不斷想著關於二哥和二嫂的種種往事，難以揮去。他只道現在主持龍幫的是二嫂雲非凡，他也約略能明白二嫂為何會惱恨自己，但卻並不知該如何面對她。硬來自是不妥，若是軟來，二嫂又怎會理睬讓步？

他心中正自思量，龍宮的飛檐已出現在眼前。一行人來到龍宮山門之前，三腿狗大步來到門口，朗聲道：「丐幫淩昊天，率領四長老暨丐幫幫眾，拜見龍宮主人！」

他的聲音遠遠地傳了出去，不多時便見龍幫幫眾魚貫從廳中迎出，在青石板路兩旁站定，龍幫大執事林百年和胡偉一齊出來相迎，將眾人請到大門之外。但見廳中已坐滿了人，總有幾百人，全都起身向門口望來。一個青衣少女從主位上站起，迎到大門之外，抱拳行禮道：「眾位英雄請進，小女子有禮了！」

凌昊天一見到她的面，登時如遭雷擊，呆在當地。但見她身形嬌小，一身青衣，容色俏美，正是自己日思夜想的鄭寶安！

凌昊天全未想到會在此情此景見到她，一時渾忘了自己為何來到此處，忽聽一人笑道：「小三，你也來啦。」卻是趙觀的聲音。

凌昊天轉頭望去，但見趙觀臉帶微笑站在一旁，不禁又是一怔，一時有如身在夢中。

趙觀見他滿面驚詫，咳嗽一聲，說道：「本座受龍宮主人鄭女俠之邀，來此討教。凌三俠，閣下想必也是受邀而來。」凌昊天定了定神，說道：「正是。」忙向二人回禮。他抬起頭，又望見鄭寶安的臉，心中百念交集，怔然說不出話來。三腿狗見他始終不發話，便上前行禮道：「鄭女俠，這回我丐幫大舉來龍宮，只為向貴幫請教幾件事，並討回敝幫叛徒。」

鄭寶安道：「好說。我請各位上山，正是為了解決貴我兩幫在過去幾個月中生起的紛爭。各位英雄請坐。」

丐幫眾人便在東首坐了，青幫幫眾則坐在西首，龍幫身為主人，坐在北方堂上。

鄭寶安待眾人坐定，便開口說道：「本幫不幸，自雲幫主去世、凌幫主離去之後，小妹未能好生整頓，以致幫中混亂，失了法度。此刻本幫以我為主，前數月中本幫與青幫丐幫之間生了不少誤會，我都願在此一一承擔解決。趙幫主，你請指教吧。」

趙觀站起身，朗聲道：「上月十日，龍幫偷襲闖入我幫乙武壇，殺害二十多名弟子，又下手殺傷我山東濟南分壇的弟子。我二幫素無仇隙，貴幫無端相害，在江湖道義、武林規矩上，都是貴方理虧。本幫今日來此，便是想向貴幫討還這許多條性命，並要求貴幫交出所有殺人凶手，交由本幫處置。」

鄭寶安道：「這件事實肇因於本幫數個不肖弟子，私下與貴幫中人結怨，因而出手襲擊貴幫分壇。在道理上，理虧的是我們；但是在武功上，貴幫卻不如我了。」

趙觀揚眉道：「鄭幫主言下之意，便是不肯償命了？貴幫武功高強，難道想恃強橫行麼？」

鄭寶安道：「本幫是武林幫會，素來以武功決定高低。貴幫是江湖幫會，素來著重義氣道理。我兩幫原本河水不犯井水，如今既起了衝突，解決的方法自該折衷，既不能只講道理，也不能只論武功。小妹所提的解決方法十分簡單：本幫理虧，自當誠心道歉賠罪。貴幫死去的二十三名幫眾，小妹已派人送了厚禮重金去他們家中，表示本幫誠摯的歉意。至於武功，卻須依武林規矩，勝者無懲，強者無罪。下手殺害貴幫弟子的本幫弟子，小妹將依幫規懲處，卻不能將他們交出。」

趙觀搖頭道：「殺人償命，欠債還錢，江湖上誰不按著這規矩幹？妳想回護下手殺人的幫眾，我們要的卻正是他們的命！」

鄭寶安道：「人死不能復生，多死幾個人，難道貴幫受難幫眾在地下便會安穩些麼？本幫犯錯的幫眾此後十年將在龍宮禁足，不得離開半步。這樣的懲罰應已足夠，閣下若仍強要他們的命，我龍幫如何也不能應承。」

趙觀與幫中大老低聲商量一陣。田忠大聲道：「鄭幫主，妳的意思，難道以為用金錢就能買到人命麼？」

鄭寶安歎了口氣，說道：「田壇主，小妹不是這個意思。當年閣下在西湖上受到官府追緝，本幫雲先幫主曾派人出手維護，那是看在閣下義氣深重、爲人正直之上，這些都是金錢所買不到的。我兩幫多年來和平共處，互信互助，這也是金錢所買不到的。這次的事情，確實是我方理虧，小妹已誠心道歉，並願意盡力尋求補救之方，並無用金錢來彌補人命的意思。」

田忠聽她提起當年往事，心中暗驚，站起身抱拳道：「原來當年暗中相助在下的便是貴幫中人，在下好生感激。」

鄭寶安搖頭道：「那是往年小恩小惠，田壇主何須道謝？」又轉向李四標道：「李四爺，閣下是青幫元老，與本幫葉揚、阮維貞兩位元老都是江湖上首屈一指的前輩人物，已有數十年的交情。我二幫素來親厚，我實在不願見到因這次的誤會而損害了各位的交情。」李四標微微點頭，說道：「鄭幫主所言甚是。」

鄭寶安又道：「我等對貴幫趙老幫主素來敬仰尊重，對現任趙幫主的武功人品也十分欽服，早就有心要與貴幫多加聯絡，結爲盟友。小妹不才，想懇請各位往長遠處看，勿要爲了今日的仇隙，排除了日後二幫攜手合作的機會。」

眾人聽她言中有情、有義、有恩、有威，不禁暗自心服，但聽她提出結盟之說，都覺得話已說到此，青幫便不好過分進逼，心中對龍幫的怨怒早已淡去，反而生起好感。

趙家老四趙恭信性情莽撞，此時忽然大聲說道：「鄭幫主，就憑妳這幾句話，便想要我們拍拍屁股走路？只怕沒有這麼容易！」

鄭寶安微微揚眉，說道：「這位是趙家四爺吧？您年紀也不小了，應曾聽說過龍幫的行事作風。若在往時，有人敢闖上我龍宮出言不遜，我等豈會留什麼情面？皆先動手擒殺了再說。但本幫看在貴幫趙幫主的面上，處處禮讓謙退，亟意結交，閣下應當要懂得我等的用心才好。」

趙恭信聽她這話中帶著威嚇，又見幫中其他人連連使眼色要自己住口，才趕緊收聲。青幫眾首腦低聲商量一陣，趙觀才道：「鄭幫主，妳既已對貴幫幫眾作出懲罰，我等也不好強逼要人。但妳得答應我等兩件事。」

鄭寶安道：「趙幫主請說。」趙觀道：「第一，我等想請鄭幫主傳信各大幫派主人，公開道歉。第二，我等要所有凶手來本幫總壇，在死者靈前磕頭致歉。」

鄭寶安道：「貴幫想要的是面子，我能明白；本幫卻也不能不要面子。我先前已向各位道過歉，此事在道理上，確實是本幫理虧。至於貴幫提出的條件，我願意派使者至貴幫死者靈前行禮致意，也願意傳信各大幫派公開道歉，但趙幫主要求出手的本幫弟子前去磕頭，我卻不能答應。」

趙觀揚眉道：「這卻是爲何？」鄭寶安道：「我兩幫各有勢力，原是平起平坐。這次理虧的是我方，陪禮道歉自是應該，其責任應由本座一力承擔，我幫中弟子只是奉命行事，過不在他。且我若令出手的本幫弟子前去貴幫總壇行禮，雙方情緒激動，只怕又起衝突，更生事端。我實有意與貴幫攜手結盟，然貴幫若以此相逼，日後兩幫相處，不免更生扞格。」

趙觀聽她這話軟中帶硬，十分高明，不禁暗暗佩服，說道：「貴幫要的，不過是想我等就此善罷干休。那麼此後若再有此等事情發生，卻該如何？」

鄭寶安道：「小妹身任龍幫幫主，在此向各位保證，但教我身擔此位一日，本幫絕不會再向貴幫挑釁。我二幫都是江湖上數一數二的幫會，一在武林，一在江湖，二幫若能攜手合作，對雙方都有益處；若總是爲了過去的恩怨而生隔閡，無法和衷共濟，此後紛爭必多，死傷必眾。還請趙幫主和青幫各位大老深思。」

青幫眾人見鄭寶安如此說，都不禁暗暗點頭，心中對這年輕姑娘生起敬意，都想：「這女子不是個簡單人物。她對本幫沒有敵意，兩幫若能結爲友好，此後和平相處，互相協助，自是再好不過。」

趙觀向青幫眾大老望去，見眾人臉色和緩，顯然都不再有異議，當下說道：「好！便是如此。我二幫之間的糾紛，便在今日全數釐清，此後雙方再也休提。」

鄭寶安點了點頭，轉向凌昊天和丐幫眾人，說道：「各位丐幫前輩英雄，貴幫所爲何來，我已知曉。本幫之前爲人誤導，才插手干涉貴幫中事。現在事情明朗，過在本幫，本座在此向各位致歉，出手傷害貴幫弟子的本幫幫眾，我將嚴厲處置。我二幫乃是武林幫派的牛耳，數代交好，不應在這一代上抹煞了過去的交情。凌三哥的高堂與兄長曾是龍幫主人，由凌三哥出任丐幫幫主，本幫如何會不支持？之前有何誤會，我只盼能及時澄清。加上凌三哥趕走奸賊賴孤九，乃是俠義之舉，我幫自當全力支持。」

丐幫眾人在旁眼見龍青二幫交涉，對鄭寶安已是十分服氣，此時聽她這麼說，都覺得甚是快意，三腿狗、一里馬紛紛說道：「鄭幫主說得爽快！」「鄭幫主這才是龍幫的風度！」

凌昊天望著鄭寶安，心中不知是何感受，爲她的成熟明快歡喜讚歎之餘，又怎拋得下內心對她的顛倒傾慕？多年來的思念苦戀有如狂風巨浪般在他胸口激蕩不止，若是在兩年之前，依著他胡鬧任性的脾氣，定要大叫大鬧一番，在眾人面前出醜失態也全不顧了。但他已不是兩年前的小三兒了。大哥之死已在他身上烙下了永遠抹滅不去的印記，這兩年的反思自省也讓他學會了沉穩自制。此時他望著鄭寶安，強壓心頭激蕩，起身說道：「鄭幫主說得是。龍幫丐幫素來交情深厚，這場誤會自應早早澄清。我等聽聞賴孤九數日前逃上了龍宮，請問這奸賊現在何處？」

鄭寶安道：「賴孤九此刻已逃離龍宮，我們未能將他看好，讓他逃走了，好生過意不去。本幫自當相助貴幫找出此人，送交貴幫處置。」三腿狗和一里馬都起身道：「多謝鄭幫主成全。」

鄭寶安又道：「各位丐幫前輩，我二幫交情甚深，但盼此後也能同本俠義之道，在武林中互通聲氣，主持正義。」

丐幫眾人聽她這麼說，俱都心服口服。鄭寶安當下請青丐二幫幫眾在龍宮中用了午膳，她在席間對青幫丐幫各首腦極爲禮敬，傾意結交。三幫中各有不少英雄豪傑，彼此仰慕已久，各自廝見傾談，握手拍肩，甚是親熱。

凌趙鄭三人各領一幫，卻始終未有機會聚談私事，一訴別情。午飯之後，龍幫便恭送青丐二幫下山。青幫丐幫原本以爲此來不免一場大戰，但見鄭寶安平和中正，不亢不卑，處置妥當，一場風波竟就此平息，都不由得又是驚訝，又是安慰，紛紛詢問這位鄭姑娘是何來頭。但聽她便是燕龍的親傳弟子，這才恍然：「明師出高徒，強將手下無弱兵。這位鄭姑娘年紀輕輕，已有這等風度能耐。龍頭當年叱吒江湖，何等威勢，龍幫中有鄭姑娘這般人才，確然不是浪得虛名！」

青幫與丐幫相偕下山後，趙觀便去找凌昊天喝酒。他攬著凌昊天的肩頭，笑道：「我說小三兒，莫非月下老人在我二人腳上牽了線，走到哪兒都會見面，想逃也逃不掉。來來來，我們快一起喝一杯是正經！」

凌昊天哈哈大笑，說道：「月下老人當眞是老糊塗了，不幫你牽多幾個美女，卻牽上了我？」

趙觀也笑了，說道：「我今晚便得起程趕回湖北總壇，不能多喝，咱們意思一下便是。」

二人來到山腳的小酒店中，要了一間靜室，叫了一壺酒，相對舉碗，各盡三碗，相視而笑，都甚覺快意。

趙觀笑道：「小三，沒想到幾個月不見，你卻成了乞丐的頭子！」凌昊天笑道：「我本是個小乞丐，丐幫中人不過是看我順眼罷了。我爲丐幫的事出頭，一來是爲了吳老幫主的託付，二來是那姓賴的傢伙行事太爲可惡，讓人看了生氣。」

趙觀道：「好在你作了丐幫頭子，不然這次寶安妹妹可眞要難處了。保護那姓賴的和派人傷害丐幫弟子的，正是非凡姊。非凡姊在外面鬧了不少事，我青幫也受了害。我不得不帶著幫眾上龍宮問罪，爲免引起一場大戰，便先找著了寶安，跟她上龍宮去看看情況，親眼見到她打敗非凡姊，贏得幫眾信任，登上幫主之位。這不過是幾天前的事。」

凌昊天忙問起詳細。趙觀便說了在龍宮所見，寶安如何處處相讓，雲非凡如何自刎誘敵，導致兩人同時受傷等情。凌昊天一驚，問道：「她傷得可重麼？」趙觀道：「並不太重，肩頭中劍，刺入不深。」凌昊天這才放下心。

趙觀又道：「寶安妹妹當上了幫主，便說要一力承擔非凡姊闖下的禍，因此才約了青幫和丐幫聚會，以求解決紛爭。我今日和她在龍宮的對答，自是老早商量好的，在大家面前套套招，只求事件能夠平息。你說，她今日作得漂不漂亮？小三，我以前可從不知道寶安有這等能耐，今日見了她處事的風度，當眞打從心底佩服。」

凌昊天臉上露出微笑，說道：「寶安聰明能幹，識得大體，我老早便知道的。這次一見，她倒眞是……眞是成熟了很多。」

趙觀微笑著望向他，說道：「不再是個小姑娘，而是個女人了，是麼？」

凌昊天還未回答，便聽門外一人笑道：「你們兩個喝酒，怎不叫我一起？」便見一個青衣少女踏進室中，正是鄭寶安。

第一百三十一章　雙飛之悔

趙觀忙站起身，請鄭寶安坐下了，笑道：「說曹操，曹操便到。寶安妹妹，我們正說妳呢。」

鄭寶安微笑道：「我估到你們要說我。兩位大幫主，你們的手下可消氣了麼？」

趙觀一邊替她倒酒，一邊笑道：「這當然了，他們不但消氣，還服氣得很。只是幫中人人在問：這位鄭姑娘到底是何方神聖？咱們快派人去問問，看她可願意來坐鎮我們青幫？若能請到這麼一位年輕漂亮又聰明能幹的姑娘來作幫主，那姓趙的小子就可以閃一邊去啦。」

鄭寶安笑道：「哎喲，誰不知你這是在胡說捧我？青幫中人只要不惱我恨我，我就該偷笑啦。」趙觀搖頭道：「我哪有胡說？丐幫中人也對鄭女俠佩服萬分，小三，你說是不是？」

凌昊天當著鄭寶安的面，更加說不出話來，勉強一笑，說道：「那自然是了。」

鄭寶安笑道：「兩位哥哥太寵我啦，我怎麼當得起？」說著拿起酒壺替二人斟滿酒，說道：「讓我敬你們一杯，略表謝意。」三人相對乾了一杯。

趙觀喝完了酒，便站起身道：「寶安妹妹、小三，我今晚得趕著上路，這就得去啦。小三，你送我幾步路可好？」

凌昊天便送他出門。趙觀出了門口，停下步來，低聲說道：「小三，你好不容易又見到了寶安，別忘了我在大漠上勸過你的話。」

凌昊天這才醒悟：寶安正是趙觀特意約來見他的。他歎了口氣，說道：「我沒忘了。」

趙觀一笑，說道：「你記得便好。我只怕你仍要避著不敢見她。」

凌昊天不知該如何回答，便問道：「趙兄，你回湖北後有何打算？」趙觀道：「我得回總壇處理些事情，之後便想上北京去，探查修羅王的事。」凌昊天道：「我也正打算去北京一趟。不如我們下月中在北京會面。」

趙觀道：「甚好，一言爲定。」又向他眨眨眼，往門內一指，才轉身離去。

此時天色已暗，秋夜蕭瑟清寒。凌昊天轉身走回內室，但見鄭寶安身披青色棉袍，站在門口，火光掩映下，她的臉頰較前次在虎山上見到時稍稍豐潤了些，只眉目間仍帶著一股難言的疲倦傷感。凌昊天怔然望向她，不由得想起少年時與她在虎山上攜手同遊的歡樂時光，如今人兒依舊，情景不在，往昔再熟悉親近不過的友伴，此時卻如隔著千山萬水般的遙遠陌生。他心中激動，一時說不出話來。

鄭寶安微微一笑，說道：「趙家哥哥怎地這麼匆忙就走了？別掛心啦，你和趙家哥哥一定很快就會再面的。」

凌昊天點了點頭，說道：「是。寶安，趙兄弟告訴我當時是妳託他帶我離開中原，眞是……眞是多謝妳了。」鄭寶安搖頭道：「你謝我作什麼？我們都該謝謝趙家哥哥才是。」眼光停留在凌昊天臉上，忽然噗哧一笑，說道：「你曬黑了這許多！塞外日頭很烈吧？」

凌昊天望著眼前自己多年來千百遍思念憶想的女子，望著她臉上的那抹微笑，她如往昔一般柔和親切的眼神，心頭不自由主生起一股濃厚的溫暖之意，暗想：「寶安還是寶安，她一點兒也沒有變。」臉上露出微笑，沒有回答，只點了點頭。

鄭寶安微笑道：「你回來就好了。師父這兩年來日夜掛念著你，臉上少有笑容。她這幾日都在龍宮，我先前沒跟你說，因她教我莫在人前透露她的行蹤。你快去見她吧。」

凌昊天喜道：「原來娘就在龍宮！我這就去見她。爹呢？他老人家可好？」鄭寶安道：「義父都好，他昨兒也剛來到龍宮。他前陣子為了二哥的事十分傷心，現在稍稍釋懷了些。他也一心等著你回來呢。」

凌昊天聽她提起二哥，忍不住問道：「二哥他……我聽說他離開了。他去了哪裡？」

鄭寶安輕歎一聲，說道：「二哥的事，我遲早須跟你說的。你在師父和義父面前，便盡量少提此事吧。」

二人回入酒館坐下，鄭寶安靜默了一陣，才緩緩說道：「那時我在龍宮住了一陣，慢慢發現了大哥出事的眞相。那時玉修蓄意安排，在大霧之中讓二哥出手誤殺大哥，又要他推罪於你。」

凌昊天早已知道內情，這時聽寶安親口說出，仍不禁震動。

鄭寶安續道：「二哥當時知道我心裡有數，便起心殺我滅口。他邀我到後山談話，突然拔劍想殺我，我趕緊招架，交了數十招。可能因為他有些心虛吧，我劍術雖不及，他卻始終無法殺了我。不料當時二嫂也跟來了，突然從暗中跳出，想偷襲我，沒想到二哥心神不寧，反被她嚇了一大跳，回身揮劍向她砍去。我連忙出劍去攔，卻沒來得及，二哥這劍便劃在二嫂臉上，毀了……毀了她的容貌。二哥又驚又愧，霎時間整個人崩潰了，跪倒在地，哭著向我們說出了眞相，還說了許多關於玉修的事情。」

鄭寶安頓了頓，又道：「二哥也說出了許多他心裡的話。他說他身爲師父和義父的兒子，自幼以家世爲傲之餘，也感到伴隨而來的巨大壓力。自出道來，他愈覺沉重難以負荷，江湖上人人都知他是凌霄燕龍的兒子，他戒愼恐懼，一步也不敢行錯，卻仍感到無法達到期望。他致力參與龍幫幫務，一心想成爲幫派中的領袖，藉以揚威江湖，卻沒想到這竟是他行錯的第一步。玉修看準了他想成名、想爭一口氣的意圖，便以此引誘相脅，終於逼他走上了歧途。」

凌昊天聽到此處，心中不禁激動。他何嘗不知道家世的壓力，他自幼任性頑劣，無法無天，但在山下胡鬧時從來不敢說出自己姓凌，生怕丟了爹媽的臉。一直到十八歲因寶安之事下山，他仍不願透露自己的身世，能瞞多久便瞞多久，一來是不肯仗著家世傲人，二來也實是因爲知道自己當不起凌霄和燕龍的兒子。他一直萬分佩服大哥：凌比翼是個天生的英俠，劍術超絕，爲人豪爽，行止光明，自然而然便讓人欽佩尊重；他和二哥永遠也不能像大哥一樣，能夠這麼坦率光明、當之無愧地說出自己是虎山凌家的長子。凌昊天在大漠上沉潛了兩個年頭，才漸漸明白大哥爲何能擔當得起。那是因爲大哥原本便懷著隱逸出世之心，全不在意身外虛名，是以他儘管名震江湖，卻寧願回歸虎山，與意中人寶安相守，平靜度日。因此他可以舉重若輕，安守自在。二哥選擇入世，汲汲於追求地位名聲，宣揚家譽，卻因此被家世負擔所擊垮。那麼他自己呢？他自己又是如何？

鄭寶安望著他的臉，似乎能看透他心中的一切念頭。她親眼目睹了這三兄弟身上背負的家世壓力，她明白大哥的出世和二哥的入世，也清楚凌昊天和哥哥們的不同：他既不出世也不入世，他只隨著自己的一念眞心，任意而爲。她懂得小三兒如何靠著與生俱來的狂氣，靠著目空一切的傲氣，來挺受一切的逆境和考驗。負擔再大，他都能不當一回事，他都能撐過去。如今他終究回來了，他畢竟熬過了這段冤枉屈辱的日子，而狂傲不減，而三兄弟中竟只剩下了他一個。

她想到此處，忍不住眼眶濕潤，心中刺痛。不知多少次她曾想像，在那些事不曾眞正發生過的一日，天下英雄之前，凌家三兄弟並肩而立，彼此攬肩談笑，傲視群雄。他們是當世最瀟灑的英俠，最出色的幫會首領，和最狂傲不羈的豪傑。然而這一日將永遠不會出現。大哥喪命，二哥沉淪，於今只剩下在她面前，孤獨而倔強的凌昊天。

鄭寶安歎了一口長氣，續道：「當時二哥想自殺，卻被二嫂哭著阻止住了，說她會幫他隱瞞，只要聯手將我殺死滅口，一切就沒事了。二哥搖頭道：『我已一錯再錯，妳怎能令我再錯下去？』便自毀武功，下山而去。」

凌昊天聽了，心中難受已極，問道：「二哥他……他去了哪裡？」

鄭寶安道：「他下山之後，便遇上了玉衣大師。玉衣大師勸他誠心懺悔，以贖罪愆，二哥便皈依了玉衣大師，剃度出家。他臨走前要我向你說，他慚愧非常，無顏見你，只盼你能大量原宥他，不然他一世都不得心安。」

凌昊天得知二哥竟落到如此下場，不由得黯然神傷，對他當初誣陷自己的忿懣早已消失無蹤，說道：「我當然會原諒他。他……他又何苦如此？」

鄭寶安輕歎一聲，說道：「二哥能這樣，已算很好了。若是依著師父的意思，定會要他自殺的。反倒是義父不忍心，說二哥既然已知錯懺悔，便讓他跟著玉衣去吧。我知道師父心中怎樣都不會好受的，便要二哥快快離去，過個幾年再回來向師父磕頭求恕便是。」

凌昊天歎了口氣，說道：「寶安，這一切可難為妳了。若非妳如此體貼用心，爹媽可難度過這段傷心日子。」

鄭寶安垂下睫毛，別過頭去。凌昊天猛然想起，她自己又何嘗不是傷心人？大哥之死帶給她的悲痛，決不會少於自己和爹媽。他心中酸楚，不知該說什麼，只好轉開話題，問道：「二嫂她……她還好麼？」

寶安搖頭道：「二嫂自是很傷心了。她幾次去追二哥，盼他能回頭，二哥都忍心不理。二嫂受此打擊，性情大變，從此怨天恨地，將二哥的出走全怪在我的頭上。唉，她原本便厭憎我，二哥離去之後，更是恨我入骨了。二哥臨走時將龍幫交給我和二嫂，又託我照顧二嫂，我眞是慚愧無地，二哥託付的事，我一件也作不好。這次三幫出了這等大事，我不得不從二嫂手中奪回龍幫，讓她大失臉面，我這一世是再也別想得到她的諒解啦。」

凌昊天道：「妳已盡心盡力，問心無愧，二嫂要怨怪妳，妳也不用放在心上。寶安，我見妳作了龍幫幫主，今日成功排解三幫間的衝突，好為妳歡喜。」

鄭寶安搖頭道：「我也是騎虎難下。龍幫自雲幫主死後便亂成一團，我若不出面說句話，雲夫人早將整個龍宮占爲己有，拒絕交出了。後來二嫂也惹出了不少麻煩，好在她們畢竟對師父心存敬畏，不敢太過亂來。至於這龍幫幫主，我眞是作不來的。師父當年英明過人，算無遺策，我哪裡及得上她的萬一？」

凌昊天微笑道：「妳和娘性情不同，聰明才智卻相似。」

鄭寶安微笑搖頭，見天色已然暗下，說道：「天已黑了，我們快回龍宮去吧。」凌昊天道：「正是，我等不及要去見爹媽呢。」

凌昊天當下去向丐幫眾人交代了，便與鄭寶安回向龍宮。二人來到龍宮之外，幾個幫眾過來向鄭寶安請示幫務，她分不開身，向凌昊天道：「師父和義父便在後進，你先去見他們吧，我隨後就來。」

凌昊天便往龍宮後進走去，向一個侍女詢問，那侍女道：「龍頭和凌莊主去後山走走，說傍晚就回。」

凌昊天心急要見父母，便往後山走去，在山林中走了一圈，並未找到父母，心想天色已黑，父母或許已回到龍宮，便又回頭往龍宮行去。將近後屋時，卻見一個人影從牆頭躍出，身形奇快，躲躲閃閃地，向著樹林竄去。凌昊天見他形跡可疑，喝道：「什麼人？站住！」縱躍上前，揮出打狗棒攔在那人身前。夕暉餘照之下二人打了一個照面，都是一呆，但見那人正是死神司空屠。

凌昊天怒道：「奸賊，你偷上龍宮來作什麼？」死神冷笑道：「我專程來殺你爹娘，他們此刻已被我殺死啦。」

凌昊天望見他臉上帶著狡詐之色，說道：「胡說八道，憑你也打得過我爹媽？」竹棒揮出，向他胸口點去。死神側身讓開，拔足便奔。凌昊天隨後追上，一直追入山林，叫道：「停步！我和你的仇怨今日要算個清楚！」

死神自知身在險地，不敢戀戰，打打逃逃，奔出數里。凌昊天知道他是修羅王的手下，上龍宮定然不懷好意，一心要將他拿下，緊追不捨。二人在黑夜中憑著微弱星光交了數招，凌昊天竹棒招式巧妙，死神一個不留神，被一棒打在肩頭，痛入骨髓，卻並未受重傷，他一心想逃去，忽然叫道：「且慢！」

凌昊天道：「你還有什麼話說？」死神嘿嘿一笑，說道：「凌昊天，你可知你二哥爲什麼要殺你大哥？」

凌昊天怒氣勃發，喝道：「自是因爲修羅王挑撥離間，蓄意安排。我定要殺死她這奸人，爲大哥報仇！」

死神搖頭道：「你錯了！那是因爲你二哥終於知道了自己的眞正身世，發現你爹爹不是他們的生父，而是他們的殺父仇人。他勸你大哥跟他一起報仇，你大哥不肯，他才動手殺了你大哥。」

凌昊天一呆，脫口叫道：「胡說八道，一派胡言！我大哥二哥當然是我爹的兒子，什麼眞正身世，全是胡亂捏造！」

死神冷笑道：「這也不是什麼祕密，凌霄若不知道，那他可是世間第一冤大頭了。你那兩個哥哥並非你爹爹的子息，卻是火教教主段獨聖的種！」

凌昊天如何相信，怒道：「你再敢胡說，我撕爛你的嘴！」衝上前揮棒向死神打去。死神閃身避開，說道：「我騙你作什麼？你母親曾失身於段獨聖的事情，當初跟你爹媽一起攻打獨聖峰的武林中人個個心知肚明，只是不敢說出來而已。你這兩個哥哥在你父母成婚後六個月就出生了，還會是誰的種？」

凌昊天怒極，喝道：「你卑鄙無恥，誰不知你是蓄意出言污衊？我要讓你再也說不出這等謊話！」捨棒出掌，掌力威猛，一心要置他於死地。卻不知死神正是要激怒他，趁黑逃走，凌昊天幾掌過後，死神果然找到空隙，一個後翻身，鑽入樹林。凌昊天提步追上，忽聽死神怒吼一聲，刀劍相交聲響，與一人交起手來。

第一百三十二章　親情似海

凌昊天奔上前去，卻見前面空地之上死神正與一人以刀劍相鬥，那人一身灰布衣衫，手中持劍，劍勢雄渾磅礡，將死神逼得連連後退，凌昊天一見這劍法便立時認了出來，大喜叫道：「爹！」

那人果然是凌霄。原來他在龍宮中聽得窗外有人聲，出來查看，正碰上凌昊天與死神動手、死神趁隙竄逃，便上前攔住。

凌昊天站在一旁觀戰，心中不由得想：「爹爹的劍術較往年又更進了一步，我從小沒有好好跟爹爹學劍，眞是可惜。」又想：「大哥二哥才眞正得到了爹爹劍術的眞傳。但他二人卻……卻都已不在了。哼，死神定是胡說八道，大哥二哥若不是爹的親生孩子，爹又怎會如此疼愛他們？又怎會將一身劍術傾囊相授？」

心中正胡思亂想，忽聽死神悶哼一聲，踉蹌後退幾步，轉身奔入樹林，消失在黑暗中。凌昊天一驚，正想追上，卻聽父親歎道：「讓他去吧。」

凌昊天轉過身望向父親，見他緩緩收回長劍，在月光下神情平靜安和，卻帶著一分以往不曾得見的傷感沉重。凌昊天奔上前去，叫道：「爹，我回來啦！」

凌霄望向分別多年的幼子，幾年不見，已長得高大精壯，面容成熟，像個大人了。他心中喜悅難言，拉起他的手，說道：「小三兒，你可回來了！身子都好麼？」

凌昊天道：「我都好。」凌霄凝望著他，微笑道：「你長大啦。我和你娘聽到你下山後的作爲，都很高興，很以你爲傲。」

凌昊天臉上一紅，想起自己下山後任性妄爲，惹出無數風波，甚至牽連到爹娘，不禁慚愧，說道：「小三任性胡鬧，讓爹媽擔心了。」

凌霄搖頭道：「不是你的錯。我和你娘都說，小三長大了，我們也終於可以放心了。咱們快回去吧，你娘等不及要見你呢。」

凌昊天跟著父親走向龍宮，心中卻始終無法拋開死神的話語。凌霄看他臉色有異，停下腳步，靜了一陣，說道：「剛才那人的話，你聽到了，是麼？」

凌昊天低下頭，不敢作聲。

凌霄緩緩說道：「小三兒，你知道我心中對你母親有多麼珍重愛惜。我最不願意見到的，就是再次令她傷心。」

父親雖沒有正面回答，凌昊天卻已知道了答案，心中震驚難已，呆了一陣，才低聲道：「爹，這……這怎麼會？」

凌霄靜默了一陣，噓出一口長氣，說道：「這段往事，我從來未曾跟你和大哥二哥說起。我實在沒有想到，今日我便想再和你們三個一起坐下來說說話，也已不可得了。」

凌昊天體會父親喪子的悲痛，忍不住掉下淚來。

凌霄與小兒子坐在大石上，緩緩說出了許多往事。他說了自己自幼至長與段獨聖之間的恩仇疑忌；他說起那年燕龍來到虎山，自己如何爲她傾倒，燕龍又是如何下定決心，接掌龍幫，誓滅火教。他說起南昌一場血戰，燕龍如何決意以自己的清白去換取段獨聖的性命和火教的滅亡。

說到此處，凌霄抬頭望向黑沉沉的天際，似乎仍記得那個可怖冰冷的早晨，他的長劍刺入段獨聖胸口的那一刹那；他心中充滿了憤恨悲傷，他以爲他已永遠失去了最心愛的人。

凌昊天聽得癡了。他知道父母曾率領中原武人與火教對抗，最終殺死了火教教主段獨聖，卻從不知道父親和段獨聖之間的糾纏恩怨竟是如此之深刻，父母曾作出的犧牲又是如此之慘重。

凌霄靜了一陣，才道：「你母親對我恩情深重，我自當用一生一世的敬愛珍惜來報答她。我當時自然知道眞相，但是我曾答應過她，我絕不會讓她的孩子沒有父親。這麼多年來，我從來也沒有後悔過。比翼和雙飛是你娘的骨肉，便也是我的骨肉。你明白麼？」

凌昊天望著父親的側面，心中激動難已。他一向知道父母極爲恩愛，卻不知他二人當年曾經歷過怎樣的生離死別、怎樣的憂患痛苦，才能夠相守共度一生。父親完全知道大哥二哥不是自己的孩子，他爲了不令妻子難過，才一意隱瞞，甚至更加倍疼愛這兩個孩子。凌昊天一直以爲父親疼愛大哥二哥甚於自己，若說自己不是爹的孩子，他還可能相信，但大哥二哥……他心中陡然對父親生起一股新的敬意：如果換作是我，我能爲心愛的人這麼作麼？

凌霄又道：「段獨聖死後，正派中人爲絕後患，決定痛下殺手，將火教餘孽盡數剷除，一個不留。那一戰之後流的血，只怕不比我們在獨聖峰上流的血少。孩子，我爲什麼要告訴你這些往事，是想讓你知道我們和火教過往的冤孽血仇是如何的深重。唉！冤冤相報何時了？下手害你大哥二哥的，或許便是火教的餘孽。他們對凌家懷著深仇大恨，我完全能明白。你若再去找他們報仇，這冤仇便永無止休了。」

凌昊天低下頭，說道：「爹，我明白了。大哥二哥的事情我不能不去追查，但我不會抱著憤恨報仇之心而去。」

凌霄點了點頭，望著自己唯一的小兒子，心中又是感慨，又是喜慰，說道：「小三兒，這些日子可苦了你。」

凌昊天搖頭道：「大漠上好玩極了，我開心都來不及，哪有什麼苦的？爹，我交了四個很好的朋友，改日一定要讓您見見。」

凌霄奇道：「我知道你和趙觀在一起，原來還有其他的好朋友麼？」

凌昊天笑道：「趙觀是我的好兄弟，他當然算一個。我還結識了一位豪爽平實的蒙古王子，名叫多爾特，他爲了顧及義氣，竟違背他父王的命令，放了我和趙觀逃出他父王的大營。另外兩個是一匹神馬，一隻神鷹。這匹馬啊，日行千里，到了月圓的晚上，還能長出翅膀來飛呢。這隻鷹更是不得了，武功了得，從高空直衝下來，啄人眼目，百試百準，便一流高手也擋牠不得。」

凌霄不由得笑了，心知小兒子誇張吹噓，心情卻也輕鬆了許多，說道：「有這麼神奇的麼？我一定要見識見識。我們出來這麼久，你娘一定很掛念了。我們快回去吧。」

父子二人並肩回到龍宮，燕龍已等在門外，看到他父子一起回來，又驚又喜。凌昊天叫道：「媽！」衝上前一把將母親抱起，笑道：「咦，媽，您怎地矮了許多？」

燕龍見兒子已長得比自己高了，心中喜不自勝，笑道：「小頑皮鬼，快放開你娘，讓我好好看看你。」

凌昊天兀自抱著母親轉了幾個圈，才將她放下，笑道：「您要看就快看，等下我不耐煩了，就不給您看了。」

燕龍笑道：「小鬼頭，身子長大了，裡面還是個小娃娃。」拉起兒子的手，仔細端詳他的頭臉身子，說道：「我的小三兒果然長大了許多。聽說你受了好幾次重傷，可都沒事了麼？」

凌昊天道：「爹剛才看到我跟壞人打架，身輕體健，武功一流，哪裡還有半點毒傷病痛的痕跡？」

燕龍向凌霄望去，凌霄微笑道：「小三的身體好得很。只是他練了一身高強武功，是什麼家數，我可看不出半點譜子。」

燕龍笑道：「這還不容易？定是在天風堡學的了。小三兒，我早聽說你在銀瓶山莊闖關成功，獨冠群英，見到了蕭大小姐。」

凌昊天一笑，說道：「娘，您消息還眞靈通。」當下說了在銀瓶山莊中的經歷，並說出蕭柔患了不治之症。凌霄微微皺眉，說道：「改日我得親去天風堡看看蕭世姪女的病。」

燕龍歎道：「蕭姑娘的父母都是長年沉浸於音律的出世高人，沒想到兩位會這麼早便去世，留下的孩子竟也受病魔纏身。霄哥，龍宮的事都已篤定，過兩天我便跟你一起去銀瓶山莊一趟吧。」

凌霄道：「甚好。小三兒，你現在作了丐幫首領，想必有許多事去辦，你能在此地停留多久？」凌昊天道：「三四日總是可以的。爹媽若要去天風堡，我可以陪你們走一段路。」凌霄問道：「之後你打算去哪裡？」

凌昊天微一遲疑，才道：「我要去京城。」燕龍臉色微變，說道：「你要去找修羅王？」凌昊天點了點頭。

凌霄和燕龍對望一眼，凌霄歎了口氣，說道：「你要小心保重。記得爹說過的，冤冤相報何時了，得饒人處且饒人。」凌昊天點頭應承。

燕龍拉起兒子的手，說道：「小三兒，敵人手段高明，你此去京城，須處處小心提防，平安回來。」凌昊天道：「是，娘。我會小心的。」

燕龍歎了口氣，悠悠地道：「這幾年來，我不知多少次夢到你，現在看到你活蹦亂跳的，還以爲是在作夢呢。說來我們都該好好感謝寶安才是。若不是她堅持上龍宮探查眞相，爲你洗清冤枉，又請趙觀帶你離開中原，當時情勢危急，我們誰都幫不到你。小三，你跟寶安說到話了麼？」

凌昊天道：「說了一會話，龍幫事多，她忙著處理幫務去了。」他不敢多談寶安的事，只跟父母說起別後經歷，敘述大漠上的種種驚險奇遇。凌霄夫婦見到兒子平安歸來，心中歡喜安慰已極，笑吟吟地聽著他天花亂墜的描述，直到夜深。

卻說龍宮在鄭寶安的主持下，諸事順當，一場風起雲湧的三幫衝突化爲無形。凌霄夫婦甚是喜慰，數日後與鄭寶安道別，起程向東行去，往浙省天目山銀瓶山莊探望蕭柔。

凌昊天跟著送父母一程，在開封黃河旁的驛站分手。燕龍萬分捨不得兒子，拉著他的手走到河邊，說道：「你在北京務必要謹愼行事。修羅王行蹤隱祕，手段厲害，很不好對付。我想她多半和皇室高官頗有牽連，勢力不小。你須慢慢剪除她的羽翼，再對她下手。不怕多花點時間，勿要跟她強鬥硬來。」

凌昊天知道母親曾是龍幫主人，當時勢力如日中天、遍布天下的火教便是在她精心策劃之下一手傾覆的，她所囑咐的對策自有其獨到之處。他凝思母親的話，點頭道：「我會慎重行事。丐幫的大擔子在我身上，我可不能意氣用事，陷丐幫兄弟於危險。」

燕龍微微一笑，說道：「你曉得收起幾分任性，那就好了。」

凌昊天問道：「娘，您跟爹去了銀瓶山莊之後，便回虎山去麼？」

燕龍轉頭望向站在遠處的丈夫，臉上露出溫馨的微笑，說道：「不，我們總要過個幾年才回去吧。我想跟你爹到處走走，先去雪族作客，再去娘的老家西北天山、塞外等地跑跑，再去參訪各地名山大川，讓你爹專心找些草藥。我跟你爹很久沒下山啦，現在我們無牽無掛，正好出去玩玩。」

凌昊天聽了不禁一呆，頓覺若有所失。從小到大都是他離家出走、偷溜下山遊玩，爹媽總是在虎嘯山莊等著他回家的。現在要離開的卻是爹媽，這一去也不知要多少年，自己便想回家也已無家可歸了。他忍不住紅了眼眶，說道：「娘，那我什麼時候才能再見到您？」

燕龍笑道：「傻孩子，你要爹媽時，爹媽總會來到你身邊的。這樣吧，哪天你要成親了，爹媽一定會回來幫你辦喜事的。」

凌昊天更加不捨，說道：「我成親以後，爹媽便會陪在我身邊了，是麼？那我明天便成親，讓你們別離開我。」

燕龍聽兒子胡說撒嬌，心頭一暖，忍不住笑了，說道：「傻孩子就會說傻話。你自己會照顧自己了，你爹和我都很放心。我只請你幫我照顧寶安。她一個姑娘家，龍幫事情處理完後，定要辭去幫主之位，回去虎山長住的。此外我什麼都不掛心了。」

凌昊天抹淚點頭，又去跟父親道別，才依依不捨地送父母登上小舟，眼望一帆順流向南而去，心中傷感不盡。他自幼叛逆乖違，沒有一日不把家裡弄得雞飛狗跳，總惹得父親擔憂，母親發怒。此番經過九死一生之後再與父母重逢，才知道父母畢竟是全心疼愛自己的，這一路上共享天倫，實是極爲珍貴難得的時光，怎料爹媽就將外出雲遊，下回相見也不知是何年何月何日？

凌昊天當時並不明白父母爲什麼要離開，只道他二人是因爲傷心大哥二哥之事，才想離山一陣，避開傷心之地。卻不知凌燕二人看事更爲深遠，知道此時正是退隱的時候。三幫大會之後，虎嘯山莊在一夕之間成爲江湖之上最炙手可熱之處。江湖中人倏然驚覺，天下三大幫派的幫主竟都與虎嘯山莊有著極深的淵源，凌昊天和鄭寶安自是出身虎嘯山莊，趙觀也曾在虎嘯山莊寄居，與凌家關係密切。武林中人原本敬重虎嘯山莊的醫術醫德，此時的虎嘯山莊卻隱然成爲江湖各大幫派的幕後首腦。凌霄無心扮演這樣的角色，便起心離去；燕龍也覺得自己夫婦帶大了這幾個孩子，虎嘯山莊有劉一彪夫婦和段正平等主持，在此間的事情已了，該去別處闖蕩，開闢新的天地，夫妻心意相同，遂決定就此飄然遠去。

第十一部

修羅面目

第一百三十三章 勇退千軍

凌昊天黯然送走了父母後，便與丐幫眾長老會合。丐幫眾人已著手追蹤賴孤九的下落，得知他逃離龍宮後便投靠了修羅會，輾轉逃入了京城。一里馬道：「這廝是走投無路了，才會向這天下第一惡幫求援。」

明眼神道：「修羅會近年來行蹤隱祕，銷聲匿跡，卻不知他們仍有本事保護賴孤九。京城是修羅會的大本營，我們得盡快將賴孤九找出，避免和修羅會大舉衝突。」

凌昊天點頭道：「明眼大哥說得是。我原本有心去京城一趟，追查修羅王的眞面目。現今賴孤九和修羅會勾搭上了，我正好一併去找修羅會算帳。」

三腿狗道：「修羅王這人究竟是什麼來頭，江湖上始終無人知曉。只聽說他武功極高，手段陰險毒辣，十分不易對付。我們此行入京，可須處處小心。」

一行人北行來到北京城中。這是凌昊天第一次來到京城，才一進城，便見處處兵荒馬亂，民眾扶老攜幼、爭相走避，不知發生了什麼事。三腿狗讓弟子出去打聽，才知是蒙古俺答率領五萬大軍來犯，守城官兵不敢出迎，城中居民生怕俺答打進城來，紛紛出城逃避。

凌昊天皺眉道：「敵人打到皇帝家門口了都不去接戰，這不是讓敵人瞧扁了麼？」

一個住在京城的丐幫弟子歎道：「小三哥有所不知，奸相嚴嵩主掌朝政，貪污腐敗，軍政不修，京城的軍隊哪有本領去接戰？嚴大首輔說一句主守，就沒有人敢拿著兵器出城半步。賊人起初只敢在京城幾百里外劫掠，但看京城兵馬毫無動靜，膽子才大了起來，逐次進逼京城，直將京城之外的村莊都劫掠一空。今年夏天，俺答從古北口攻入北京，焚掠三日三夜離去，竟然沒有一兵一卒出來抵抗！那一場浩劫下來，北京城中淪落爲乞丐的大大增加，我丐幫兄弟轉眼多了十倍！現在俺答又已逼到長城腳下，居民有家有業的誰敢不逃？」

凌昊天聽了，忍不住拍桌站起，說道：「我這就去守城上看看！」當下率領丐幫長老和數百名弟子騎快馬來到古北口外，路上遇見一群青衣漢子也正快馳北去，爲首的是個俊美的青年，正是趙觀。凌昊天見到他，心中大喜，叫道：「趙兄弟！你也來啦。」

趙觀縱馬奔近，笑道：「我跟你約好在北京見面，怎知俺答這老賊蓄意搗亂，率軍壓境，將城裡弄得人心惶惶，我便想坐下跟你喝杯酒都不可得。我們先去城上看看再說。」

青幫丐幫眾人縱馬向北而去，來到古北城口，放眼望去，遠遠已能見到成千上萬的兵馬羅列在外，人高馬壯，正是韃靼部的騎兵。守城將領無處可尋，守城官兵也都已躲得無影無蹤，整個古北口便似虛設，敵兵壓境，隨時都能破關闖入北京城。

凌昊天心中焦急，騎馬四處巡視，卻見一群身披戰甲的漢子成列向著城門趕來，人數約有三千，衣著武器各異，顯是臨時召集來的民兵，但陣列整齊，氣勢軒昂，爲首的是個高大漢子，全身披掛，正操著山東口音向眾士兵訓話，竟是久違不見的戚繼光。凌昊天大爲驚喜，下馬奔上前去，叫道：「戚大哥！」

戚繼光回過頭來，大喜叫道：「凌志弟，是你！」凌昊天問道：「怎地不見防守此關的官兵？」

戚繼光搖頭道：「不提也罷！主掌京城兵務的仇鸞那小子不敢出來迎戰，老早躲入北京城中了。俺怕敵軍長驅直入，又大肆摧毀燒殺一番，才聚集了幾千名志願軍在此守衛。人雖不夠多，總能抵擋敵人一陣！」

趙觀也已來到凌戚二人身旁，聽了之後，與凌昊天對望一眼，一齊道：「待我們出城去，找俺答談談。」

戚繼光睁大了眼睛，說道：「敵軍有五六萬，你們單槍匹馬出城，這不是去送死？」

趙觀道：「俺答跟我有約，說好十年不犯邊界。他跑來這兒實是太不給我面子了，我自要去找他算帳！」凌昊天點頭道：「我們硬打是打不過的，只能以計退敵。俺答對我二人頗爲忌憚，或許能將他嚇退也說不定。」

戚繼光見趙觀一幅文弱俊秀的模樣，忍不住問道：「凌兄弟，你這位朋友是？」

凌昊天道：「這位是青幫幫主趙觀。趙兄，這位是我好友戚繼光戚大哥。事不宜遲，等他們出兵攻打就太晚了。我們走！」當下和趙觀策馬來到城門口。戚繼光率領手下守住城門，喝令開門，凌昊天和趙觀便即縱馬出城，各持長矛，快奔而去。

蒙軍早見到二人乘馬而來，不知是何虛實，不得主帥下令，都不敢行動。轉眼間二乘馬已衝入蒙軍之中，凌昊天和趙觀大喝：「我們要見俺答！讓路！」眾士兵圍上阻擋，凌趙二人揮動長矛，左刺右攢，將士兵紛紛打下馬來，如入無人之境。

俺答坐鎮大軍之中，只見得前軍一陣混亂，忙定睛看去，卻見兩匹馬如箭般闖出，當先那馬全身雪白，神駿無比，馬上之人英挺豪壯，直衝入千萬大軍之中，全無懼色，登時認出那是凌昊天，不由得大吃一驚。他站起身來，但見另一人一身青衣，面目俊美，正是趙觀。俺答臉色大變，旁邊的軍官有的曾在大漠上見過凌趙二人，對二人以一禦百、空手博豹、徒手接箭的神勇氣勢記憶猶新，都不由得相顧驚詫。

凌昊天和趙觀直闖入大軍之中，旁若無人，數十名近衛騎兵上來阻擋，凌昊天大喝一聲，聲震天地，叫道：「通通讓開！我要見俺答！」眾騎兵不肯讓路，凌昊天手持長矛，橫掃直戳，直奔到俺答馬前。

俺答臉上如罩了一層嚴霜，凝望著二人，說道：「你們來作什麼？不要命了麼？」趙觀哈哈一笑，說道：「不要命的是你！我們當時說過什麼來？十年不得犯邊，你不遵誓言，一年都還沒過，便大膽侵略我大明疆界，怎能不慘敗丟甲而歸？」凌昊天道：「我們料知你不懷好意，早已率領中原三萬名好漢守在古北口外，等著跟你接戰。這些人的武功或許不如我，以一對十卻是綽綽有餘。」趙觀道：「你有種便來試試！若不是看在我們跟你侄兒有點交情，特地來通知你一聲，你怕連自己怎麼死的都不知道了！」

俺答重重地哼了一聲，舉起手來，想下令讓身邊的近衛隊上前夾攻，但見凌昊天右手握緊馬韁，似乎便要縱馬奔上，心想：「他這馬是神物，不要一眨眼的時間便能衝到我面前。這人武功驚人，我的近衛隊如何抵擋得住？」想到此處，又準備舉起小旗，想讓百名弓箭手準備射箭。一瞥之間，卻見趙觀右手握住了蜈蚣索的握柄，想起他這毒索的厲害，似乎隨時能如鬼如魅地捲上自己的頭頸，不由得一陣心悸，又打消了念頭，急得雙拳握了又放開，放開了又握緊。

主帥馬前一片寂靜，眾蒙古官兵從未見過主帥這般猶疑不決，竟然過了這許久還不下令殺死這兩個大膽擅闖進來漢人，都不由得又驚又疑。

又過了許久，俺答忽然吐出一口長氣，高聲道：「大家退！」眾蒙古官兵聽他號令，都是呆了，這二人究竟有什麼通天本領，竟能令俺答決定帶著千軍萬馬回頭？

凌昊天向俺答瞪視，說道：「是英雄好漢的，別再忘了你的諾言！」趙觀則向四方眾蒙古官兵環視，哈哈大笑，說道：「苦海無邊，回頭是岸，大家快回家去休息吧！」

二人駐馬當地，眼望著俺答率領大軍退去，士兵如潮水般一波波地後退。戚繼光在城牆頭上見此情景，即使他向來以勇武自許，也不由得心驚膽戰，知道這大軍只要一回頭，立即便能將二人亂箭射死、千刀砍死，一切全在俺答的一念之間。趙觀和凌昊天卻神色自若，凝目望著俺答的大軍，有如站在海邊眺望洶湧的浪潮一般，平靜沉穩，面不改色。戚繼光忍不住心想：「這兩位兄弟眞是人中豪傑，面對千軍萬馬而面不改色，當眞是天賜我大明的人中英雄！」

凌昊天和趙觀等著俺答大軍去遠了，才緩緩馳回城中，城頭守軍平民盡皆歡聲雷動，迎接二人入城。

俺答退去的消息很快便傳入了北京，人人都將凌昊天和趙觀的事跡傳說得沸沸揚揚，爭相走告，街頭巷尾一片慶賀稱譽。當時主掌京城兵務的乃是咸寧侯仇鸞，他躲在北京城中，聽人傳話來說有兩個青年只出去露了一下面，便將俺答的大軍嚇退了去，心中驚疑不定，暗想：「這兩個青年是什麼人，竟能逼得窮凶極惡的俺答退兵？莫非他們跟韃靼人有所勾結，才能讓大軍退去？我們別急著當他們是英雄，搞不好正是兩個賣國賊！」想到此處，登時生起戒心，急忙令手下趕到前線，叫了戚繼光回城，問道：「那兩個出城去跟俺答談話的，叫什麼名字？」

戚繼光如實以告，仇鸞便道：「好，快將這兩人抓起來！」戚繼光一呆，說道：「侯爺將軍，您說什麼？」仇鸞道：「我要你派人將這兩個奸細抓起來！你沒聽到麼？」

戚繼光勃然大怒，拍桌道：「天降神人助我大明驅退敵人，你不但不心存感激，還要妄加傷害，難道不怕天譴？」

仇鸞聽了「天譴」二字，微微一餒，內心不禁有些驚恐，暗想：「還是去請示嚴大首輔，再作計較。」當下更不打話，喚了轎子便向首輔官邸趕去。

城中居民早已聽說凌昊天和趙觀嚇退俺答的壯舉，家家戶戶興高采烈，紛紛跑到大街上爭睹這兩位英雄的風采。凌昊天和趙觀心想自己是來京城追查敵人蹤跡的，不願大肆張揚打草驚蛇，便都沒有露面，在青幫和丐幫的掩護下入城，來到百花門的落腳處會合。

但民間流言傳得極快，二人如何單槍匹馬直衝韃靼大營，如何與俺答對話，俺答又是如何嚇得臉色蒼白，下令退軍，都描繪得有聲有色，彷如親見。至於二人怎會與俺答訂下十年不犯邊之約，更是眾說紛紜，有人說凌趙曾從猛虎巨熊爪下救過俺答的性命；有人說他們曾和俺答比武，將他打得一敗塗地；有人說二人曾和俺答打賭賽馬贏了，俺答才被逼訂約。其經過之精采，情節之驚險，只怕連淩昊天和趙觀自己都想像不到。

淩趙二人回到京城之後，便與青幫、丐幫和百花門眾首腦聚會，商討找出修羅王的計策。趙觀離去的這兩年之間，百花門不停探查，卻仍未有結果。白蘭兒報道：「我們派了手下進入嚴嵩的家裡臥底，那兒武功高手不少，嚴家父子妻妾眾多，但兩年來都未見過如門主描述的修羅王。至於死神、瘟神、大喜這些人，也從未在嚴府中出現。這些人究竟躲去了何處，倒是煞費猜疑。」

趙觀沉吟道：「我當時進入嚴府，確實見到了修羅王和其他幾個殺手。難道他們只是借用嚴府地方，其實和嚴府並沒有什麼關係？」白蘭兒道：「或許是如此，也或許他們行事極為謹慎，將門主見過的人盡數藏了起來。我們現在對嚴府中的每一個人都瞭若指掌，修羅王和死神等確實未曾在府中露面。」

淩昊天問道：「修羅會在京城的勢力很大麼？」一名在北京行乞的丐幫弟子答道：「兩年前是很大的，街頭巷尾總有三兩個修羅會眾。後來不知怎地全數退去了，現今幾乎連一個會眾也沒有。」趙觀奇道：「那麼他們將大本營搬去了何處？」一個丐幫弟子道：「沒有人知道，只聽說修羅會眾最近大多在江南出沒，很少到北方來。」

趙觀皺起眉頭，他沒料到敵人竟能高明到此地步，兩年來銷聲匿跡，斬斷一切線索，隱藏得無可追尋，上回自己碰巧見到了修羅王和死神等人在嚴府聚會，實是幸運已極。淩昊天知道百花門在探聽隱祕消息上的功夫無人能及，若是連百花門人都找不出修羅王，其他人也別想找出她來了。眾人討論一陣，都覺十分棘手，無有對策。

趙觀道：「這樣吧，請蘭師姊繼續監視嚴府，看這些人會不會露出馬腳。嚴家權勢薰天，在京城想必有極多親近黨羽，妳們找出他十個最親近的黨羽，是王公大臣也好，和尚道士也好，富商巨賈也好，皇宮侍衛也好，全數嚴密監視。若有線索，立刻傳話回來。」丐幫中人雖無法如百花門人那般潛入官邸，但在京城之中眼線眾多，凌昊天便令眾丐幫弟子相助百花門人探查敵蹤。

一行人在京城待了將近兩個月，卻始終探查不出半點修羅王的蹤跡。眾人商量之下，都覺得在京城待下去也不會有結果，便想南下探查。

凌昊天兩個月來避不見人，臨到要離去時，心想須得跟戚大哥通告一聲，便讓一個弟子送信去戚繼光的軍營，告知自己即將離開京城，改日再圖相會云云。正準備上路時，一名丐幫弟子匆匆來稟告道：「小三哥，外面有位戚公爺要見你。」凌昊天忙道：「快請進來。」

過不多時，一個山東大漢衝了進來，果然是戚繼光，原來他一接信就急急趕來，半分也未延遲，口裡大聲道：「凌兄弟，你也太不夠朋友了，這麼就想離去了？」

凌昊天微覺歉疚，拉著他的手道：「大哥，我聽說仇鸞有心捉捕我和趙兄，多虧你從中阻止。我們不想在京城招搖，因此一直未曾露面，現在又因事得匆匆離去，未有機會與你共飲一杯，實在過意不去。」

戚繼光道：「那也罷了，我只怕那些京官仍要爲難你們，在城門口攔阻，因此趕著來替你們打點。你們要去往何處?」

凌昊天道:「我們要去江南。」戚繼光一拍大腿,喜道:「那正好了。我近日也要南下。」原來他因在古北口守城有功,被升爲參將,調任浙江都司,鎮守寧波、紹興、臺州三郡,即日便出發上任。

凌昊天甚是爲他高興,說道:「這三郡素受倭寇侵擾,大哥這番南下,想必能一申志願,保衛海疆!」戚繼光笑道:「我正有此意!」

第一百三十四章 潛入敵營

凌昊天爲了多陪戚繼光一些時候,便決定在京城多留一日。不料就是因著這多留的一日,令事情產生了莫大的變化。

卻說那天晚上,凌昊天、趙觀和戚繼光三人把酒對燈,盡興暢談。凌昊天見戚繼光眉目間似有隱憂,問道:「戚大哥近日剛剛高升,卻有什麼憂心之事?」

戚繼光歎了口氣,說道:「武官作事,委實步步不易。京城大官推諉塞責,派我去打倭寇,卻連半個兵都不肯給我!說了要給我一萬兩銀子作餉銀,拖延幾個月,統共只給了我幾千兩銀子,說剩下的讓我自己去地方上籌。唉,京官有京官的理由,地方官有地方官的苦衷,弄了幾個月,連軍隊都組不起來,還說什麼殺退倭寇,保家衛國?」

凌昊天和趙觀對望一眼，凌昊天道：「戚大哥，我丐幫中有不少兄弟，四肢健全，略識武藝，只因連年旱災和惡官逼迫，才淪爲乞丐。他們若能跟隨大哥從軍，也未嘗不是一條大好出路。我十日內便招齊丐幫弟子，讓他們去你軍中報到。」

趙觀道：「青幫中也有一群游手好閒的青年，不如我要他們也投入你麾下，爲國效力。青幫別的沒有，人倒是很多。戚兄，你要多少人，開口便是。若是缺糧缺餉，我青幫更可助你一臂之力。」

戚繼光聽了，幾乎不敢相信自己的耳朵，直呆了好一陣，才站起身抱拳道：「多謝兩位兄弟仗義相助！」趙觀和凌昊天都道：「些許小事，還謝什麼？再說，這是保國衛民的大事，我們怎能不盡點心？」戚繼光心中激動，熱淚盈眶，拜謝不已。

卻說戚繼光藉著青幫丐幫的相助，在短短半個月內便召集了三千名子弟兵，其中過半數都是青幫和丐幫的幫眾。戚繼光心中感激已極，暗想：「凌兄弟和趙兄弟不愧是江湖豪傑，行事爽快，義氣深重，朝廷裡那班尸位素餐的大官哪裡能及得上他們的萬一？」

他爲了不辜負凌趙二人的好意期望，設營加緊訓練軍隊，幾個月下來，士兵個個鬥志高昂，精神飽滿。他當時卻怎料想得到，這班新組成的子弟兵，便是日後跟隨他南征北討，打擊倭寇，爲民族爭光且留名青史的「戚家軍」。

卻說凌昊天和趙觀在承諾爲戚繼光徵兵籌糧的當夜，便收到一封急信，卻是鄭寶安從龍宮發出的。信中說道龍幫眼線見到玉修道姑離開龍宮去往北京，直入皇宮，此後便再未出來。鄭寶安聽聞凌趙二人尚未查出修羅王的下落，此爲一線索云云。

凌昊天和趙觀看了信，都是一呆，一齊跳了起來，趙觀叫道：「我怎能蠢到這等地步，竟將皇宮忘了？」凌昊天道：「是了，修羅王定是躲在皇宮之中。她知道我們整個京城都能派眼線搜查，唯有皇宮無法進去。」

趙觀道：「修羅王若是皇宮中人，事情便明朗一些了。她能指揮御前侍衛和東廠喇嘛等人，我原該想到她和皇族大有關係。至於她究竟是什麼人，非要有人混入皇宮，才能查出。」

二人對望一眼，霎時都明白對方心裡在想什麼。凌昊天道：「我去！」趙觀道：「我擅長易容，自該讓我去。」凌昊天搖頭道：「我見過修羅王的面目，能認出她來。再說，我武功略高，若被揭穿身分，比你容易脫身。你主掌青幫和百花門，可在皇宮之外助我成事。」

趙觀聽他說得有理，沉思一陣，覺得確該如此，伸手拍上他的肩膀，倒滿一碗酒舉起，說道：「小三，這碗敬你的勇氣！」兩人對飲一碗。趙觀又舉起一碗酒，說道：「這碗祝你大事成功！」兩人再對乾一碗。趙觀忽然向凌昊天跪下，說道：「昊天，你有此膽識勇氣，我打從心底佩服。你此行凶險之極，若能成功，亦能替我找出殺母大仇，我受恩不淺。請受我一拜。」

凌昊天忙扶他起來，說道：「自己兄弟，何須行此大禮？我一定盡力。外面諸事，還須你多多擔待。」趙觀道：「你放心，外面一切有我。你曾在京城之外露面，須得喬妝改扮了，才能混入皇宮。最容易的方法，莫過於扮成御前侍衛。皇宮戒備森嚴，這一改扮或許得花上數月的時間，才能探得消息。」

凌昊天道：「不錯。丐幫長老此刻都在城中，我便讓他們一應聽你指揮。」趙觀道：「丐幫中人對你死心塌地，只消你一句話，自是沒有不聽從的。你人在宮中，傳話出來須得萬分小心，一切最好只通過一個管道傳出，以免被人察覺。」二人商議妥當，凌昊天便即召集丐幫眾長老，告知自己將潛入皇宮的計畫，預定離去一年，這期間將通過趙觀傳令出來。各人聽說他要冒此大險，都不禁甚是擔憂，但知不入虎穴，焉得虎子，眾長老當下承諾與趙觀配合，在皇宮之外為凌昊天掩護。

數日之後，趙觀已安排妥當，找了個曾受過青幫救命之恩，姓白名華的老侍衛，告訴他凌昊天是個會些粗淺武功的遠親，一心投效皇室，託白華介紹他去宮中當差。白華聽了，自是滿口答應。趙觀預先替凌昊天喬妝改扮了，又帶著他練習京城口音，讓他改去學武多年的種種習慣，言行舉止中不致露出破綻。

一切準備好後，凌昊天便當是白華的外甥，姓秦名日，跟著白華入宮當值。當時錦衣衛的權力甚大，錦衣衛指揮使有權任命安排宮中一切護衛事宜。白華便先領了凌昊天去見錦衣衛指揮使陸濤，陸濤讓他打套拳來看看，凌昊天裝作武功平平，演練了一套五形拳。陸濤只看了兩招，便低頭去瞧白華帶來孝敬他的珍奇寶貝。待凌昊天打完，擺手道：「可以了。讓他在東三苑當值便了。」

白華便領凌昊天來到皇宮的西南角上，吩咐他道：「甥兒，你便在這兒住下，一切聽當值管事的指揮。平時不可隨意走動，宮中職別嚴謹，一步都走錯不得的。你千萬遵守規矩，別出一點兒錯，不然舅父可是護不得你的。」

凌昊天點頭道：「知道了，舅父。」

此後凌昊天便在東三苑的侍衛宿房中住下了。這東三苑守的是皇室的馬廄，一共只有八個侍衛，是皇宮中最清閒的地方。馬廄中養了百來匹馬，因有馬糞臭味，因此離皇族居住之處甚遠，平時只有專事養馬的馬夫在馬廄中照顧著，偶爾有武官來牽馬去供皇族乘坐，其他時候這東三苑更沒有什麼人會來，也實在不需要人看守，這些侍衛於是樂得清閒，整日在東三苑附近晃蕩，或是溜出宮去賭錢。其他侍衛見凌昊天沉默寡言，老實呆板，都不來理睬他。

凌昊天正樂得少人看管，白日便在東三苑中待著，幫著管馬，夜深人靜時便施展輕功在皇宮中四處巡查，慢摸清宮中殿堂的方位。但見宮中守衛極爲嚴謹，每個廳堂偏殿、屋舍轉角都有守衛來去巡視，日夜不間斷，在宮中要行走短短的一百步路，往往須經過七八個哨口，答出當日的口令才能順利通過。

凌昊天哪裡知道什麼口令，只憑著輕功在各處探索。即令他輕功超凡，也得萬分小心謹慎，才能避開無數巡視守衛的眼線。他留意尋找趙觀告訴他在嚴府見過的幾個人：修羅王、太監洪泰平、死神、瘟神、金吾仁波切等，修羅王自是毫無蹤跡，提督東廠太監洪泰平聽人說已告老還鄉了，一干喇嘛都回去了藏地，死神、瘟神等也從未在侍衛之中出現。

如此一個月過去，凌昊天幾乎走遍了皇宮外院，見到了數百個宮中侍衛太監，始終未能查得任何線索，心中漸覺焦急。

這天晚間，約莫子夜時分，凌昊天正換了黑衣準備出門，忽聽遠處傳來一陣鑼聲，他知道那是召喚侍衛的信號，連忙換回侍衛的服色，與其他七個侍衛趕到東三苑的守衛哨站。卻見遠遠一群人打著火把，擁著一乘小轎快步奔來，轎旁跟了一人，正是錦衣衛指揮使陸濤。眾侍衛忙趨上前向陸指揮使請安。轎帘掀處，一個瘦小的中年太監走了出來，一個侍衛認得他，忙趨前叫道：「謝公公萬安！」

那謝太監點了點頭，尖著嗓子道：「聖上要作齋醮，讓我傳嚴大首輔即時入宮覲見，恭寫青辭。這是手令。」說著遞過一面令牌，陸指揮使恭恭敬敬地接過了，爲顯示盡職，裝模作樣地檢查了一番，才道：「謹遵聖旨，謝公公請。」轉過身來，向八個侍衛道：「你們還不快替謝公公備馬，急速護送謝公公去嚴大首輔府上傳旨？皇上齋醮祭天可是大事，半分都耽誤不得的。還不快去？」

凌昊天和另七名侍衛連忙躬身受命，匆匆牽馬備鞍，護送謝太監出宮。一個侍衛跟謝太監相熟，陪笑道：「謝公公，聖上今夜興致倒好，又要祭天了。上個月不是才祭過三次麼？」謝太監道：「聖上是天子，自然常常要跟上天說話了。聖上早也修煉，晚也修煉，那可是認眞非常的。聖上洪福齊天，早晚會修成正果，長生不老，你們等著瞧吧。」其他侍衛都嘖嘖說道：「那可神奇了。」

說話之間，一行人已出了偏門，侍衛們打著火把，在京城路上騎馬快馳，一逕來到嚴府門外。但見那門氣派已極，朱色大門上釘著金黃的門釘，高有三丈，兩旁的對聯、門上的匾額都是青田玉所製，鏤金的字，在火光下閃耀。

一個侍衛上前敲動門環，高聲叫道：「聖旨到！」嚴家家人連忙開了門，恭請眾人進去，對謝太監更是加意奉承，奉上清茶煙袋，請他在大廳上坐下。

凌昊天游目四顧，但見那廳中雕樑畫棟，金碧輝煌，北首一整面牆上的大幅八仙過海浮雕圖全以黃金奇玉鑲鏤，東首一座屏風則是由整塊的和闐白玉雕刻而成，桌椅茶几全是上好的花梨木所製，雕工細緻，極盡華麗奢侈。他在皇宮中住了一月，此時來到嚴府，才發現這府第中的裝飾擺設直比皇宮中還要精緻貴重，心想：「人家說嚴嵩富可敵國，看來他的錢眞是已多得花不完了。」

過不多時，一個頭髮灰白的老者從後堂快步走出，一身整齊官服，疏眉長眼，高鼻薄唇，見了謝公公便拜，笑道：「嚴某怠慢了，怠慢了，還請謝公公恕罪。」謝太監起身回禮道：「好說。皇上儀式都準備好了，只等嚴大首輔揮一揮大筆呢。」說著從袖中取出一張青藤紙，另有一本黃色札子，遞給嚴嵩。嚴嵩跪下接過了，拿著那黃色札子讀了半天，皺起眉頭，沉吟半晌。

謝公公看在眼中，低聲道：「嚴首輔，要請大公子麼？」

嚴嵩點了點頭，說道：「謝公公請在此稍候，我這便去找世蕃來。」

原來世宗皇帝沉迷於長生不老之術，時時舉行齋醮儀式，每次齋醮就須準備祭天的「青辭」，那是一種駢儷體文，並不易寫，嚴嵩曾苦心研究青辭，精心揣摩皇帝的意思，多年來只有他所寫的青辭能讓皇帝滿意，世宗因此更加信賴倚重他，每回祭天必傳他恭寫青辭。但嚴嵩年紀漸老，對皇帝的心意有時無法完全掌握，還須靠他的兒子嚴世蕃來代筆。謝太監在宮中當值已久，自然知道這其中關鍵，這時便蹙著眉頭道：「這回時間很緊哪。嚴首輔，若是耽誤了祭天的吉時，陛下不定要怪罪，奴才可擔當不起啊。」

嚴嵩連聲道：「是、是，決不會耽誤了。」一邊說，一邊從懷中摸出一張大銀票遞過去給謝太監。謝太監悄悄收下了，臉上露出笑容，說道：「事不宜遲，嚴大首輔，不如我便跟你一塊去令公子府上，寫了青辭趕緊趕回去交差。」嚴嵩道：「如此煩勞公公了。」

當下嚴嵩帶了一批家奴，八個皇宮侍衛擁著謝太監，一行人急急趕往嚴世蕃的府上。來到大門外，家人卻說嚴世蕃不見客。嚴嵩怒道：「我是他老子，他還不見？」他心急找著兒子，揮手便打了那家僕一個耳光，大步走進大門去。

嚴嵩聽後院中人聲喧鬧，便直闖後院，只見院中處處掛著紅色燈籠，笙歌不絕，美酒佳肴四溢，山珍海味滿席，卻是一場窮奢極侈的宴會。席間除了京城的王孫子弟、世族少爺們之外，還穿插著數十名花枝招展的妓女，猜酒划拳，鶯歌燕呢，笑語一片，好不熱鬧。

嚴嵩四下張望，在妓女堆中找到了兒子，跑過去將他拉了出來，板起臉罵道：「小畜生，這是什麼時候了，你還在這兒花天酒地！」凌昊天從後望去，卻見這嚴世蕃五短身材，體型肥碩，一張豬肝色的臉，寬額大鼻，小眼暴牙，長得甚是難看，而且眇了一目，看不出他竟頗有文才，連他老爹都得來求他代筆。

卻聽嚴世蕃笑道：「我老婆不在，現在不花天酒地，更當何時？爹，你也來喝一杯吧！」嚴嵩怒道：「我有急事找你，你給我聽好了！皇上今夜要齋醮，等著要一張青辭，你快看看皇上的諭示，對付著寫好了來！」

嚴世蕃卻已醉得厲害，乜斜著眼望向父親，罵道：「你這老悖悔的，自己不寫，卻來打擾我的興致？你再不走，我拿大棍子打你出去！」嚴嵩大怒道：「賊逆子，你膽敢這麼對你老子說話？你寫不寫？」嚴世蕃道：「不寫！你自己老糊塗，寫不出來，要我代筆，我偏偏懶得幫你，讓你被皇上怪責好了！那是他媽的你家的事！」

嚴嵩指著他跳腳道：「渾帳，渾帳！我白養了你幾十年，你竟是這般回報我？」父子倆便在這歡樂的宴會上破口對罵起來。旁觀的客人妓女都看得嘻笑不止，謝太監似乎司空見慣，安然站在一旁，什麼話也沒說。凌昊天卻哪裡見過這等荒唐景象，只看得又是驚詫，又是愕然。

第一百三十五章　宮中奇譚

父子對罵了一陣，嚴世蕃仍舊不肯寫，嚴嵩急了，讓身邊侍衛上去抓住兒子。眾侍衛一擁而上，將客人趨散了，七手八腳地制住了嚴世蕃。嚴世蕃的手下也不甘示弱，衝上來和嚴嵩的侍衛對打，後院登時亂成一片。

便在此時，忽有一個客人閃身向嚴嵩衝去，從袖中翻出一柄短劍，往嚴嵩胸口刺去，竟是想趁亂刺殺他。嚴嵩身邊的侍衛都去抓嚴世蕃了，毫無防備，眼看這一劍刺下，嚴嵩不死也是重傷，旁觀眾人還未來得及反應，嚴嵩還未來得及驚叫出聲，一團黑影陡然從花叢中竄出，閃在嚴嵩身前，叮的一聲響，揮匕首格開了那客人手中的短劍，白光閃處，那客人的咽喉噴出鮮血，翻身跌倒在地。

眾人這才看清，出手相救嚴嵩、殺死刺客的是一個全身黑衣的女郎，手中匕首在燈籠照耀下發出藍色的寒光。嚴嵩身邊的幾個侍衛脫口叫道：「冷眼煞星！」

但見那女子的一身黑衣如與四周的黑暗融在一起般，分不出界限，蒼白如雪的臉上毫無表情，細而直的眉毛之下一雙清亮的眼睛，眼中露出極冰極冷的光芒，若不是見到她眼珠微微移動，還以為她整個人是以冰雪雕成，不似活人。院中各人轉頭見到她，都不由得感到身上一涼，全靜了下來。凌昊天見她身手出奇，不由得留上了心，但見到她的眼神，心中一震：「這眼神我看過的。是誰？」

那女子向眾人環視一圈，便收起匕首，消失在花叢之後。

嚴嵩回過神來，見兒子呆呆站在一旁，衝上前揪住他，喝道：「賊小子，你這院中怎會有刺客？」嚴世蕃搖頭道：「我也不知道？這人我從來沒見過。」嚴嵩道：「這事情我定要追究到底。眼下皇上聖令要緊，你還不快寫青辭？」

嚴世蕃此時酒醒了些，忙提筆寫了一張青辭給老爹，將老爹和太監都送出門去，便又回去醉生夢死了。

嚴嵩、謝太監等急急趕回皇宮，剛入承天門，眼看時辰就要到了，謝太監體弱，嚴嵩年老，都跑不快，禁中又不能騎馬，陸指揮使看在眼中，忙叫道：「快讓侍衛們揹兩位跑一程。」

凌昊天等八個侍衛當下七手八腳抬起謝太監和嚴嵩，在謝太監的指引下，奔過端門、午門、太和門，之後折而向西，出西華門，往皇帝居住的西苑狂奔，一路來到萬壽宮外。但見宮前空地上已擺起一個巨大的法壇，成千上百的道士手持各種法器，站成兩個大圈，閉著眼睛各自誦念咒語。當中一人高坐在金色龍椅之上，身上穿著黑白兩色的寬大道士服，頭上戴著一頂沉香木刻的高冠，一看到嚴嵩進來，便從椅上跳起，叫道：「快快，再遲半刻就要錯過時辰了！」

嚴嵩搶上前跪倒叫道：「皇上！臣來得遲了，請皇上恕罪！」

那穿黑白道袍的中年人果然便是世宗皇帝。他滿臉不耐煩之色，接過嚴嵩手中的青辭，讀了一遍，微微點頭，表示贊許，便遞給一個站在上首的老道士。老道士恭恭敬敬地接過了，拿到祭壇上放好，指揮其餘道士準備開始儀式。

凌昊天和其他侍衛本想跪恩退出，謝太監卻拉住了他們，低聲道：「等在這兒，待會可以謝賞。」八人於是留了下來，站在一眾道士之後。

但聽法器叮叮咚咚地響起，儀式已然開始，數千名道士齊聲誦念經咒，領頭的老道士手中拿著寶劍，在當中跳起劍舞，指東打西，比手畫腳，出了滿頭大汗。一個小道士點燃了一束線香遞給皇帝，皇帝便肅然持著線香在眾道士之間穿梭，一步一頓，走得極慢，走完一圈之後，又回到法壇之前，在大蒲團上跪倒，合掌祝禱，持著香拜了三拜，便讓小道士拿去插在法壇上的大香爐中。小道士從壇上取過一個金鑄的八卦牌遞給皇帝，皇帝便又站起身，捧著那八卦牌緩步繞圈。

凌昊天不由得詫異，宮中布置了這許多侍衛，難道不是爲了保護皇帝的安全麼？此時皇帝被一群道士簇擁著，任哪一個道士要殺他傷他都容易之極，皇帝竟然在眾目睽睽下置自身於此險境，而旁觀的太監宮女、大臣侍衛竟沒有一個抬一下眉毛，似乎這是再尋常不過的事情。

此時兩邊的眾道士仍舊吟唱敲打不絕，老道士的劍舞也愈來愈熱烈。夜風將法壇上的五色布條吹得四散飛舞，場面又是熱鬧，又是可笑，嚴謹肅穆的宮苑中竟能有如此兒戲般的一幕，委實令人想像不到。

卻見皇帝持了八樣不同的法器，繞了八個大圈，上了八次香，齋醮儀式才算完畢。世宗皇帝龍心大悅，大賞道士，每人賜一襲新道袍，一錠黃金，又對嚴嵩厚言稱讚，說這青辭寫得果然好極，賞賜他十萬兩白銀。嚴嵩叩頭謝恩，歡天喜地的退去了。

謝太監和凌昊天等侍衛都跟著退出了西苑。謝太監向嚴嵩笑道：「首輔大人，今夜的齋醮之會可殊勝得很啊。」嚴嵩笑道：「都仰賴謝公公相助，嚴某怎會不知感恩呢？」從懷中拿出一張一萬兩的銀票交給謝太監。側頭看到八個侍衛在一旁，想起他們揹著自己從端門狂奔到萬壽宮外，以致沒有誤了時間的功勞，便又掏出一疊銀票，每人打賞了兩千兩銀子。眾侍衛喜上眉梢，連忙跪倒謝恩。嚴嵩擺了擺手，逕自出宮去了。

遠處梆聲響起，五更打過，東方透出曙光，一夜便這麼熱熱鬧鬧地過去了。侍衛們得了賞賜，都樂不可支，更未抱怨這一夜的折騰。凌昊天回到東三苑宿衛房，只覺得所見所聞極爲不可思議；這皇宮之中有天下最謹慎嚴密的防衛，同時也有世間最荒唐無稽的舉止。若不是親眼見到，他絕對無法想像，大明皇朝的命脈竟是掌握在這麼一個神迷心竅的皇帝和這樣一對貪婪鄙俗的父子手中。

凌昊天在房中躺下，將當夜發生的事情細想了一遍，心思停留在那個出現在嚴世蕃花園中的黑衣女子。她出刀之快，下手之狠，顯然身負極高的武功，絕不是尋常人物。凌昊天回想她冰冷的眼神，心中疑惑愈深，決意要打探出她的來歷。

第二日午後，東三苑的其他侍衛都拿著銀子出去吃喝玩樂了，唯獨凌昊天留在宮裡。他閒著無事，便在馬房外看馬夫們洗刷馬匹，不由得懷念起在大漠上和趙觀同開馬場的那

注：根據史書記載，世宗皇帝中年後迷信道教，一心追求長生不老之術。在一次離奇的宮女刺殺案後，世宗逃過一劫，不敢住在皇宮中，便遷居西苑萬壽宮，終日忙碌於丹藥祥瑞、奉玄禱祀，創下了二十餘年不上朝的紀錄。禱祀儀式需用書面表文焚告天帝，這表文是在青藤紙上書寫朱字，因此稱爲「青辭」。世宗相信青辭的好壞影響禱祀是否靈驗，極爲重視，因此對擅寫青辭的大臣青眼有加。當時入閣大臣如夏言和嚴嵩等都靠著擅寫青辭邀得皇帝寵信，而嚴嵩子嚴世蕃亦是書寫青辭的高手，此皆有史實根據。

段時光。忽聽腳步聲響，一人來到東三苑外，卻是錦衣衛指揮使陸濤。凌昊天上前行禮，說道：「陸指揮使好。」

陸濤臉帶微笑，拍了拍他的肩膀，說道：「你們昨夜幹得很好啊。怎麼，得了賞吧？」凌昊天心中一動，從懷裡取出那張兩千兩銀票，遞過去道：「我們也說不上立了什麼功勞，本不該受賞的。這銀子就請指揮使拿去分給大夥兄弟吧。」

陸濤見他如此大方，不由得甚奇，說道：「這筆錢可不小，你怎不自己留下？」凌昊天道：「我是個蠢人，不懂得花錢。再說，我得了這賞，不過是運氣好些罷了，怎能獨占？陸指揮使您儘管拿去，不然可要折煞我了。」

陸濤聽他這麼說，不禁對他生起好感，接過了那銀票收入懷中，說道：「秦兄弟，咱們在宮中當差的，就是要能互相照顧才好。你對其他兄弟有這等心意，那是好事，我便代他們收下了。你當差認眞，安分守己，表現很好，值得嘉獎。我跟你舅父也算有些交情，小兄弟，往後你若有什麼願望，儘管說出來便是，我總會想法照顧你的。」

凌昊天心中已有打算，說道：「稟告指揮使：我倒是眞有一事想請您關照。」陸濤道：「你說吧。」凌昊天道：「我想調去嚴首輔府邸。」

陸濤一呆，問道：「這卻是爲何？」凌昊天道：「我那夜去到嚴侍郎官邸，見有刺客混在客人當中，大膽想行刺嚴大首輔。現今皇上信任首輔，國家大事都操控在嚴首輔手中，我心裡就琢磨，我若能爲保護嚴首輔的安危盡一分力，可要比在這兒守馬緊要多了。」

陸濤只道他昨夜得了嚴嵩的賞賜，貪圖更多，因此想要去追隨嚴大首輔，便笑著道：「好吧，你有這般忠君報國的心，那眞是沒得說的。你在這兒是個閒差，確實沒機會報效國家。我便想法將你調去嚴府任職吧。」凌昊天行禮道：「多謝指揮使成全！我絕不會忘了指揮使的恩德，日後當圖報答。」

陸指揮使聽他承諾往後得了賞賜也將繼續孝敬自己，更是高興，笑道：「你有這份心，我便幫你再多忙也是應該的。」

過了數日，陸指揮使果然將凌昊天調到嚴府任職。凌昊天剛到沒多久，便聽說先前的侍衛全數爲了那夜的刺客案被革職查辦，還有幾個丟了腦袋。那刺客的身分也查出了，卻是被嚴嵩害死的義士楊繼盛的學生，爲報師仇而混入嚴世蕃府中，伺機行刺。嚴嵩怒不可遏，下令將刺客戮屍示眾，家屬親戚一律處斬。他怕有閒雜人等混入兒子家裡，自己去找兒子不便，就要嚴世蕃搬回家裡來住。嚴世蕃極爲不願，在父親嚴令下，只得搬了回來，卻三天兩頭溜回家去，或出去眠花宿柳，嚴嵩也管他不得。

凌昊天知道嚴世蕃搬回父親家裡，那黑衣女多半也跟著來了，但他在嚴家待了半個月，更未見到或聽聞這黑衣女的半點影蹤線索。他向其他侍衛探問，因都是新來的人，竟無人知曉，大多侍衛甚至更未聽說過黑衣女在嚴世蕃庭院中殺死刺客的事情。

又過了半個月，這夜嚴世蕃在自己府上辦了一場酒席，宴請十多個親近友好的貴族子弟。嚴嵩不放心，便派了凌昊天等十幾個侍衛去嚴加保護。酒席開始之前，嚴世蕃府上的侍衛總管將眾侍衛叫在一處，神色嚴肅，吩咐道：「大家注意了，今夜不管發生什麼事，切記不可妄動，更不可出手，乖乖站在一旁看著便是。若是貿然動手，惹惱了大少爺，你們自己知道是什麼下場！都聽清楚了麼？」眾侍衛不知其中藏了什麼玄機，見他說得嚴重，都點頭答應。

那夜酒宴進行到一半，凌昊天便察覺到有一群人慢慢接近花廳，雖盡力掩藏腳步聲，但來人武功都不甚高，仍聽得清清楚楚。他凝神傾聽，知道是八人，分成四股過來。過不多時，那八人便已來到窗下。忽聽一聲喊，花廳周圍窗戶一齊打開，那八人從窗中跳進，臉上蒙面，手中各持尖刀，衝向席間客人。席間眾客都驚叫起來，一個蒙面人喝道：「無關人等不須驚慌！我們只要嚴世蕃的命！」其餘七人已衝上前去，制住了嚴世蕃。

與凌昊天同來的幾個侍衛忙拔出佩刀，準備衝入相救，凌昊天卻伸手攔住了，低聲道：「你們忘了總管的吩咐麼？」那幾個侍衛一呆，便在此時，一個黑影從窗外竄入，銀光閃處，兩個蒙面人哼也沒哼便已斃命。但見黑影手中匕首快如電光，猛如毒蛇，轉眼間又是四人倒地。最後那兩人連忙抓住了嚴世蕃，喝道：「不准近前！」話聲未落，那黑衣人已欺上前去，匕首揮處，一招橫出，連接割斷了兩人的咽喉。

凌昊天一凜，他已看出這人便是上回出手救過嚴嵩的黑衣女。但見她殺人乾淨俐落，刀刀直取要害，一招斃命，更不須使出第二招，出手之狠辣實是江湖少見，絕難想像是出自一個年輕女子之手。

卻聽嚴世蕃哈哈大笑，拍手道：「好、好！好身手！」眾客人驚魂略定，都跟著拍手叫好，放聲大笑。

凌昊天嘿了一聲，這才明白這是嚴世蕃故意設下的圈套，目的就是想引那黑衣女現身出手，博席上眾人一笑。他心中甚怒，此人全不將人命當回事，竟讓這八人白白前來送死。卻見嚴世蕃笑著走上前，說道：「殺得好、殺得好！不愧是天下第一女殺手，冷眼煞星！」

但見那黑衣女冰冷的眼神在嚴世蕃臉上轉了幾轉，並不回答。

嚴世蕃又道：「司空姑娘，這幾位都是我的客人，妳來得正好，快來跟大家見見，一起喝一杯酒吧。」

凌昊天心中一動：「她姓司空？是了，她的眼神像極了死神司空屠！難道她是死神的女兒？」黑衣女嘴角微微一撇，冷笑一聲，往後一躍，跳出窗外。不料嚴世蕃已在窗外布下了人手，此時全搶了出來，持兵刃將她攔下。

嚴世蕃好整以暇地坐下了，揮手讓家僕將地上的屍體抬了出去，對眾客人笑道：「這位司空姑娘芳名寒星，是本府得力武師司空先生的女兒，自己也是武功高手。上回一個侍衛不知好歹，上去招惹她，被她一刀斬成了兩截。」

一個客人吐舌道：「好厲害的女人！」嚴世蕃舔了舔嘴唇，笑道：「就不知她在床上的功夫有多厲害？嘿，看她此時靜悄悄的，晚上那聲音想必不小！」眾客人聽了都色迷迷地笑了。一個客人笑道：「這般火辣的女人，想是最對了嚴大少爺的胃口。」另一個客人道：「她要能成為大少爺的房中人，那才是她的福氣呢！大少爺不滿足於尋常鶯燕，卻要馴服這等武林高手，當真志不在小。」嚴世蕃聽了哈哈大笑。

黑衣女站在當地，不動也不語，凌昊天看見她眼神中透出困獸的野蠻憤怒和深刻的羞辱慚恨，心中一凜：「她若想殺死這一桌的人，自是輕而易舉。這姓嚴的小子忒地大膽，竟拿自己的性命來開玩笑。」

嚴世蕃瞇眼望著司空寒星，涎著臉笑道：「司空姑娘，如何，今夜陪我一晚吧？」司空寒星呸了一聲，一口唾沫吐在嚴世蕃臉上。嚴世蕃大怒，破口罵道：「臭婊子，到此地步還拿什麼架子？來人，拿下了她！」

司空寒星一揮匕首，冷然道：「夫人不在，你才敢這般猖狂！我若將今日之事稟告夫人，看你會是怎樣下場！」嚴世蕃怒道：「妳敢再提那賤人，我撕了妳的嘴！拿下了她！」眾侍衛紛紛持刀衝上，向司空寒星圍攻。

第一百三十六章　密道邪功

凌昊天雖對死神沒有什麼好感，卻也看不過眼這許多人合力欺侮一個女子，便踏上幾步，來到花廳門口，大聲道：「啓稟侍郎，首輔大人聽說這裡有刺客，派人來查問，並請侍郎大人立即回府，以策安全。」

嚴世蕃聽說父親知道了自己的胡鬧，不由得又驚又惱，怒道：「是哪個渾蛋去向他報說的？我不回去！」

凌昊天隨口編造，說道：「想是首輔的近衛見到那幾具抬出去的死屍，因而得知。首輔大人聽說刺客是司空小姐擊斃的，傳司空小姐去問話。」

嚴世蕃心神不寧，生怕父親來痛責自己，揮手道：「好、好，帶她去！跟我爹說，我還有客人在此，我不回去。」

凌昊天轉向司空寒星道：「司空小姐，請。」司空寒星哼了一聲，走出花廳。其餘侍衛都睜大眼睛望著凌昊天，不知他怎有膽量假傳聖旨。眾人感激他先前阻止自己出手驅退假刺客，免得他們冒昧出手而阻擾了嚴大少爺的興致，這時便都緊閉著嘴沒有說破。

凌昊天跟在司空寒星身後，走入嚴府後院。凌昊天道：「時候不早了，司空小姐請回去休息吧。」司空寒星奇道：「嚴老爺不是要見我麼？」凌昊天道：「那是我隨口說的。」

司空寒星一呆，轉過身來，從月光下望著面前那侍衛，但見他臉孔陌生，從未見過，冷冷地道：「你爲什麼要幫我？」凌昊天道：「我是皇宮派出的侍衛，專職來此保護嚴大首輔。首輔交代我們不可讓大少爺接近司空姑娘，以免大少爺遭遇危險。」

司空寒星望著他，眼神仍舊寒冷如冰，說道：「你叫什麼名字？」凌昊天道：「我姓秦名日。」司空寒星嘿了一聲，轉身離去，消失在黑暗中。

那夜之後，凌昊天至少探知了這黑衣女便是死神的女兒。死神的女兒在此，他自己想來也和嚴府有著深切的關係。但這其中似乎還缺少了一個關鍵，他未能想透，便將事情經過都傳出去給趙觀知道。趙觀得訊之後，凝神回想，隱約記得那次撞見修羅王和死神等聚會時，他們對話中似乎曾提到死神的女兒。好像是修羅王稱讚死神的女兒美貌，死神便說要將女兒送去她府上服侍，修羅王說道：「你捨得麼？我當家的是怎樣的人，你是清楚的。我可不想見他獸性大發，糟蹋了你小姐。」

趙觀想到此處，直跳了起來，聽嚴世蕃的行徑舉止，難道就是修羅王口中的「當家的」？難道修羅王就是嚴世蕃的妻子？

趙觀曾聽人說過關於這嚴夫人的事情，她的出身不大光采，傳說是皇宮中一個宮女和外人通姦生下，那宮女卻堅稱是和武宗皇帝所生。武宗皇帝生活荒淫無度，別人也難以求證，這女嬰便在皇宮中長大，雖是公主的身分，卻被人當成宮女看待。後來不知如何，世宗皇帝將這位長公主嫁給了嚴世蕃，因嚴家權傾當時，這位公主妻以夫貴，終於被正式冊封為朝明公主。她嫁入嚴府後便深居簡出，聽說她體弱多病，時時傳些醫藥郎中來替她看病開藥，偶爾也請喇嘛來講經說法。

趙觀忙讓人傳話給凌昊天，讓他探索關於嚴夫人朝明公主的事情。凌昊天一接到訊息，登時省悟：「是了，這嚴夫人或許便是修羅王！」但又愈想愈疑惑，回想來到嚴府的這些時候，從未聽人說起嚴世蕃的夫人，只約略知道她不在府中，她卻會在何處？

凌昊天小心向嚴府下人打探詢問，下人們都道：「少夫人回皇宮去住了。她身子骨不健朗，每年總要回宮裡住上三五個月，讓太醫診治。」凌昊天問少夫人何時會回來，下人卻都不清楚，說沒有一定。

凌昊天心想自己才請陸指揮使將他調來嚴府任職，短期內不易再調回皇宮，心下籌思：「我便在嚴府待下去，總能等到她回來。眼下可先從司空寒星身上著手追查。」

次日晚間，他趁夜潛行，來到嚴少夫人的住處。但見那是好大一座園子，園裡空蕩蕩地，婢女僕人都住在園子之外。園中只有一間主屋，一進門便藥味撲鼻，擺滿了各種藥瓶藥罐，似乎這兒的主人體質虛弱，終年離不開藥物。凌昊天回想在虛空谷見到修羅王時，她腳步輕盈，臉色紅潤，決不像一個長年生病的人，心中不禁疑惑。他揭開各種藥罐檢視，見都是些強身健體的補品，並無不尋常的事物。他來到臥房，但見床褥家具、掛畫擺設都甚是華麗，配上繚繞薰鼻的藥味，卻有種詭異而病態的淒美。東首牆上掛了一幅小畫，彷彿便是嚴夫人的肖像，凌昊天湊上前看了，卻見畫中女子容貌清麗，鳳眼小口，笑得極為嫵媚，頭髮烏黑，年紀似乎在三十上下，美麗之中卻帶著一種難言的恐懼哀傷。凌昊天微微搖頭，心想：「這決不能是修羅王。」但見一旁的題字寫道：「愛妻小媚肖像，畫於戊寅年秋。」

凌昊天心想：「沒想到嚴世蕃這無賴還會替妻子畫像。」正要轉身，心中忽然一動：「不對，戊寅年，算去那是三十多年前了，這畫像並不是嚴夫人。難道會是嚴夫人的母親？幫她畫像的又是誰？」又去看落款，卻見字跡模糊，隱約能看見一個龍飛鳳舞的「段」字，其下是「聖尊王」三字。凌昊天全身一震：「段聖尊王？什麼人會自稱聖尊王？難道會是……會是段獨聖？」

便在此時，但聽屋外腳步聲響，一人快步走進園子。凌昊天聽出那人身負武功，落足甚輕，似乎便是司空寒星，忙屏息縮在窗邊。卻聽她走進了一間偏房，關上了房門，靜了一陣，開口問道：「人來了麼？」

那房中竟然有人回答，一個沙啞的聲音答道：「已經到了。」凌昊天一顆心不由得怦怦而跳，他在這園中探索了好一陣，並未覺察那偏屋中有人，不知那人是否已發覺自己潛入，生怕他們在等的人便是自己，屏氣靜立，大氣也不敢出一口。

司空寒星卻並未說話，也未出屋查看。凌昊天聽那偏房寂靜無聲，心中好奇，便輕輕跨出主屋，來到偏房之外，從窗戶縫隙向內望去。

卻見房中點著昏暗的燈火，一個頭髮花白的老人坐在炕上，滿臉黑斑，似乎已有七十來歲，一條右腿齊膝斷去，房中飄出極濃的藥味。司空寒星站在一旁，手中拿著一段青色的竹管，不知是何用途。

房中靜了一陣，牆上的一扇暗門忽然打開，一個身形高大的男人走了進來。凌昊天側頭望去，卻見那人身穿黑色大褂，胸口掛著一個銀色的十字，一頭金黃色的卷髮，鼻子極高，一雙眸子卻是海綠色，竟是一個洋人。司空寒星迎上前去，說道：「克司瑪神父，你來了。」那男子脫下帽子行禮，說道：「司空姑娘，神祝福妳。」說得竟是一口純正京片子。

司空寒星請那洋人坐下了，老者沉聲道：「請問主子有什麼指示？」克司瑪道：「夫人命我回來替她拿藥，還要我傳一句話給司空姑娘。」老者遞過去一個包袱，說道：「藥已經準備好了。主子這一去便是這麼久，我們當初都未曾料到，不然早應讓她帶多些藥去。」克司瑪接過了，司空寒星問道：「請問主子有何吩咐？」

克司瑪道：「主子說那兩人還在京城，她不便回來。這兩人心計甚多，手段高明，要多加提防，莫讓他們刺探到任何消息。」老者道：「我們理會得。城中眼線告訴我們，說老見到兩個小子在百花門的妓院相聚飲酒，想必還未查出任何線索，請主子放心。」

凌昊天暗道：「他們說的定然便是我和趙觀了。趙觀讓人扮成我在外面行動，好令這些人不致懷疑我已混入敵營，果然有效。」

卻聽克司瑪道：「那就好。主子說，船幫頭子已被我們的人盯上，最近跟他相好的女子便是我們的手下，可以暫時不用擔心他。乞丐頭子卻決不會輕易放棄，你們得小心他硬來用強，闖入此地。主子要我們將她屋中的事物全數收好了，一點線索都不要留下。」

司空寒星道：「是。主子要我出手殺人麼？」克司瑪道：「主子說，現在還不能打草驚蛇。她要妳千萬不可離開嚴府，即使在府中行動，也不要輕易讓人見到。時機到時，主子自會讓妳出手。」

司空寒星道：「謹遵主子命令。」

司空寒星頓了一頓，又問道：「我爹可有話傳來？」

克司瑪道：「司空先生要妳聽從嚴大少爺的話，事事順從，不要跟他起衝突。」司空寒星嘿了一聲，忽然將手中竹管扔到地下，說道：「你拿這個回去交給我爹，說我不要這東西了！」

克司瑪一呆，微一遲疑，便俯身揀起了竹管。炕上的老頭開口道：「司空姑娘，我知道妳跟她處不來，現在卻不是由得妳賭氣的時候。克司瑪，請你將那事物還給了她。」

司空寒星似乎對那老者甚是忌憚，雖不情願，仍伸手接過了，將竹管放在桌上。凌昊天看那段竹管在燈下透出碧油油的光，便似一段尋常的竹管，不知其中有何古怪，完全不明白他們為何為那竹管起爭執。

老者向克司瑪道：「這一路辛苦你了。司空姑娘，請妳送克司瑪先生回去吧。」司空寒星走到牆邊，按了一個機括，那暗門便打開了，克司瑪向老者行禮，走入暗門，司空寒星也跟了進去。

那老者待克司瑪和司空寒走後，便撐起枴杖出屋，來到主屋之中。凌昊天隱身於牆角，但見老者將屋中各樣事物一一收入一個大布袋之中，各種藥罐子、梳妝臺鏡、衣物枕頭，連同牆上那幅畫，全都被他收起。

凌昊天心中暗叫僥倖：「我若遲來一日，便見不到那幅畫了。」他見那老者在主屋中忙著，便大起膽子，跨入偏屋，按下機括，打開了暗門。但見門後似乎是個斜斜向下的甬道，黑漆漆地看不到底。凌昊天跨了進去，隱隱聽得前面有人走動，想來便是司空寒星和克司瑪了。

凌昊天放輕腳步，悄悄跟上，卻聽司空寒星道：「你這便回蘇州麼？」克司瑪道：「是。」司空寒星微一遲疑，說道：「請你幫我帶句話給主子，說嚴世蕃對我十分無禮，他若再不收斂一些，我可要待不下去了。」克司瑪道：「我定會替妳將話傳到。」

那甬道極長，前後筆直，司空寒星和克司瑪走了約莫一柱香時間，才來到甬道的盡頭。凌昊天遠遠看到微光從一扇門透入，卻看不清外面是什麼所在。克司瑪戴上帽子，說道：「司空姑娘何時有空，也該來崇明會看看。我們那兒的信眾愈來愈多了。」司空寒星並未回答，想是點了點頭。她送他出去後，便關上門回頭走來。

便在此時，甬道的另一頭傳來那老者的聲音：「司空姑娘！妳在裡面麼？」司空寒星道：「我在這兒。」老者撐著枴杖走入甬道，說道：「妳怎地如此粗心，未曾將暗門關好？」司空寒星道：「我關好了。」老者道：「我去主子那兒收拾東西，回來時便見這暗門開著。」司空寒星道：「這兒又不會有別人……」老者道：「噓！」

二人同時靜了下來。這甬道之中漆黑一片，任何聲響都因回音而變得極響。凌昊天被夾在甬道之中，前有司空寒星，後有老者，他屏住呼吸，靜立不動。他心知兩人多半不能察覺自己在中間，但司空寒星若走上前來，甬道狹窄，無處迴避，定會撞到自己，一時不知該繼續隱身，還是該現身動手。

但聽枴杖聲篤篤響起，那老者一步步走上前來。凌昊天心中大急，靈機一動，伸手向甬道牆壁摸去，感到牆壁凹凸不平，便展開輕功，如壁虎般爬上牆壁，一直來到甬道頂端，憑著手指之力掛在頂壁。他輕功內功已臻絕頂，才能藏身於常人不可能停留之處。但聽司空寒星和老者同時從兩端向甬道中心快步走來，相遇之處正好便在自己身下。

老者嘿了一聲，說道：「是我太多心了吧。」司空寒星道：「確實沒有人。你何必如此多疑？」老者歎了一口氣，說道：「近年來我耳音愈來愈差，人老了，便不中用了。」司空寒星道：「主子這兒平時便少有人來，主子不在時更沒有人敢接近，又何必疑神疑鬼？」兩人一邊說著，一邊向接連到嚴少夫人園子的那端走去，出去後便關上了暗門。

凌昊天噓了一口氣，輕輕從甬道頂上落下，心中忽想：「他們爲何不點起火來查看？他們剛才若點起火，立時便看到我了。」又想：「司空寒星剛才帶那洋人出去，也未曾點火。卻是爲何？」他在甬道中待了一會，外面寂靜無聲，那老者和司空寒星似乎都已離開偏房，想是一起去收拾嚴夫人的房間了。他悄悄打起火摺，向四周看去，不由得一呆，卻見甬道兩邊的牆壁上刻滿了文字圖形，最上的一行大字寫著「陰陽無上神功」，其下寫的都是練功的法門。他一行行讀了下去，不由得毛骨悚然，這功夫顯然是極端邪門的外道功夫，男性練功時須以處女爲引，女性練功時卻須用各種稀奇古怪的藥引，嬰兒心臟、小童肝腦都在其中。練成之後全身刀槍不入，沒有罩門可破。

凌昊天忍不住感到一陣噁心，忽聽嚴夫人的園子那邊傳來人聲，那老者似乎已回到房中。他不敢久待，放輕腳步來到甬道的另一頭，細聽外面無人，才輕輕推門出去。但見門外是個荒廢的園子，他展開輕功，來到西首的圍牆之旁，躍牆出去，認清方向，才知自己是在離嚴世蕃府邸數里外的一個廢園之中，廢園的東面有座教堂，北面南面各有一間佛寺和清眞寺。

凌昊天匆匆回到嚴嵩府中，將剛才的見聞想了一遍，理清思緒：「嚴夫人房中有段獨聖所畫的女人肖像，難道嚴夫人竟是段獨聖的女兒？爹爹說段獨聖曾練成這陰陽無上神功，沒想到這邪門功夫竟流傳了下來。她房中有這許多藥瓶藥罐，難道便是因爲她在練這邪門功夫？」又想：「爹媽猜想得不錯，她屠殺百花門人，迷惑二哥，害死大哥，都是爲了報仇。這女人心計極深，手段極狠，至今仍將身分隱藏得毫無破綻，若非我今夜碰巧來此，只怕我們再隔幾年都找不出她來！」

第一百三十七章　重回蘇州

次日天還未明，凌昊天便將消息傳出去給趙觀，讓他留意那洋人和探查蘇州崇明會的底細。趙觀接到凌昊天的密訊，又驚又怒：「嚴夫人果然便是修羅王。原來她和崇明會有勾結，說不定她此時便躲在蘇州！」

趙觀回憶起童年時蘇州的景況，那崇明會的會所便在蘇州城西三香路楊家橋旁的天主堂中，是西洋人在蘇州傳布天主教的據點，裡面住著數十個高鼻深目的洋人，時時出來給民眾分發衣食，藉以傳教。趙觀幼年時常跑去楊家橋畔爬牆偷看洋人，喚爲鬼子鬼婆。那崇明會因是洋人的地方，蘇州人對之雖有好奇之心，卻大多敬而遠之，不大去理會他們在作些什麼。他如何都沒想到這崇明會竟和修羅王有關，她在蘇州有這等據點，莫非當初對情風館下手的人便是崇明會中人？

趙觀心中激動，決定立時去蘇州探查崇明會的底細。他傳話回去給凌昊天，問他要否同去，凌昊天認爲嚴府和皇宮之中還有許多線索可發掘，決定留下繼續探查，只要趙觀小心行事。

趙觀更不延遲，次日便帶著辛武壇兄弟和百花門人悄悄前往蘇州。他自十三歲倉皇離開蘇州後，就再也未曾回來過。杭州離蘇州不遠，他作百花門主時曾在杭州住了五六年，卻從未有勇氣回來。此番重返家園，竟已是十年以後的事了。他見到城中青石街道、酒樓小店、小橋流水，處處景物依稀相識，不由得觸景生情，不敢多看，逕去找地方下榻。

方平替他在城裡最名貴的迎賓樓訂了房，趙觀這名字此時已響遍大江南北，他不能用原名，便化名爲沈月卿，自稱是杭州富商。他在迎賓樓中住下後，便讓方平去城裡探聽消息。傍晚時方平回來，說起城中諸事，趙觀才知情風館燒毀之後，在原地另起了一間茶館，當年的「風月瀟湘」三大名院只有弄月樓猶存，現在最紅的院子反是天香閣。方平又道：「據幫中兄弟說道，崇明會的一個大管事，叫作奧可福利斯的，常上天香閣坐，跟那裡的一位姓胡的頭牌姑娘很要好。」

趙觀哼了一聲，說道：「信神的人也上院子嫖妓麼？」方平道：「這奧可福利斯不是神職人員，聽說是個荷蘭和中國混血兒，是本地出名的美男子。他回荷蘭作生意不成，欠下一大筆債，因此留在了蘇州。他和這兒的神父頗有交情，靠了這關係在崇明會領職。」趙觀點頭道：「我們這次來不可打草驚蛇，不如就從天香閣下手。」

迎賓樓的大掌櫃見趙觀衣著講究，出手豪闊，不敢怠慢了，親自來他房中問候接待。趙觀向他問起城中出名的青樓，掌櫃的聽出他有意在青樓撒下大把銀子，登時殷勤起來，說道：「沈大爺，您是外地人，不清楚咱本地情況，待我爲您說來。今日蘇州最出名的姑娘，要數天香閣的胡吟姑娘了。這位胡姑娘號稱天下第一名妓，有道是：『嬌而不矯，媚而不昧，艷而不厭』。這十二字評語，是號稱江南第一風流才子的唐伯虎所下，人人都說再貼切沒有了！」

趙觀點頭道：「眞有這般好法？我倒想見見這位天下第一名妓。」掌櫃的臉露難色，說道：「胡姑娘的約期很滿，怕要等到一個月後才見得到她的面。除非……」

趙觀微微一笑，從懷中掏出一把純金打造的扇子，扇面雕鏤花鳥圖案，作工極爲細巧，確是世間少見的珍品。趙觀展開扇子，輕輕扇了兩下，又合上了，放在桌上，說道：「這柄鏤金鴛鴦牡丹折扇，算是我送給胡姑娘的見面禮。我明兒晚上有空，你幫我看著辦吧。」

掌櫃的一見到那扇子，眼睛登時亮了。他原是識貨的，當即恭敬拾起金扇，陪笑道：「是、是，我這就去爲沈大爺安排。」

次日晚間，趙觀穿上寶藍褂子，坐轎子來到煙水小弄的天香閣。天香閣的老闆娘夏嬤嬤此時年紀已老，換作石阿姨主持。石阿姨也已有五十出頭，猶自打扮得濃妝豔抹，親自出門來迎接趙觀。趙觀看了她的模樣，心想：「這些老嬤嬤裝扮得和妖怪也差不多，我小時候看慣了，倒不覺得。」

石阿姨滿面堆笑，請他來到一間花廳裡坐了。趙觀環望四周，心想：「這小廳的布置倒也雅致，和我們情風館當年不相上下。」

過不多時，但聽廳外傳來似有若無的琵琶曲音，由遠而近，由輕而響，接著微風吹處，一陣幽香飄過鼻端，既非蘭花，亦非麝香，卻足讓人心神俱醉，情思蕩漾。趙觀忍不住站起身，翹首向月門望去，但聽琵琶曲音漸漸止歇，終不可聞，接著璣珠清脆，珠簾撥處，一個麗人款步走入，向趙觀盈盈一福。

這女子人尚未到，便以曲音幽香動人心魄，此時眞人現身，當眞是千嬌百媚，體態婀娜，風流難掩。即便趙觀多見美女，也不禁爲這女子出奇的風華所折，忙回禮道：「胡姑娘不用多禮。小生沈月卿，得見姑娘芳容，幸如何之。」

胡吟抬起頭來，兩人目光相交，趙觀不禁一呆：「這姑娘好面熟！我定在哪裡見過。」一時卻想不起來，他定了定神，請胡姑娘坐下，自己才坐了，旁邊的侍女上來斟酒，兩人對飲了一杯。

胡吟睜著一雙美目凝視著趙觀，臉現驚賞之色，微笑道：「賤妾早聽城裡人說，沈大爺是今世潘安，今日一見，果然名不虛傳。」趙觀聽她一口純正蘇州腔，語音柔軟，這幾句恭維的話語說得恰到好處，顯然是個極爲熟練通達的妓女，當下微笑道：「胡姑娘號稱天下第一名妓，才眞是聞名不如見面呢。」

他向胡吟的臉龐打量去，但見她秀眉彎彎，一雙眼睛水靈靈地極爲有神，眉稍眼角卻帶著一抹高傲倔強之色，在青樓女子中甚爲少見，陡然想起：「是了，是她！什麼胡吟姑娘，原來便是多年前在劉四少家中見過的方柔卿姑娘！當年我從林小超手中救了她出來，扮成上官千卉邀她加入百花門，她執意不肯，我便讓人送她回去了蘇州天香閣。我這可不是來到天香閣了麼？」幾年過去，趙觀早將此事忘了個一乾二淨，此時重見，不由得想起她那首令人如癡如醉的〈春江花月夜〉琵琶曲，想開口問她這幾年過得如何，又怕她問起自己何時曾見過她，若要說出當年自己曾扮成個女子接見她，卻是既難取信於人，又難腆顏啓齒。

但聽胡吟問道：「沈大爺初來蘇州，對本地有何印象？」趙觀隨口答道：「好得很、好得很！人家說：『上有天堂，下有蘇杭』。我這幾日在城內外四處盤桓冶遊，才見識到太湖煙波縹緲的景致，城裡小橋流水的風韻。」

胡吟問道：「沈大爺都遊了些什麼地方？」趙觀其實哪裡也沒去，但蘇州是他自幼生長之處，熟到不能再熟，說道：「不過去了太湖邊上的萬佛石塔，看了靈巖山寺、虎丘、獅子林等地。」

胡吟道：「然則這煙水小弄，沈大爺可是第一次來？」趙觀微笑道：「第一次來，便能見到天下第一名妓，也算是三生有幸了。胡姑娘叫我月卿便是，不用大爺不大爺的。」

胡吟道：「這個怎麼敢當？」趙觀笑道：「有什麼不敢當？這是我的規矩，我在各處青樓，姑娘們都以名字稱我。誰堅持叫我大爺的，我就不去照顧她的生意了。」

胡吟微笑道：「月卿有這樣的規矩，賤妾不敢不遵。」

不多時，僕婦開上晚飯來，五樣小菜，分別是松鼠鱖魚、葫蘆八寶鴨、五彩荷花酥、百花爭艷、雨後春筍，都是蘇州當地出名的菜餚，簡單而精緻。二人在燈下把酒閒談，甚是歡洽。胡吟乃是蘇州當紅名妓，約期早排得滿滿的，當晚另有數個約會。石阿姨進來添茶倒酒時，暗示了她兩次，提醒她早去準備。趙觀心中有數，吃完了點心，便說晚上還與朋友有約，起身告辭。

胡吟送他出門，說道：「今日和月卿談心，眞正開懷，唯憾時間太短，不能盡興。請月卿一定要再來看我。」

趙觀笑道：「就怕胡姑娘太忙，沒空見我呢。」胡吟忙道：「月卿快別這麼說。」伸手握住他的手，低聲道：「只要你有心，我一定想法子抽出空閒來陪你。」

趙觀知道這是一般妓女留客的伎倆，但這胡姑娘的神態卻顯得甚是誠懇，似乎語出眞心，沒有半點虛情假意之色，便笑著點頭，心中卻不免疑惑：「我在杭州時見到她時，她並未見過我的眞面目，顯然無法認出我來。她對我這般殷勤，似乎另有原因。怎地這女子這般眼熟，好似我已認識她很久了，不只是在杭州見過一面而已。難道我還在別處見過她？」一時想不起來，但見石阿姨站在一旁等著送客，便告辭出去了。

這胡吟姑娘果然便是當年曾在杭州劉四少家躲藏避禍的方柔卿，也就是趙觀年幼時曾仗義解救的京城官家小姐周含兒。在杭州時，趙觀曾扮成上官千卉見過她，她卻沒有見到趙觀。當年京城家門外一別之後，這是周含兒第一次再見趙觀，暗暗覺得這沈月卿十分眼熟，心中甚是驚疑。

她那夜應酬歸來，回到房中，梳洗卸妝後，躺在床上輾轉反側，難以入眠。等到丫鬟婆子都睡熟了，她再也按捺不住，悄悄下床，翻箱倒櫃，從舊時衣物中翻找一陣，找出了一方棉布手帕。她望著那帕子，眼前隱約浮起一張俊俏的孩童臉龐，心中怦怦亂跳：「難道是他？不，情風館早燒毀了，他怎麼可能還活著？但算算年紀，他也該是這麼大了。唉，我在胡思亂想些什麼？一定不是他。」

她多年來招呼客人，對男子的俊醜雅俗、高矮肥瘦早已不放在心上，只要是客人都得殷勤相待，哪由得她選擇？今夜與那沈月卿飲酒暢談，他面容俊秀，談吐詼諧，神態親和，在在都令她不由得傾心，只盼能夠再次見到他。但身爲青樓女子，又怎容妳挑選客人？妳想見他，他卻不想見妳，也是莫可奈何。胡吟想到此處，不禁生起滿腔煩惱愁苦，撫摸著那方棉巾，舊恨新憂湧上心頭，多年未流的淚水又滾滾而下，溼了一片枕頭。

幸而次日早上，趙觀又下帖子請胡吟晚間侍宴。石阿姨喜上眉梢，立時替她推掉了原已排上的約會，說道：「阿吟，我已跟人打聽了，這位沈公子可是杭州大富商，出名的浪蕩子。妳若能釣上這條大金龜，可是妳的造化。此後三年，包妳金源大開！」

胡吟不去答理，傍晚時細心上了粧，在鏡中前後端詳良久，才坐小轎來到太湖邊上的觀月亭。她只道沈大爺請客，豈知亭中只有他一人，微覺驚訝，又不由得暗暗歡喜。

趙觀見胡吟淡掃蛾眉，一身粉色紗衣，手中羅扇輕搖，彷若天人，忙起身相迎，請她坐下，微笑道：「胡姑娘今夜美若天仙，我一介凡夫俗子，不多喝一點酒，可不敢和仙女攀談了。」說著親自在兩隻杯中斟了酒，端過一杯請她喝。

胡吟謝過喝了，紅暈上頰，更增嬌艷。趙觀與她閒閒攀談起來，鼻中聞著她身上的體香，飄飄欲仙，但見她一縷秀髮被湖風吹散，便伸出手去替她整理鬢角，輕撫她柔嫩如脂的臉頰。胡吟只覺全身都要融化也似，低下頭來，輕輕靠在他懷中。

趙觀微微一笑，拿起酒杯一飲而盡，心道：「天下第一名妓，果然名不虛傳！姿色絕俗，柔媚萬狀，不失其雅，直讓人未飲先醉。我百花門下有這許多院子，其中姑娘能跟她相比的卻實在數不出幾個。」

胡吟趁著微醉，從懷中取出昨夜找到的那張棉布帕子，輕抹額上汗水。她見趙觀似乎並未注意，微感失望：「我在胡思亂想什麼？怎可能是他？就算是他，也早該把我忘懷了，又怎會記得這方帕子？」便要將棉帕收回懷中。

趙觀卻已留神，望著那方棉帕，微笑道：「胡姑娘，恕我直言，這帕子跟妳的一身裝扮可不大配稱啊。」胡吟臉上一紅，說道：「我臨時給帶錯了的，月卿不要見怪。」

趙觀伸手接過手帕，翻來覆去地觀看，認出是自己的舊物，心中大奇：「她怎麼會有我的手帕？我離開情風館時倉皇匆忙，絕對沒帶上什麼帕子，情風館也給我一把火燒毀了。定是在我離家前的什麼時候，將手帕給了別人，那卻是什麼時候？」想了半天，這才恍然大悟：「原來是她！我在杭州時卻沒有認出她來！是了，胡吟胡吟，不就是周含二字！京城大官之女周含兒，被兩個御前侍衛捉來煙水小弄兜售，逃進我情風館，我一路偷乘青幫糧船，送她回到京城家中。大官之後，怎會墮入風塵？」說道：「妳可知這帕子讓我想起什麼？」

胡吟道：「月卿請說。」趙觀道：「這帕子跟妳之不配，便如金枝玉葉充作掃帚，千金小姐操持賤役。」

胡吟聽了，心中猛然一酸，淚水不由自主地噗噗而下。她為妓多年，從未在客人面前失態，趙觀這兩句話卻令她無法自制，淚流滿面，自己也甚覺吃驚，忙轉過頭去，想要掩飾，卻說不出話來。

趙觀心中雪亮，輕輕握住了她的雙手，低聲道：「我知道妳是誰了。周姑娘，我是趙觀。」

胡吟顧不及擦乾眼淚，睜大美目向他瞪視，猶自不敢相信，顫聲道：「眞是你？我……我只道你已死於火災了，原來你竟仍活在世上！」

趙觀微笑道：「乖乖含兒妹子，妳的好哥哥福大命大，怎會那麼容易便死了？那兩個無錫泥娃娃，妳還留著麼？」

周含兒心中再無懷疑，忍不住投入他懷中失聲痛哭，彷彿要將多年來的委曲痛苦都在這一哭中傾訴道盡。趙觀柔聲安慰，聽她斷斷續續地說出父親下獄、母親病死、賣身風塵的經過，心中也不由得爲之酸楚。

周含兒哭了一陣，心頭才舒服了些，抹淚抬頭，望見趙觀體惜慰藉的眼神，心中又是溫暖，又是感激，倚在他的懷中低低抽噎，耳中隱隱聽到他的心跳夾雜在湖畔的風聲之中，臉上發熱，身上不自禁打了個寒顫。趙觀脫下外袍替她披上，讓她坐在自己膝頭，一手摟著她，一手輕撫她的頭髮，說道：「周姑娘，這些年眞是苦了妳了。」

周含兒搖頭道：「我天生命薄，還有什麼可說的？留下一條命，苟延殘喘，了此餘生，也就是啦。」趙觀道：「快別這麼說。妳年紀輕輕，怎能對人生如此絕望？來，告訴我，妳最大的心願是什麼？我一定盡力替妳辦到。」

第一百三十八章　探套敵情

周含兒抬眼望著他，眼中又蓄滿了淚水，說道：「我最大的心願？我哪裡還能有什麼心願？」

趙觀輕輕替她擦去淚水，歎道：「妳不說出來，我又怎會知道？那妳告訴我，妳最常夢到什麼？一個人心底最盼望的事情，往往出現在夢境裡。」

周含兒眼望湖水，悠悠地道：「夢麼？是了，我常常夢到一日下午，跟一個小姊姊在家裡玩新娘子的情景。也不知是不是眞有這件事？我記不清啦。那時有個李家姊姊常來家裡玩，她帶我偷偷跑進爹的轎子裡，玩新娘子的遊戲。我們倆假裝頭披紅霞，身穿嫁衣，坐在花轎裡搖搖晃晃地給抬去新郎家，還拜天地，進洞房。你一定要笑我啦，風塵中人，還作這等夢，那不是自找苦吃麼？」說著不禁又流下淚來。

趙觀聽得心中難受，熱血上湧，說道：「周姑娘，我明白了，妳想光光采采地作新娘子。妳若不嫌棄我，便讓我娶妳回家。妳要坐花轎、披紅霞、穿紅衣，一切都照大家小姐出閨閣的規矩辦。怎麼樣？」

周含兒不敢相信自己的耳朵，呆了許久，才緩緩搖頭，說道：「趙公子，你有這心，我便一輩子作你的奴婢，也無怨無悔。但……但我不能誤了你。石嬤嬤不會輕易放我走的，再說，許家大公子想要娶我作妾，正跟石嬤嬤談價錢，怕是已談妥了八九成了。許家在蘇州財大勢大，很不好對付的。我不能讓你捲入這糾紛。」

趙觀不讓她再說下去，湊過去吻上她的眉心，緊緊握著她的雙手，微笑道：「含兒，天下沒有什麼事能難得倒我。妳若信得過我，我一定好好的將妳迎娶回家。」

趙觀十七八歲在杭州作百花門主之時，便得了個護花使者的美號，對女子的溫柔體惜天下無人能及。周含兒聽他開口作此允諾，不禁深受感動，一顆芳心就此牢牢牽繫在他身上。

她那夜回去天香閣後，躺在床上思前想後，回憶咀嚼著趙觀的每一句話語，心想：「他對我到底是眞心的，還是虛情假意？」

她聽聞過無數風塵中姊妹受騙上當的故事，哪家英俊瀟灑的公子少爺在追求姑娘時卯足了勁兒，什麼山盟海誓、生死不渝的許諾都說得出口，然而一旦玩膩了，便將姑娘一腳踢開，將過往的許諾全數忘卻，讓姑娘失望心碎，痛不欲生。她將趙觀的棉布帕子緊緊攥在手中，心中只想：「他是這樣的人麼？他是眞心的麼？他會對我好麼？」

不知如何，她內心深處對趙觀已有了十二分的信任；或許因爲她仍牢牢記著幼年時趙觀冒險千里送她回家的那段往事，或許宿命之中早已注定，趙觀便是那個能夠再次將她帶離煙水小弄，脫出風塵，讓她回家的人。

此後二人繼續交往，日漸親密，趙觀對含兒萬分疼愛，無微不至，並在她身上花下大把銀子，三天兩頭送上各種精緻昂貴的首飾衣物，直將石嬷嬷樂得闔不攏嘴。

在此同時，趙觀讓一個青幫弟子假作信奉天主教，常去崇明會中聽神父布道傳福音，接近會中眾人。趙觀不願打草驚蛇，一切行事極爲隱祕，令其餘百花門和青幫眾人都留在蘇州城外駐紮，不得號令不可入城，以免引起崇明會的疑心。

他和周含兒的關係一日好過一日，周含兒對他親近依戀、感激敬重，直將一腔柔情都投注在他身上。趙觀對她也甚是信任，將自己的身世、母親的血仇、報仇的計畫都一一告訴了她。周含兒一心要幫他，每當崇明會的大管事奧可來見她時，她便使盡風情，用盡手段，從他口中套問崇明會的內情。

奧可原本對她神魂顚倒，一心想一親芳澤，便無事不告。如此一個月過去，趙觀從含兒口中得知愈來愈多關於崇明會的事情；他知道會中大多是從荷蘭來的傳教士，還有不少從荷蘭逃亡出國的土匪要犯之類，在此避禍，也有如奧可這般在國內作不成生意的失敗商人，來到異地另謀生存。會中並有一群稱爲「本信」的信徒，都是中國人，他們住在崇明會中已有十多年，平時很少露面，只專心祈禱靈修。趙觀猜想這些人多半便是修羅王隱藏在蘇州的手下，便請含兒去探問關於這些本信的事情。

這晚奧可來找周含兒，周含兒裝作心情不好，要奧可說些有趣的事情來逗她開心。奧可便說了一些荷蘭的風車、河道等風物，周含兒搖頭道：「風車麼，我們這兒也有的，我們還有水車呢。河道麼，蘇州到處都是，有什麼稀奇？」

奧可急了，說道：「那我要說什麼才好？」周含兒嘟起嘴道：「我怎麼知道？除非你跟我說些在本地見到的新鮮事兒，說不定我會開心些。」

奧可搔著頭，忽然眼睛一亮，說道：「有了、有了！最近有一批新的本信教徒加入崇明會，每個都長得很古怪。」周含兒心中一凜，卻啐了一口，笑道：「什麼長得很古怪？你對我們中國人總是心存偏見，我才覺得你長得古怪呢。」

奧可陪笑道：「是、是，不該說古怪。這批信徒聽說是北方來的，多半生得高大壯健，但有些的長相眞是很特別。」

周含兒一邊沏茶，一邊問道：「你們天主教信徒可愈來愈多啦。原本會裡就有一百多人了，現在又來了多少？」奧可道：「總有七八十個吧。」

周含兒啊喲一聲，笑道：「我說，遲早有一日咱們整個中國都會成爲神的國土，滿地都是你們的信徒了。」

奧可也笑了，說道：「信神才是正道。只有神才是眞理。妳們這兒就是太多雜七雜八的教了，又是拜佛，又是求神仙菩薩，還有拜關公、拜生子娘娘的。在我們那兒，一切求神就好了。」

周含兒俏臉一板，說道：「我最初跟你說過什麼來著？你要對我傳教，我就不睬你了。」奧可忙道：「我不敢，不敢。方姑娘，妳可開心些了沒有？」

周含兒用手扶著下巴，嬌笑道：「我還是不開心。喂，你跟我說說看，那些人長得怎樣古怪？但我不許你蔑視我們中國人。」

奧可爲她的媚態著迷不已，當即口沫橫飛地說起那些人的模樣，說有一個女人總是蒙著臉，皮膚白得像洋人；有個漢子一張臉是青色的，笑起來好像在哭；還有一個矮小漢子，一張臉像是蠟作的，一點表情也沒有。還有幾個傢伙，高大得像巨人一樣，肩膀上扛了一袋袋的重物，渾若無事。

周含兒邊聽邊笑，又小心探問這些人的來歷，奧可卻並不知道，只曉得他們是北方總教堂的信徒，那兒的神父送他們來這兒暫住修行。奧可見她開心了，便涎著臉問道：「好姑娘，妳開心了，今夜可願意陪我？」

周含兒望著他微笑，說道：「福利斯爺，你是生意人，難道不知道我們天香閣的規矩？」

奧可拉起她的手，說道：「我們交往這麼久了，我在妳身上花的銀子也不算少了，妳怎能還對我這麼冷淡？啊，我知道了，我聽人說最近妳跟一個有錢的小白臉要好，妳貪圖他的錢，是不是？」

周含兒心中一凜，正色道：「奧可，你從哪裡聽來這等瘋話？我是怎樣的人你還不清楚麼？我哪裡重視金錢，要錢的是石嬤嬤。我要的只是對我眞心眞意的人。你知道許家大少爺吧？他對我的心意雖及不上你，但也是十足誠心的。若不是因爲這樣，我又怎會答應讓石嬤嬤去跟許大少爺談娶我過門的事？」

奧可聽她這麼說，只道她心中當眞只有自己和許家少爺兩個，甚是高興，又說了許多指天誓地的話，才告別去了。

送走奧可之後，周含兒便將所聞一五一十地告訴了趙觀。趙觀大喜，確知修羅王和死神、瘟神等果然躲在此地，當下著手籌劃突襲崇明會。五天之後，趙觀傳令讓白蘭兒率領四十餘百花門人，連同五十多名辛武壇青幫幫眾候在城外，準備在三天後的子夜時分入城偷襲。一切部署妥當之後，趙觀來到天香閣找周含兒，想探聽有無新的情況。

才一進天香閣，便聽裡面吵聲大作，他跟院中小廝相熟，忙問發生何事，小廝道：「許家大少爺和奧可同時來找胡姑娘，在裡面吵起來啦。」

趙觀一呆，他知道自己和含兒開始交往後，石嬤嬤便故意拖延和許家的談判，有意讓他和許家大少爺一較短長，競爭標價，天香閣便能從中大撈一筆。趙觀對石嬤嬤的用心自是再清楚不過，一切照著規矩來，先在含兒身上花下大筆銀子，又對石嬤嬤多方攏絡，要她暫時不要洩漏關於自己的事情，因此許家大少爺並不知道有沈月卿這號人物。如此拖了一個月餘，許大少爺心急了，親自來天香閣問個清楚。沒想到正好遇上奧可，許大少爺只道胡姑娘是受了這混血美男子的迷惑才起貳心，怒氣塡膺，當場便跟奧可對罵起來。

趙觀心想：「含兒是我的人，這兩個傢伙卻在爲她吵架，這算什麼？」當下來到院後觀看，卻見一群人圍在那兒看熱鬧，圈中許大少爺已脫下了外衣，捋起衣袖，一副準備衝上前大打出手的架式；奧可瘦弱文秀，顯然不是打架的料子，急得滿臉通紅，口裡咒罵不絕。兩人愈吵愈大聲，許大少爺忽然衝上前去，一拳揍在奧可臉上。旁觀眾人驚呼聲中，奧可跌出兩步，摔倒在地。

許大少爺甚是得意，嗤笑道：「臭鬼子，知道少爺的厲害了吧！」奧可爬起身來，臉色更紅了，忽然從腰間拔出一個黑色的筒子，指著許大少爺，口裡大叫：「你敢跟我搶胡姑娘，我炸死你！」

許大少爺罵道：「你有種的便試試看！你他娘的半洋鬼子，吟吟怎會看上你？快滾回你他媽的鬼地方去吧！」

吵嚷叫罵聲中，忽聽轟然一響，花園對面的牆壁竟被炸去了半塊。眾人登時安靜了下來，望著那牆壁張大了口。原來奧可一怒之下，對著牆壁開了一槍。

趙觀不禁臉上變色，心道：「他媽的，好厲害的傢伙！這火器發射極快，比什麼暗器都快上百倍，更來不及躲避。這一彈轟上身來，任你武功再高，也要被炸得血肉橫飛。」

許大少爺嚇得呆了，臉色蒼白，站在當地呆了許久，才大叫一聲，頭也不回地奔出天香閣。奧可知道自己怒急開槍，炸壞了天香閣的牆壁，惹出亂子，石嬤嬤定要向自己討賠，崇明會的人若知道自己出來開槍鬧事，也非責怪不可，這麼一想，怒氣登時消了，匆忙收起火槍，也搶出門去了。

圍觀眾人紛紛散去，趙觀也跟著人群離開天香閣，到了半夜，才偷偷潛入含兒的閨房，卻見含兒仍坐在桌旁未睡，臉上神色又累又憂。

趙觀來到她身後，輕輕摟住了她，柔聲道：「還沒睡麼？」周含兒聽到他的聲音，鬆了一口氣，回身緊緊抱住了他，說道：「阿觀，我好怕。」

趙觀抱著她，安慰道：「有我在，妳不必怕。他們為妳吵架也好，打架也好，妳始終都是我的人。」周含兒道：「我知道。阿觀，我是擔心你。你要去打崇明會，他們有這般可怕的火器，你……」

趙觀點頭道：「我正是為此來找妳。含兒，我們已決定後日晚上動手。我需要知道崇明會中有多少這樣的火器，都藏在什麼地方。」周含兒道：「我去替你探聽。但是……但是時間這麼緊迫，我眞怕你出事。」

趙觀心中也憂急如焚，卻安慰她道：「妳不必擔心。若來不及探查清楚，我們等作好了萬全準備再動手便是。」

事實上，趙觀卻知道偷襲的計畫已不能再拖延了。奧可和許大少爺遲早會發現自己跟含兒的關係，部署在城外的人手也不能長久躲藏下去不被人發現。一旦修羅王和死神發現了他在蘇州城的蹤跡，就前功盡棄，功虧一簣，不但他自己有性命危險，所有在城內外布置的青幫、百花門手下都可能遭到毒手。

他心中焦急，離開天香閣後便急急趕往城外，找到百花門人和青幫幫眾，向眾人說出火器之事。郭淺川此刻是辛武壇的壇主，率領青幫眾人在此聽命，聽聞後急忙派人去向潛入崇明會的幫眾傳話，讓他探聽關於火器的事情，一有消息便讓方平傳話給趙觀。

趙觀道：「我們的目標是修羅王和她的手下，不須無端和洋人衝突。盡量避免與火器正面對敵，才是上策。」當下令眾人作好攻打的準備，在城外等待自己號令。

第一百三十九章　偷襲前夕

趙觀回到城中等候，在客房中來去行走，焦慮擔憂，無法坐定。傍晚時分，他去找周含兒，含兒卻說奧可因爲前日在天香閣鬧出了事，始終不敢再來，反而下帖子邀她次日晚上去天主堂側的西樓宴客。趙觀知道次日晚上便是自己預定攻打崇明會的時候，生怕周含兒會遭遇危險，便要她想法推辭掉。

趙觀回到客店，繼續等方平的報告，等了一夜都沒有消息。直到次日早上，方平才回到客店，急急向趙觀報道：「據臥底的幫眾說道，天主堂中有一整個倉庫的火器，倉庫的鑰匙便在總管奧可的手中。幫主，我們明晚還進不進攻？」

趙觀皺起眉頭，說道：「你讓我想一想。」他將自己關在房中，獨自思索該如何下決斷。他知道要對付修羅王等人，眼下是極爲難得的良機。第一，修羅王不在京城自己大本營之中，實力定然較弱；第二，這次能找到他們，全靠凌昊天傳來的密訊，令敵人在明而我方在暗；第三，己方部署準備妥當，人手充足，應有把握攻對方一個措手不及。若是失去這個機會，日後再要對付修羅王就沒有這麼容易了。但是如何才能避免和火器交鋒？他現在只能靠含兒了。但他又怎能讓她涉險？

他思索再三，終於作了決定，讓方平傳令給城外眾人，次日晚間大舉攻打崇明會，自己逕去天香閣找周含兒。周含兒爲他擔心已極，見到他來，忙迎上去道：「阿觀，你可來了！」

趙觀握著她的手，低聲道：「含兒，我得求妳一件事。這件事非常危險，妳若不願意幫我，我絕不會多說一句。」

周含兒神色堅決，說道：「阿觀，爲了你，我什麼事都願意作，再大的險都願意冒。

你說吧。」

趙觀道：「我想請妳幫我偷一樣東西。我需要偷走奧可身上火器倉庫的鑰匙。奧可今夜宴客，妳若去赴席，便可伺機從他身上偷取。妳在筵席間不易下手，若是能進入他房間，便有機會偷到他貼身而藏的鑰匙。」周含兒毫不猶疑，說道：「你要我陪他過夜，伺機偷取？」

趙觀搖了搖頭，從懷中取出一個小瓶子交給她，說道：「我不會讓他碰妳的。這是『迷神粉』，妳跟他進入房間之後，就打開這瓶子讓他聞，他便會立即昏睡過去。妳偷到鑰匙後，就將它扔入水池，或藏在草叢中，只要讓人無法找到便好。我們預定今夜子時闖入天主堂，妳找間安靜的房室躲起來，聽到我喚含兒，妳才出來。」

周含兒心中怦怦亂跳，知道此事危險已極，她抬眼望著趙觀，一咬牙，低聲道：「交給我吧。爲了你，我什麼都願意作。」趙觀心中感動，將她摟在懷中，柔聲道：「含兒，我不得不求妳替我冒險，心中好生難受。妳一個嬌弱女子，我實在萬分不願讓妳冒這等大險。我對天發誓，今後定會好好保護妳、愛惜妳，再也不讓妳遭遇半點危險。」周含兒流下眼淚，說道：「阿觀，我相信你。」

第二天夜裡，趙觀喬妝改扮了，在楊家橋畔的酒家內等候，但見天主堂側的西樓燈火通明，城裡賓客紛紛來到，在樓中聚會宴飲。不多時，一乘青呢小轎冉冉而來，趙觀知道那是周含兒，心中一緊，暗暗祝禱：「老天保佑，讓含兒平安無事，讓我今晚起事成功！」

子夜未到，青幫和百花門人已悄然分批進入城中，在天主堂外的一塊野地上集合。天主堂地方甚大，前方是一座中西合併式樣的牌樓，之後是一間有著尖塔的教堂，每七日便開放一次，讓蘇州城中的信眾前來作禮拜。其後便是崇明會的禁地，有大堂、小堂、神父樓、修女樓和眾荷蘭人的住屋廳堂等建築。西樓則是專供洋人信眾平時聚會的場所，因並不正式屬於教會，才容許外人和歌妓等進入。

眾人到齊之後，趙觀便率領眾人來到天主堂之外，翻牆跳入，往教堂後的禁地闖去。趙觀一聲令下，眾人四散奔出，將眾建築各各圍住，趙觀見布置妥當，便闖入主廳之中，舉刀喝道：「我等是西山大盜，最看不慣你們這批傳天主教的魔鬼。大家看到洋鬼子就殺，一個都不要放過！」

眾洋人宴會方畢，都喝得醉醺醺地，有的回房睡了，有的還在內廳裡閒坐聊天，見有強盜闖進來，只嚇得心驚膽顫，爲首的神父忙奔往西南角上的火器倉庫去拿武器，但見倉庫緊緊鎖著，他咒罵一聲，連忙去找奧可。眾人大呼小叫，好不容易才找到了奧可，將他昏昏沉沉地從房中拖出來。神父急急向他要鑰匙，他一摸身上，鑰匙竟已不翼而飛，驚得呆在當地，作不得聲。那神父一怒之下，重重打了他一個耳光，罵道：「蠢豬，沒有半點用處！」

眾洋人赤手空拳，哪裡是青幫眾人的對手，只能四處逃竄躲避。趙觀早已下令，看到洋人便抓起來，不可殺傷，不多時青幫幫眾便將洋人都趕入一間大屋鎖了起來，百花門人則往後面闖去，尋找修羅王等人。

修羅王的手下此時也已驚覺，紛紛出屋查看情況，但見四周早已被重重包圍，衝上來的竟是一群女子，嬌聲呼喝，揮手撒出毒粉，早將十多個奔出來的漢子毒倒在地。趙觀率領百花門人一間間屋子搜去，將躲在裡面的眾修羅門人全數揪了出來，一一殺傷擒住，不多時便擒殺了五六十人。趙觀四處尋找修羅王的蹤跡，忽聽身後風聲響動，趙觀不及回頭，蜈蚣索向後揮出，打下了三枚毒針，索尖飛處，直攻向敵人面門，那人向後躍出避開了。

趙觀回過身來，卻見面前站了一個矮小的青袍人，正是瘟神沙盡。

趙觀冷笑道：「沙老兒，又見面啦！」瘟神冷然望著他，說道：「你怎會尋到此處？」趙觀道：「我老遠便能聞到你身上的臭味，就循味追來了。納命來！」長索一揮，直向沙盡攻去。

沙盡喝道：「該是我向你討命！」手中鐵蛇直向趙觀竄去。他這鐵蛇與趙觀先前見過的不同，能夠伸長出五六節，全數伸出時總有五六丈長，如同一條鐵鞭。趙觀矮身避過，喝道：「好傢伙！」揮動蜈蚣索向他點去。

這是這兩個當世毒術大家第二次交手，前一次在呂梁山木屋之中匆匆一戰，二人不分上下，趙觀和淩昊天寡不敵眾，勉強逃走；瘟神死神卻中了趙觀布下的蛇陣，死神險些喪命。此番再戰已是兩年之後，情勢已異，爭鬥之激烈凶險卻只有過之而無不及。

白蘭兒見門主和瘟神對決，便命百花門人搜索餘下敵人，自己和舒菫等幾個老練弟子守在一旁掠陣。但見趙觀和瘟神都使長兵刃，一蛇一索在場中交叉纏鬥，除了眼睛看得見的兵刃之外，二人更互使暗器、毒蟲、煙霧、線香種種毒藥，一邊以武器纏鬥，一邊更得專注防備對方有形無形的毒攻。白蘭兒等在一旁觀戰，忙著解除瘟神散發出來的毒煙便已自顧不暇，但見趙觀在場中攻守兼備，長索如矯龍靈蛇般招招攻向對手要害，不時發出各種毒針毒鏢毒粉，心中都不由得驚歎：「兩年不見，門主的武功毒術又更高了一層！」

數十招過去，趙觀忽然大喝一聲，長索甩出，在空中一個轉折，直取瘟神手臂。瘟神不料蜈蚣索會從這等奇特方位襲來，手臂一緊，已被蜈蚣索纏上。旁觀眾女都歡呼出聲，卻見瘟神冷笑一聲，揮鐵蛇將蜈蚣索斬斷，渾若無事，猱身衝上前來，揮鐵蛇向趙觀砸去。

趙觀一驚：「我這蜈蚣索上餵了百花婆婆的祕傳毒藥『嘔心瀝血』，他怎能抵擋得住？」連忙後躍避開，瘟神衝上搶攻，趙觀連連閃避，心中一凜：「前一次交手時他並不熟悉本門毒術，現在他卻對本門種種毒術瞭若指掌，更能解除本門奇毒。這是爲何？」

不及細想，伸手入袖，取出一把紫色藥粉灑在蠍尾鞭之上，揮鞭向瘟神打出。他在大漠上這兩年並沒有白住，養馬空閒時便到處尋找毒蟲毒草，研究如何培養煉毒，發現了十多種只有塞外才有的奇特毒物。此時他在蠍尾鞭上餵的便是在塞外煉成的毒藥，瘟神絕對未曾見過。瘟神臉色一變，果然不知該如何解除，退開三丈，不敢直接與趙觀對敵。

趙觀趁勢追上，蠍尾鞭梢的尖鉤在火光映照下閃出一道道紫色銀光。瘟神持鐵蛇抵擋，蛇身在夜色中發出詭異的暗紅光芒。

如此過了十多招，瘟神的鐵蛇尖上忽然噴出一股煙霧，正往趙觀面上散去。趙觀驚呼一聲，捧胸跪倒在地，蠍尾鞭脫手，遠遠摔在瘟神腳邊。

瘟神獰笑道：「這是瘟神的絕招『千屍萬腐』，你死在我手上，也該瞑目了！」旁觀百花眾女一齊驚叫起來，白蘭兒和舒堇先後搶上前來，白蘭兒攻向瘟神，舒堇上來扶趙觀。卻不知這是趙觀詐傷誘敵之計，卻聽他大喝道：「不要過來！」忽然一揮手，遠處那蠍尾鞭好似陡然活了一般，倏地從地上彈起，鞭梢銀鉤噗的一聲，刺入了瘟神的小腹。

瘟神慘叫一聲，滿臉不可置信的神色，不知對手如何能從遠處控制這鞭，又怎能破除自己的毒術。卻不知這是靠了趙觀在塞外大漠上發現的「寒漠僵蛛」之絲，透明無色卻極爲堅韌。他將一端纏在鞭稍，一端握在手中，裝作中毒令敵人放鬆戒備，故意將蠍尾鞭甩脫至瘟神腳邊，再出其不意地扯動蛛絲，以鞭梢銀鉤突襲敵人，一舉成功。

瘟神知道鞭尾鉤上必已餵了劇毒，自知難逃一死，心想不如兩敗俱傷，猛然撲上前去，從口中吐出一枚毒針。趙觀見到厲害，忙伸手將舒堇拉到身後，自己不及躲避，那毒針便刺入他肩頭。

趙觀悶哼一聲，退開幾步，但見瘟神臉上露出古怪的笑容，緩緩軟倒在地，終於癱在地上不動了。轉眼之間，他長袍底下的身體似乎慢慢地融化了，愈來愈小，無數小蟲從他口中、鼻中、衣袖中爬了出來，不多時滿地便都是黑色的小蟲，發出刺鼻的腥臭味。

百花門人素近毒物，卻也從未見過這般可怖的景象，這般噁心的死法。趙觀叫道：「大家快避開，他身上有腐屍毒！」

眾女連忙退開，有幾個站得近的卻已感到胸腹一陣噁心，嘔吐出來。

忽聽白蘭兒高聲叫道：「哪裡走！」趙觀回頭望去，但見一人從後面屋中竄出，背後揹著一人。白蘭兒率領百花門姊妹緊追而上，發出毒鏢攻擊，卻都被前面那人避開了。趙觀看清楚了，那人正是死神，他背上揹著的便是修羅王。

趙觀見到仇人，咬牙抱傷追上，心中忽想：「修羅王爲什麼不肯出手？她的武功到底有多高？小三說她服用各種藥物，可能在練什麼陰陽無上神功，她爲何始終不出手？」這念頭剛過，便見死神陡然一躍，拔地而起，落在屋頂，隨即往教堂的高塔爬去。趙觀叫道：「發暗器！」青幫幫眾和百花門人紛紛向高塔發出暗器，但死神動作敏捷出奇，轉眼間已爬上了塔頂。

趙觀這時才留意到塔頂上另有一人，垂下繩子來將死神拉上去，死神才能爬得這般快。塔頂另有一條繩索連向隔壁的樓塔，死神、修羅王和塔上那人動作極快，轉眼間已拉著繩索攀了過去。那繩索位在教堂的另一面，從眾人所站這面發暗器已打不到他們，趙觀等只能眼睜睜地看著三人逃脫而去。

趙觀在月色下望著原先在塔上那人的身影，心中陡然一震：「我見過這人的！是了，那時在呂梁山上，我和小三一齊對付死神和瘟神時，我布下蛇陣困住了死神，有個侍衛衝進蛇陣救了死神去。就是他！我當時便覺得他很眼熟，這人我一定認識的。他是誰？他是誰？」

他心中掛念含兒，不及多想，拔出瘟神射在自己肩頭的毒針，點了傷口四周穴道，抱傷在天主堂中快奔尋找，高聲喚道：「含兒？含兒？」

此時青幫幫眾已將眾侍衛殺手的屍體抬入屋中，放火燒屋。趙觀見火頭四起，又急又憂，生怕含兒已在混亂中受害，他愈跑愈快，聲音愈喊愈大，心中也愈來愈後悔：「我怎能讓她冒這等險？我怎能讓她獨自來這險地？」

他奔到最後一間房舍，卻聽一個微弱的聲音叫道：「阿觀！阿觀！」趙觀大喜，冒著火頭衝了進去，卻見屋角周含兒委頓在地，臉色蒼白。趙觀上前抱起了她，連問：「妳沒事麼？」周含兒搖了搖頭，說不出話來。屋中煙塵瀰漫，趙觀抱著她快步奔出，一路出了天主堂，青幫中人和百花門人忙上來接應。

趙觀中了瘟神臨死前的一擊，毒傷甚重，再也無法支撐，昏了過去，青幫眾人忙將他抬回分壇醫治。白蘭兒等大為焦急，齊聚商量救治之法，讓他服下鎮壓毒性的藥物，又替他放血去毒。周含兒更是憂急如焚，日夜守在趙觀的床邊，不肯離去。趙觀直昏迷了將近一個月才醒轉，醒後替自己診斷，知道身上仍留有不少殘毒，損傷甚重，幸而並無生命危險，此後只能以拙火內力慢慢化解。

他此番率眾攻破了崇明會，消滅了修羅王在江南的據點，殺死瘟神和數百名修羅王的手下，青幫叛徒林小超和丐幫叛徒賴孤九都在其中，可說大勝一場。他知道修羅王和死神趁亂逃去，定會立即追查崇明會的祕密是如何洩漏的，小三仍身處敵營，不知道外界情況，處境甚是危險。他擔憂如焚，連忙讓人趕去北京傳話給凌昊天，要他及早離開，自己匆匆交代了替周含兒贖身之事後，也抱傷連夜向京城趕去。

第一百四十章 敵營遇險

趙觀的傳訊卻終究遲了一步；凌昊天未及接到訊息，修羅王和死神等已回到京城，在皇宮、嚴府大舉搜查奸細。嚴少夫人一回到嚴府，便令官兵封鎖門戶，叫府中所有下人、婢女、侍衛全數站在內院之中，一個個盤問探查。凌昊天心中暗驚，打算悄悄避開，正走在偏廊上時，卻見二人迎面走來，竟是死神父女。凌昊天連忙停步，垂手站在一旁。

死神冷然望向他，說道：「你爲何不去內院集合？」凌昊天道：「少夫人派我來召集皇宮侍衛前去集合。」

死神道：「你姓什麼，叫什麼？」司空寒星卻認出了他，說道：「他叫秦日，原本是宮中侍衛。嚴世蕃想欺負女兒時，他曾出面解圍。」

死神嘴角露出一絲冷笑，凝目向他望去，凌昊天回視著他，死神忽然哈哈大笑，說道：「好、好！」伸手去拍他肩膀。凌昊天直覺知道他已看破自己，沉肩避開，向後縱出。死神果然不懷好意，出手時暗運內力，但見他避開，三尖刀隨後跟上，直往他胸口刺去。司空寒星也看出不對，這人竟能躲過父親的攻擊，絕非常人，高聲叫道：「來人！奸細在此！」

凌昊天知道眾人若一圍而上，自己便不易脫身，急著想擺脫死神的攻勢。但死神纏鬥甚緊，更不讓他有機會脫逃。凌昊天心知二人武功原本不相上下，若要分出勝負，也是一百招以後的事情，心想：「一報還一報，上回他闖入龍宮，逃離時被我截住，現在我闖入他的大本營，想逃時卻也被他截住。」只能奮力抵擋。但聽腳步聲響，人已從四面八方湧到。凌昊天心中暗急，又與死神交了十多招，邊打邊退，靈機一動，想起嚴夫人院中偏房內的暗道，當下奪過一個侍衛的長劍，使出一招虎蹤劍法向死神攻去。死神見他竟會使虎蹤劍法，大驚失色，叫道：「你是……」

凌昊天知他曾是父親手下敗將，出劍正是意在將他嚇退，見他出手較緩，忙提步往後進奔去。不料司空寒星在旁觀戰已久，見他有意要逃，早已看準了他的退路，匕首疾出，在他左肩劃出一個長長的口子。凌昊天回身出掌，將她震退開去，忍痛快奔，衝入嚴少夫人的偏房。

此時眾侍衛、官兵、殺手都已看見他，大聲呼喝追上。凌昊天一路闖入偏房之中，卻覺一股勁風撲面，卻是炕上那老者出掌向自己打來。凌昊天危急中不暇多想，使出七星內功揮掌相迎，那老者如何承受得了，向後飛出，砰一聲撞在牆上，昏死了過去。凌昊天打開機括，快步奔入甬道。

凌昊天聽著自己的腳步聲在甬道中發出震耳的回音，心中忽然一動：「他們若將甬道兩頭封住，我便被困在這兒出不去了。」當下更放足急奔，只想盡快到達另一頭。就將奔近盡頭之時，他聽得身後腳步聲響，已有人進入甬道追了上來。

他來到盡頭門前，伸手推門，那門似乎真鎖上了，竟推之不開。他心中一急，凝神運氣，猛然出掌打去，但聽砰的一聲巨響，那門被打飛了去。凌昊天心中一喜，一躍出去，正想提氣快奔，忽覺背心一麻，竟被人點中了穴道。出手之人想是老早便守在門外，悄沒聲息地向他偷襲，竟一舉得手。

凌昊天又驚又悔，沒想到自己竟會在此時此地失手，身子已不聽使喚，跌倒在地。但覺一人用腳將自己翻了過來，凌昊天仰頭望去，卻見一個白衣女子站在自己身旁，雪白的臉上一條長長的傷疤，從右眉直到左嘴角，甚是可怖，竟是二嫂雲非凡！

凌昊天心中一鬆：「她自不會爲難我。」但見她臉上神色陰沉，隨即想起：「寶安說她性情大變，不知她要如何處置我？」但聽雲非凡冷笑一聲，說道：「小賊，我可抓到你啦。」伸手點上他胸口穴道，凌昊天眼前一黑，昏了過去。

凌昊天仗著內力深厚，昏去沒有多久便醒轉來，感到自己全身被綁得緊緊地，眼前一片黑暗，似乎被囚禁在一個狹小的洞穴之中。他掙扎了一下，知道穴道未解，難以脫身，便潛心運氣解穴。忽聽頭上腳步聲響，有人走到自己頭上，原來自己竟是被藏在地板之下。

卻聽一個極爲嬌媚柔軟的聲音說道：「好妹子，我知道人在妳手上。妳將他交給我，我定會重重謝妳。」

凌昊天聽到這聲音，不禁全身寒毛直豎，知道那便是曾在虛空谷逼誘自己的修羅王。卻聽雲非凡輕哼一聲，說道：「公主殿下，妳竟能追到此地，我當眞好生佩服。」

修羅王格格嬌笑，說道：「好妹子，我心裡總惦記著妳，知道妳一心想抓住這個小賊，當然得跟上妳啦。」

雲非凡冷笑道：「妳口口聲聲叫我好妹子，我怎當得起？當初在龍宮時，妳又是怎般對我的？妳要雙飛全心聽妳的話，要他遠離我，將我這新婚妻子冷落在一旁，妳道我這麼快便忘了麼？現在雙飛走了，妳的精心策劃付諸東流，卻來對我這麼親熱作什麼？」

修羅王歎道：「雙飛弟弟的事情，難道不都是這小賊敗壞的？若不是因爲他和那姓鄭的小賤人，雙飛又怎會被逼離去？他當時若聽我的話留下來，此時早該是龍幫主人，說不定已將青幫、丐幫都一齊呑併了呢。那時妳便是風風光光的幫主夫人，有何不美？我作姊姊的，向來都爲自己兄弟著想，也都是爲弟妹妳著想啊。」雲非凡默然不答，哼了兩聲，似乎甚是激動。

凌昊天聽到此處，心中升起一股痛恨憤怒：「她果然便是段獨聖的女兒！也是……也是大哥二哥的姊姊。她口口聲聲叫什麼兄弟，設計讓大哥二哥兄弟相殘的正是她！」

卻聽修羅王又道：「弟妹，姊姊跟妳是一條心。我想要雙飛好，不也就是要妳好麼？我跟妳說，我們姊妹一起找到他，好生勸勸他，他怎能不聽我們的話？要他別作什麼和尙了，天下大事都等著他出來作，他只知躲避，哪有半點男子氣概！我瞧這都是凌霄那沒用的老郎中教出來的，軟弱無用，不敢面對現實。他若是跟著自己親生爹爹長大，又怎會這般畏首畏尾，毫無決斷？」

雲非凡靜了一陣，說道：「我容貌已毀，他又怎會再理睬我？」修羅王道：「妳別這麼想。妳是他結髮妻子，夙世的姻緣，他怎麼也擺脫不了妳的。妳要懂得緊緊抓住他，將他牢牢掌控在妳的手掌心裡。這一切姊姊都可以教妳怎樣作。妳這麼聰明剔透，一定能作得到的。現在姊姊只請妳答應我一件事。」

雲非凡沉默不語，裝作不懂。她知道修羅王對凌昊天有切齒之恨，千方百計想向自己要人，但她心中也很明白，她若將凌昊天交給了修羅王，凌雙飛得知後絕不會原諒自己。她心中的計畫很簡單：她要用凌昊天引出鄭寶安和凌雙飛；她要殺死鄭寶安一洩心頭之恨，她要凌雙飛回到自己的身邊。

修羅王見雲非凡不答，略顯不耐，說道：「弟妹，怎麼，莫非妳心裡還有其他顧慮？」雲非凡歎了口氣，說道：「我沒有什麼顧慮，也很感謝姊姊的好意。但是……但是人已沒有了。」修羅王驚道：「妳這是什麼意思？」雲非凡道：「我抓住他後，心中惱怒，狠狠打了他一頓，竟失手將他打死了。」

修羅王靜了一陣，才道：「妳可能起個毒誓？」雲非凡道：「我若騙妳，讓我不得好死，這輩子再也見不到雙飛，讓我父親在地下也不安穩。」

修羅王歎了口氣，說道：「妳既然這麼說，我只好相信妳了。」忽聽砰然一聲，卻是修羅王出掌劈開了衣櫃之類的事物，接著破碎之聲不絕，想是她又劈開了兩旁的櫥櫃箱子等。她卻沒想到雲非凡將凌昊天藏在地板之下，遍尋不見，冷笑一聲，說道：「妳最好別騙我！」大步出門而去。

凌昊天感到頭上靜了一陣，又過了一會，眼前忽然一亮，卻是雲非凡揭開了木板，低頭向他望來，冷然道：「你醒了？」凌昊天不答。

雲非凡伸手將他提出來，摔在地下，說道：「你知道我爲什麼不將你交給修羅王？」凌昊天道：「不知道。」

雲非凡望著他，眼中閃著仇恨的火花，咬牙切齒地道：「因爲我要利用你，向鄭寶安報仇！我要好好折磨你，廢了你的武功，斬了你的手腳，讓你這輩子再也無法抬頭見人，再也神氣不得！哼，世上最可悲之事，莫過於從一個叱吒江湖的英雄，墮落爲一個令人不忍卒睹的廢人！我要讓那姓鄭的賤人傷心到死，不，要她比死還傷心！」

凌昊天冷然向她瞪視，說道：「二嫂，妳能對我說出這等話，證明大哥當初不肯娶妳，早有先見之明。寶安跟我清清白白，妳折磨我有什麼用？」

雲非凡冷笑道：「寶安對你的心，連瞎子都看得出來。她水性楊花，一下子勾引哥哥，一下子中意弟弟，眞是不要臉到了極點！」

凌昊天怒喝道：「閉上妳的嘴！我不准妳說她的壞話！」雲非凡笑道：「我愛說便說，你已在我手中，難道我還怕你不成？我偏偏要說！鄭寶安是個賤人，你們兄弟偏偏愈賤的愈喜歡，兄弟同妻，禽獸之行！」

凌昊天大怒，奮身躍起，向雲非凡撞去。雲非凡不料他全身被綁仍能跳起，被他撞得退出幾步，又驚又怒，罵道：「小賊！」抓起一條竹鞭向他打去，在他身上臉上打出條條血痕。凌昊天憤然向她瞪視，毫不退縮。

雲非凡打得夠了，才丟下竹鞭，冷笑道：「小子，鄭寶安害了我一世，我誓死也要找她報仇。她兩次奪走我最珍愛的情人，我爲什麼不能奪走她的？我要用你作餌，誘她來此，逼她跪地求饒，逼她自毀容貌！再在她面前整治你，讓她知道心痛如割的滋味！」

凌昊天大聲道：「我落在妳手中，妳要殺就殺，要剮就剮，不要口口聲聲牽扯到寶安身上！妳恨她也罷，怨她也罷，將氣都出在我身上便是，我不准妳去找她的麻煩！」

雲非凡笑道：「不錯，你也關心她得緊。那好極了，我正要讓你們嘗嘗生離死別，痛不欲生的滋味！」

卻聽門外一人笑道：「嘖嘖，你聽聽，雲大小姐對自己小叔是這麼說話的。」

另一人道：「我若是凌家二少爺，立即就將她休了。」

另一人道：「我若是凌莊主夫婦，也定要用大掃帚將這個媳婦趕出門去。」

又一人道：「我若是雲幫主的在天之靈，想必也要不認這個女兒。」

雲非凡大驚回頭，卻見門口多出了四個人。這四人何時來到門外，她竟毫無知覺，想伸手拔劍已然不及，那四人已如影子般閃入屋內，兩個出手制住了她，兩個去替凌昊天解開束縛。

卻說趙觀破了崇明會後，身中劇毒，醒轉後便急急向京城趕去，路上聽得凌昊天在嚴府被圍、硬闖出來、身上受傷而下落不明，不由得大爲驚憂，來到京城後便趕去百花門藏身的打水胡同四合院探聽情況。才一進去，他便感到不對，踏入屋中更是臉色大變：卻見屋內一片凌亂，桌椅傾倒，瓶罐碎裂，處處沾滿了已經發黑的血跡。

趙觀心中一緊，在院中四下搜索，但見後院的土新被人翻過，他心中怦怦亂跳，拿起鐵鍬將土挖開，卻見下面好大一個坑洞，裡面躺了十多具死屍，都是住在京城的百花門人，小菊和蕭玫瑰竟也赫然在其中。趙觀手一鬆，鐵鍬跌落在地。他深深地吸了一口氣，心中只有一個聲音：「是誰？是誰？」

他跪倒在地，閉上眼睛，念起百花禱辭：「有情無情，皆歸塵土。有情無情，皆歸塵土！」一邊念著，口唇不由得顫抖，這些都是他相處多年的百花門姊妹，誰殺得了她們？趙觀見蕭玫瑰雙目圓睜，臉上霸悍之氣不減，似乎還帶著一絲不可置信的神色。蕭玫瑰是幫中武功僅次於己的長老，誰殺得了她？還有小菊，誰能輕易將她們殺死？趙觀仔細查看，驚覺所有門人都是死於百花門自己的毒術。他心中不知是悲是怒，是疑是怕，呆了良久，才取出化屍粉，一一撒在眾女身上，眼望著她們逐漸化為一灘黃水。

趙觀站起身，走出大院，快步回向青幫的分壇，心中只想著：「是誰？是誰？一定是門中出了內奸，才能找到百花門的藏身處，出手將所有人殺死。蘭兒師姊和舒菫隨我去蘇州對付崇明會，不會是她們。留在北京的只有紫薑和芍藥、沈艾等。紫薑年老偏激，脾氣古怪，素來和蕭玫瑰不合，但她怎會下此毒手？難道她便是門中的奸細？」

趙觀回到分壇，卻見紫薑已然到來，正與白蘭兒等說話。趙觀見她一張老臉蒼白如紙，面上皺紋似乎更深更多了，全身抖個不止，想來早已知道噩訊。眾女見門主進來，都站起身，默然不語。趙觀站在門口，冷然向屋中眾女望去。眾女被他的眼光觸及，身上都不由得一戰。趙觀的眼光停在紫薑身上，說道：「師叔，妳一直在京城，玫瑰師姊她們出事，想來妳早已知道。」

紫薑道：「出事時，老身恰好不在城中。我去了城南的綠柳寺，回來時便……便知道不對了。」趙觀道：「這麼說來，妳去過打水胡同探查情況？」紫薑道：「我去過。姊妹們的遺體便是我埋的。」趙觀道：「妳爲何不化去她們的遺體？」紫薑道：「因爲我要留下證據，證明我的清白！門主你想必已看過她們的屍體，都是中本門毒藥而死。其中有些毒藥我從來不用，從不會使，殺她們的絕不能是我！」

趙觀道：「妳不會使，不能學麼？」

紫薑聽他這麼說，勃然大怒，喝道：「門主，你怎能懷疑我？我是門中元老，怎會作出這等事？當年百花婆婆在世，一心要讓本門興盛，流傳久遠。我如何會下手殺害自己姊妹？門主，會使所有毒藥的，只有傳功長老白蘭兒。你去問她吧！」

白蘭兒聽她竟指向自己，怒道：「我是會使本門所有毒藥，但我始終跟在門主身旁，怎麼可能來此下手？」紫薑道：「妳自己不來，難道不能派弟子來麼？」

白蘭兒哼了一聲，冷冷地道：「我老早懷疑妳是奸細，現在北京弟子全數遭難，唯獨妳沒事，妳還有什麼話說？」

紫薑怒道：「我若是奸細，早就該逃跑了，怎會還留在這裡等你們回來誣陷我？」白蘭兒道：「誰曉得妳抱著什麼心？」紫薑盛怒之下，一揮手，向白蘭兒發出兩枚毒鏢。白蘭兒閃身避開，怒斥一聲，拔出匕首，衝上前向紫薑刺去。

趙觀跨上前攔住了紫薑的毒鏢，夾手奪下了白蘭兒的匕首，心中恚怒，喝道：「已經死了這麼多姊妹，妳們還要自相殘殺，好，就去殺個夠，殺個開心！哪個留下未死，我也要殺了她！」拂袖而出。

趙觀心中煩亂已極，走入內室，忽聽身後腳步聲響，一人輕叫道：「少爺！」趙觀回過頭去，正是丁香。她因負責料理趙觀起居，又與青幫中人熟悉，一向住在青幫分壇，因此逃過了一劫。二人久違不見，趙觀雖在怒中，仍走上前去，握住她的手道：「丁香，妳沒事麼？」

丁香點了點頭，臉色雪白，說道：「少爺，你相信我，下手殺人的絕不是蘭兒師姊或紫薑師叔，也絕不是在北京的任何門人。下手的另有其人！」

趙觀一呆，問道：「妳怎知道？」

丁香的身子微微顫抖，說道：「我一直都住在青幫分壇。出事的那天晚上，小菊師姐帶回來的那個女孩山兒和她的黑豹忽然急急來分壇找我，比手畫腳的，卻說不出是究竟什麼事。我趕忙跟著她去，來到打水胡同外，正見到許多黑影從圍牆跳出。出手的人很多，都是男人。他們似乎都會使本門毒術。」

趙觀問道：「他們形貌如何？」丁香道：「我看不清楚。那是夜裡，他們又都蒙著面。」

趙觀登時想起在蘇州與瘟神交手時，他對本門毒術極爲熟悉，他若會使百花門的毒術，修羅王的手下自然也會。他心想：「不論如何，門中定然有奸細將本門毒術透露給了外人。那會是誰？」

他知道自己得再去打水胡同查看一次，便要舒董和丁香看著白蘭兒和紫薑，不讓她們再互相打殺，獨自重返打水胡同的四合院。

第一百四十一章 爭風吃醋

趙觀離去後，丁香和舒菫好不容易才勸和了白蘭兒與紫薑，讓二人各自回房。丁香回到青幫分壇，卻見門口圍了一群人，卻是十來個紅衣喇嘛。丁香微微皺眉，她與趙觀同赴關中時曾與受東廠喇嘛圍攻，險些喪命，此時見到喇嘛，不禁暗生警惕。她心思細密，注意到這群喇嘛雖也身穿紅袍，但大多留著長鬚長髮，皮膚黝黑，容貌質樸，與在陝西見過的金吾人波切等喇嘛形貌裝扮頗爲不同。卻聽眾喇嘛正與守門的青幫幫眾嘰哩咕嚕地理論，似乎眾喇嘛想要進入分壇，幫眾不讓，雙方相持不下。

丁香走上前去想問個究竟，忽然眼前一亮，卻見喇嘛叢中竟站了一個十七八歲的秀麗少女，一身綠衣，手中牽著一匹極其駿美的黑馬。丁香不用看第二眼，便認出那是關中大俠陳近雲的二女兒陳如眞，忙迎上前去，喜叫道：「陳二姑娘！」

陳如眞回過頭來，也喜道：「丁香姑娘！我……我可找到妳啦。」

丁香忙吩咐青幫幫眾道：「快替陳二姑娘牽了馬去，餵飽清水草料，好生洗刷了。陳二姑娘可是幫主的貴客呢！」上前拉住了陳如眞的手，請她進入分壇。那一眾喇嘛似乎跟她是一道的，也理所當然地跟在後面，一湧而入。青幫眾人都知丁香是趙觀的身邊人，對她素來恭敬，自不敢出聲阻攔，只好將喇嘛們都迎入了外廳，請坐奉茶。

丁香招呼陳如眞在內廳坐下，問道：「陳二姑娘，妳可是來找少爺的麼？」陳如眞聽她問得直接，臉兒就先紅了，低下頭來，算是默認了。

丁香微笑道：「少爺剛好不在，需勞妳等候一會兒。妳怎地跟外邊那些喇嘛作一道？」陳如眞道：「我跟他們是在道上遇見的。他們說……說要來找他們的法王，我說我知道法王在那兒，他們便纏著我跟來了。」說著不禁噗哧一笑。

丁香也笑了，便此時，忽聽門外一人道：「李大小姐到！」丁香心中一跳，暗想：「怎麼少爺的冤家都湊在一塊兒了？」忙起身相迎，果見李畫眉走入內廳，臉上頗有不悅之色，說道：「丁香，妳少爺不在麼？外邊那些喇嘛是怎麼回事？」轉頭見一個清麗絕俗的少女坐在當地，不由得一怔。

丁香忙替二人介紹了，說道：「李大小姐，這位是關中陳大俠的二小姐陳如眞姑娘。陳二姑娘，這位是青幫李四爺的獨生女兒李畫眉李大小姐。」

二人行禮見過，互相打量，心中都想：「她長得眞美！不知她和趙觀是什麼關係？」

丁香感到氣氛不對，心想這廳四周青幫幫眾不少，外廳還坐了一群喇嘛，二女若生起什麼爭執，將事情鬧大了，未免難看，忙起身笑道：「兩位小姐，這兒地方不舒服，不如我請二位到少爺的廳上坐坐。兩位都是遠道而來，我去吩咐他們給兩位準備些點心，各自休息一下。少爺剛出去了，應該一會兒就回來啦。」

二女聽了，都點頭答應，便跟著丁香來到趙觀住宿的廳上。一開門，卻見書桌旁坐了一個妙齡女子，一身紅衣，正自在燈下讀書。那女子聽見門聲，抬起頭來，卻見她風華絕代，貴氣逼人，直將李畫眉和陳如眞都看傻了眼。

丁香也是一怔，回過神來，笑道：「彤禧公主，原來妳也是今日到，可眞巧了。」忙替三人介紹了。三女互相對望打量，房中一時寂靜得連一根針掉下都聽得見。

丁香見此情景，心中忐忑，卻也不禁暗覺好笑，心想：「少爺到處留情，也該知道會有這麼一天！這等景況，我可沒轍了，非得讓他自己來處理不可。」

卻見李彤禧神色自若，站起身來，舉手讓坐，微笑道：「李大小姐、陳二姑娘，久聞兩位俠女芳名，果然名不虛傳！兩位遠來是客，快請坐下。」

李畫眉聽她言語客氣，但起身待客，儼然以主人自居，不禁心中有氣，但她早聽說過這位朝鮮公主的事情，知道她毅然捨棄公主高位，遠赴大漠追隨情郎，是個極有主見才能的女子，趙觀對她更是極爲珍視尊重，當下也只能強壓心頭不快，微笑著坐下了。

丁香讓人奉上茶來，三女寒暄了幾句，李畫眉和李彤禧都約略聽聞其餘二女之事，唯獨陳如眞全不知情，坐在那兒顯覺徬徨，心中暗想：「這兩位姑娘容色人品皆是第一流的，他那麼多年未回關中，自是因爲早已有了紅顏知己，心中根本就沒有我這個人。」想著想著眼眶就自紅了。丁香看出她的心思，走過來挨著她坐下，在她耳邊悄聲道：「陳二姑娘，前幾日少爺還提起妳呢，說不知道妳這幾年長大了多少？我就說，妳若想知道，幹麼不去關中看看她？少爺說，我是想去看她，就怕她姊姊來挖我眼睛！」陳如眞想起往事，不禁笑了出來。

李畫眉的心神卻全在李彤禧身上，閑閑笑道：「李姑娘，江大哥每回跟我提起妳，都稱讚殿下是女中豪傑，巾幗英雄。貌似手無縛雞之力，卻能運籌帷幄，屈服天下之人。今日一見，江大哥所說果然不錯。」

李彤禧聽出這話背後的意思，是在暗諷自己嬌弱無用，不會半點武功，微微揚眉，正要答話，不料陳如眞在旁聽見了，插口問道：「李姑娘，妳卻爲何叫他江大哥？」

李畫眉笑道：「我識得幫主的時候，他還沒加入青幫，在杭州城裡住著，化名江賀。我當時叫慣了他江大哥，一時改不了口。那也是五六年前的事了吧。」

陳如眞心中更加失落，脫口道：「李姑娘，妳識得他這麼久了！」

李彤禧自非陳如眞那般沒見過世面的單純小姑娘，怎肯讓李畫眉占這個上風，當下笑吟吟地轉向丁香道：「丁香姊姊，要說識得趙公子時間最長的，那自是非妳莫屬了。趙公子跟我說過，他和妳是一塊兒長大的，那情分自又不同了。」

丁香不願往自己身上攬麻煩，忙起身笑道：「公主殿下取笑啦。婢子得以從小服侍少爺，那是我的福分。」

李彤禧微笑道：「妳又何必這般謙虛？記得咱們一塊兒出海那時，趙公子對妳信任倚賴有加，飲食起臥都離不開妳。我和他在大漠上同帳而居那陣子，即使他口裡不說，我也知道他心中好生盼望有妳在他身邊服侍呢。」

李畫眉聽她說起與趙觀在大漠上同帳而居的旖旎風光，不由得醋意大發，心想：「這公主當眞不知檢點，還沒過門就跟趙大哥同行同宿，還拿來說嘴炫燿，好不要臉！」又想：「她果非簡單人物，知道拉攏丁香這丫頭一塊來對付我！」心中妒惱交加，忍不住握緊了袖中飛刀，她知李彤禧不會武功，若能射飛刀嚇她一下，也好出一口惡氣。

丁香認識李畫眉已非一日，早已探知她的心思，當下走上兩步，正擋在李彤禧身前，望著李畫眉正色道：「咱們這在少爺廳中，大家好好說話，免得少爺待會回來不好交代。」

李畫眉卻是生怕趙觀不知道她心中不快，更不擔心什麼好不好交代，寧可鬧開了再說。但她知道丁香是百花門人，精擅毒術，只怕自己飛刀還未射出，便要中毒倒下，這才不敢造次。三女一時僵在當地，陳如眞雖天眞爛漫，全不明白二李在說些什麼，也感到情況有些不對，站起身來，伸手握住了劍柄。

便在此時，忽聽門聲響動，一個白衣女子闖了進來，滿面焦急之色，卻是舒菫。但聽她道：「丁香，快帶了青幫幫眾跟我們一起去救門主！」丁香忙問：「怎麼了？」舒菫道：「門主失蹤了！門人發現他在女殺手冷眼煞星身上留下暗記，我們猜想他是被敵人擒去了。這女人極不好對付，蘭兒師姐已召集百花門人和屬下各幫派門會，一起趕去救人了。」

眾女聞言，俱都臉色蒼白，登時拋下彼此間的明爭暗鬥、爭風吃醋，一齊道：「他被擒去了何處？我們快去救他！」

卻說趙觀獨自回到打水胡同的四合院，聞到屋中血腥之味積聚不散，心中悲愴，暗想：「賊人當年來我情風館屠殺，我還未能替娘和姊妹們報仇，現在門中姊妹又遭此劫！

我身爲門主，竟始終無法找出仇人報仇，眞正慚愧！」

他仔細查看屋中打鬥痕跡，判斷來人共有十多個，所使兵器甚雜，許多姊妹是先中毒後，才被刀劍砍死。他將門中姊妹一個個想去，推想誰最可疑，最可能將本門毒術洩漏給外人。他沉浸於思索之中，忽然聞到一股極淡的香味，他心中一震：「這是『天香神草』的味道。來人曾使這毒藥，幾天內身上味道不散，所經之處都會留下痕跡。我可循香味找去。」

他閉上眼睛，細心聞那香味，果然聞到香味從後門出去，來到大街之上。他假作在街上閒逛，留心尋找那香味的去處。走過了幾條大街，來到一座高大圍牆之外，牆上有扇小小的木門。但見那圍牆甚是破舊，不知裡面是什麼。他向路人打聽，路人道：「那就是個廢園，旁邊三座寺廟搶著要它，爭了幾十年，誰也沒得手，這塊地就荒廢在那兒。」

趙觀趁無人注意時，用匕首挑開門閂，閃身走進木門內。卻見裡面果眞便是個廢園，荒草雜生，到處散著瓦礫碎石，不遠處可以見到一座佛寺，一座清眞寺，還有一座教堂，果然是三寺環繞。

趙觀心中一動，舉步往那教堂走去，忽聽草叢中發出聲響，他低頭看去，卻是一隻老鼠快速從腳邊奔過，口中刁著一根枯骨。趙觀踏上前去，卻見老鼠方才跑出的草叢中竟堆滿了枯骨，骨骼甚小，似乎都是孩子。

他心中一驚，暗想：「這是個童子塚麼？」拾起樹枝撥開草叢，卻見土堆後滿滿的全是骨骼，不知有幾百具孩童的屍骨，還有不少嬰兒的屍體，尚未完全腐爛，發出惡臭，極爲噁心可怖。趙觀看到這般景象，也不由得震驚恐懼，心想：「這地方怎會有這麼多孩童的屍骨？」猛然想起：「修羅王！小三說她練功需要用孩童的心臟肝腦，難道這些都是她的犧牲品？」

想到此處，不禁毛骨悚然，退後一步，忽覺後頸微微一涼，他一驚回頭，卻見一張冷艷的臉龐便在自己面前不到半尺處，一柄寒如水的匕首指著自己的咽喉。

趙觀心中驚詫難已，他身周隨時施有藉以自衛的毒術，一般武人就算能靠著高強武功接近他身邊，卻絕難抵擋他身上的種種毒物。這陌生女子卻顯然不懼他的毒術，直欺到他身後，無聲無息地制住了他。

趙觀勉強鎮定，笑道：「算命的說我走桃花運，果然不錯。就算遇上了女鬼，也遇到生得這麼美的女鬼。」

那女子一雙冰冷的眸子向他直視，臉上毫無表情，似乎更未聽到他的話語，伸手點了他的穴道，冷冷地道：「你是誰？」

趙觀反問道：「妳又是誰？」那女子忽然一揮手，重重地打了他一個耳光，又問：「你是誰？」趙觀被她打得眼冒金星，心想這女子出手極狠，最好不要惹惱了她，但若說出身分，她非殺了自己不可，當下閉嘴不語。

那女子道：「你不說話，我只好對你用刑了。」趙觀搖頭道：「妳對我用刑也沒用的。妳剛才那一巴掌將我打笨了，我可眞的忘了自己是誰了。」

那女子道：「你爲何來此？你和潛入嚴府臥底的人有何關係？那臥底的人究竟是誰？

他躲在何處？」趙觀暗想：「潛入嚴府臥底的人，自然便是小三兒了。莫非小三兒就在她手中？她若抓住了小三兒，又怎會問他躲在何處？」口中說道：「妳在說些什麼，我半句也聽不懂。」

那女子眼露凶光，匕首一緊，押著他向東首的佛寺走去，進了後門，來到一間空房，將他綁在柱子之上，便閃身出屋去了。

趙觀正猜想她會怎樣折磨自己，忽聽腳步聲響，數人行經門外，正以他聽不懂的語言交談。趙觀曾與李彤禧同去東瀛海盜的小島，聽出門外之人說的似乎便是東瀛語言，心想：「原來這寺廟是東瀛和尚開的。」正想時，一個和尚經過門口，瞥眼望見了他，微微一呆，停下步來，隨即走入房中，掩上了房門。

趙觀看清了他面目，不由一驚，這人竟是曾混入少林寺的東廠太監洪泰平。趙觀扮成聶無顯偷闖入皇宮時曾見過這洪泰平一面，也曾在雪地小木屋外與淩昊天並肩對敵洪泰平和死神等人，這時他雖作和尚打扮，趙觀立時便認出了他。

洪泰平臉上露出微笑，說道：「是趙大幫主啊，我們這回可抓到寶貝啦。」

趙觀心中大急，知道這人決不會輕易放過自己，微笑道：「是啊。洪大督主，聽人說你已回鄉養老去了，原來還在這兒兢兢業業地作一天和尚敲一天鐘，當眞是清福不享，自找苦吃。」

洪泰平嘿然笑道：「作和尚有作和尚的好處，至少可以躲在寺廟之中，不必受到百花門人的監視。」趙觀點頭道：「確實如此。我們竟疏忽了這點，眞是糊塗。」

洪泰平在他身前坐下，不斷向他打量，臉上露出奇異的笑容，說道：「你知道麼？我們這回抓到了你，有許多許多的好處。」

趙觀見他不忙著殺自己，心中急速轉念，說道：「你說吧，我在聽著。」

洪泰平道：「第一，我們上回讓凌昊天逃走了，這回可以用你作誘餌，引他來救。凌昊天這人最重義氣友情，絕不會棄你不顧，我們自能將他手到擒來。」

趙觀連連點頭，說道：「你這計策很好，只可惜你忘了兩件事。」洪泰平心平氣和，慢慢問道：「你倒說說，我忘了什麼事？」

趙觀道：「第一，我也是個重義氣友情的人，怎會願意見到小三遇險？你們要騙他來，我便先引體內毒性自殺，讓你們無法以我威脅他。第二，你們將他引來，你們之中沒有人能打得過他，又有什麼用？」

洪泰平雙眉微揚，似乎想說什麼，卻沒有說出來，微微一笑，說道：「抓住你這小子還有一點好處。修羅王一直很想認識你，她現在練功正需要一位男伴，你年輕俊秀，正好合適。」

趙觀笑道：「我對老女人卻沒什麼興趣，只能敬謝不敏了。這伴侶一職，讓你這等其貌不揚的老頭去充當，才叫合適。啊，是了，你是個太監，沒法勝任。眞是可惜啊可惜。」

洪泰平望著他，眼中露出凶光，說道：「你當眞不怕死麼？」趙觀悠然道：「你們要用我引出小三兒，就不能殺了我。」洪泰平道：「我雖不殺你，卻可以將你弄成殘廢，讓你半死不活。」趙觀道：「修羅王要的男伴，總不能是個殘廢吧？」洪泰平道：「天下好看的男子很多，並不少你一個。」趙觀道：「說得也是。只是你將我弄成殘廢，到時修羅王想起我的好處，怪罪下來，你只怕擔當不起。」

洪泰平哈哈一笑，說道：「我怎怕她怪罪？你聽好了，你若讓青幫拿出五十萬兩銀子來贖人，我或許會考慮讓你全身而退。」

第一百四十二章　辣手煞星

趙觀一呆，洪泰平竟開口向自己討贖身費？他絕沒想到洪泰平竟會是個貪圖金錢的人物，心中念頭急轉，微笑說道：「我還道你對公主殿下有多麼忠心，原來不過如此而已。怎麼，你對凌昊天的憤恨，也不足以讓你留著我不放麼？」

洪泰平道：「我兩樣都要。錢也要，凌昊天也要。我恨凌昊天幹麼？我要抓他，只因他可以幫我賺到更多的錢。」

趙觀恍然道：「我知道了，你要抓住凌昊天，將他賣給修羅王！」洪泰平微笑道：「你很聰明。」趙觀搖頭道：「我很笨，不知道一個凌昊天可以賣多少錢，不然我老早發財大吉了。你倒說說看，凌昊天的身價有多少？是多過我還是少過我？」

洪泰平道：「你自己去想吧。怎樣，五十萬兩銀子，你青幫和百花門一定籌得出來。」

趙觀沉吟道：「說句實話，這數目未免太強人所難。青幫人才眾多，要花這麼多錢買回幫主，不如另立一個來得划算。十萬兩怎樣？」

洪泰平道：「不行。五十萬兩便是五十萬兩。」

趙觀道：「那麼二十萬兩。」

洪泰平道：「你要減價，我便也減低貨色，將你弄成半身不遂，手腳殘缺。你看著辦吧。」

趙觀不理會他的恫嚇，還是與他來回講價了好一陣子，洪泰平才道：「三十萬兩是我的底線。」趙觀終於讓步，說道：「好吧，三十萬兩便三十萬兩。但我得跟青幫中人商量商量，一時之間能不能籌出這麼多錢。你先放了我，等下那凶神惡煞的姑娘回來，你這筆生意怕要作不成了。」

洪泰平笑道：「你倒是識貨的。那是死神的女兒，名叫司空寒星。你若落入她手中，定教你求生不能，求死不得。到時你便想花錢買自己的命也不可得了。」

便在此時，但聽屋外腳步聲響，司空寒星匆匆推門奔入房中，滿臉驚慌，說道：「此地的形跡洩漏了，外面來了許多敵人！」

洪泰平臉色一變，跳起身問道：「都是些什麼人？」司空寒星道：「像是青幫中人，還有許多女子，在外面將寺廟門口堵住了。」

洪泰平皺起眉頭，奔出門去探視。

司空寒星轉頭望向趙觀，但見他臉上露出微笑，心中疑惑大起，實在想不出他用什麼方法通知了手下來此相救。卻不知趙觀和百花門人之間有著許多極爲隱祕的暗號，其中一種是以香味傳遞訊息。有時暗殺者先派探子去鎖定目標，探子會在暗殺對象身留上下一種名叫「人海茫茫」的特異香味，指示暗殺者出手。這香味能在人身上駐留數日不消，也不會傳到旁人身上。另有一種叫作「天涯比鄰」的香味，卻是用來指示門人須相助的朋友。趙觀當時突然被司空寒星制住，不及對她下其他毒物，只在她身上下了這「人海茫茫」，又混上了一些「天涯比鄰」。

司空寒星渾然不覺，離開寺廟後便引起了百花門人的注意，白蘭兒等眼見趙觀一去不返，心想趙觀在這女人身上留下這兩種香味暗號，定有深意，或已遇上了危險，便立時聯絡青幫眾人跟上司空寒星，一路追來這佛寺門口。

洪泰平出去見外面果然來人甚多，情勢不妙，回到屋中，對司空寒星道：「莫要讓這小子跑了，擒拿凌昊天要著落在他身上。妳快帶他去見主子，我出去阻擋他們一陣。」飛身出房，轉眼便不見了影蹤。

司空寒星直到此時仍不知趙觀的眞實身分，無暇多想，揮匕首斬斷繩索，伸手將他提起，快步奔向廢園，打算逃入通往嚴少夫人住處的密道。但聽門外吵嚷之聲大作，寺外眾人似乎已闖了進來。司空寒星一驚，心想：「洪泰平竟無法阻住他們一時半刻？」

她怕眾人跟來見到密道入口，忙拉著趙觀向寺廟側門奔去，但見寺院中庭已站滿了人，總有六七十之數，眾人見到她提著趙觀，都大聲叫喊，追將上來。司空寒星心中一凜，緊緊抓住趙觀，揮匕首抵在他頸上，喝道：「不准過來！」

趙觀放眼望去，但見來人中有青幫幫眾，李彤禧和李畫眉竟也在其中，有白蘭兒和紫薑率領的百花門人和一些黑幫幫眾，一旁還有一群似曾相識的紅衣喇嘛，喇嘛群中更有一個少女，卻是久違不見的陳如眞。

眾人見趙觀落入敵人手中，齊聲驚呼，丁香叫：「少爺！」

百花門人叫：「門主！」

李畫眉叫：「江大哥！」

青幫中人叫：「幫主！」

陳如眞叫：「趙大哥！」

李彤禧叫：「趙公子！」

眾喇嘛們叫：「法王！」

還有記性好的喇嘛，卻叫：「王大俠！」

黑幫中人也叫：「上官門主！」

司空寒星聽了眾口紛紜的呼叫之聲，不由得一怔。趙觀雖命懸人手，也忍不住哈哈大笑起來。司空寒星冷冷地道：「你到底姓什麼，叫什麼？」

趙觀笑道：「說句實話，我自己也搞不大清楚。」司空寒星手上用力，趙觀手腕痛入骨髓，兀自口硬，說道：「妳殺了我吧，看這些人會不會放過妳？」

司空寒星冷然道：「你以爲我不敢殺你？」匕首一推，刀刃陷入趙觀的咽喉，問道：「洪先生說擒拿凌昊天要著落在你身上。凌昊天在哪裡，你說不說？」

趙觀卻是真不知道凌昊天在哪裡，說道：「我死也不說，活著更加不肯說。」司空寒星臉色一沉，手腕用勁，便要取他性命。

白蘭兒見情況緊急，高聲叫道：「冷眼煞星，妳敢動我百花門主一根寒毛，我們定要妳死得慘不堪言！」

司空寒星輕哼一聲，說道：「原來這小子便是百花門主、青幫幫主趙觀。他既已落入我手中，我要殺便殺，要剮便剮，難道會怕你們麼？聽好！妳們全數退出一百步。誰敢走近前來，我先挖出他的眼睛！」

眾人生怕她當真會對趙觀下毒手，只得依言退開，退出了中庭。李彤禧、李畫眉、丁香、陳如真等眼見趙觀生死一線，都急得臉色煞白，手足無措。

忽聽司空寒星一聲怒斥，倏然回身，匕首揮處，將五個偷偷從後掩上的青幫幫眾和百花門人盡數殺死。她出手又快又狠，似乎只一招便要了五條人命，餘人隔著中庭見了，都不由得臉上變色。司空寒星隨即一揮匕首，刺在趙觀的大腿上，深入數寸。趙觀悶哼一聲，一膝跪倒。

司空寒星喝道：「別再跟我玩什麼把戲！我要殺死這人，易如反掌。妳們全部退出寺廟去！誰敢追上來，我看到一個，便刺他一刀。你們想見他凌遲而死，就一起追上來吧！」眾人見情勢如此，都不敢逼近，只得乖乖退出了寺廟。

司空寒星拉著趙觀從側門奔出，跳上一匹馬，策馬在城中快奔，不多時便出了城門。

她走上一條偏僻小路，放慢馬蹄，將趙觀攢下馬去，冷冷地道：「凌昊天在哪裡，你說是不說？」趙觀強忍腿上傷口疼痛，隨口道：「凌昊天去了哪兒，這還不容易？他不是回去虎山，就是去了龍宮了。」

司空寒星道：「這兩個地方怎樣去？」趙觀道：「我天生記性不好，記不得道路，妳問我，我也不知道。」司空寒星冷然望著他，說道：「你不說也罷。我抓住了你，自有辦法引凌昊天出來。」

趙觀忍不住問道：「妳和凌昊天究竟有何仇恨？」司空寒星道：「跟他有仇的不是我。」隨即雙眉豎起，冷冷地道：「問這麼多作什麼？你反正也命不長久了。瘟神叔叔是你這奸賊親手殺死的，我爹恨不得活剝你的皮，生吃你的肉。你等著罷，一旦找到了凌昊天，你便別想好好的死去！」

趙觀道：「是麼？那我眞希望妳們永遠也找他不到。喂，妳不是要帶我去見修羅王麼？為何反而跑出城來？」

司空寒星哼了一聲，並不答話，押著趙觀來到一條河邊上，說道：「你全身是毒，我可不想被你毒死。快將你衣袋中的藥瓶藥罐全數扔入河中。」趙觀無法反抗，只好依言而行。司空寒星又道：「好了，現在將身上衣服全部脫了。」

趙觀一呆，司空寒星已一腳踢去，正踢在他腿上傷口，喝道：「你脫不脫？」趙觀吃痛，破口罵道：「潑婆娘、賊婆娘，男人衣服是妳脫得的麼？除非妳當我是妳老公！」

司空寒星又重重踢了他一腳，說道：「你再多說一句，我割了你的舌頭。」趙觀吃痛，心想這女子殘忍毒辣，什麼事情作不出來，只好開始脫衣，心想：「向來只有我讓女人脫衣服，這次卻讓個女人逼我脫衣服，若被人知道了，我這風流浪子以後還能作人麼？」

他心中咒罵不絕，手上不敢緩慢，不多時便脫得一絲不掛。司空寒星將他雙手拉到背後綁起，扯著他手上繩索，逼他走入河中。此時天候已涼，河水冰冷如刀，趙觀半身浸在水中，直凍得發僵。司空寒星道：「在河水裡泡上半刻，將身上毒藥洗淨了再上來。」又催他往河水深處走去，直到他全身沒入河水，只剩下頭頸露出水面，又等了半晌，才讓他出水。趙觀只凍得嘴唇發青，渾身打戰，他這輩子從沒有這般狼狽過，心中早將司空寒星的祖宗十八代都罵了個遍，跌跌撞撞地走上岸來，強自撐著，才沒有凍昏過去。

司空寒星冷笑一聲，說道：「毒蛇拔去了毒牙，老虎拔去了利爪，就沒什麼可怕的了。」走上前去，將一顆藥丸塞在趙觀口中，捏住了他的口鼻。趙觀感到那藥丸略帶甜味，不得已吞下肚去，藥一下肚，便覺肚中如幾十把小刀亂鑽一般，疼痛難忍。司空寒星揮動匕首，砍斷了他手上的綁縛，說道：「穿上了衣服，跟我走！」

趙觀身上又溼又冷，肚子又痛，勉力拾起衣服穿上了，伸手去搭自己脈搏，才驚覺她給自己服下的似乎便是烈性毒藥「晨昏定省」。那是一種極陰狠的毒藥，每日早晚定時發作一次，發作時全身每寸皮膚都如要裂開般疼痛，若不得到解藥，當場便能痛死。這般的發作一日比一日嚴重，須服的解藥也一日比一日多，到最後即使服解藥也沒效用，勢將痛苦而死。他想到此處，不由得身子一顫，勉強鎮定，抬起頭來，但見司空寒星站在遠處望著自己，眼神冷酷，嘴角微撇，滿是譏嘲之意。

趙觀心中又怒又恨，自知此時不是她的敵手，只能強自隱忍，包紮了腿上刀傷，跟著她去。

司空寒星既用毒藥制住了他，便不再捆綁，只催著他趕路。當天晚上二人在一間破廟住下，天色剛黑，趙觀身上藥性便發作了，他只覺全身肌膚如要寸寸裂開一般，痛得在地上縮成一團，出聲呻吟。司空寒星坐在一旁，冷冷地道：「很難受吧？你告訴我怎樣能找到凌昊天，我就讓你少受些痛苦。」

趙觀痛得難以忍受，大叫道：「妳有種便殺了我，這般折磨人算什麼東西？」

司空寒星卻笑了起來，說道：「我就是喜歡折磨人，就是喜歡看人痛苦。你愈痛苦，我就愈開心！」

趙觀罵道：「賊婆娘、死婆娘，妳瞧著開心，看我以後如何回敬妳！」司空寒星冷笑道：「你落到這步田地，還要說狠話，充好漢，我便讓你繼續充下去。你若出聲求饒，我便給你半顆解藥。怎樣？」

趙觀想開口大罵，卻已痛得說不出話，張口咬住自己的手臂，才不致叫出聲來，卻始終不肯開口求饒。司空寒星看在眼中，也不禁暗暗佩服他的硬氣，在旁等了一陣，見他幾乎痛昏了過去，才取出一粒藥丸塞入他口中。趙觀吞下了，疼痛又持續了許久，才漸漸平息。

此後每日二次，趙觀都要受這「晨昏定省」的茶毒，痛苦不堪。司空寒星心腸剛硬，總等他痛得撐不下去時才給他解藥。數日過去，趙觀的身體受毒藥折磨，損傷甚重，每日行路往往喘息不止，行不到一個時辰便須停下休息。司空寒星甚是不耐煩，打罵兼施，逼著他趕路。

這天晚上趙觀剛服了解藥，昏昏沉沉地躺在一間客店的屋角，隱約聽得一人來到門外，低聲說道：「司空姑娘，小人修羅會許六，受命前來傳令。」

司空寒星道：「是爹派你來的麼？」那人道：「是。司空先生說已查出了凌昊天的下落，這人沒用了，您殺了便是。」

司空寒星嗯了一聲，說道：「但洪泰平要我帶他去見主子。」那人道：「司空先生說道，不殺他難洩心頭之恨。再說，主子身邊怎會需要別人？還是早早將這小白臉殺了乾淨。」司空寒星嘿了一聲，說道：「知道了，你去吧。」那人便自去了。

趙觀只道她當夜便會下手殺了自己，但漫長的一夜緩緩過去，司空寒星卻並未殺他，次日又逼著他趕路。趙觀心中奇怪，但想她不殺自己那是最好，多活一天是一天，便也不開口詢問。

第一百四十三章　美女出浴

如此走了許多日，這日二人行在鄉間小道上，趙觀再也走不動了，坐倒在地上。忽聽馬蹄聲響，迎面一群三十多名黃衣漢子縱馬而來，當先一人見到司空寒星，開口調笑道：「好個標致的娘們！」另一人道：「這女人帶著她的小白臉姘頭，匆匆忙忙往哪裡去？」

司空寒星臉色陰沉，瞪著他們不語。當先一個大餅臉漢子勒馬而止，對她叫道：「喂，小娘皮，老子是洪山寨大當家『殺虎太歲』姚樹海，妳聽說過麼？」旁邊一個瘦小漢子道：「咱們剛剛劫燒了的那個村子，村裡竟沒一個好看些的女人，大當家一怒之下將人全殺光了，正覺敗興呢，這不就遇上了個美貌娘們？我說大當家，不如就抓了這個小娘皮回去吧！」

司空寒星冷然瞪向眾人，但見眾人身上都沾染了不少血跡煙灰，看來果然是夥剛剛洗劫燒殺回來的盜匪。她心想對方人多，自己不易單獨對付，又擔心趙觀會趁機逃走，只能忍著不作聲。

姚樹海見她不答，笑道：「小娘子是聾了還是啞了，沒聽見妳大爺說話麼？」

趙觀見這人竟敢對司空寒星出言如此無禮，忍不住笑了起來，說道：「這位大哥，我勸你還是別惹這位煞星娘娘才好。她動手殺起人來，眼睛都不眨一下。我被她虐待折磨成這等慘樣，只剩下半條命，我勸你還是保命要緊，快些離去爲妙。」

姚樹海嘿了一聲，雖見趙觀情狀果眞甚是悲慘，卻毫不同情，也不相信他的話，眼睛只往司空寒星瞄去，嘖嘖說道：「好個美人兒，好、好！愈凶狠的愈浪，愈浪的我愈喜歡！」縱馬向司空寒星馳去。

司空寒星抬頭向他瞪視，待他奔近，匕首陡然閃出，向姚樹海臉上劃去。這招極快極狠，姚樹海一驚，連忙拉馬低頭避開，匕首卻已在他臉上劃出一道血痕，若差上半寸，一隻左眼便要瞎了。他又驚又怒，叫道：「他媽的，大家上，拿下這潑婦！」

洪山寨眾人縱馬圍了上來，手中各持鐵鍊，鍊的一端繫著生刺的鐵球或槍頭，看來這一寨的人都以鐵鍊繫兵器以攻敵。眾人在姚樹海指揮下縱馬圍上，繞著司空寒星奔馳，揮出鐵鍊向她攻去。

司空寒星從未見過這般奇門兵器，展開輕功避過了三道橫甩直飛的鐵鍊，最後一柄鐵鉤卻生著倒鉤，鉤上了她的衣服。她一驚，連忙後躍避開，那鉤子竟將她的衣服扯去了一塊，露出一片肩頭肌膚。洪山寨眾人看到她裸露的肩頭，都高聲歡呼起來，叫道：「快，快將她身上衣服都扯了下來！」

司空寒星又羞又怒，動了殺機，猛然縱上前去，匕首揮處，將兩個馬上漢子的手臂齊肩斬斷，又揮刃割斷了另兩人的咽喉。洪山寨眾人見她出手狠辣，都被激起了怒火，高聲咒罵，一齊攻上，數十條鐵鍊在她身周呼嘯而過，司空寒星展開身法一一避開，轉眼又殺死了三人。

姚樹海怒罵道：「好個賤人！」策馬當先向她衝去，甩出一柄鐵鍾直向她胸口砸去。司空寒星喝斥一聲，矮身避開了他的鐵錘，挺匕首砍向他的手，銀光一閃，竟將他的五指一齊劃斷。姚樹海大聲慘叫，再也拿捏不住鐵鍊柄子，抱著手夾馬肚退去，其餘眾人見當家的受傷甚重，不敢戀戰，忙擁著姚樹海退去了。

司空寒星站在當地，喘息一陣，才過去拉起趙觀，說道：「走！」

趙觀在旁觀望著這一幕血腥激鬥，什麼都沒有說，只搖了搖頭，勉力站起身，跟著她行去。

二人走出一陣，趙觀忽然開口道：「死神恨我如此，一心要我的命，妳爲什麼遲遲不肯動手？」

司空寒星哼了一聲，說道：「我自有主張。怎麼，你活得不耐煩了，想早早去見死神麼？」

趙觀長長地歎了口氣，說道：「我只是覺得有些奇怪。像妳這般超凡脫俗的美女，爲何要在江湖上廝混，受洪山寨匪徒這等下流粗人的窩囊氣？憑妳的容色氣質，該當受千人寵愛，萬人尊重，而不是這般親自驅馬趕路，拋頭露面，跟這些下三濫的無賴周旋。我和妳相處了這許多日子，發現妳似乎缺少了一些什麼。」

司空寒星忍不住問道：「我缺少了什麼？」

趙觀道：「妳高傲卻缺少自尊，冷漠卻缺少自信。妳不懂得該怎樣珍惜自己，不懂得一個女人如何才能活得尊貴。」

司空寒星冷笑道：「什麼尊貴不尊貴，你是我的囚犯，說這些捧人的話，不過是想少吃些苦頭罷了！」趙觀搖頭道：「妳以爲我是怕吃苦的人，那妳就錯了。我只是爲妳不值。妳本可以活得很尊貴，受人禮敬珍重，卻爲什麼沒有？爲什麼糟蹋看低了自己？我眞是不懂。天下所有的女人都該被人珍惜，被人疼愛，妳卻沒有，半點也沒有。」他這番話脫口而出，自己也沒想到爲什麼要說，只覺不吐不快，只因這本是他心中眞實的感觸。

司空寒星聽了，著實呆了一陣，她從未聽過任何人這般對她說話，心中不知爲何猛然一酸，轉過頭去，整天都沒有再開口說話。

她不願對趙觀顯出半點心軟善意，仍舊粗暴相待，每當他身上毒性發作時，她卻愈來愈看不下去，不等他痛得幾近昏去，便餵他吃下解藥。趙觀的身子愈來愈虛弱，連走路都甚感吃力，司空寒星便也不催逼他，只跟在他身後緩緩行去。趙觀問她要去何處，司空寒星只道：「到了你便知道了，多問什麼？」趙觀猜想她定是要帶自己去修羅王的祕密藏身地，只默默向前走去。

又過了兩日，司空寒星押著趙觀來到京城西南方的小行山山地。二人入山漸深，這日下午，趙觀再也支撐不住，在一處荒僻的山泉旁坐倒在地。司空寒星也只好停下，眼看那泉水清澈見底，心中一動：「若能下水洗個澡就好了。」轉頭見趙觀仰天倒在岸邊大石上，已然累得不能動彈，便取出一粒曼陀羅花迷藥，過去塞在他口中，逼他吞下了，待他昏睡過去，便伸腿將他踢到大石之下，自己脫下衣服，踏入冰涼的泉水之中。

司空寒星數日來在曠野中朝行夜宿，風塵僕僕，身上甚是污穢，此時能在這清澈池水中盡情一浴，甚感快意。她在水裡泡了許久，探出頭來呼氣時，忽然聽到背後有人笑了兩聲，她大驚回頭，卻見一人蹲在泉邊的大石頭上，手上托著自己的衣服，臉上笑嘻嘻地，正是趙觀。

司空寒星又驚又怒，喝道：「你……你怎會醒來？」趙觀笑道：「美人出浴的絕妙景致，我風流浪子怎能錯過？這區區曼陀羅花又怎能迷得倒我？」

司空寒星又怒又悔，叫道：「快把衣服給我！」

趙觀舉起她的衣服，悠然道：「妳猜我給是不給？」

司空寒星束手無策，羞怒已極，卻終究不敢出水去抓他。

趙觀這些日子來被她折磨得甚慘，此時不出口胸中惡氣，更待何時？當下笑吟吟地道：「眼前報，還得快。妳上回逼我脫衣下水，現在脫衣下水的卻輪到妳了。嘿嘿，冷眼煞星司空寒星，脫光了衣服，也就是個尋常女人！我倒想知道妳不穿衣服時，是不是也像平時那般凶狠無情，出招如電，隨手殺人？」

司空寒星悶不作聲，轉頭四望，想要游到遠處，但這清泉池子就只這麼大小，卻是無處可去，她知道趙觀中毒後身體虛弱，絕不是自己的對手，但偏偏不能出水去跟他動手，只恨得牙癢癢地。

但聽趙觀笑道：「嘖嘖，真沒想到妳不穿衣服也這麼好看，讓人看著忍不住心動。喂，妳若讓我抱妳一抱，親妳一親，我就還妳衣服，怎樣？」

司空寒星聽他出言輕薄，更是怒火中燒，罵道：「天殺的淫賊，我定要將你一雙眼珠子挖出來，斬下你手腳，將你碎屍萬段！」

趙觀笑道：「坐而言不如起而行。妳快來挖我眼珠吧，至少我眼珠被挖出來之前，還可以看到一幅美女出浴圖！」

司空寒星再也忍耐不住，心想：「若跟他僵持下去，我非在這水中凍死不可。此處沒有別人，我便跳出去將他殺了，就算被他看見，那也罷了。」心中殺機已動，陡然一躍出水，翻出一柄匕首，直向趙觀刺去。

趙觀早已有備，向後退去，轉到一株大樹之後，笑道：「不愧是天下第一女殺手，洗澡時匕首都不離身！」

司空寒星一擊不中，見他躲在樹後，一雙眼睛直在自己身上打轉，不禁臉上發燒，又羞又怒，待要持匕首追上，忽覺腦中一陣暈眩，再也站立不穩，摔倒在地。趙觀微笑道：「咦，奇怪，美女怎麼一出浴便暈倒了？大概在水裡待得久了，著了涼，受了風寒，因此全身不聽使喚了。」

司空寒星大驚，才知自己終究著了他的道兒，心中後悔莫及，只能眼睜睜地望著趙觀從樹後轉出，向自己走來。原來趙觀身上的毒藥雖被一搜而空，這凍凝粉毒藥卻是在司空寒星的衣袋中找出的，他一看便知那是什麼毒，知道自己毒傷甚重，無力跟她對打，便誘她上岸來將她毒倒。

司空寒星雖然無法動彈，神智卻仍是清醒，但見趙觀蹲在自己的身前，恣意望著自己赤裸的身軀，不禁羞慚憤怒交集，咬牙切齒，只恨自己爲什麼沒有早早將他殺了，永除後患。

趙觀伸出手去，捏了一下她的臉頰，笑道：「這一路來妳對我百般溫柔體貼，我眞不知該如何回報妳才是？」

司空寒星素來心狠手辣，此時也不由得臉上變色，知道趙觀只要以其人之道還治其人之身，自己便有得苦吃了，更何況自己身爲女子，落入這浪子手中，還能有什麼好下場？

便在此時，忽聽一人高聲叫道：「兀那賊婆娘，快快納命來！」

趙觀回頭望去，卻見一群二十多人站在不遠處，卻是洪山寨諸人，想是忍不下這口氣，回頭來找司空寒星算帳的。

司空寒星又驚又怒，臉色霎白。洪山寨眾人在姚樹海帶頭下奔近前來，圍繞在司空寒星身邊，見她躺在地上不能動彈，身上一絲不掛，都是又驚又喜，臉上露出邪色。一人笑道：「嘖嘖，沒想到這賤人還有這等身段！」另一人道：「大當家，這賤人出手好狠，此仇不報，兄弟們以後還能作人麼？也算老天有眼，讓她此番落入我們手中。大夥便在這裡玩了她如何？」

姚樹海淫笑道：「行，有什麼不行？見者有份，身上掛彩的兄弟先上！」

洪山寨眾人一窩蜂湊上前，便要開始對司空寒星動手動腳。姚樹海忽覺眼前銀光一閃，一柄匕首抵在自己喉頭，卻是趙觀拾起司空寒星落在地上的匕首，出其不意地制住了他。姚樹海一呆，叫道：「你幹什麼？」

趙觀沉聲喝道：「給我滾。我不准你們碰她。」姚樹海怒道：「這賤人不是你仇人麼？你幹麼要回護她？」

趙觀道：「你們當著我面欺侮一個無力抵抗的女子，老子不能坐視！」

姚樹海笑了起來，說道：「我讓你參加一份便是，何必心急？」

趙觀心頭火起，他自命爲護花使者，最痛恨凶橫強暴的淫賊，當下冷冷地道：「你給我聽好，老子生平最恨淫賊。你們誰敢碰這女子，我要你們一個個不得好死！」手上用力，匕首在姚樹海頸中劃出一道血痕。

姚樹海怒道：「你敢傷我，我手下定要將你碎屍萬段！」趙觀懶洋洋地道：「是我制住了你，不是你制住了我，輪不到你說狠話。姓姚的，你可知道我是誰？」姚樹海怒道：「誰知道你他媽的是誰，自己報上名來！」

趙觀道：「我姓趙，單名一個觀字。」姚樹海全身一跳，顫聲道：「你……你就是青……青幫幫主趙觀？」

趙觀道：「正是。我再問你一次，你滾不滾？」姚樹海忙道：「我走，我走便是，幫主饒命！」

趙觀伸手將他推開，喝道：「滾！一個都不准回頭。」姚樹海踉蹌跌出幾步，站穩了身子，回頭望向趙觀，見他蒼白虛弱，心中起疑，又望望地上的司空寒星，色心大動，忽然叫道：「青幫幫主怎會落到這般地步？小子擺明是信口胡說，咱們別被他唬了！小子身上受傷，站都站不穩，咱們先殺了他再說。兄弟們上！」眾人聽他呼喚，一齊衝上來，揮鐵練向趙觀攻去。

趙觀暗罵一聲，心想自己此刻模樣狼狽已極，也難怪這些人不相信自己便是名震天下的青幫幫主趙觀了。他這些日子來飽受折磨，身體虛弱，如何打得過這許多人？但他行事素來謹慎，早有準備，手中已握了一把「凍凝粉」，在身前撒出，當先數人登時中毒跌倒。趙觀勉力站起身，揮匕首向餘人砍去。洪山寨眾人原本對他心存恐懼，大呼小叫地揮兵器向他攻來，卻不敢靠近。趙觀出手極快，匕首到處，已割斷了兩人的咽喉，刺入一人胸口。他惱恨這些盜匪行止卑鄙，出手毫不留情，將二十多人盡數殺死。

他扔下匕首，撫胸喘息。他此番直盡了全力才將洪山寨眾盜殺死，表面雖若無其事，內力卻已消耗殆盡。他調息一陣，走回司空寒星身邊，勉力將她抱起，離開清泉之旁，走出數十丈，才在一塊大石下坐倒，將她放在自己身前。

第一百四十四章 死神禁臠

司空寒星一聲不出，只睜眼望著趙觀，心想：「沒想到他出手殺人也這般乾淨俐落。」卻見趙觀坐了一會，便開始脫下身上衣服。司空寒星不由得一驚，心中又恨又急：「他出手救我，原來畢竟不懷好意！」卻見趙觀脫下衣服後，便俯下身，伸手來抱自己。她呸的一聲，在他臉上吐了一口唾沫，罵道：「無恥淫賊！」

趙觀不去理她，伸手擦去臉上唾沫，將自己的衣服套在她身上，替她拉好衣襟，繫上腰帶，扶她躺好，才長長地吐了一口氣，靠著大石閉目調息。

司空寒星見他只是替自己穿上衣服，不禁鬆一口氣，躺在地上凝望著他的臉，見他俊秀的臉頰極爲蒼白，想來傷勢仍重，略略放心，但畢竟不信他會就此放過自己，說道：「我落入你手中，你要殺要剮，就快點動手，莫要慢吞吞地想陰毒法子折磨人！」

趙觀睜眼道：「幾天前我似乎也對妳說過同樣的話，妳可聽了沒有？我不殺妳，但也不會輕易放過妳。」

司空寒星無話可說，回想自己一路上對他所施的毒手折磨，若換作自己，只怕一兩天也抵受不了，心想：「不如就此激怒他，讓他快快殺了我。」當下冷笑道：「你是怕我爹來找你報仇，才不敢殺我，是不是？膽小如鼠，卑鄙懦夫！你有種就殺了我試試，看我爹會不會來爲我報仇！」

趙觀道：「妳爹本來就要殺我，我殺不殺妳，他一般要殺我，我又有什麼好顧忌的？老實告訴妳吧，我趙觀不殺女人，尤其是生得美麗的女人。」

司空寒星臉上一紅，罵道：「無恥淫賊，你敢碰我一下，我定要讓你死得慘不堪言。早知當初我就該一刀將你廢了，讓你不能再危害天下女人！」

趙觀嘿了一聲，說道：「我從來沒有危害過天下女人，以後也不會危害天下女人。話說回來，妳是個心狠手辣的殺手，恐怕連女人都算不上。我不殺妳，只因爲妳心裡對我頗有好感。這一路上妳隨時可以殺了我，卻終究讓我活了下來，可見我在妳心中頗有些兒分量。」

司空寒星冷笑道：「胡說八道，自作多情！我手上若有刀，立刻就將你斬死在地。」

趙觀笑道：「口硬心軟，現在才說這等狠話，未免遲了些。妳知道麼？一個殺手若有一念之仁，便作不成殺手了。你心裡其實根本不想殺人，也不想殺我，只是受到逼迫才不得不這麼作。妳一路對我逼問虐待，我都不怪妳，只因妳身不由己。」

司空寒星聽了，不禁怔然，好一會才回過神來，低聲道：「我不知道你在胡說些什麼。你不立刻殺了我，難道不是因為你貪戀美色，想先折磨我一番，才讓我死？」

趙觀歎了口氣，說道：「不錯，妳是很美，我是很想要妳，但我向來只要心甘情願跟我的女人。強逼硬來，那還有什麼意思？我要一個女人，是要疼她、愛她、尊重她、體惜她，用眞心眞意感動她，讓她也眞心眞意地待我，那才有意思。只知用暴力占有她，那是禽獸的行徑。」

司空寒星聽了，心中猛然一酸，眼淚不由自主地湧上眼眶。她閉上眼睛，勉力忍著抽噎之聲，他的話每句都如重鎚鎚在心頭，將她的思緒弄得一團混亂。她確曾想過自己為何始終不願下手殺他，難道就只為了他的英俊外貌，他的堅毅性格，和他曾經對自己說過的那幾句溫柔關懷的話語？還是因為自己眞的對他有些心動？

趙觀閉目養神，不再看她。不知為何，他完全沒有想要對她報復；內心深處他隱隱覺得自己和她是一路人，他們都是殺手一流的人物，都有著冷酷無情、殘狠毒辣的一面。異地而處，他也會作同樣的事情，因此他並不恨她，反而感到與她之間有一種奇異的相似和親近。

過了好半晌，司空寒星忽道：「你替我解毒。我不會殺你，也不會再逼你跟我走了。」

趙觀睜開眼望著她的臉，靜了片刻，才道：「好，我相信妳。」

司空寒星忽覺身子漸漸有了知覺，心中暗驚，趙觀不愧是毒中之王，替她解去這奇門毒藥，竟連小指也不用抬一下。

她緩緩活動手腳，坐起身來，伸手抓著衣襟，低下頭不語。

趙觀道：「妳快走吧。天就要黑了，妳的衣服鞋襪還在池邊上，自己去拿吧。」司空寒星卻只坐在當地，不動也不說話。趙觀見她神色甚是奇特，身子微微顫抖，似乎在遲疑考慮什麼，又似乎在鼓起勇氣，下定決心要作什麼。他道：「幹麼還坐在這兒不走，難道想要我去抱妳親妳？」

她聽了這話，忽然吸了一口氣，來到趙觀身前，伸手解開了衣帶，讓披在身上的衣衫緩緩滑下肩頭，低下頭去。

趙觀一愣，忍不住望向她袒露的胴體。但聽司空寒星輕輕喘息，低聲道：「我不走。」趙觀聽她說出這三個字，心下已然明白她剛才在思慮決定什麼，緩緩伸出手去，整理她頰邊凌亂濕淋的秀髮，輕聲問道：「爲什麼？」

司空寒星閉上眼睛，猛然投入他的懷中，含糊地道：「因爲你說得對，你說得都對！」趙觀輕輕歎了一口氣，伸臂將她的嬌軀擁入懷裡。

過了許久許久，天色已然全黑。二人在大石之下相擁而臥，在黑暗中聽著彼此的呼吸。趙觀輕撫她的背脊，低聲道：「妳冷麼？」司空寒星搖了搖頭，更縮緊在他懷中。趙觀拉過衣服蓋在她身上，說道：「妳身上都是汗，莫著了涼。」司空寒星身子微顫，低聲道：「謝謝……謝謝你。我從來沒有……沒有這麼……」滿臉通紅，再也說不下去。

趙觀忽道：「這不是妳第一次。」司空寒星的身子一震，緊緊抱著他，顫聲道：「你不要說了。」

趙觀感受到她心中強烈的恐懼，忍不住道：「是誰？他強逼妳的，是不是？誰敢強逼妳？」司空寒星不答，抽抽噎噎地哭了起來，趙觀心中雪亮：「她以前定曾遭人污辱，才會驚懼如此。」不禁大怒，撐起身面對著她，說道：「妳告訴我，是誰敢欺負妳？我替妳殺了他！」

司空寒星搖頭哭道：「你殺不了他的。你不要問了。」

趙觀見她哭得傷心，便不再問，只緊緊抱住了她，柔聲道：「乖，不要哭了。妳將過去的事全數忘記便是。以後我總會這麼疼愛妳，保護妳，決不讓任何人傷害妳半點。」

司空寒星哭了一陣，才終於收淚，低聲道：「你為什麼要對我好？像我這樣的人，是不值得別人對我好的。我爹……我爹他總說我下賤該死，說我媽是個不要臉的妓女，才生出像我這麼下賤的女兒。」

趙觀搖頭道：「寒星，在我眼中，妳永遠是個美麗純善的好姑娘。妳只是被妳爹教壞了，妳以後再也不要聽信那死東西的狗屁話。他是個大渾帳，天下第一卑鄙小人，只會胡說八道，他教妳的全是齷齪下流的東西。妳將那些全數忘記了，重新再來過。」

司空寒星身子發抖，說道：「我怎能忘記？我從小就只知道殺人。小時候我爹帶我到大街上，給我一把刀，隨手向一個人指去，我就要去殺了那人，不管是老人也好，小孩兒也好，新娘子也好，我若不殺人，他就不給我飯吃，還要痛打我一頓。我……我已數不清自己殺了多少人！」

趙觀不忍再聽下去，低聲道：「不要說了。妳留在我身邊，讓我好好疼惜妳，時間一長，妳自然會將那些往事全部忘記的。這不是妳的錯。知道麼？這不是妳的錯。」司空寒星在黑暗中聽著他溫柔的話語，忍不住痛哭失聲，一輩子從未哭得如此撕心裂肺。

次日天明，趙觀和司空寒星一齊離開山地，司空寒星怔忡不安，邊走邊左右張望。趙觀見她如此，問道：「妳在怕什麼？」司空寒星道：「我怕他……怕他會找到我們。」

趙觀安慰道：「這地方如此偏僻，他一定找不到我們的。」司空寒星道：「他知道我們在這附近，一兩日內或許找不到，但遲早會找到的。」趙觀道：「妳放心吧，若能出得這山區，進入市鎮，我們喬妝改扮一下，他絕對認不出來的。」司空寒星只得略略安心。

二人當日在一間農舍後的柴房歇息。到得晚間，忽聽門外傳來嗚嗚的笛聲，司空寒星臉色大變，跳起身來，驚道：「是他！他來了！」

趙觀握著她的手，臉色也自變了，說道：「別怕。」伸手揀起一柄柴刀，站起身來，感到身上仍舊無力，自己平時便不是死神的對手，現在身上毒傷未癒，沒有趁手兵器，又沒有毒藥，如何能抵擋得住死神？他心念電轉，取出白日在山間採到的幾樣毒草，咬碎了抹在柴刀之上，心知這幾樣毒草藥性不烈，只盼能阻得死神一阻。才剛抹好毒藥，柴門已飛了開去，一個黑黝黝的人影站在門口，一聲不響，直視著房中二人，正是死神。

趙觀吸了一口氣，卻見死神冷冷地望向女兒，說道：「我要妳殺死這人，他為什麼還活著？」

司空寒星低下頭，一句話也說不出來。死神狠狠地盯著她，說道：「我從小教妳殺人，妳便是我手中一柄只知殺人的刀，怎麼，妳竟敢不聽我的話了麼？」

司空寒星自幼對父親畏懼如神，全身顫抖，不敢答話。死神喝道：「跪下！」司空寒星登時跪倒在地，臉色蒼白如紙。死神走近她身邊，揮手便給她一個巴掌，將她打得摔倒在地。趙觀怒道：「你忝爲人父，竟有臉打女兒！」

死神轉頭向趙觀望去，冷冷地道：「我不但要打她，我要對她作什麼都可以。你多活了幾日，卻終究要見到死神的！」拔出三尖刀，向著趙觀走去。

司空寒星爬起身來，驚叫道：「你不能殺他！」衝上前抱住了死神的雙腿。死神又驚又怒，喝道：「賤人，給我滾開！」三尖刀刺出，直往女兒頭頂刺去。

趙觀喝道：「住手！」衝上去格開死神的手臂，揮柴刀斬向死神肩頭。死神雙腿被女兒抱住，一時閃避不及，竟被趙觀的柴刀砍中。他怒吼一聲，但見趙觀又揮刀砍來，便伸手抓起女兒擋在身前，一掌揮出，正打在她背心。司空寒星身子向前撲去，猛然吐出一口鮮血，盡數噴在趙觀身上。趙觀大驚失色，伸手抱住了她。死神知道趙觀刀上定然餵了厲害的毒藥，這回不小心被他砍傷，心想自己保命要緊，不敢戀戰，藉機閃身退開，冷笑一聲，奪門而出，竟沒有再向女兒望上一眼。

趙觀一時不敢相信眼前之事，一個父親竟會爲了自保性命而痛下重手打傷女兒，毫不顧惜，他還是人麼？他緊緊抱著司空寒星的身子，只覺她全身軟得如個布娃娃一般，忙扶她躺下地來，伸手去搭她脈搏，知她受傷雖重，卻未喪命，想是死神擔心自己中毒，出掌時未盡全力，不然司空寒星早已屍橫就地了。他心中驚急，低聲安慰道：「好寒星，乖寒星，有我在這裡，妳沒事的。」司空寒星靠在他懷中，只覺背後傷處疼痛已極，但聽他語氣溫柔，再也忍耐不住，流下眼淚，說道：「我……我好痛。你不要放開我。」

趙觀摟著她，反覆說道：「我不會放開妳的。寒星好乖，寒星不痛。有我在這保護妳，妳不會有事的。」司空寒星淚流不止，哽聲道：「你讓我死了吧。他要殺我，我怎敢活下去？」

趙觀怒道：「死神這他媽的無恥狗賊，爲了逃命，竟對自己的女兒下毒手！我遲早要殺了這隻豬狗不如的東西！」司空寒星顫聲道：「他……他是看到我跟你一起，才會下手殺我。他從來不讓別人碰我。」

趙觀一驚，倏然明白了她的意思：多年來欺侮她的人竟是她的父親！他怒火中燒，憤不可遏，咬牙道：「他不是人！我定要殺死這隻禽獸，爲妳報仇！」司空寒星搖頭道：「你殺不了他的。我們快離開這裡，他很快……很快就會回來殺我們的。」趙觀點了點頭，抱起她快步奔出柴屋，黑夜中急不擇路，只提氣向著山林快奔。

第一百四十五章　誰是奸細

此後數天，趙觀帶著司空寒星努力逃避死神的追殺，這一路走得極爲辛苦，一來司空寒星受傷後情緒極不穩定，似乎隨時都會崩潰發瘋，她若是半夜醒來，一時想不開拿刀殺了身邊人再自殺，也不是不可能的。二來死神不肯輕易放過她，如蒼蠅見血般窮追不捨，趙觀只能仗著機警多智，想盡辦法喬妝改扮，險險避過死神的追殺。他知道這一帶百花門人不多，青幫中人武功不強，便不敢去找他們，免得連累眾人，反受死神傷害。

如此逃了數日，兩人才終於擺脫了死神的追蹤。趙觀心中籌思：「我卻該帶她去何處治傷？凌莊主夫婦已離開虎嘯山莊，現在要找小三也不容易，常清風老爺爺更不知身在何處。寒星曾殺過青幫和百花門人，我若讓青幫或百花門的手下保護她，他們定會心存不忿，不肯盡心保護。」忽然心中一動，想到了一個去處，當即改道往南，帶著司空寒星往嵩山行去，來到少室山少林寺外，求見清召大師。

清召大師此時已是少林寺首座，聽說趙觀求見，又驚又喜，忙將他請入方丈室中，二人重見之下，都是好生歡喜，清召道：「孩子，你盡心幫助小三，讓他平安歸來，我還未向你道謝呢。」趙觀道：「我和小三兒本是好友，現在更是生死之交，情分非比尋常。相助朋友原是本分，何勞大師相謝？」

清召對他極為關懷，不及問起別來諸事，就道：「我看你單獨上山來，定有要事。有什麼我能幫得上忙的，你儘管說。」趙觀甚是感動，說道：「多謝大師。我此來正是想求你一件事。」清召道：「你說吧，我一定盡力相助。」

趙觀道：「我有一個朋友，手上沾滿了血腥，但她殺人全是受她父親指使，並非她的本意。現在她背叛了父親，被父親打成重傷。我想請大師替她療傷，並代為照料。」

清召歎道：「你說的可是死神的女兒？原來她已被你感化了，很好，很好。我聽說過這孩子的事情。你放心吧，我一定盡心照顧她。她在哪裡？傷得重不重？」趙觀連忙跪下道：「多謝大師！我不便將她帶入寺中，她人便在少林寺外。」

清召當下召喚弟子，令他們先去少林寺旁的淨心尼庵通知安排，自己跟著趙觀，將司空寒星抬去淨心尼庵的客房中安置。

司空寒星一直半昏半醒，靠在趙觀懷中，忽然睜眼看到清召，微微一驚，問道：「這是什麼地方？他是誰？」

趙觀柔聲道：「這位是少林方丈清召大師。他會替妳療傷，好生照顧妳的。」

清召伸手替她搭脈，說道：「她的內傷甚重，但仍有救藥。待我替她打通背後受傷的經脈，在此好好休養，假以時日，應能恢復完全。」趙觀聽了，放下了心，忙跪倒向清召拜謝。

卻說司空寒星在清召的醫治下，數日間內傷便有起色，只是她心情仍舊不穩，常常沒來由地恐懼發抖，全身冒冷汗，晚上噩夢不絕。清召請兩位師太照顧著她，又常來為她解說佛法，平息她心中的恐懼。

趙觀見司空寒星性命沒有危險，心知死神和修羅會中人膽子再大，也不敢上少林寺來惹事，加上清召的盡心醫治照顧，司空寒星在此應可無虞。他擔心百花門人又遭修羅王等的毒手，不能在山上多留，便向清召告辭。

清召道：「孩子，我今日得到消息，小三兒之前不慎落入雲非凡姑娘手中，幸而被天風堡的人救出了。我聽說他也在四處探聽你的下落，你快下山去，讓他知道你也平安無事了吧。」

趙觀道：「多謝大師相告。煩勞大師醫治照顧司空姑娘，晚輩感激不盡。」清召搖手道：「你曾救過我性命，何須客氣？待司空姑娘好些了之後，你再來接了她去便是。」

趙觀點頭答應，忽然想起一事，說道：「我在北京城裡見到了洪泰平。他現在又扮成了個和尚，住在城東的寺廟裡。那廟叫什麼名字我不知道，只曉得寺外隔著一座廢園另有一間清眞寺，一間教堂，寺裡有幾個東瀛來的和尚。」

清召聽了，神色凝重，說道：「多謝你的線索！我一直在追查這人的下落。他偷學少林武功，聽說輾轉將幾本武學祕譜高價賣給了東瀛武人。這人貪財聚斂，無所不用其極，我定要將他抓住，依少林門規處置。」

趙觀拜別了清召之後，便去和司空寒星告別。司空寒星聽說他要走了，心中極爲不捨，拉著他的衣袖，哀然流下眼淚。

趙觀安慰道：「乖乖寒星，妳在此安心住下，等我事情一了，一定馬上趕來接妳。」替她抹去眼淚，伸臂摟住了她，在她耳邊柔聲道：「妳已經是我的人了。我這一輩子都會好好疼愛妳的，知道麼？」司空寒星嗯了兩聲，伸手抱緊了他，說道：「你抱著我，不要鬆手。」

趙觀耳中聽著她的細細喘息，不禁想起兩人在清泉邊大石旁的銷魂纏綿，定了定心神，低聲道：「咱們這在佛門淨地，以後日子還長呢。」

司空寒星點了點頭，終於鬆開了手，凝望著趙觀的臉，忽道：「趙觀，我想告訴你一些事。」趙觀道：「妳說吧。」

司空寒星低下頭，說道：「我知道得不多，但我曉得修羅王急著找凌昊天，並不只是爲了仇恨而已。她若不快點找到凌昊天，她自己就會沒命了。」

趙觀一呆，問道：「這卻是爲何？」司空寒星道：「我也不是很清楚，似乎和她學的內功有關。她身子很不好，這幾年病勢特別嚴重，因此更加急著要找到凌昊天。」

趙觀沉吟道：「莫非只有虎山傳人能治好她的病？她要人治病，不去求人家，卻百般陷害追殺凌昊天，這不是很奇怪麼？」司空寒星搖頭道：「我也不明白。」

趙觀見她臉色蒼白，身子微微顫抖，伸臂輕輕摟著她，柔聲道：「別去想這些事情了。我不是要妳將過去的一切全都忘記麼？現今的寒星已不是從前那個寒星了。妳不要多想過去的事情，也不用爲我擔心。」

司空寒星凝眸望著他，遲疑一陣，才道：「趙觀，我確實很擔心你……你可知道百花門中的奸細是誰？」

趙觀全身一震，他從沒想到要向司空寒星探問此事，聽她提起，不禁脫口問道：「是誰？」聲音不由得顫抖。

司空寒星望著他，說道：「我眞沒想到，像你這麼聰明的人，竟然始終沒有發現她是誰。」趙觀急道：「寒星，妳快告訴我。」

司空寒星歎了口氣，說道：「你以爲她已經死了，其實她沒有死。她一直待在皇宮裡，在北京出手殺死百花門人的就是她。」

趙觀如中雷擊，呆在當地。司空寒星見他臉色極爲難看，輕輕歎了口氣，低聲道：「你多多提防。快去吧。」

趙觀離開淨心庵，獨自往少室山下行去，恍惚失神，心中只反覆想著司空寒星告訴他的話。百花門的奸細眞的是她？這怎麼可能？

第十二部 愛恨情仇

第一百四十六章　少主風平

卻說當時從雲非凡手中救出凌昊天的，正是風中四奇。四人聽說凌昊天回返中原，便一齊出山來尋他，恰好遇見他被雲非凡擒住，便出手救了他。

凌昊天見到四人，又驚又喜，問道：「你們怎會找來這兒？」李韻笑道：「當然是來找你的啊。」

凌昊天問起蕭柔的病情，李韻歎了口氣道：「不壞也不好，仍是老樣子。」采丹搶著道：「兩年前大小姐不知從那裡聽說了你被人冤枉追殺的事情，擔心得不得了，託我們出來尋找保護你。但當時你已離開中原，我們只聽說你去了塞外，但塞外那麼大，我們到處探問尋訪，卻怎也找你不到。前不久令尊令堂來了銀瓶山莊一趟，替蕭大小姐診病開藥，大家都好生感激。我們從令尊令堂口中聽說你已平安回到中原，又作了丐幫幫主，才又出來尋你。小三哥，我們這可終於找到你啦。」他一興奮，說話便快了起來，這一串話如連珠般迸出，若不仔細聽還眞不知道他說了些什麼，凌昊天不禁莞爾。

容情此時已點了雲非凡的穴道，說道：「小三，你這位二嫂子該怎樣處理？」凌昊天歎了口氣，說道：「放過她吧。她想害我，我卻無心傷她。」

容情俯下身向雲非凡瞪視，冷冷地道：「凌三俠要放妳走，這次我們便不跟妳計較。妳若膽敢再傷害或出言污衊凌三俠，哼哼，我們絕不會饒妳第二次！」

雲非凡眼見這四人出手快極，一眨眼之間便制住了自己，自己連反抗的餘地都沒有，她從未見過這般快捷的身法，只驚得說不出話。又見這小小姑娘神情嚴厲，語氣冰冷，彷彿眞會對自己狠下殺手，不禁嚇得臉色蒼白。

風中四奇不再向雲非凡看上一眼，簇擁著淩昊天出門去了。淩昊天來到屋外，才知自己是被帶到了北京城外的一座荒宅之中。他重見四人，心中甚是歡喜。風中四奇卻比他還興奮十倍，圍繞著他不斷探問他在大漠上的見聞。五人談了好一陣，劉云才道：「小三，你若是沒有急事，我們想請你上銀瓶山莊一趟，見見蕭大小姐，好讓她放心。」李韻接口道：「是啊，蕭大小姐掛心著你，連覺都睡不好。你去讓她看上一眼，她才好安心了。」

淩昊天回到中土，原本有一部分便是因爲掛念蕭柔的病勢，當下便答應了。他心想修羅王等定然還在城內搜索自己，不能輕易回北京城去，當晚便與風中四奇一起潛入城中，傳話給丐幫手下，告知修羅王已回城和他已脫險等情，要大家即刻離開京城，小心修羅王的捕捉，又請他們告知趙觀自己的去處。

淩昊天待丐幫中人盡皆平安撤離京城之後，便與風中四奇向南去往天目山。不一日，五人來到山腳，往山上行去，將近銀瓶山莊，卻見莊門之外聚集了一大群人，人數過百，最先的一夥全身白衣，手中持劍，其後是形形色色的江湖人物。

天風四奇互相望望，都露出驚怒之色。但見當先一個身穿白衣的中年人大步上前，向著莊門高聲叫道：「我等來貴莊以武會友，貴莊竟沒有人敢出戰麼？」

淩昊天看清楚了，那人正是天龍劍派的掌門人石昭然。他帶了不少弟子前來，想是覬覷山莊之中的武功祕譜，大舉上山搶奪來了。其餘眾人也甚是眼熟，卻是峨嵋、長青、崑崙劍派和長白劍派的弟子。凌昊天不禁皺起眉頭，他沒想到這些正派弟子竟然會如此不顧身分面目，齊集來銀瓶山莊外鬧事。

石昭然又喊了一回，銀瓶山莊莊門忽然打開，三個人一齊走了出來，臉色都甚是難看，卻是曾假作擒去容情的松柏梅三老。那老婦梅老沉聲道：「大小姐有令，本莊不接見外客，也不接受外人挑戰。閣下多次搔擾銀瓶山莊，欺人太甚一至於此，你們若不快快滾下山去，我們可要不客氣了！」

石昭然大笑道：「我早知你莊中無人是我敵手，你有什麼不客氣的手段，儘管使出來便是！只要蕭姑娘交出武功祕譜，我們這便走路！」

劉云和李韻、采丹、容情四人互望一眼，同時向石昭然衝去，分四個方位向他夾攻。石昭然見風中四奇的身法奇快，不由得一驚，忙拔劍抵擋，將四人逼在劍圈之外。他的天龍劍法精湛老練，風中四奇闖了數次都無法攻破。

松柏梅三老看在眼中，松老叫道：「風中四奇退開！讓我們來接他的招！」三老一齊躍上前，接過石昭然的長劍。旁觀正派眾人見此情勢，紛紛叫道：「以多打少，好不要臉！」「七個打一個，這算什麼？」

峨嵋一品和尚、長青朱邦和崑崙、長白劍派的首領一齊出手，分別接過三老的攻勢，莊前登時展開一片混戰。

忽聽身後傳來一聲清嘯，一人高聲道：「全部住手，讓我凌昊天來接你們的招！」

眾人聽這嘯聲蘊含著深厚內力，一驚住手，回頭見不遠處站著一個形貌落拓的青年，正是凌昊天。莊前霎時靜了下來，正派眾人滿面驚恐，好似見到了鬼怪一般，呆在當地不敢作聲。當年無故討伐追殺凌昊天、將他逼上絕路的，這裡每個人都有一份，石昭然更是其中的頭領之一。眾人陡然在此地見到他，都不知該如何反應，是要向他好言道歉呢，還是痛哭懺悔？是要上前拉手攀談，還是轉身逃命？

凌昊天已大步來到石昭然身前，冷然道：「石城主，你誣陷於我，領頭來追殺我，我都可以不跟你計較。但你今日竟然有膽來銀瓶山莊滋擾，我卻不能放過你！拔劍！」

石昭然還未回答，一品和尚已迎上前來，合十說道：「凌幫主，恭喜你新登丐幫幫主大位。我峨嵋與丐幫向來交好，家師早吩咐過我，此番東來定要去向你祝賀。凌幫主英雄俠義，豪勇過人，天下皆知，我峨嵋派素來敬仰。本派與令尊交好，以往對閣下的些許誤會，還請閣下大人大量，勿要計較。我兩派大可盡棄前嫌，攜手合作。」

凌昊天斜眼望向他，微微一笑，說道：「我生平不罵出家人。你最好站遠一些，免得我忍耐不住，今日要破例開罵。大師若想圖個耳根清靜，最好別聽見我那串不堪入耳、難聽已極的罵辭。」

一品和尚聽了，一張臉漲成紫紅色，站在當地說不出話來。其餘正派首領原都想上來攀談，但見凌昊天說話絲毫不留情面，只嚇得將想說的話全縮了回去。

凌昊天轉頭瞪向石昭然，說道：「你爲什麼不拔劍？」

石昭然已被他嚇得呆了，支吾道：「我……我不敢對你拔劍。」凌昊天道：「不敢拔劍？石城主，你可知道這是什麼地方？」

石昭然心中惴惴，只能答道：「是銀瓶山莊。」凌昊天道：「你來此地作什麼？」石昭然道：「我……我來找我兒子在此遺失的事物。」

凌昊天輕歎一聲，說道：「你很聰明，總不忘了提起石斑，知道我顧念著石斑的情義，便不會讓你太過難堪。好，你不想見識我的武功了，是麼？你這就去吧。你以後若敢再踏上天目山一步，我定會上天龍城跟你好好敘舊一番。」

他這幾句話說得平平淡淡，石昭然卻屏息而聽，但聽他終於肯放過了自己，大大鬆了一口氣，忙道：「多謝凌三俠！」

凌昊天轉頭望向正派其餘人，說道：「你們還不走，難道都想在此跟我小三兒慢慢敘舊？好，我奉陪。誰想來跟我談談往昔交情的，這就請上來！」

正派眾人大多曾在嵩山之巔見到凌昊天出手對敵大喜法王，知道他武功內力實已驚世駭俗，兩年前去追殺他的正派弟子也見識過他在呂梁山腳獨當群雄的威勇氣勢，自忖不是他的對手，誰也不敢出聲應戰，紛紛抱拳告辭，轉身離去，連日後再請教等江湖話都沒敢留下一句。不多時正派眾人便走了個乾淨，銀瓶山莊前又恢復了寧靜。

松老迎上前來，向凌昊天行禮道：「多謝凌三公子出面驅散賊人，銀瓶山莊感激不盡！」

莊中眾人對凌昊天素有好感，加上凌霄夫婦才專程前來探視蕭大小姐的病情，眾人對凌家自是十分親厚感激，紛紛上來見禮，將他請入山莊，又忙讓人去通報蕭大小姐。

不多時，蕭柔的侍女出來道：「凌三公子，大小姐有請。」

凌昊天跟著她走向內室，剛來到迴廊之上，便聽閨房中傳出一段若有若無的琴音，仔細一聽，卻是一首〈知音〉，正是自己前次來時曾彈奏過的。曲音優柔宛轉，道盡她心中溫婉哀戚、曲折深藏的情懷。凌昊天忍不住停下腳步，站在廊下靜聽，心中激動，驀然體會到她對自己的思念是多麼的深刻沉重，一如上回分別時她奏的那曲〈傷別〉的弦中之意。這兩年她是怎麼過的？而自己可以拿什麼來報答她？他心中第一次感到自己或許不應該重來見她。

過了好一陣，琴音漸漸低下，凌昊天吸了一口氣，緩步來到蕭柔門外，低聲道：「蕭姑娘。」

琴音響了兩下，意示請進。凌昊天走進房去，卻見蕭柔安坐在屏風之前，身前放著外曾祖父康箏留下的古琴，白玉般的臉頰仍舊美得讓人不敢逼視，神色淒楚中含著無言的柔情。

凌昊天微笑道：「好一曲〈知音〉。」

蕭柔微微一笑，說道：「沒有你當年彈得好。」起身請他坐下，讓侍女奉上茶來，又道：「令尊令堂一個多月前曾光臨敝莊，兩位前輩對我好生照顧愛護，特意來替我診治，惠賜多種珍貴藥物，蕭柔眞正承當不起，感激不盡。」

凌昊天想開口問她的身子，但見她神色間帶著幾分隱憂絕望，他從琴聲中知道她對自己仍舊十分依戀，言色中卻表現得甚是生分冷淡，他不用問便已知道了答案：她的病終究是不會好的了。爹媽只能盡力讓她最後的日子過得舒服平順一些，卻畢竟無法將她治好，因此她此刻才盡力隱藏情感，對自己這般見外。凌昊天心中難受，更不去提她的病情，只問她最近學了些什麼古曲，創了些什麼新曲。蕭柔被挑起了興致，微笑著取出新創的琴譜讓他品評，凌昊天撫琴試彈，二人問答切磋，沉浸於琴韻音律的天地之中。

興致正濃時，忽聽門外腳步聲響，一個使女在門外報道：「啓稟小姐：剛才上山的那群賊人仍聚集在通天橋畔，並未離去，不知是否別有打算？」

蕭柔皺眉道：「他們爲何還不走？」凌昊天不願令她受到驚擾，當下站起身道：「我去看看。」蕭柔道：「他們人多，不要硬來。」

凌昊天點了點頭，向蕭柔告罪退出，跟著一個家丁出了銀瓶山莊，來到通向天風堡的懸空吊橋之旁。

當地的情景卻讓他大吃一驚；卻見正派一百多人竟有一半已躺在地上，不知死活，只有幾個首領還站在當地硬撐著，使盡絕招聯手對付圈中一人。

凌昊天定睛望去，但見中間那人不過二十來歲年紀，面容俊美脫俗，一身長衫，身形飄逸美妙，手中武器只是一柄竹扇，招式卻精妙高深已極，見所未見，在石昭然、一品和尙、朱邦等七八人的圍攻下猶自游刃有餘，穩占上風。

凌昊天看了不禁大奇：「這人是誰，武功竟能高到這等地步？」又看幾招，終於恍然大悟：「是了，這是天風堡的武功！」

便在此時，但聽那俊美青年冷笑一聲，猛下殺手，竹扇連點，封住了圍攻眾人的穴道，微笑道：「見識夠了麼？可以死得瞑目了吧！」扇柄陡出，刺向石昭然的咽喉。

凌昊天見他要下手殺死石昭然，叫道：「手下留人！」一躍上前，闖入圈中，揮竹棒格開了那人的扇子。

那俊美青年轉過頭來，向凌昊天上下打量，臉上帶著揶揄的微笑，說道：「凌昊天，你引賊人上山擾亂，現在還想護著他們全身而退麼？」

凌昊天一怔，說道：「我何曾引人上山擾亂了？」那青年微笑道：「我說這些人都是你引上來的，難道有錯？若不是你學了我天風堡武功，下山炫耀，讓全天下都知道我天風武功有多麼精妙高超，這些人又怎會聞風而來？」

凌昊天恍然大悟，脫口道：「你便是天風堡少主，風平！」

風平哈哈一笑，說道：「不錯，我便是武功才智天下第一、瀟灑倜儻無人能及、翩翩佳公子、天風堡少主人，姓風名平的便是。」收起扇子，橫眼向正派眾人望去，皺眉道：「你們還不滾，難道在等本少爺送客麼？」

正派眾人早被他嚇得膽戰心驚，扶傷抱死，倉皇離去。風平忽然厲聲道：「少爺要你們滾，就給我用滾的下山！誰敢再走一步，我砍了他的雙腿！」

正派眾人聽他說得凶狠，都呆在當地，面面相覷，難道為了保命，真要聽他的話滾下山去？一品和尚大怒道：「士可殺不可辱，你有種的就將我們全數殺了，看我峨嵋派來踏平你們天風堡！」

風平笑道：「你是個和尚，算不得士。我沒有要殺人，只要你們滾。怎麼，要人滾不行麼？這天目山是我天風堡的，你們有膽上天風堡來，就該有膽滾下去！」

第一百四十七章　天風對決

正派眾人如何忍得下這口氣，要打也打不過，只能向凌昊天投去求助的眼光，盼他出聲替自己解圍。凌昊天對這些人絕無好感，若能看到他們滾下山去，倒也是快事一件，但他知道這些人重名好面，多半寧願血濺當場也不肯滾，他無心見他們全被殲滅，便歎了口氣，說道：「風公子，這些人以後絕不敢再踏上貴山了，便請你放過他們吧。」

風平望向他，臉上露出驚異的神色，說道：「咦，天風堡的主人究竟是你還是我？如果是我，你憑什麼在此說話？」

凌昊天道：「此地的主人自然是你。」風平道：「我既是主人，便該由我說話。我要他們滾，干你什麼事？」凌昊天道：「他們被你打得無法回手，我保證此後定然不敢再上貴山來。你就讓他們去吧。」

風平微微揚眉，臉上似笑非笑，說道：「如果我一定要他們滾呢？」

凌昊天聽他這麼說，那是存心要跟自己過不去，便拍了拍手，說道：「那我就不浪費唇舌了。風公子，便請賜教！」

風平露出譏嘲的微笑，說道：「凌昊天，你竟敢跟我動手？」

凌昊天道：「爲什麼不敢？」從腰間拔出竹棒，指向風平左肩。

風平搖頭笑道：「打狗棒法，算得什麼？」揮動竹扇，也使出打狗棒法，上前搶攻，一棒一扇轉眼間交了二十來招，招式極巧極快，旁觀眾人幾乎看不清二人棒扇的影子，只看得目眩神馳，心驚意動。

凌昊天叫道：「還不走？」正派眾人見他和風平纏鬥，此時不走，更待何時，連忙狼狽逃下山去。

凌昊天與風平翻翻滾滾過了數十招，兩人都並未盡全力，卻已看出對方武功精妙非常，絕不在自己之下，分出勝負總要在數百招之後。又過數十招，風平忽叫：「且慢！」凌昊天見正派眾人都已走遠，便也住手，向後躍開。

風平輕揮竹扇，意態閒雅，問道：「凌昊天，你是來找我蕭柔師妹麼？」

凌昊天看了他的模樣就有氣，說道：「是又如何？」

風平微笑道：「那正好了。你和我的師妹相好，我也和你的師妹相好。你看這是什麼？」從懷中取出一張湖水綠的絲帕，在空中一揚，但見那絲帕角落繡著一個小小的金色元寶，對角則繡著一張白色小帆。

凌昊天臉色大變，怒道：「你從哪裡偷來的？」

風平滿面得意之色，將絲帕湊近心口，笑道：「什麼偷不偷的？這是我們的定情之物，是她親手交給我的。」

凌昊天沉下臉。他當然認得那手帕，那個小元寶和小白帆便是他親手繡在寶安的手帕上的。寶安還曾笑他男子漢卻來繡花，他理直氣壯地道：「女人可以舞刀弄劍，男人爲什麼不可以繡花？」此時他望著風平拿著那方手帕，心中只想：「他怎會有這手帕？寶安怎會將這手帕給他？」

便在此時，身後一人叫道：「凌公子！」卻是蕭柔在兩個婢女扶持下快步走來，想是聽說凌昊天跟風平動起手來，心中擔憂，趕來探視。凌昊天知她身子虛弱，近年來已很少離開閨房，但見她走得急了，腳下一絆，險些跌倒，忙上前攙扶。

風平看在眼中，嘴角透出促狹的微笑，搖頭歎道：「凌三公子當眞是深情無限，艷福無雙。蕭師妹原是我的未婚妻子，但我見兩位感情深厚，又怎麼忍心拆散你們？只好忍痛成全了。凌三公子，我蕭師妹容色冠絕天下，武林中傳言『蕭雲文，三美人』，以我蕭師妹居首，絕非虛言。令尊令堂不久前來過一趟，想是來替你提親了。恭喜啊恭喜！兩位的好事想必已近了吧？喝喜酒時別忘了請我一杯啊。」

蕭柔秀眉蹙起，慍道：「風師兄，你在胡說些什麼？」

風平道：「我從來不胡說。我和鄭姑娘的好事也近了，兩件喜事正好一起辦，這不是雙喜臨門了麼？哈哈，哈哈！」

凌昊天再也無法忍耐，大聲道：「你在胡說八道些什麼？」

風平笑聲不絕，說道：「我說得還不夠清楚麼？你師妹鄭寶安已答應嫁給我了。我兩方是喜上加喜，親上加親。蕭師妹，瞧妳臉上都紅透了，不必害羞，大家都是自己人，難道我還會笑話於妳？」

蕭柔又惱又羞，轉身便走。風平微笑著望著蕭柔的背影，口裡說道：「唉，風平啊風平，你眞是顚倒眾生，迷倒群芳！爲什麼天下所有的好姑娘都想嫁給你？可你偏偏只有一個人，只能選最中意的一個娶啦。唉，這眞是沒有辦法，造化弄人啊。」

凌昊天冷冷地道：「你怎會有她的手帕？」風平轉過頭，笑道：「咦，凌三公子，聽你的口氣，莫不是在吃我的醋？」

凌昊天瞪著他道：「我問你，她的手帕怎會在你這兒？」

風平道：「你是說鄭姑娘麼？她就要嫁給我了，給我一張手帕有什麼稀奇？」

凌昊天愈發惱怒，喝道：「你說不說？」

風平見他發怒，哈哈大笑，說道：「我說，我說！鼎鼎大名的凌昊天問我話，我怎敢不說？有個姓雲的女人設下陷阱捉住了鄭姑娘，想對她百般折磨，痛下毒手，我恰好經過，出手救了她。她感激我的相救之德，決定以身相許，跟我回到天風堡來。怎樣，我這麼說，你可聽明白了吧？」

凌昊天壓抑怒氣，說道：「姓風的，你給我聽好。第一，我和蕭姑娘之間並沒有什麼，此後不准你再隨口亂說。第二，多謝你相救鄭姑娘，但我絕不容你藉此逼她嫁你！」

風平笑道：「你這話卻是說左了。鄭姑娘乃是聞名天下的女俠，誰敢逼她？」

凌昊天道：「那你立刻放她離開天風堡！」

風平笑道：「她此後都要住在這兒了，什麼放不放她？她要來要去，都是悉隨尊意。」

凌昊天道：「若不是你使強囚禁住她，她怎可能答應嫁給你？」

風平臉色微變，慍道：「我風平是什麼人，怎會作出這等齷齪之事？你莫要惱羞成怒，血口噴人！」

凌昊天道：「我今天一定要帶她走。你放不放人？」風平叫道：「不放！」

凌昊天更不打話，一躍上前，揮掌便向風平打去。

風平雙手仍負在身後，側身避開三招，冷笑道：「你使出天風堡中的武功，魯班門前弄大斧！」

凌昊天道：「青出於藍而勝於藍！接招！」使出七星洞中的拳法掌法，風平見他掌勢威猛，不得不出招抵擋。

這兩個世間僅存，學成七星洞武功的天風弟子首次見面，便在天風堡外的通天橋畔大打出手，各施絕招，通天橋兩側的天風門人、銀瓶山莊中人遠遠看見了，俱都又驚又喜，紛紛趕出堡、奔過橋來觀看，都知這是世間難得一見的比鬥，絕不能錯過了。

凌昊天出手攻了十來招，都被風平輕易避開，心知今日是遇上了勁敵，當下凝神對敵，仔細觀察對手的出招，但見風平的身手果然不同凡響，在自己威猛的掌力下有如一片落葉般盤旋飛舞，輕而易舉地卸去了自己石破天驚的掌力。凌昊天身法也快極，繞著風平前後左右不斷進攻，掌法奧妙威猛，虎虎生風。須知天風堡的武功乃聚集各家之長，輕靈快捷有之，渾厚沉重有之，小巧玲瓏有之，古怪奇詭有之；凌風二人各依性格施展出天風武功，淩昊天是剛猛直進，渾厚快捷，風平卻是輕靈自如，有若鬼魅。

此時橋旁已聚集了四十多名天風堡弟子和銀瓶山莊中人，個個凝神觀鬥，竭力揣摩，盼能從中領悟到一絲半點深奧罕見的武學祕訣。轉眼間淩昊天和風平已交了數百招，二人都是輕功高手，身形絕不遲滯停留，從通天橋頭打到山亭之旁，又從山壁上打到懸崖邊。二人內功深厚，身周十多丈內都充斥著呼呼風聲，旁觀眾人只能站得遠遠地觀看，生怕阻擾了二人過招，更怕被二人的掌風波及而受傷。

淩昊天眼見風平的輕功、掌法、內力都不在自己之下，心中焦躁，暗想：「他自幼學習天風堡的武功，功力自是勝我一籌。我須以家傳的武功勝他才行。」當下使出常清風創的逍遙掌、春秋掌法、父親傳的風雷掌等，向風平攻去。

風平叫道：「好！」出掌如行雲流水，將淩昊天的掌法一一擋去，伺機反攻。這二人所學都極博雜，內力又強，但見二人晃眼間又過了數百招，各般奇招妙術源源而出，彼此使盡全力，仍無法克制對手。淩昊天早已扯下上身衣衫，身上、臂上汗珠滿布，風平也失去平時的瀟灑儀態，一身長衫被汗水濕透，亂髮貼在頰上，臉上神情是少見的嚴肅認真。

旁觀眾人指指點點，此時都開始擔心，這二人性命相搏，如此拚鬥下去，必有一方落敗死傷。眾人不知二人爲何動起手來，無從相勸，而場中勁風充斥，更無人敢上前排解。

二人又打了一陣，風平汗溼難受，伸手扯下上身衣衫，他先前收在衣襟中的那張手帕便掉了出來。淩昊天見那帕子隨風飛去，忍不住伸手去抓，風平也搶上去抓，兩人躍在半空之中，右手分別成掌攻向對方，左手仍各自去抓那帕子，卻都沒有搆到。

凌昊天志在必得，提氣又往上一竄，伸指夾住了帕角。風平見他專注於奪帕，趁機在他肩頭打了一拳，凌昊天痛入骨髓，忙向後一個倒翻，落下地來。他低頭望向手中那張帕子，見手帕上赫然有幾點血跡，心中一震：「她定是爲了救我才落入非凡姊手中，並因此受傷！」

正想時，風平早已衝上搶攻，凌昊天也揮掌迎上，卻聽一人叫道：「住手！」一個瘦小的身影衝上前來，拉住了凌昊天的手臂，卻是采丹。劉云也已奔到風平身前，隔在二人中間，說道：「少爺快住手，夫人有急事喚你去！」

風平哼了一聲。李韻和容情連連向空飛、飛天和銀瓶山莊眾人使眼色，眾人會意，一齊上前相助勸解，將兩人隔開了。

風平眼見這場比試勢將不了了之，拍拍身上灰塵，微微一笑，伸手指著凌昊天，說道：「凌昊天，你爲了鄭姑娘跟我打架，你憑了什麼？論武功，你是我手下敗將；論才貌學識，你遠遠不及；論家世財富，你更加比我不過。你所長者，不過跟她是自幼相熟的師兄妹，以及你父母對她有教養之恩。但你就憑著這兩樣，如何能贏得她的芳心？再說，她當初本就看不上你，才會答應和令兄結縭。現在她遇上了我，跟令兄一般是天下英雄，更是出類拔萃的人中龍鳳、天之驕子。你和我相比實是天差地遠，雲泥之別。我勸你還是別對她存著癡心妄想啦。你放心吧，我會好好待她，讓她一生幸福快樂的。」

凌昊天向來自負高傲，這輩子還沒遇見過比自己還要目中無人的傢伙，一時不知該怒還是該笑，搖頭道：「寶安會看上你這種人，便天塌下來我也不信！」

風平笑道：「信不信由你。少爺我忙得很，等我婚事辦完了，再來跟你好好打一架。」轉身便走。

凌昊天叫道：「慢著！我要你放人，你放是不放？不放，我們再打！」風平搖頭歎道：「一味衝動莽撞，如何能贏得佳人芳心？唉！粗魯啊粗魯！」凌昊天更怒，正要發話，卻見人叢中一陣騷動，一人叫道：「夫人來了！」

但見一個中年婦人在丫鬟攙扶下走了出來，風平見到那婦人，回身便想溜走。婦人臉色發青，喝道：「平兒！你過來！」風平只好走上前，躬身道：「娘。」

那婦人轉身向凌昊天行禮，說道：「凌賢姪，犬子行止無狀，多有得罪，請多多包涵。」凌昊天回禮道：「見過風夫人。」

風夫人望向風平，臉色又轉爲陰沉，罵道：「你要氣死我才開心麼？經年不歸，一回來就給我鬧這種事！你跟我回去！」

風平滿臉不在乎的神色，笑道：「娘，妳就是會小題大作，大驚小怪。好、好，回去便回去，妳高興了吧？」拍拍手，大搖大擺地向著天風堡走去，臨去前還向著凌昊天歪嘴一笑，滿臉譏誚之色。

風夫人盯著兒子走過通天橋，回入天風堡，才轉向凌昊天道：「凌賢姪，我和令尊令堂素昧平生，愧受兩位饋贈靈藥，感激不盡。你回去虎山，請代向兩位問好。」

凌昊天躬身道：「是。晚輩得益於天風老人武功，一生受益無窮，無由報答，請風夫人受我一拜。」風夫人忙搖手阻止道：「那是你自己的機緣，何須謝我？風老爺子若知道有你這樣的傳人，在天之靈想必十分快慰。」

凌昊天忍不住問道：「風夫人，恕晚輩冒昧請問，我師妹鄭姑娘可在貴堡中？」

風夫人搖頭道：「鄭姑娘從未來過。想是犬子信口開河，胡亂編造。他說的話半點都當不得眞的，凌賢姪不必放在心上。」

凌昊天還想再問，風夫人似乎急於去教訓兒子，匆匆轉身去了。天風堡眾人都跟著離去，通天橋畔圍觀眾人登時散去了一半。

凌昊天呆立在當地，想起手中還握著那張手帕，便拿起來細細檢視，但見帕角繡的元寶仍舊黃澄澄地甚是鮮豔，他彷彿還記得當時自己對寶安說過的話：「這小元寶代表富貴珍財，就是一個『寶』字；這小帆代表一帆風順，就是一個『安』字。你將這手帕帶在身上，包你財源滾滾，一世平安。」

然而這時手帕上卻沾染了斑斑血跡。如今她人在何處？她是否曾受了傷，現在是否平安？風平的話到底有幾分可信？她若眞的曾被雲非凡捉去，爲什麼救出她的不是自己，卻是風平？她又怎會將這手帕隨便給人？

一時之間，他只覺頹喪懊悔已極，對自己萬分怨惱責怪，無法原諒。風中四奇來到他身旁，釆丹拉拉他的衣袖，說道：「小三兒，咱們回去吧。」但見他失魂落魄，顯然心中難受得要命，四人互相使個眼色，推擁著他回到了銀瓶山莊。

第一百四十八章　齊心抗倭

凌昊天坐倒在地，抱著頭道：「我好煩，想一個人靜一下。」

李韻勸道：「小三兒，你莫要氣惱。那年你來銀瓶山莊闖關，順利過關見到了蕭大小姐，少爺知道後心中就有些不快。大約見你琴藝文才、武功悟性處處不輸於他，儼然比他還要高明，心裡既不信又不服，這回是蓄意來爭回一口氣啦。我們少爺說話就愛氣人，他句句話都是故意激你的，目的就是要讓你生氣，比武時好略占上風。夫人帶了他走，定會好好教訓他一頓。」容情道：「夫人說的是實話，鄭姑娘從未來到我們山上。少爺說曾救過她，或許眞有其事，但她從未來到天風堡，想來也沒有以身相許這回事。」采丹道：「我們少爺就喜歡信口胡說，你別放在心上。他就是這個德性，風流自賞，目中無人，但他並沒有惡意。」

凌昊天忍不住道：「你們這位少爺到底是什麼東西投胎的，眞是教人難以想像！」采丹笑道：「他脾氣古怪是出了名的，大家都拿他沒辦法。」容情道：「小三哥，你若擔心鄭姑娘的安危，我們即刻去幫你探問清楚。」

凌昊天正要說話，忽聽身後一人說道：「不用了。我已問過風師兄，鄭姑娘確曾被雲姑娘捉住，但只受了輕傷，並無大礙。她此刻有龍幫幫眾保護，應是無虞。」語音輕柔，正是蕭柔。

凌昊天回頭望向她，心中感動，說道：「多……多謝妳。」

蕭柔微微一笑，笑中卻帶著幾分苦澀，說道：「我知道你情急關心，因此去替你問清楚了。凌公子，我見到你平平安安的，就放下心了。你快快下山去吧，趁著現在天還未黑，路還好走，這就去吧。只要你記得我們的約定，那就好了。」

凌昊天知道她出言送客的用心，忍不住便想留下多陪陪她，但他十分清楚蕭柔的性情，她既已開口送客，那就絕不會讓他再多留片刻。他低下頭，說道：「我不會忘記的。妳……妳好好保重。」

蕭柔點了點頭，緩步走入自己的閨房，在琴旁坐下。

凌昊天跟著來到門口，但見她低首斂眉，伸手在琴弦上輕撫，發出柔和悅耳的幾聲琴音。他知道她始終盡力隱藏自己的情感，此時卻再也隱藏不住，單只那幾聲琴音，已傳達了她心中無盡的傾訴和深沉的眞情。

凌昊天感到一陣迷惘：他怎配得到她的深情？他怎能辜負她的心意？自己心中關懷的若是她，定會不顧一切地照顧她、陪伴她，讓她喜悅滿足地過完人生的最後這段時光，沒有半點遺憾。但事實卻偏偏不是這樣；自己不但無法令她平安喜樂，反而帶給她更多的悲傷折磨。他怔怔地望著那端坐在古琴之前的絕世美女，耳中聽著她輕靈曼妙的琴音，心中不知是何滋味。

蕭柔一曲彈畢，並未抬頭，只輕聲說道：「世間最美的樂音，多是在人的情意最深刻、感受最纖細、心境最悲愴的時候創出的。人生在世，能有這等體驗也是很難得的，你說是不是？」

凌昊天心中傷痛，忍不住哽咽道：「蕭姑娘，我對不起妳。」

蕭柔撥弄著琴弦，說道：「人世間的眞情，沒有誰對不住誰，或是誰又欠了誰這等說法。這世上能有一個人懂得我的琴音，我已十分滿足了。人生何能要求太多？隨它緣起緣滅，心不動轉，也就是了。」

她抬起頭望向窗外已然轉紅的秋葉，臉上露出淒然而滿足的微笑，說道：「秋葉就快落下了。春去秋來，光陰過得眞快。小三哥，你要自己珍惜把握，別讓美好的事物輕易從手中溜走了。」

凌昊天默然點頭。他黯然離開銀瓶山莊，向天目山下走去，蕭柔的話不斷在他耳邊縈繞。她說得不錯，感情這事原本便沒有什麼道理可說，沒有什麼對錯可言。他知道自己的心始終牢牢繫在那個又親近卻又遙不可及的女子身上。是福是禍，是喜是悲，是苦是樂，他都已無法分辨，旁人又怎能替他說清呢。

凌昊天離開天目山後，來到浙省的一個小縣，便有丐幫幫眾上來傳訊，告知趙觀被司空寒星捉去之事。凌昊天又驚又憂，連夜北上，趕去相救，未到半路，便又聽說趙觀已平安脫險，這才放下心來。他知道趙觀藉由他在北京皇宮和嚴府中探到的消息，消滅了藏身蘇州崇明會的修羅王手下，修羅王和死神等回京之後又已匆匆離開，銷聲匿跡，要追查他們的下落顯然得另費一番功夫。

他在浙江境內行走數日，感受到風聲鶴唳，原來當時倭寇大舉進逼，戚繼光的軍隊此時訓練已成，正準備迎擊出戰。民間人人都在談論倭寇近日如何的猖狂，猜測戚繼光的軍隊能否打退倭寇。

凌昊天聽說戚繼光就將與倭寇開戰，熱血沸騰，心想自己當助他一臂之力，當即召集丐幫長老在浙省會見。大家都知這是關乎國家命脈、海疆平安的大事，皆主張盡全力相助戚軍擊潰外侮。

凌昊天和丐幫眾長老於是四處奔走，號召丐幫幫眾和江湖中人前赴浙東支援助戰。當時江湖上別無大事，同抗倭寇的號召在江湖上引起了極大的響應，許多門派幫會紛紛前來效命，一個月後，已有上千人聚集在浙東，有的投入戚家軍中，有的負責轉運糧餉，有的幫忙籌集金錢。

這其中出力最多的，卻是鄭寶安率領的龍幫。此時戚繼光的軍隊已從最初的三千人增加到八千人，軍餉事務極爲繁重。青幫素來是航運界的牛耳，一力承擔起水上轉運的責任；而龍幫在各處地頭通熟，處事明快敏捷，陸路的糧運便由龍幫一手統籌策劃。龍幫在江湖上以嚴密謹慎聞名，鄭寶安雖初任幫主，已在幫派間闖下不小的名聲，因此由龍幫統掌運糧大事，各方都十分支持。凌昊天見青幫龍幫不久之前還互相仇視，嫌隙不小，此時卻能盡棄前嫌，攜手合作，心下甚是喜慰。

卻說凌昊天帶著上千丐幫弟子齊聚浙江，準備助戚繼光一臂之力。他來到大城餘杭，聽聞鄭寶安也已來到城中，便去相見。他在龍幫中人引領下來到龍幫在餘杭的據點，當時鄭寶安正與青幫中人商討運糧事宜，忙得分不開身。凌昊天也不去打擾她，帶著丐幫兄弟到碼頭邊上幫忙搬運軍糧。

到了傍晚時分，凌昊天坐在江邊碼頭上與丐幫幫眾圍聚吃飯。幾個青幫頭子談完事情來到碼頭，等著上船，凌昊天遠遠聽見他們的交談，但聽一人道：「這位鄭姑娘當眞了不得，年紀輕輕便這般穩重能幹，眞是人中少見！」

另一人道：「可不是？我瞧她的才能，可以直追當年的龍頭秦女俠了。」前一人道：「我最欣賞之處，還不是她的處事能力，而是她待人眞誠，爲人平實，沒有半分誇大虛假。難得、難得！」兩人談著便上船去了。

凌昊天聽在耳中，臉上露出微笑，不禁甚爲寶安得意，心中更升起一股難以言喻的依戀之情。他自大漠回入中原以來，便不大敢面對寶安，總在有意無意間迴避著她。但他這時才醒悟，寶安不只是他心中朝思暮想的意中人，同時也是和他一塊兒長大的童年友伴，熟稔親厚的同門師妹。他離家多年，兄長一死一走，父母也出外雲遊，家中早已空虛，寶安此刻卻成了他與虎山老家和童年回憶的唯一聯繫。

那夜直到三更過後，鄭寶安仍未忙完，凌昊天便獨自坐在碼頭上等候，望著天上的月亮和水中搖曳的月影，漫無目的地回想著童年的種種往事，心中瀰漫著一片溫馨和懷念。這幾年來他經歷過如許驚險挫折、跌宕起伏，他知道自己已不是當年那個在虎山上無憂無慮、胡鬧搗蛋、粗衣草鞋、滿山亂跑的少年了。然而當年陪伴著他一塊兒長大的友伴寶安，如今也不是舊時那個天眞嬌癡，害羞愛哭的少女了吧！人不能不成長，不轉變，然而那些被遺留在身後的，不知不覺中失去了的東西，似乎只有驀然回首，才能隱約瞥見，才會想到要伸手去挽回。

過了不知多久，忽聽身後腳步響起，凌昊天不用回頭就聽出那是誰，跳起身迎上前去，叫道：「寶安，妳終於忙完啦。」

那人果然便是鄭寶安。她微微一笑，說道：「你是貓兒麼？黑漆漆地也看得見人。」凌昊天笑了，說道：「我沒有貓的眼睛，卻有貓的耳朵。」從懷中掏出一個小紙包遞了過去。鄭寶安接過了，打開一看，卻是當地出名的小食貓耳朵，那是用油炸的甜麵團片兒，作三角形，因此被喚爲貓耳朵。

鄭寶安拿起一片吃了，笑道：「你怎知道我喜歡吃這玩意兒？」凌昊天道：「以前在家裡時，妳最愛吃這些小甜點心，我想妳該要餓了，便買了些給妳作宵夜。」鄭寶安笑道：「我確實餓得很了，多謝你啦。」

二人並肩在碼頭旁坐下，清涼的夜風陣陣拂過，空氣中蕩漾著岸邊野生夜來香的清香，一片靜謐中只有鄭寶安吃著貓耳朵的輕微聲響。

凌昊天忍不住問道：「寶安，妳當時怎會被非凡姊抓去？可危險麼？」

鄭寶安邊吃邊道：「還好。她騙我說你在她手中，要我獨自去見她才肯放人，我去後便被她使計擒住了。幸好天風堡風家少爺經過，出手救了我。」

凌昊天聽她說得輕描淡寫，但當時情勢想必凶險已極，雲非凡對寶安恨意深重，自要好好折磨她一番，若不是風平，自己恐怕便再也見不到她了。想到此處，不由得身上打了個寒戰，問道：「妳受傷可重麼？」

鄭寶安道：「不礙事。她在我身上下了毒，正準備對我動手，風平就出現了。」

凌昊天望著鄭寶安，但見她的身形容貌在夜色中顯得異常的柔弱嬌俏。他知道她性子堅毅，便吃了再多的苦，表面上都行若無事，不會顯露出半點痕跡。他心中難受，說道：「這都是我的錯。那時非凡姊抓住了我，我就該想到她會藉以騙妳去。我……」

鄭寶安搖頭道：「你又怎能預料得到這許多？現在我沒事了，你也沒事了，那就好啦。」

凌昊天道：「我還該感激風平才是。我在天風堡時和他生起了誤會，還曾大打出手。」鄭寶安微笑道：「讓我猜猜，一定是你贏了，是麼？」凌昊天搖頭道：「不，我輸了一招。」想起那方手帕飛在空中的那一幕，不禁伸手入懷，握住了寶安的手帕，想拿出來還給她，又怕她問起自己怎會從風平手中取得這手帕，不由得遲疑。

鄭寶安道：「風平的武功確實很高。他內力及不上你，招術卻更精純，你們應是不相上下。你定是被他騙了才輸招的，是麼？」

凌昊天想起和風平對決的經過，不禁有些懊惱，說道：「是我自己疏忽了。」

鄭寶安嗯了一聲，忽道：「我覺得他的性子跟你很有點兒相像。」

凌昊天心中對風平仍存著幾分惱怒，忍不住道：「他哪裡像我？依我說，一點兒也不像，半點兒也不像！」

鄭寶安噗嗤一笑，說道：「還說不像？我跟他說他有些像你，他的回話跟你一模一樣，連口氣也一樣。」

凌昊天不想多談風平的事，當下轉變話題，說道：「青幫的人說趙觀這幾日會到，怎麼還不見他？」鄭寶安道：「聽說趙家哥哥被死神的女兒抓去，在他身上下了奇毒，折磨得厲害，身子仍很虛弱。我去信要他好好休養一陣，他卻堅持要趕來。我瞧他這幾日內也該到了。」

正說時，便聽不遠處一人哈哈大笑，說道：「我趙觀是不死之身，天下第一好事之徒，抵禦倭寇這等江湖盛事，武林豪舉，我怎能不親臨參與？」

但見碼頭外一艘小舟劃過水中月影蕩了過來，一人臨風站在船頭，月光下顯得俊逸無比，瀟灑非常，正是趙觀。

鄭寶安喜道：「趙家哥哥，你身子可都沒事了？」

趙觀從船頭一躍上了岸邊，身形雖輕巧，凌昊天卻看出他輕功不若往時，搖頭道：「你中了奇毒，身子還沒恢復，便跑來這等險地，你道行軍打仗是好玩的麼？」

趙觀笑道：「我是毒中之王，身上中點毒算得什麼？百花門主若隨便就讓人毒死了，那也太不像話了吧！倒是你們倆，堂堂兩幫幫主，卻在半夜三更坐在碼頭上說些什麼悄悄話？若是討論攻打倭寇的機密軍情，我若不插上一腳，豈不讓我青幫被你們龍幫丐幫給比下去了？若是情話綿綿，那我便知情識趣，迴避大吉啦。」

凌昊天還未回答，鄭寶安已笑道：「趙家哥哥就愛胡說八道。我還沒問你是怎麼從死神女兒手中逃出來的呢，其中過程想必極為精彩曲折，你還不快跟我們說說？」

趙觀吐了吐舌頭，心想：「龍幫眼線寬廣，想來寶安妹妹早知道我和寒星的事了，只怕我沒取笑到她，反要被她取笑了。」連忙轉開話題，邀二人上船喝酒。寶安說夜已深了，笑著推辭不去，趙觀便拉了凌昊天上船，對月暢飲，共謀一醉。

三人此番重見，各自領掌丐、青、龍三幫幫眾前來相助戚繼光打擊倭寇，相聚之下，自都極為歡喜。當時倭寇侵擾沿海村鎮的情況日益嚴重，這些倭寇駐紮在海外小島之上，不時乘船上岸打家劫舍，往往燒毀整個村莊，將財物掃劫一空。倭寇出沒無常，行蹤難以捉摸，而行動時極有組織，兵器鋒利，便如是一支精銳的短攻散兵部隊。除了海外倭人之外，寇賊中也有不少是中國海盜，群聚居於外島，在海上岸上劫掠燒殺，殘害自己的同胞。來到浙東的江湖中人個個義憤填膺，慷慨激昂，準備幫助戚家軍放手一戰。

第一百四十九章　狹路相逢

卻說戚繼光自從向青幫丐幫借兵之後，便專心一意地訓練軍隊，立志將這支軍隊造就成一支能夠打擊倭寇的精兵。他練兵有成後，曾與倭寇交手多次，深切明白他們的厲害處，知道不能跟他們打零星散戰，須得一舉消滅他們的主要勢力，才能永絕後患。他眼見戰事將近，倭寇勢力龐大，原本對這一仗並無把握，但見三大幫派紛紛前來相助，一切糧餉後援都齊備無缺，毫無後顧之憂，心中感動，更加緊籌劃攻打倭寇的戰略。

這日清晨，戚繼光的帳外出現了三個人。戚繼光聽得門外士兵報告，連忙迎了出去。他見到凌昊天和趙觀，大喜過望，叫道：「兩位兄弟，你們來了！」

凌昊天上前與戚繼光拉手抱肩，笑道：「戚大哥要打仗了，我們怎能不來助你一臂之力？」

趙觀笑道：「我老早承諾青幫將有錢出錢，有力出力，可不能食言而肥。」

戚繼光笑道：「兩位竭力相助，老哥哥眞是感激不盡！」

凌昊天道：「然而出力最多的，要數龍幫。戚大哥，這位便是龍幫幫主鄭女俠，你們見見。」

戚繼光望向鄭寶安，臉上掩不住驚訝之色，上前恭敬行禮，說道：「久聞鄭女俠名聲，龍幫對我軍相助良多，俺一直想親自去向閣下拜謝，卻到今日才有緣得見！」

鄭寶安微笑道：「戚將軍不須客氣。大家都想除去倭寇之患，因此不約而同前來相助，只盼貴軍能打個大勝仗，爲民除害。」

戚繼光拱手稱謝，心中不禁想：「早聽人說龍幫幫主是個年輕女子，卻沒想到她竟只有二十出頭年紀，外表又這般柔弱嬌美！」

他請三人進帳坐下，說起倭寇戰情，說道：「倭寇散處於海外群島，居無定所，極難一舉攻破。據我方探查，他們在杭州灣外、象山港外、三門灣外、臺州灣外都有據點。他們已知道大明準備對他們用兵，仍然毫不收斂，近日內更在象山港一帶劫掠。」

凌昊天道：「倭寇用些什麼武器？」戚繼光道：「有長槍，也有單刀。」

趙觀問道：「你這邊有船隻，可以打海戰麼？」戚繼光道：「有大船十艘，小船五十。倭寇的船並非十分精良，我方陸戰最有把握，海仗卻也可以打。」

鄭寶安問道：「你們曾和倭寇交手過麼？」戚繼光道：「已有十多次小戰。他們多半不肯應戰，見到軍隊就上船逃逸。」

凌昊天又問了許多交戰的細節，沉吟道：「我想親身見識一下倭寇的打法。」

戚繼光道：「我估量他們這幾日內可能會侵擾鎮海一帶，不如我們今夜同去沿海的村莊查看。」三人都點頭說好。

當天下午，四人縱馬來到海邊的一個小漁村，那是戚繼光布下的一個陷阱，村民都已遷出，讓士兵假扮村人守在小屋之中。四人來到小村，士兵便來報道：「根據線民通報，有一股倭賊明日清晨會來此搶劫。」

戚繼光問道：「有多少人？」士兵道：「應不多過兩百人。」戚繼光點頭道：「好，此地有五百人，應足夠抵禦。今夜我親自在此坐鎮，大家提早吃飯睡覺，三更時全體起身，不准點火，拿著武器在門邊等候，聽我號令。」士兵便去傳令。

當天夜裡，眾人枕戈待旦，四下無聲，只有海風陣陣呼嘯而過。凌昊天、趙觀和鄭寶安三人坐在一間小屋之中閒談，趙觀說起在天津跟年大偉夜訪海盜村、會見朴老大、解救朝鮮公主的經歷，又說起在福江島上與隱身人決鬥、受困冰窖的種種驚險，凌昊天和鄭寶安都聽得甚是驚異，連呼嘖嘖。

正說時，凌昊天忽然舉手示意他停下，低聲道：「有人來了。」趙觀和鄭寶安凝神細聽，果然聽得數十里外有人騎馬過來。鄭寶安道：「只有兩匹馬，大約是趕夜路的吧。」

卻聽那兩乘馬一直來到村中，一人下馬快步走到隔壁屋外，凌昊天低聲道：「這人武功很高。」卻聽那人大聲拍門，叫道：「有人在麼？我要借宿。」

趙觀臉色微變，說道：「可能是我想殺的人！」站起身往窗外望去，黑夜中但見一人站在數丈之外，身形高瘦，正是死神司空屠。

趙觀打手勢要凌鄭二人留在屋中，自己從屋後竄了出去。

隔壁的士兵沒料到這麼大半夜裡竟會有人來敲門，一時慌了手腳，老半天也不開門。死神極不耐煩，又用力拍門。不多時，門呀的一聲開了，一個彎腰駝背的老頭子提著油燈站在門前，沙啞著聲音道：「大半夜的，幹什麼了？」

凌昊天和鄭寶安從窗縫中看見了，對望一眼，都不禁驚佩，這老頭顯是趙觀所扮，但他聲音相貌全然如另一個人般，口音語調和本地人毫無差別，他在短短時間內便改頭換面，扮得唯妙唯肖，這份易容功夫當眞極不簡單。

卻聽死神道：「我要借宿一晚。你有房間麼？」趙觀道：「房間是有，就你一人麼？」說著探頭向外望去。死神道：「就我一人，還有兩個包袱，我去拿來。」說著從另一匹馬上解下兩個大麻布袋子，扛在肩上，搬入門內。

他才將兩個布袋放下，但見屋中昏暗，只有那老頭剛才提著的油燈放在角落，隱約看出屋中空蕩蕩地，什麼也沒有，老頭也不見人影。他微微一呆，隨即心生警覺，大聲喝道：「老頭子，你在哪裡？給我滾出來！」

趙觀慢呑呑地從屋後轉出，問道：「你還有什麼事？」死神凝望著他，說道：「算我眼拙，這破爛村中還有你這樣的人物！報上名來！」

趙觀哈哈一笑，粗聲道：「老子是橫行海上的大盜，行不改姓、坐不改名，渾號『烏龍神蛟』的便是。你自己找上黑店投宿，怪得誰來？」說著伸腳將油燈踢起，直向死神飛去。死神冷笑一聲，側身避開，拔刀砍向趙觀。不料趙觀身形奇快，已閃身竄到屋角。

死神一刀落空，忽覺一陣頭暈，三叉刀拿捏不住，跌落在地。他心中驚詫已極：「這人是誰，竟能將我毒倒？莫非是百花門人？」他憑著深厚內力，撲過去抓住了地上的布袋，抬頭見門口多出了一人，手中正接住了老頭剛剛踢向門口的油燈，燈光下但見那人正是凌昊天。

先前那小老頭也走上前來，笑嘻嘻地道：「死神老兄，今日該輪到你自己去見死神啦。」扯下臉上化裝，露出眞面目，果然便是趙觀。

死神如何也沒料到會在這小村中遇見凌昊天和趙觀，只嚇得心驚膽戰，連忙拉起地上的布袋，喝道：「你們敢過來，我便殺了他們！」伸手扯開布袋，露出一頭長髮，趙觀心中一跳：「難道他抓住了我的哪個相好？」仔細一看，卻見那女子膚色雪白，美目圓睜，滿臉驚惶之色，竟是文綽約。

凌昊天和趙觀一齊叫了起來：「放開她！」死神掐住了她的脖子，冷冷地道：「我一用力，她便沒命了。你們兩個退開！」伸手扯開另一個布袋，裡面是一個男子，濃眉大眼，卻是蒙古王子多爾特。

凌昊天和趙觀都不禁臉上變色，向後退開數步。死神喝道：「拿解藥來！」趙觀眼見好友落入敵人掌握，只得掏出解藥扔了過去。死神一手拿起解藥吃了，一手始終扣在文綽約的咽喉之上。文綽約被點了穴道，神智雖清醒，卻無法動彈，也說不出話來，大眼睛直望著凌昊天，淚珠在眼眶中滾來滾去。

死神運氣在身內走了一遭，感覺毒性略除，說道：「姓趙的小賊，你將我女兒帶去哪裡了？快將她還給我！」趙觀冷然道：「你已戕害了她半生，又對她狠下殺手，她永遠也不要再見到你。」

死神冷笑一聲，伸手提起文綽約和多爾特，說道：「我總有一天會找出她來。凌昊天，一命換一命，你若肯跟我走，我便放過你這兩個朋友。」

凌昊天和趙觀對望一眼，凌昊天道：「好！你先放了他們。」

死神冷笑道：「我豈會笨到這等地步？你先扔下了打狗棒，自己砍斷了右手，上來讓我點了你的穴道。」

文綽約一雙大眼睛流下眼淚，神色痛苦，顯是要凌昊天不要理會她。凌昊天想起自己身中瘟神之毒，與她同行的那段日子，以及她二度向自己表白的情景，心中只想：「我一定要救出她來！」眼見情勢危急，只能扔下打狗棒，伸手揀起死神的三叉刀，對著自己的手臂。

便在此時，忽聽門外輕輕一響，凌昊天立即知道鄭寶安已來到屋外。他心念電轉，忽然縱聲大笑，說道：「死神司空屠，一代高手，竟墮落到須使出這等卑鄙手段，自己也不羞慚麼？我若是你，一張青臉立即漲成大紅色，就此羞愧而死。」

死神冷笑道：「死神不過是喜歡殺人而已，正大光明地殺和卑鄙下流地殺，都同樣是殺人。廢話少說，你砍不砍？」

凌昊天道：「我砍，但你須保證放過他二人。你敢起個誓麼？」死神道：「死神從來不起誓。你再不砍，我先殺了這個男的！」伸手握緊多爾特的咽喉。

凌昊天急道：「別傷他！」左手舉起尖刀，便往自己右碗砍下。

便在此時，門外忽然飛進數枚銀針，直向死神的臉面射去。死神只見眼前銀光閃動，未及細想，自然而然放開了手，仰頭避開，凌昊天和趙觀已同時衝上前，一個向他攻去，一個去救地上二人。

死神喝道：「好小子！」他自知不是二人的對手，雙手重又去捏文綽約和多爾特的喉嚨。不料手腕一痛，竟被一柄長劍劃傷，一人已從門外闖入，揮劍護住了文綽約的咽喉。死神連忙揮掌打去，那人長劍如電，招招不離他的臉面和手腕。趙觀趁隙搶上，抱起多爾特退到屋角。

死神原本全神防備凌昊天和趙觀出手對付自己，更未料到門外還有第三人，且劍術如此精湛，急忙防衛臉面，揮掌將那人逼退，心中毒念已生，左掌陡然向文綽約頭頂打去。

從門外躍入、出劍相攻的正是鄭寶安。她眼見文綽約性命便在一線之間，不暇思索，撲上前抱住她向旁滾開，死神這掌便打在她身旁地上，直打得塵土飛揚。

凌昊天早已欺上前去，揮掌攻向死神胸口，用了八分力道。死神揮掌相迎，二人雙掌相交，砰的一聲巨響，死神退出兩步，危急中用腳挑起三尖刀，接在手中向凌昊天斬去。凌昊天退開閃避，卻聽鄭寶安在身後叫道：「接棍！」扔過一枝木棍。

凌昊天接住了，使出打狗棒法，點向死神小腹，死神揮刀擋架。兩人在小屋中近身而搏，轉眼間過了十多招，形勢凶險，任一不留心便能受傷致命。趙觀站在屋角，因地方太小，更無法上前相助，只看得焦急已極。

卻聽擦的一聲，死神一刀將凌昊天手中木棍斬斷，衝上前揮刀向凌昊天頭頂斬下。但見凌昊天手中忽地多出一柄長劍，噹一聲擋住了死神的刀，原來鄭寶安早已看準了時機，趁隙將佩劍遞去，凌昊天似乎早知道她會傳劍過來，更未回頭去看，反手抓住了劍柄，便去擋死神的刀。兩人一刀一劍又交起手來。

凌昊天和死神都是何等武功，鄭寶安在這二大高手激鬥之中竟能傳遞兵刃，與凌昊天配合得天衣無縫，趙觀在旁看了，也不由得驚訝，心想：「小三和寶安之間似乎不用說話，便能預知彼此會作什麼！」

但見凌昊天長劍威猛勁急，死神的三尖刀快狠奇詭，刀劍連連相交，在小屋中發出噹噹聲響。如此三十多招過去，凌昊天看到破綻，揮劍直入，左掌跟上，向死神打去。死神不得不揮掌抵擋，他自知內力不及，感到胸口一痛，自知已受內傷，他畢竟是一代高手，臨危不亂，陡然向後一仰，穿破板壁出屋而去。趙觀一心要取他性命，跟著躍出追上。

凌昊天知道死神已然受傷，趙觀應能對付，忙過去探視鄭寶安，問道：「妳沒事麼？」鄭寶安干冒奇險，從死神掌下救出了文綽約，一顆心猶自怦怦而跳，搖頭道：「我沒事。」伸手替文綽約解開穴道，問道：「綽約姊姊，妳還好麼？」文綽約臉色蒼白，低聲道：「寶安妹妹，多謝妳救我性命。」眼光從鄭寶安望向凌昊天，又從凌昊天望回鄭寶安，咬著嘴唇不語。

凌昊天過去替多爾特解開穴道，扶他坐起，多爾特去生死關頭走了一遭，嚇得呆了，過了一會，才道：「凌兄，多謝你相救！」

凌昊天問道：「你們怎會來到江南？怎會被那傢伙捉住？」文綽約正要開口，多爾特已道：「我是專程送文姑娘來見你的。凌兄，她對你一片情意，眞摯深重，你一定要答應我，切切不可辜負了她！」

第一百五十章　灘頭速戰

原來當時俺答出兵進犯北京，袞弼里克並未出兵相助，只派了多爾特率領十餘部下跟去暗中探查情況。多爾特聽聞俺答在城外被凌昊天和趙觀嚇退，滿心想去會見這兩個好友，便化裝入了北京城。當時凌趙二人爲躲避風頭，未曾露面，多爾特沒找到二人，卻遇見了文綽約，她卻也是聽聞了小三的消息才來到北京的。多爾特請文綽約喝酒，她醉後多言，情不自禁說出了眞話，吐露自己對凌昊天的一片癡心，凌昊天卻情有別鍾等事。之後二人輾轉聽說凌昊天南下相助戚繼光打擊倭寇，多爾特便決意陪文綽約南下尋人，兩人結伴同行，卻在路上撞見了死神。死神聽二人說要找凌昊天，便自稱是凌昊天的朋友，假意上前攀談，出手將二人擒住，想藉以要挾凌昊天。

此時二人逃出了死神的魔掌，多爾特向來樸實直爽，一開口便說出了文綽約的心事，文綽約羞惱已極，怒道：「住口！你……你在胡說八道些什麼？」

多爾特急道：「難道我說得不對？妳對凌兄一片眞情，你們二人曾同生共死，共度患難，情分深厚，不過是因爲一些小誤會才分開了。凌兄，我早知你們是一對璧人，文姑娘是我的救命恩人，我怎能不助她完成心願？」

文綽約怒道：「你還說！」上前揮手打了他一個耳光，掩面奔去，多爾特伸手去拉她，她甩脫了，快步奔向門口。

凌昊天閃身攔在門口，文綽約只得停下，滿面通紅，說道：「你擋住我作什麼？」凌昊天道：「外面危險，莫要出去。」

文綽約咬了咬牙，抬起頭望著凌昊天，說道：「小三，你對我如何，我心裡清楚得很，又何必自欺欺人？你拿出一句話吧！」

當此情境，凌昊天又怎能說出實話，如此直接地傷她的心？一時不知該如何應答。

便在此時，鄭寶安走上前來，輕輕握住了文綽約的手，柔聲說道：「綽約姊姊，外面倭寇就將來襲，情勢危險得緊。妳穴道初解，身子還弱，不宜涉險。我先扶妳坐下歇歇，好麼？」文綽約見她溫辭軟語，不好意思甩開她的手，只好跟著她走回屋中。

鄭寶安轉過頭來，又道：「小三，這位想必便是你在大漠上結識的好友多爾特王子了。」凌昊天道：「正是。多爾特，這位是我師妹鄭寶安。」

鄭寶安與多爾特見了，說道：「王子尊體貴重，不宜在此險地多待，還是讓我先領你出村去暫避一會吧。多爾特王子，請跟我來。」

凌昊天眼見她出頭替自己解圍，暗暗感激，但見她蓄意迴避開去，又不禁尷尬。文綽約自也清楚寶安的用意，心中一酸，拉起鄭寶安的手，大聲道：「寶安妹妹，我跟妳們一起去！」

便在此時，忽聽趙觀在遠處高聲叫道：「倭寇來犯，大家小心！倭寇來犯，大家小心！」

凌昊天和鄭寶安對望一眼，心中一凜。凌昊天道：「我出去看看！」鄭寶安道：「你去接應趙家哥哥，我去保護戚將軍。」說著向文綽約望去，文綽約道：「你們儘管去，這裡有我。」

凌昊天點頭道：「好！綽約姑娘、多爾特，你們暫且留在屋裡，切莫離開。」說著與鄭寶安一齊搶出屋去。

凌昊天向著海灘快奔而去，但見灘頭黑壓壓的已布滿了人，成群海盜手持火把踏灘掩上，不知共有多少人。

凌昊天提氣喚道：「兄弟！兄弟！」但聽趙觀遠遠地應了，便循聲奔上前，在人叢中找到了他。趙觀此時已與一群倭寇打了起來，這些海盜自然不是他的對手，但人數眾多，如潮水般壓來，趙觀一時也殺之不退。

凌昊天縱上前與他並肩對敵，問道：「死神呢？」趙觀道：「讓那賊子趁亂逃去了。我道他定往內陸逃去，搶上攔截，沒想到他竟直往海灘奔去，轉眼消失在倭寇之中了。」言下甚是懊惱。凌昊天道：「總有機會再抓到他。」

二人在灘頭打了一陣，慢慢退回村中，但見戚繼光的士兵已然現身迎戰，一小隊繞到灘邊截住退路，餘人從村口衝出，與倭寇廝殺起來。

凌昊天和趙觀退到村口觀戰，但見倭寇果然極有組織，每七八人一隊，分頭衝殺，互相支援，戚繼光的軍隊人數雖多，卻無法盡數攔截下來，倭寇約有三分之二趁隙退回灘邊，上船逃去了，其餘倭寇在戚家軍的圍剿下，盡數擊斃。

一場激戰結束，天色已然大明，戚家軍因有準備，傷亡極少。戚繼光整頓軍隊，讓士兵回村休息。他回到自己駐紮的大屋時，卻見凌昊天已在屋中，忙問道：「凌兄弟，你沒有受傷吧？」

凌昊天搖了搖頭，皺著眉頭在屋中來回踱步，說道：「戚大哥，你這樣打法不行。」戚繼光神色凝重，點頭道：「你說得不錯。我們人雖多，卻總無法徹底消滅賊人。這回我們人數是他們的兩倍有餘，卻也只能消滅賊軍三成，餘下輕易逃脫而去。賊軍人數更多時，能逃去的更多。」

凌昊天不斷踱步沉思，忽然眼睛一亮，說道：「對付這些倭賊，須用靈活戰術，咱們或許可以設計一個陣勢。」戚繼光忙問究竟。

凌昊天道：「須得讓士兵各成小隊，指揮起來便能更加靈活。但這些小隊須得有進攻力，又有防禦力。我得好好想想。」

當日下午，戚繼光便整軍回向餘杭。一行人正要上路，凌昊天才發現文綽約和多爾特已不在了。他忙問趙觀：「文姑娘和多爾特呢？」趙觀道：「他們走了。」

凌昊天一呆。趙觀伸手拍拍他的肩膀，說道：「這樣也好，不是麼？文姑娘走前跟我說了一些話，她說見到你和寶安之間的默契，她便不死心也不行了。她還說，待她要成親那時，定要請咱兩個去喝喜酒，大家暢懷痛飲，不醉不散，非將她的新郎倌嚇個半死不可！」

凌昊天知她心中定然極爲難受，不禁長歎一聲。回頭見寶安也不在，又問道：「寶安呢？」

趙觀道：「她擔心文姑娘和多爾特兩個孤身上路會遇到危險，暗地跟上去保護了。她說送他們到了安全處後，便在餘杭與我們會合。」

凌昊天心下感激，點了點頭。回想昨夜在小村中與死神的一場險戰，不禁心有餘悸，若非寶安及時出手相救，文綽約和多爾特即使不死，也必是重傷。他想起文綽約的豪爽直率和寶安的細心體貼，心中更加不知是何感受。

卻說一行人跟著戚軍回到餘杭，趙觀便得到消息，說青幫甲武壇李四爺派了三百幫眾前來投效戚家軍，領頭的侯老五前來拜見。趙觀甚是歡喜，連忙請他進來坐談。侯老五是李四標手下一名香主，趙觀當年在杭州便與他熟識，兩人相見之下，都好生親熱。

趙觀問道：「四爺可好？李姑娘可好？」侯老五答道：「四爺都好。他老人家聽說幫主在此相助戚將軍，特派小人帶領三百兄弟前來助拳。四爺並要屬下請問幫主還有什麼幫得上忙的地方，他老人家定當傾力相助。」

趙觀道：「多謝四爺好意，有勞各位兄弟了。倭寇出沒無常，十分難以對付，戚將軍能得多一分助力，咱們便多得一分勝算。但你們須得注意，戚將軍部下紀律極嚴，各位兄弟來此報效，須得服從戚將軍的軍紀，半點不可違抗。不然我即使身為幫主，也無法回護你們。」

侯老五道：「謹遵幫主指令。」又道：「大小姐十分關心軍情，遣人送了一萬石軍糧過來。她原要親自來的，但四爺出門去了，大小姐忙著處理壇中事務，打點軍糧，因此不能親來。」

趙觀喜道：「真是多謝她啦。我下回定要當面向她道謝。」卻見侯老五似乎欲言又止，便問道：「怎麼？」

侯老五道：「有件事屬下不知應不應當說。四爺吩咐我不要拿這些小事打擾幫主，但是……但是我覺得仍應稟告幫主。」趙觀道：「什麼事情？你但說不妨。」

侯老五遲疑半晌，才道：「大小姐她……下個月便要成親了，夫婿便是四爺的弟子張磊張香主。」

趙觀手中茶碗一顫，潑出一片茶水。他忙將茶碗放下，問道：「這是什麼時候定下的事？」侯老五道：「就是前幾天定下的。請帖還未發出，屬下是聽張香主的手下說的，聽說幾天後便要換帖，正式定親了。」

趙觀聽了，心中混亂，想起在天津見到李畫眉時她對自己的一片癡情，自己也曾許諾要娶她為妻，她難道已對自己死心了？她素知張磊粗魯莽撞，不解風情，為何要下嫁於他？她怎能這樣作踐自己？

趙觀自忖過去數年來總未將心思放在李畫眉身上，好生痛悔，暗想無論如何都不能讓她這般自苦，心中又是疼惜，又是著急。待侯老五去後，便即啓程，孤身趕去杭州。

他進入杭州城，直入李家大院，求見大小姐，李畫眉卻讓丫鬟出來說不方便相見。趙觀急於見她，逕自來到後院閨房之外，拍門喚道：「畫眉？畫眉？妳在麼？」

李畫眉聽他來到門外，心中氣惱，喚丫鬟道：「門外是什麼人，快趕走了！」趙觀低聲求道：「我的畫眉兒，是我啊。妳開門見我一下，好不好？」李畫眉更不回答。

趙觀急了，推門闖入，但見李畫眉坐在窗旁，臉色蒼白，眼角猶帶淚痕，見到他進來，轉過頭去，更不理睬。趙觀來到她身前，柔聲道：「畫眉，妳怎地不理我？妳在生我的氣了，是麼？」

李畫眉靜了半晌，才轉過頭來望著他，冷冷地道：「我道幫主在餘杭相助戚將軍打仗，怎有空閒跑來這兒？」趙觀道：「我聽說妳要下嫁張香主，怎能不趕來找妳？」

李畫眉哼了一聲，恨恨地道：「我師哥說得沒錯，我畢竟看錯了你！」趙觀心中難受，說道：「畫眉，妳根本便不愛他，為什麼要這般委曲自己？」李畫眉道：「我不愛他，難道愛你？」趙觀道：「妳當然愛我！」

李畫眉冷笑道：「幫主位高權重，竟是如此一個風流自賞的人物。你自己不羞慚，我都為你臉紅！」

趙觀急道：「畫眉，妳對我的心，我完全明白。我怎能看妳就這樣斷送一生幸福？我說過我一定會娶妳，妳不是答應要等我麼？」

李畫眉回口道：「等你？天下有多少姑娘在等你？你答應要明媒正娶天香閣的胡姑娘，陳大俠的二女兒對你一片癡情，你也絕不會棄她不顧，朝鮮國的公主殿下更捨棄高位，情願跟你。你心裡哪裡還有我？」

趙觀無言可對，只好伸臂將她抱住，說道：「畫眉，我不能看妳這樣折磨自己。妳對我恩情深重，我永遠不會忘記。妳跟我去，我總是會好好待妳一輩子。」李畫眉用力掙開，怒道：「放開我！你莫以為當了幫主，便可以這麼亂來！」

趙觀更收緊手臂，不肯放開她，柔聲道：「畫眉，你當年在杭州認識我時，我哪裡是什麼幫主？我仍舊跟往時一般，是妳的江大哥。」

李畫眉想起他往日對自己的溫存體惜，眼淚不由得撲簌簌而下。

趙觀在她耳邊輕聲道：「畫眉，妳不要離開我。我一定會好好照顧愛惜妳的。妳若真喜歡張師兄，我不能阻擾妳的好事。但妳若是為了惱我氣我才這麼作，那我絕不會讓妳嫁給他的。」

李畫眉聽了，更加淚流不止。趙觀將她摟在懷裡，低頭吻上她的櫻唇。李畫眉用力推開他，揮手打了他一個耳光，哭道：「都到這時候了，你還跟人家輕薄。你……你真不是東西！」

趙觀微笑道：「我原本不是東西，也不是南北。我是妳的心上人，妳是我素來仰慕的李大小姐，好乖，不要哭了。」

李畫眉聽他說著這些溫柔俏皮的言語，心中激動，忍不住撲進他懷中，哽聲道：「你不要再丟下我了，你答應我！」

趙觀正色道：「畫眉，我答應妳。妳快去跟你爹說，想法退了這門婚事。戚大哥那邊事情一了，我立即去向妳爹求親。」

李畫眉抹淚道：「你可是認真的？」趙觀道：「當然。」李畫眉幽幽地道：「那其他幾位姑娘呢？」

趙觀歎了口氣，老實答道：「我也放不下她們。」李畫眉默然。

趙觀道：「我疼惜她們，和我疼惜妳一般。陳二小姐妳在北京會過。含兒身世甚是可憐，但她心性再善良不過。彤禧公主堅強勇毅，是少見的女中英豪。」李畫眉低頭不語。

趙觀托起她的下巴，說道：「但論起聰明能幹，識得大體，世上哪有人比得上我的畫眉兒？」李畫眉惱道：「你就會拿話哄人。」

趙觀聽她語氣稍軟，知道她氣已消了，略略放心，說道：「說真格的，我和小三在寧海幫戚大將軍打倭寇，各方捐款源源而來，軍中應接不暇，很需要一位善於理財的管事。妳跟我去餘杭幫幫手，好麼？」李畫眉道：「有你和凌三公子、鄭姑娘三位，怎還不夠？」趙觀道：「我們都是江湖人物，全無掌櫃之才。真要算帳管錢，誰比得上妳在行？」

李畫眉輕歎一聲，說道：「凌三公子對鄭姑娘的專情，真是世間少見。」

趙觀聽她語氣若有憾焉，忙轉開話題，說道：「天色不早了，妳今夜便跟我回去軍營吧。」李畫眉沉吟道：「我還讓人準備了大批的冬衣，打算送去給戚將軍備用。不如再多等一天，我明日帶上了軍衣跟你同去。」

趙觀喜道：「我的好畫眉兒，妳想事情總是這般周到。」

第一百五十一章　挑燈設陣

次日李四標回到杭州，趙觀與李畫眉同去見李四標，請求他暫且退了與張家的婚事。李四標自是滿口答應，他對女兒的心事知之甚稔，此時見趙觀親自陪她來見自己，雖未開口求婚，自已在不言之中了，便也沒有開口詢問。

李畫眉在青幫任職已久，辦事幹練，當日下午已將大批冬衣準備齊全，便與趙觀上路去往餘杭軍營。二人到達後，將衣物存入青幫在當地的儲倉，又與軍頭聯繫，理清交送事宜，才回到青幫住處休息。當時已是午夜時分，趙觀帶李畫眉來到鄭寶安房外，鄭寶安卻並不在房中。趙觀心想：「寶安去送文姑娘一段路，此時已該回來了。她這麼晚會去哪裡？」便讓李畫眉先去休息，逕去找凌昊天。

遠遠但見凌昊天的房中透出燈光，趙觀走近前去，從窗外往內一張，卻見房中坐著三人，凌昊天一手抱頭，坐在桌旁挑燈苦思，口中喃喃自語，手裡拿著筆在紙上塗畫；戚繼光靠在一旁的椅上，已打起盹來；鄭寶安坐在凌昊天身旁，一手緩緩磨著墨，一手扶著下顎，凝神望著桌上的紙張，不時伸手指點，與凌昊天低聲討論。待凌昊天將一張紙畫滿了，她又取過一張鋪上。

趙觀望著她的神氣，心中感動：「這世上哪裡還有比寶安更加體貼入微的伴侶？小三專心設想打倭寇的對策，也只有她會這般耐心地陪他挑燈熬夜，陪他整理思緒。」他不願打擾，便悄悄離開，回到自己房中休息。

次日天明，趙觀起身推門出去，感到清晨的寒氣迎面襲來。一抬頭，卻見小三房中的燈火仍然未滅。他來到凌昊天房外，敲了敲門，鄭寶安過來開了門，喜道：「趙家哥哥，你回來啦。」趙觀見凌昊天已伏在桌上睡了過去，戚繼光卻已醒來，站在桌旁，雙眼盯著桌上的圖紙，口中喃喃自語，臉上神色甚是興奮。

趙觀笑道：「小三辛苦了一夜，可想出了什麼好點子？」也湊上去看。卻見圖上畫的是十個一組的小人，每個手中都拿著不同的武器，最前面兩人拿著圓形和長方五角形藤牌，其後兩人手執狼筅，即連枝帶葉的大毛竹；之後是四名士兵，手中拿著長槍；最後二人手中拿著極長的棍棒，棒頭呈山字形，不知是作什麼用的。

戚繼光指著後面那兩人，問道：「這兩人手中拿著什麼武器？」鄭寶安道：「這兩個是火箭兵。小三覺得戚大哥利用火箭的主意極好，因此安排了兩個火箭兵在此。他們手上拿著的是鐵製的金鏜鈀，頂端的凹下處可放置裝有爆仗的箭，作戰之前點燃起來，便能直衝敵陣。」戚繼光連連點頭，說道：「好、好！使得，使得！」

趙觀恍然道：「原來這是一個陣勢，對敵倭寇時兵隊便能前守後攻，互相呼應，是麼？」鄭寶安道：「正是。倭寇多分小隊行動，這個陣勢便也以靈活爲主，一隊十人，互相掩護，攻守兼備。戚大哥在後指揮，更可以將五隊合在一起行動，或十隊合在一起行動，須合便合，須分便分，增加軍隊對地勢戰局的應變力。」

趙觀道：「這十人須得互相熟悉，長期相處，互信互助，同進同退，這陣勢才能發生效用。」戚繼光點頭道：「你說得極是。我這就去讓士兵演練！」抓起那紙，轉身奔出門外，命令人擊鼓點兵，準備開訓。

趙觀和鄭寶安都甚是興奮，一齊跟出去看。鄭寶安臨到門口，又回身入房，取過一件外袍，替趴在桌上的凌昊天披上了。

趙觀看在眼中，說道：「寶安妹妹，妳一夜未睡，不累麼？」

鄭寶安微微一笑，說道：「小三想主意時喜歡有人陪著。他可累壞啦。」

趙觀望向凌昊天，低聲道：「天下哪有這麼好命的人？」鄭寶安並未聽清，問道：「你說什麼？」趙觀道：「沒什麼。文姑娘和多爾特怎樣了？」鄭寶安道：「我送他們進了杭州城，那裡有龍幫中人接應，安全應是無虞。」

趙觀道：「我前夜也去了杭州一趟，昨天半夜裡才回來的。李畫眉姑娘跟我一塊兒回來，昨晚我讓她先去妳房中睡了。寶安妹妹，妳也該休息一下了。戚將軍今日要練兵，我去看著相助便是。」

鄭寶安點了點頭，忍不住打了一個呵欠，望向凌昊天，說道：「趙家哥哥，煩勞你抱他去床上睡吧。」

趙觀點頭答應，望著鄭寶安出屋去後，便將凌昊天抱上床睡好，輕歎道：「世上大有人身在福中不知福。我說小三兒，你快醒醒吧！」

當日戚繼光先讓一百名士兵試練這陣勢。趙觀曾親與倭寇交戰，知道他們作戰時行動快捷靈敏，便在旁相助戚繼光操練，改進十人間的位置和合作方式。傍晚時分，凌昊天、鄭寶安、李畫眉等也來校場上觀看操練。

戚繼光滿面喜色，向凌昊天道：「凌兄弟，這陣勢好極，咱們下場戰役便不怕倭寇的散兵戰法了！」李畫眉道：「這陣勢該叫個什麼名兒呢？」趙觀道：「前後呼應，左右相顧，就叫它『鴛鴦陣』吧！」戚繼光拍手笑道：「好！就是『鴛鴦陣』！」

凌昊天臉露微笑，下場去與士兵一起操練，自己置身陣中，教導士兵如何配合腳步，如何同時衝刺，如何轉向，如何前進後退等。

之後數日，戚繼光讓八千士兵都習練這鴛鴦陣，將士兵編成十二人一組，一名隊長，一名伙伕，其餘十名便是戰士。半個月後，全部士兵都已熟悉陣勢，進退攻守極爲靈活。

戚繼光見士兵已訓練有素，便著手部署攻打倭寇的大本營。

這時正是大明嘉靖晚年，倭寇之猖狂大膽已達到了極點。那年秋天，倭寇出動數千人大舉掠奪浙東的桃渚、圻頭等地。戚繼光知道這是迎頭直擊的時機，得訊立即率軍從餘姚南下，奔赴三門灣內的寧海，守住桃渚，在寧海大龍山與倭寇展開激烈陸戰。戚繼光靠著鴛鴦陣和以鴛鴦陣爲基礎組成的三才陣、兩儀陣等，大敗倭寇，直追至雁門嶺。這是抗倭戰役中的第一場大勝仗，重重打擊了倭寇的勢力，戚家軍的威名由此建立。

倭寇接著轉侵寧海以南的臺州，戚家軍緊追不捨，在仙居截擊。一場大戰之下，戚家軍殺死了倭寇首領，殘部逃至瓜陵江，上船離去。戚繼光得知倭寇的大本營便在臺州灣外的大陳島上，決定出海追捕，徹底肅清倭寇的根據地。他下令讓七百名官兵坐上官船和青幫的海船，向大陳島駛去。

淩昊天和趙觀、鄭寶安等也率領手下乘坐青幫的船同去追擊。趙觀再度出海，不禁想起數年前隨朝鮮公主從天津出海追尋小王子，途中被困在茫茫大海中沒了清水的窘境，心中對乘船遠航仍帶著幾分恐懼，不斷在船頭踱步，遙目四望，遠遠見到大陳島漸漸接近，只想儘快踏上實地，便催水手加緊前進。座船來到大陳島旁時，但見岸邊停了十多艘大船，那批倭寇顯然已逃上了此島。

戚繼光先派遣探子登島巡視，回報說島上荒蕪，只樹林當中有一座碉堡，此外更未見到任何人影。戚繼光得報後，便下令讓軍隊登島，準備攻打碉堡。

趙觀向戚繼光道：「倭賊不易對付，不如讓我們先帶三幫兄弟上岸打頭陣，士兵跟在後面。」戚繼光同意了，三幫的船便先行靠岸，凌趙鄭三人率領了一百名三幫弟子和百花門人上岸。

卻說趙觀一踏上那島，便沒來由地感到一陣強烈的不安。他放眼望去，那島上便是一片白沙，盡頭是一排幽綠的樹木和雜草，海風吹拂，並未見到半個人影，他卻直覺感到這島上有些不對勁。他走過沙灘，接近樹林邊緣，忽然停下步來，凌昊天和鄭寶安也都停下，向他望去，鄭寶安問道：「怎麼了？」

趙觀臉色一變，忽然明白自己爲何如此不安，揮手叫道：「快讓軍隊退去！這島上有隱身人，而且爲數眾多！」眾人都不知隱身人是什麼，聽他說得緊急，戚繼光忙命令軍隊回頭上船，拔錨起航。趙觀反應雖快，卻已遲了一步；但聽轟然一聲，灘頭炸開，卻是地下埋藏了炸藥，許多落後的士兵登時被炸得血肉橫飛。倖存的士兵驚懼無已，慌忙搶上船去。三幫眾人已來到樹林邊緣，及時撲地躲避，幸而並未被炸傷。

便在此時，樹林深處陡然出現數十名黑衣人，身手輕巧靈活，出現時就如貓兒一般，悄沒聲息，有的從樹叢後竄出，有的站在枝椏之間，有的從地下鑽出。但見每個人的面目都一模一樣，都是方臉濃眉，大鼻寬嘴，嘴角帶笑，看來詭異已極。

趙觀臉色大變，他和李彤禧漂流到福江島上時，曾在山上大屋中出手對付隱身人，幾乎用盡全力才殺死了加賀奈子，眼前這些人顯然都是隱身人一流，己方未必能對付得了。危急之下，他高聲叫道：「大夥退上灘頭，保護士兵上船離去，三幫斷後！」

趙觀、凌昊天和鄭寶安率領三幫兄弟和百花門人守在灘頭，拔出刀劍備戰。但聽眾隱身人發一聲喊，一齊衝上前來，忽地取出飛鏢同時射出，一片飛鏢如雨點般飛來，灘頭眾人忙揮兵刃打下，叮叮噹噹聲不絕於耳。眾隱身人隨即拔出長刀，高聲喊叫，衝上前來。

趙觀叫道：「讓百花門人先擋一陣。姊妹們，用『見血封喉靛』、『天上人間』。」他此來只帶了二十個百花門人，都是門中的菁英，訓練有素，眾女齊聲答應，紛紛取出毒鏢毒針，跟在趙觀身後衝上。趙觀揮出蜈蚣索護在身前，眾女揮手射出一片毒鏢毒針，當先幾個隱身人中鏢中針，滾倒在地，一聲未出便已斃命。其餘幫派中人見敵人受創，大叫上前衝殺，與隱身人交起手來。

此戰雙方都會武功，灘頭這場血戰與戚家軍過去對付倭寇的幾場爭戰大不相同，慘烈或許不及，驚險卻猶有過之。混戰中武功高的便占上風，武功弱的便死得甚快。轉眼間雙方已有十多人倒下，凌昊天和趙觀眼見隱身人出手怪異狠辣，盡量接過敵人的招術，以一敵五，讓其餘幫眾在旁伺機圍攻。鄭寶安長劍靈動，單獨對付三個隱身人，絲毫不落下風。過不多時，隱身人在凌趙鄭等的聯手下，只剩下十多人，自知不敵，紛紛閃身退入樹林。

趙觀見隱身人退去，噓了一口氣，與凌昊天、鄭寶安對望一眼，心中都想：「追還是不追？」鄭寶安道：「他們的主力不知是否已全數出來。碉堡中或許還有倭賊，不如我們先去探視情況，再決定要不要通知戚大哥的軍隊攻入。」

趙觀便高聲下令道：「我三人先帶手下去探探，其餘三幫幫眾全數上船。請戚將軍將大船開近岸邊接應。」眾手下當即扶傷負死，踏入海潮，坐小船登上了大船。凌趙鄭三人便各率領了十名幫眾進入樹林，來到島中央的碉堡之旁。但見石門洞開，裡面黑沉沉地不見一物。趙觀當先踏入，但見正屋之中躺了十多人，他俯身探視，正是剛才從海灘上逃回來的隱身人，竟都已服毒自殺而死。

三人率手下在碉堡中四處搜索，見堡中有十多間廳堂房室，卻都空無一人。趙觀來到碉堡後門，見門外又有一條小路，通往島後的海灣，灣旁停了一艘木船，甲板整個封起，好似一個大木箱般，裡面隱隱傳出人聲。

他心中疑惑，叫了凌昊天和鄭寶安等出來看。眾人來到海灣之旁，涉水攀上了木船，但見甲板上空蕩蕩地，人聲卻是從甲板之下傳出。

鄭寶安翻開甲板，一看之下，不由得臉上變色。但見船底坐滿了小孩兒，總有五六十個，都只有三五歲年紀，個個面黃肌瘦，眼神呆滯，看到艙板外有人，有的嘶聲哭了起來，有的揮手叫道：「我餓，我餓！」

鄭寶安又驚又憐，俯身抱起一個孩子，但聞他身上滿是刺鼻的藥味，不禁皺起眉頭，說道：「孩子身上怎地都是藥味兒？」

趙觀忽然驚呼一聲，說道：「這些孩子……莫不是要送去給修羅王的？」鄭寶安奇道：「送給修羅王？」趙觀感到頭皮發麻，說道：「在北京城中，三寺合圍的廢園裡，滿地都是小孩兒的屍骨……原來那些小孩兒都是由倭寇在沿海抓來，送去給修羅王的！」

凌昊天皺眉道：「我見到嚴府祕密甬道壁上所寫修練陰陽無上神功的祕訣，練功時須食用小孩兒的心肺肝腦，之前還須餵小孩兒吃下種種藥物，以……以加強藥效。」

鄭寶安心中不忍，說道：「別說了。我們快帶孩子們離開這兒。」眾人當下各自背負拖抱，將孩子們帶上甲板。

趙觀令幫眾去島前喚青幫的船過來接應，凌昊天站在甲板上遙目望去，忽道：「有人剛剛從這海灣出去。你們看！」

趙觀和鄭寶安轉頭望去，果見一艘小船已悄悄駛出灣口，向著大海中航去。遠遠望去，只見船當中坐著一個衣衫華貴的老者，旁邊有五個武士持刀守護，另有八名船夫努力划船，小船破浪而去。

趙觀道：「這老頭看來便是此地的首領了。咱們此時不將他一網打盡，更待何時？來不及換船了，我們就開這船追上去！」

第一百五十二章　伊賀武尊

趙觀當下指揮青幫手下揚帆起錨，掌舵將木船駛出海灣，向小船追去。三幫中人乘坐的兩艘海船得到傳令，遠遠見到木船駛入海中，往一艘小船追去，也跟著追上。

凌昊天爬到船桅之上，盯著那艘小船的去處，指揮青幫幫眾駕駛木船前進。航出一段，船已遠離了小島，來到茫茫大海之上。木船和青幫海船漸漸接近小船，已能看清船上眾人的面目。但見當中那華衣老者瘦骨嶙峋，滿面病容，不斷咳嗽，一頭白髮稀稀落落，看來已有六七十歲，老態龍鍾，病骨支離。

趙觀奇道：「難道倭寇的頭目竟是這樣一個病夫？」

便在此時，凌昊天在船桅上驚呼一聲，叫道：「有敵船來了！」

趙觀遙目望去，果見一艘黑色大船出現在海面上，船上黑壓壓地站滿了人。眾人都吃了一驚，沒想到敵人的後援這麼快便到來，這一船上想來都是隱身人中的高手，不易對付。但見那船護著小船駛開之後，便直向著木船航來。船頭伸出數根鋼管，忽聽轟隆一聲，一枚火砲直向木船飛來，只差幾呎便打上船頭。

趙觀驚道：「敵人有火砲！我們這木船若被打中，沒兩下便要沉沒了。後面青幫海船並無火砲，無法抵敵，須得快退，戚將軍的火砲船還在後面，須得盡快通知他們上前來接應！」

又聽轟轟連響，又是三枚火砲向著木船打來，另有幾枚打向後面的兩艘青幫海船，其中一枚落在一船的船頭，登時生起火來，黑煙亂竄，船上幫眾手忙腳亂地搶著撲滅。趙觀連忙傳令青幫海船立即撤退。

凌昊天見此情勢，說道：「若要脫身，只能抓起那頭目作為要脅！」鄭寶安點頭道：「不錯。這船是守不住了，我們快將孩子們送去青幫海船，趕快退去，我們可在此拖延抵擋一陣。」凌昊天道：「我去攔截小船，設法抓住那頭目，你們留下對付黑船上的傢伙。」趙觀道：「好！我們應能撐持一陣。」當下一邊令木船後退趨避，一邊讓一艘青幫海船靠近，令幫眾盡快將木船中的小孩兒抱去青幫船上。

凌昊天當即一躍入海，直向著小舟游去。鄭寶安轉頭望向他在海水中沉浮的身影，不禁微微蹙眉。趙觀低聲道：「別擔心，小三不會有事的。」鄭寶安點了點頭，但見凌昊天轉眼已游到小船之旁，從水中冒出頭來，口中咬著小刀，伸手抓住船舷，輕輕一撐，便上了船。

船上武士看到他，大聲呼喝，拔出武士刀向他砍去。凌昊天側身避開，取出口中小刀抵擋五柄武士刀的攻擊，小船在波浪中搖擺不定，遠遠只能隱約看見六人交手的身影。

此時那黑船已然駛近，不再以火砲攻擊，卻顯然有意攻上船來。青幫眾人不及將小孩們全數送上青幫大船，趙觀只能當機立斷，高聲傳令，讓青幫海船立即離開，鄭寶安忙將剩下的五六個孩子抱回木船底艙之中，關上艙蓋。

趙觀站在船頭，已能見到敵船上站著一排戴黑面罩的蒙面人，雙手攏在袖中，肅然向自己和鄭寶安凝望，忽然一齊將手抽出袖子，向二人射出一片黑茫茫的暗器。趙觀和鄭寶安忙矮身避過了，暗器啪啪連響，都打在船舷邊上。

趙觀怒罵：「他媽的，話都不說一句，就出手偷襲！」探出頭，也揮手射出一把毒針，當先幾個蒙面人向上躍起避開，有幾人卻未能避過，中針倒下。蒙面人大聲怒罵，兩艘船愈駛愈近，趙觀揮動蜈蚣索，大喝一聲，當先躍上對方船頭，揮索向眾蒙面隱身人攻去。

黑船甲板上的隱身人共有三十來人，各自拔出武士刀向趙觀圍攻，另有五六個隱身人趁隙往這邊船頭躍來。鄭寶安站在木船船頭，揮劍守住，她出劍極巧，那幾人在空中無法閃避，紛紛中劍落海。鄭寶安嬌叱聲中，長劍如電，將想跳上船來的隱身人一一擋住。

待得隱身人攻勢略緩，她抬頭往對船望去，但見趙觀的長索有如一條極長的毒蛇，在眾黑衣隱身人身周呑吐遊走，靈活已極。眾隱身人身法輕靈如風，在船桅上、布帆上、船舷上縱躍自如，避開趙觀的長索，並不斷向他射出十字飛鏢。趙觀身法雖也甚快，比起眾隱身人卻差上一籌，只能靠著毒索不讓眾人近前。

便在此時，一個隱身人爬上船桅，從懷中掏出一張網子，向著趙觀頭上撒下。鄭寶安在木船上看得親切，叫道：「趙家哥哥，小心頭上！」

趙觀手上卻被另幾人纏住，無暇應付頭上魚網，那網子便向他當頭罩落。鄭寶安飛身躍上敵船，長劍揮出，將那魚網挑開了，還未落地，便有十多枚飛鏢向她飛來。鄭寶安身在半空，纖腰一扭，長劍在身周劃出一圈劍光，將飛鏢盡數打下。這一手劍法精妙已極，趙觀忍不住讚道：「好！」索交左手，右手拔出單刀，護著鄭寶安落下。

此時又有隱身人想縱上木船，鄭寶安衝上去攔住，叫道：「快將船開走！」木船上兩個青幫幫眾聽了，連忙扳舵將木船駛開，鄭寶安和趙觀便留在了敵船之上，繼續與船上眾隱身人周旋。兩人都是同一心思：若能撐得夠久，青幫各船便能逃去，戚繼光的火砲船便能追上，雙方才有得一拚。這場激戰比之灘上的打鬥還要驚險百倍，己方只有二人，對方卻人數眾多，全是高手。沒有多少時候，鄭寶安身上已受了幾處鏢傷，隱身人也已死傷過半，剩下的十多人仍繼續與趙鄭二人纏鬥。

便在此時，大船一陣顛簸，後梢傳來一陣呼聲，卻是凌昊天已成功攔截下小船，擒住了那個病夫，將他提上大船。凌昊天揚聲叫道：「你們若要這人的命，便立即住手！」

一霎時間，眾隱身人全僵在當地，睜大眼睛望向那病夫，臉上露出驚恐莫名的神色，似乎什麼驚天劇變就要來臨。凌昊天原本猜測這老人地位甚高，制住他便能令其他人投鼠忌器，藉以脫身，但見隱身人竟驚嚇成如此，也不禁一呆。

便在此時，那病夫忽然回手一抓，抓住了凌昊天的胸口，一揮手，將他遠遠摔出。接著縱聲狂吼，震耳欲聾，揮掌打上船桅，砰的一聲，全船震動，那船桅足有兩人合抱粗細，在他一掌之下竟然從中折斷，往旁倒下，轟一聲倒在甲板之上。

趙觀和凌昊天、鄭寶安都驚得呆了，這病夫一副弱不禁風的模樣，豈知發起狂來竟力大無窮，不似人所能為，而內力之剛猛雄厚，似比凌昊天還要強上數倍。三人相顧駭然，但聽那病夫狂笑道：「伊賀武尊武功天下第一！伊賀武尊武功天下第一！」

趙觀大驚叫道：「原來這老頭便是伊賀隱身人的大頭子，加賀奈子的師父伊賀武尊！」

但見武尊面目扭曲，雙眼發紅，轉頭向凌昊天瞪視，眼神中的狂暴殺意如能逼人窒息。凌昊天被他看得全身發毛，大叫一聲，縱躍上前，出雙掌向武尊打去。武尊獨揮右掌相接，三掌相交，凌昊天感到對手的內力直如滔天巨浪般洶湧澎湃，勢不可當，身子不自由主向後飛去，直撞在船舷之上，胸口一悶，吐出一口鮮血。他心中震驚，這等巨力直不似血肉之軀可以使出，恐怕連武尊自己也無法控制體內沛然莫禦的真氣。更令他吃驚的是，武尊的內力竟和他的無無神功同出一轍，但又有著很大的不同。

凌昊天撫胸喘息，剛站穩了身子，便見武尊狂呼著衝上前，舉起武士刀向自己斬來。他連忙展開輕功勉力閃避，武士刀的刀鋒數次在他身邊劃過，差不及寸，情勢凶險已極。

趙觀在旁看得親切，大叫：「快跳入海中！」凌昊天此時已被逼到船舷邊上，再無退路，一躍而起，抓住了傾斜的船桅，向旁蕩開，躲過了武尊的刀鋒。

武尊狂笑聲中，揮掌再次打向船桅，但聽砰的一聲巨響，折斷的船桅直飛入海中。凌昊天忙從船桅奮力縱出，落在不遠處的木船之上。木船此時離黑船已有十多丈遠近，但見武尊縱身一躍，如飛鳥般輕捷地劃過半空，站上了木船船頭。趙觀大驚，當即甩出蜈蚣索捲住木船船桅，叫道：「咱們快跟過去！」鄭寶安奔到他身旁，趙觀摟住她腰，二人一起拉著蜈蚣索蕩了過去。

木船之上，武尊和凌昊天已打了起來。武尊出掌如狂風暴雨，一掌將木船船桅也打斷了，那船不如黑船牢固，船身登時在大浪中搖擺不定。那黑船失了船桅後，也已傾斜了一半，漸漸下沉，船上的隱身人紛紛跳下水向木船游去，一攀上船便揮刀向趙鄭二人攻去。

凌昊天自知不是武尊的敵手，只能不斷後退，四處跳躍閃避，武尊的刀鋒似乎永遠不離他身邊數寸，不多久凌昊天身上便被劃出數道刀口。

趙觀和鄭寶安想搶上相助，卻被那七八個隱身人纏住，無法過去救援，心中都是焦急萬分。忽聽凌昊天悶哼一聲，卻是武尊揮掌打上他的肩頭，他向後摔出，砰一聲將船板撞出了一個大洞。凌昊天勉力爬起，只覺全身疼痛難當，更無法站起身，望著武尊一步步向自己走近，眼中閃耀著近於妖邪的殺氣和殘狠的戾氣，不禁暗自心驚，吸了一口長氣，只能靠在船板上等死。

便在此時，一個孩子從船板的破洞中探出頭來，船身陡地劇烈搖晃，那小孩兒被顛得摔出船艙，滾到了武尊的腳邊。武尊猛然一呆，停下步來，伸出武士刀刺在小孩的衣領上，將他挑了起來。小孩兒嚇得尖叫大哭，哭聲在海面上遠遠地傳開。

鄭寶安在旁望見了，臉色大變，叫道：「莫傷害孩子！」衝上前一躍而起，抱住了小孩兒，滾倒在船板上。凌昊天和趙觀生怕她遭到武尊毒手，齊聲叫道：「寶安小心！」凌昊天揮掌向武尊的後心擊去，趙觀則搶上前揮刀砍向武尊的手臂。

武尊聽著小孩兒的哭聲，卻似呆了一般，感到凌趙二人向自己攻來，猛然回頭，雙掌推出，掌風猛烈如狂風巨浪，凌趙二人更無法抵擋，身不由主地飛出船外，落入海中。

鄭寶安緊緊抱著那小孩兒，但見武尊木然站在當地，側頭傾聽孩子的哭聲，似乎聽得出了神。船上其餘眾隱身人見頭目站著不動，便也不敢出手，持刀圍繞在鄭寶安和孩子身周，抬頭望向武尊。

但見武尊臉上瘋狂的神色漸漸隱去，轉成悲哀蒼涼之色，最後吐出了一口長氣，扔下武士刀，緩步向鄭寶安走近。鄭寶安心中驚懼，拔出匕首護身，叫道：「不要過來！不准你傷害孩子！」

武尊緩緩搖頭，說道：「我不會傷害他。我已經醒來了。」他右手伸出，輕易便奪去了她手中的匕首，蹲下身，伸出枯槁的手掌輕輕撫摸孩子的頭髮，柔聲道：「乖孩子，你還怨恨爺爺麼？」

鄭寶安愕然望向他，不敢出聲。

武尊歎了一口長氣，盤膝坐倒在船板上，臉上滿是痛苦之色，望著那孩子，說道：

「像這樣大小的孩子，我已經殺死了三千多個。嘿嘿，為了練成絕世武功，為了揚威天下，我什麼事情作不出來？」

鄭寶安雖知自己性命全在這殺人魔頭的一念之間，仍冷然道：「你滿手血腥，現在才知後悔，也未免太遲了！」

武尊苦笑了一下，說道：「你說得不錯。我確實是後悔莫及了。這一切都是那個中國和尚帶來的禍患。」

鄭寶安聞言一怔，但見武尊蒼老的臉龐在那一霎間忽然變得異常衰敗悲慘，額上頰上條條皺紋似乎陡然深刻了許多。他猛地掩嘴咳嗽起來，咳得全身如要散了一般，又回復了初見時的病夫模樣。

鄭寶安忍不住問道：「你是什麼人？」

武尊咳嗽略止，緩緩說道：「我名叫伊賀大郎，是伊賀隱身人的首領。我四十歲時，武功便已冠絕東瀛，無有敵手。當時所有的武士家族都以能拜我為師為榮，尊稱我為『武尊』。但我並不滿足，一心想要更上一層樓。我和尾張的織田信長結成姻親，讓我的親妹妹嫁給了他，自己更替他打了無數硬仗，為他暗殺了無數政敵，終於助他成為天下霸主。誰曉得世事難料，十多年前，一個中國和尚來到安土天守閣，求見信長，說他有能成為天下武功第一的祕訣。他給了信長一本書，封面上寫著『有有神功』四個字。」

鄭寶安聽到此處，不禁暗暗驚詫。

但聽武尊又道：「信長知道我嗜愛武功，就將那書給了我。我看書中記載的武功精妙異常，忍不住就練了起來。起初三年，一切都很順利，內功愈練愈深厚。我十分歡喜，便鼓動信長也學了起來。不料三年過後，卻愈練愈不對勁，似乎有個難以打通的關節。我因此又去中國找那和尚。那和尚似乎老早料到我會來，他跟我說，這武功須與另一種武功同練，才不會走火入魔。他說我若定期替他送小孩兒來，他便跟我交換這另一種武功。我聽信了他的話，便率領手下在中國沿岸搶劫，抓起小孩兒，每月送五十個去北京交給那和尚。我東瀛人侵犯明土，劫掠沿岸漁村，便是以此爲始。」

鄭寶安輕歎一聲，臉上現出不忍之色。

武尊歎道：「我卻不知，我這一生的沉淪也正是由此而始！我得到了和尚口中所說的另一種神功，叫作『陰陽無上神功』，這才知道要練這功夫，須得每日生吃小孩兒的心臟腦髓，還須以處女作引。我當時練有有神功不成，又急又驚，竟然狠心練了起來。起初數年，內力突飛猛進，大有進益，但體內的眞氣卻愈來愈難駕馭，往往眞氣一提起來，便無法控制，甚至導致瘋病發作，數次出手殺了身邊的弟子親人，清醒過來後自己卻半點也不記得。我的武功確實達到了極高的境界，人卻成了個可怕的瘋子，那還有什麼意思？我只好躲藏起來，潛心研究解除的方法。我絞盡腦汁，尋找各種奇丹靈藥，勉強控制自己的瘋病，但因藥物強烈，身體竟一日不如一日，成了今日病體拖累的境況。我知道當初創下這有有神功的人一定有解除的辦法，便派了兩個武功毒術過人的弟子前去中原，跟在那和尚身邊，伺機探訪關於有有神功的內情。」

第一百五十三章 至交反目

鄭寶安心中一動，恍然道：「我知道了，死神和瘟神便是你的徒弟！」

武尊點頭道：「不錯。我派他們去北京皇宮中當差，幫助一個叫修羅王的女人。我知道修羅王也跟我一模一樣，練了有有神功和陰陽無上神功，平時藥病纏綿，但施展起武功卻無人能敵。她一心要報仇，並不在乎損傷自己，也不在乎損傷無辜。唉，我這卻是爲了什麼？」

鄭寶安正要開口，忽覺船身一震，似乎撞上了什麼。她連忙抓住船舷，卻見兩個人影出現在船邊，全身濕淋淋地，正是凌昊天和趙觀。二人喘息不止，直向武尊瞪視，趙觀手持單刀，凌昊天抓起一柄武士刀，一步步向武尊走近。

旁邊眾隱身人見到二人，大聲呼喝，揮刀上前攻擊。凌昊天和趙觀各持兵刃抵擋，兩人受傷都重，在七八個隱身人的圍攻下顯然不敵，只靠著一股勇猛悍氣勉力招架，殺死了兩個隱身人，身上卻又各多了幾處刀傷。

武尊忽然大喝一聲：「住手！」眾隱身人登時收刀退開，退到武尊身後。

武尊坐直了身，舉目望向凌昊天和趙觀二人，眼神如刀鋒般銳利，在那一剎那間，這老人的臉上透出無可比擬的威嚴，似乎只憑這眼神便能懾服千百敵人。凌昊天和趙觀想上前攻擊，卻被他的神情震懾住，更無法舉步上前。

武尊向二人望了一陣，眼光停留在凌昊天臉上，微微點頭，說道：「你作得對，很對！剛直空明，不著邊際，內功便該當像你這樣練才對。我走了錯路，你走的是正道。」他又望向趙觀，說道：「你善使毒而不陰毒，善易容而不虛假，難得，難得！我的徒弟沙盡死在你手上，也不枉了。」

趙觀和凌昊天都是一怔，卻見武尊舉起鄭寶安的匕首，端坐當地，垂眼望向身前地上，說道：「我等今日大敗於此，全軍覆沒，狼狽逃亡，也是天理應得。武尊此生作惡太多，滿手鮮血，對不起主人信長，對不起伊賀流隱身人。今日畢命於此，但盼後世之人莫再走上我的錯路！」雙手執持匕首，猛然插入自己腹中。

三人沒想到他會就此自戕，都呆在當地。但見他用匕首在自己小腹上切出一道極深的口子，鮮血狂湧，肚腸露出，旁觀者皆不忍卒睹。一個隱身人衝上前來，叫道：「師祖，讓我助你！」揮動武士刀，砍下了武尊的頭顱，結束了他切腹的痛苦。

鄭寶安伸手掩住了小孩的眼睛，自己也轉過頭，不忍去看這慘烈的一幕。

船上海上安靜得出奇，眾隱者見首腦已死，紛紛舉刀自盡，倒在武尊腳邊，鮮血汩汩流出，轉眼間整艘船上便只剩凌昊天和趙觀仍站在血染的甲板之上。鄭寶安緊緊抱著懷中的孩子，站起身來，感到一陣暈眩，忙伸手扶住船舷。她抬頭望天，但見頭上天空灰濛濛地，似乎在肅然俯瞰這可驚可泣、可怖可歎的一場血戰。

鄭寶安站穩身子，定了定神，轉頭望去，但見趙觀半身都被鮮血染紅，左手已無法握住蜈蚣索，只右手還緊緊握著單刀，刀尖猶自滴血。凌昊天更是全身掛彩，臉上又是海水，又是血污，伸手臂想擦去臉上血水，卻愈擦愈多，卻是他額角被砍出了一個傷口，鮮血仍不斷湧出。鄭寶安輕輕放下那孩子，走上前替凌昊天包紮頭上的傷口。凌昊天怔怔地望著滿船死屍，一句話也說不出來。

過了不知多久，青幫的海船和戚繼光的戰船才駛近前來。青幫幫眾見到三人默然站在半沉的木船之上，身上滿是血跡，都是大驚失色，連忙駕船靠近，搭上舢板將三人和船艙中的孩子們接了過去。

大陳島一役，凌趙鄭三人都受了不輕的傷，三幫幫眾死傷亦不少，卻也成功掃蕩了東瀛倭寇在海上的勢力。戚繼光乘勝追擊散布各地的殘餘倭寇，在浙江先後九次大戰，每戰皆捷。此後倭寇退出浙江海岸，只能在海外的小島上苟延殘喘。與此同時，其他抗倭將領如總兵盧鏜、參將牛天錫也在寧波、溫州地區重創倭寇，浙東倭寇之患遂告平定。當地民眾對戚家軍感恩涕零，大軍所到之處，紛紛置酒殺雞，熱誠招待。

在這許多場戰役之中，三幫弟子與戚家軍緊密配合，或是在前作先鋒，或是從旁截擊，或是自海上斷後，往往是取勝的關鍵。三幫參與抗倭戰役、英勇退敵的名聲自此傳遍大江南北，江湖中人無不衷心稱讚，敬仰欽服。

凌昊天等在浙江沿海的小村中休養了一個多月，傷勢大致恢復，聽聞戚繼光一股作氣乘勝追擊，大敗倭寇，都甚是喜慰。這日鄭寶安去看了趙觀的傷勢後，又來探望凌昊天。她一邊替他額上傷口換藥，一邊說道：「此處有戚大哥帶兵坐鎮，消滅倭寇應是指日可待。小三，龍幫的事也已差不多就緒，我想這就辭去幫主之位，回虎山去了。」

凌昊天一呆，說道：「妳要回去了？」鄭寶安點了點頭，說道：「我本想上銀瓶山莊去陪陪蕭姑娘，但師姑來信說虎山上忙得不可開交，她第三個孩子剛剛出世，無法分身照顧，盼我能回去幫幫忙。」

凌昊天聽她提起銀瓶山莊，不由得想起風平說過要娶寶安的話，心想：「難道她真要嫁給風平，才想去天目山？」想將此事問個清楚，卻終究開不了口；愈開不了口，便愈怨怪自己沒有勇氣，不禁對自己發起脾氣來。他離開天風堡後便將風平的事情放在腦後，再未去想，這時聽得寶安提起，風平那目空一切、傲氣凌人的神態又出現在眼前。難道她真的已答應要嫁給他？一定不會的。是麼？一定不會的。

寶安出屋之後，凌昊天心中猶自胡思亂想，煩悶不堪，正好趙觀來找他，二人都有意回去北京追查修羅王的下落，便約定同行北上。趙觀聽說寶安要回虎山，說道：「那正好了，我們三人一道北上，順路經過山東，正好送寶安妹妹回去。」凌昊天道：「正是。」不由得歎了口氣。

趙觀見他神色古怪，猜想他心中有事，便拉著他去喝酒談心。凌昊天喝了一陣悶酒，忽道：「趙觀，我是個器量狹小、膽小無用的傢伙。」接著就說了在天風堡見到風平和風平自稱寶安答應下嫁之事。

趙觀聽了，搖頭道：「風平那小子聽來像個小渾蛋。寶安妹妹怎會中意他？鐵定是他信口胡說，胡亂捏造的。你別去多想啦。」凌昊天歎道：「但寶安竟說我像他，難道在她心中我也是個小渾蛋？罷了，罷了，這等煩惱事，還是別去多想得好。」說著又仰頭喝乾了一杯酒。

趙觀望著他，說道：「小三，不是我說你，你跟寶安之間究竟如何，也該有個了斷了吧？你不去向她說出心意，難道想等她嫁人之後才說？」

凌昊天連連搖頭，說道：「我怎麼配得上她？她執掌龍幫，處事英明得當，已是天下聞名的女俠。我卻是什麼？什麼也不是，永遠也只是個任性胡鬧的小子，我怎能跟大哥相比？現在大哥去了，我更加不能對她有任何妄想。」

趙觀搖頭道：「大哥去世也有好幾年了。世事變遷，昔日之事轉眼就全然不同了。想你我還在大漠上逍遙快活的時候，誰能料想得到我這花花公子竟會當上青幫幫主？你自己也作了丐幫的頭子，還是倭寇一戰中的主要軍師，難道不也是名震天下？你該往前看，不要老想著過去的事情。」

凌昊天閉上眼睛，幾年過去了，他始終無法忘記大哥在自己懷中死去的那一幕，和大哥臨死前對自己的託付：「小三……你要照顧爹媽，照顧寶安。」他心中一痛，喃喃說道：「大哥，大哥，你的託付，我眞是作不到啊。」一咬牙，說道：「我不能再癡心妄想。寶安是大哥的，我不能從大哥手中奪走她。」

趙觀皺起眉頭，說道：「小三，你醒醒好麼？大哥已經去了，他要你照顧寶安，難道你就打算一輩子避開她？這算什麼照顧？大哥在地下又怎能安穩？」凌昊天道：「我自當竭盡心力照顧她，但我不能對不起大哥。再說，又不是只有娶了她才算是照顧她。」

趙觀聽他仍舊逃避，忍不住大聲道：「小三，我和你如此交情，至今從沒跟你吵過架，今日卻要好好跟你大吵一架！你這話到底是什麼意思？你是男子漢大丈夫不是？你明明知道自己這輩子再也無法愛上別人，什麼文綽約、蕭柔這等天下絕色你都不放在眼中，只愛一個寶安妹妹，你他媽的怎會沒勇氣去跟她說？你他媽的在怕什麼？」

凌昊天也惱了，也大聲道：「我在怕什麼，你怎會懂得？在你眼中天下女人個個都可親近，哪裡懂得刻骨相思的滋味，海枯石爛的感情？」趙觀怒道：「是！我是不懂，那又如何？」

凌昊天道：「因爲你不懂，才以爲寶安會接受大哥以外的人。你以爲她這麼容易就能忘了大哥？她心裡怎能容得下任何別人？」趙觀道：「人都是會變的，這世間哪有海枯石爛、地老天荒的愛情？你若不信，我這就去親近寶安妹妹，對她萬分體貼溫柔，看她會不會受我感動，答應嫁給我！自命不凡我比不上那姓風的傢伙，對女人總是有點辦法的。」

凌昊天怒道：「我不准你去碰她！」趙觀揚眉道：「你憑什麼不准？你是寶安的什麼人？難道這世上除了死去的大哥之外，就誰也不能碰她？」凌昊天道：「你風流不羈，從不能專情，怎能給她幸福？」趙觀道：「我不能給她幸福，那麼你告訴我，誰能？」

凌昊天歎了口氣，說道：「我不知道。」

趙觀盯著他道：「你不知道，我告訴你！只有你可以給她幸福。你們是同一條路上的人，相知最深、默契最厚的伴侶，你們不在一起，那是老天也看不過眼的。」凌昊天搖頭道：「什麼老天看不過眼，看不過眼的是你！這到底干你什麼事，你幹麼要如此逼我？」

趙觀惱了，大聲說道：「干我什麼事？我當你是好朋友，才來跟你吵架。我若不當你是朋友，老早去親近追求寶安，竭盡心力疼愛她、寶貝她了。像她這麼好的姑娘，你不要我要！」凌昊天哼了一聲，賭氣不答。

趙觀喘了一口氣，抓起桌上的一杯酒一飲而盡，說道：「這原本不干我的事，隨你的便！我走了！」起身大步離去。

凌昊天聽著趙觀漸漸遠去的腳步聲，頹然坐倒在椅上，心中苦悶難受已極，也拿起一杯酒一飲而盡。

趙觀回到住處，鄭寶安見他怒氣沖沖，奇道：「趙家哥哥，你怎麼啦？是誰將你氣成這樣？」趙觀哼了一聲，說道：「除了小三兒，還能有誰？」

鄭寶安微笑道：「你們兩個好朋友並肩作戰，同去鬼門關走了一遭，能活著回來就該很高興了，還吵什麼架？」

趙觀望向鄭寶安，歎了口長氣，說道：「寶安妹妹，妳此行回虎山，自己要多多保重。天下有些事情我實在管不了，看來還是少插手爲妙。請妳跟小三兒說，我這便去北京了。他來不來找我，都隨他的便。」說著便收拾事物，逕自離去。

鄭寶安不知他二人爲了什麼吵架，到得傍晚，見凌昊天回來，她也不問，只道：「趙家哥哥先啓程去北京了，說在那兒等你。」

凌昊天呆了一陣，才道：「他眞的走了？」鄭寶安道：「他今晚會在青幫的分壇落腳，你快追上去吧，你們兩個同去好有個照應。我自己回虎山去便是，不勞你相送了。」

凌昊天輕輕歎了口氣。他不能不為寶安的細心體貼所感動，她是不願意見到二人不歡而別，才這麼蓄意勸和，但他又怎能追上去？自己若扔下寶安去追趙觀，趙觀定會再次跟他翻臉的。他轉過頭去，說道：「他既想先走一步，我遲些再追上他便是。寶安，我還是送妳一程吧。」鄭寶安也不堅持，只道：「好吧。」

鄭寶安召集龍幫首腦，告知要辭去幫主之意，眾人都極為驚訝不捨，堅持要她留下。鄭寶安道：「我們當初訂下了約定，我執掌龍幫滿一年便即解任。好漢子說話怎能不算數？」眾人仍舊不肯讓她走。鄭寶安便留書讓葉揚、鐵聰、胡偉、林百年和阮維貞五人同掌幫中諸事，並讓他們自行召集幫中大會，另推幫主，之後便飄然離去。

而丐幫在凌昊天的率領下，在倭寇一戰中建功甚巨，名聲大噪，丐幫眾長老無不深感激昂快意，彼此商量，都想趁此時機推凌昊天正式就任丐幫幫主。眾長老相約去找凌昊天時，他卻已不告而別，只留信說一旦幫中選出下任幫主，他便會回來傳授打狗棒法。眾長老相顧愕然，忙分頭去尋他，凌昊天卻早已不知去向。

注：關於戚繼光打退倭寇的事跡，故事中盡量維持眞實，各場重要戰役、鴛鴦陣、三才陣等，大體上都有歷史根據。戚繼光是武功衰弱的有明一朝中極少數能夠打勝仗的將領。他的一生平實而輝煌，可惜明朝不重武功，終其一生，官職最高只作到總兵。至於他的私生活，傳說他曾瞞著妻子在外娶妾並生了好幾個孩子，書中的雙梅和鬱金香乃是形跡隱祕的百花門人，她二人作為戚繼光的妾婦，替他生養孩子而不讓戚繼光的夫人知道，也是在情理之中。

倭寇平定之後，戚繼光轉戍薊州，維持北方安靖十餘年。俺答曾帶兵犯邊，因見到戚繼光等將領防衛嚴密，才放棄而歸。一直到萬曆年間首輔張居正去世，神宗皇帝忌憚戚繼光的軍威，才下旨革除他一切職務功名，令他卸甲歸鄉。史書上說他不事積蓄，晚年一貧如洗，又被妻子遺棄，晚景十分潦倒淒涼。小說中他結交了凌昊天和趙觀這兩個朋友，晚年時若能得天觀二人相伴飲酒，暢談快意往事，回憶當年豪舉，想必不會那麼寂寞了吧。

關於東瀛隱身人的由來，野史中所記載的隱身人與一般大家熟知的「忍者」略有差別。隱身人成群而居，在深山中與猿猴一起修練，善於輕功、暗器、火器、易容術等，稱爲「隱身術」。這些人行蹤極爲隱祕，同一族的人大多以一模一樣的面目出現。他們生存在日本亂世之中，有時依附於大城主，有時便在鄉村中行俠仗義。傳說隱身人輕功高者，甚至能練成「分身術」，身形移動極快，造成錯覺，讓人以爲他同時在好幾個地方出現。趙觀和伊賀奈子對決時就曾見識到隱身人的分身術。至於明代的倭寇是否與隱身人和一代霸主織田信長有關，應出自小說家編造附會，不可盡信。

其次，本書在時間上雖已盡力符合歷史，畢竟仍有不少出入。書中戚繼光與凌昊天同年，都是在嘉靖七年出生。戚繼光在浙東打倭寇時，應是嘉靖四十年（西元一五六一年）的事情，那時戚繼光和凌昊天應都已有三十三歲，但在故事中二人都只有二十二三歲年紀，這是將打倭寇的戰役提早了十年。

織田信長（西元一五三四～一五八二年）是日本戰國時期的一代梟雄。他在十六七歲時父親去世後，便肩負起統一領地尾張的大任，殘殺同族，手段狠毒，甚至逼自己的親弟弟切腹自殺。他在戰國稱霸、掌握京都是西元一五六八年以後的事情。書中幾次提及織田信長，都當成他在幾十年前便已是東瀛霸主，事實上並非如此。洪泰平若曾在十多年前造訪信長並給予他有神功祕譜，當時信長應只有十來歲，甚至還未統一尾張，不可能有霸主的身分，安土的天守閣也尚未造成。天守閣應是在西元一五七六年後才興造的。小說中不符合歷史或時代之處仍多，不再一一細舉。

第一百五十四章 天寶定情

卻說凌昊天和鄭寶安相偕離開浙省後，便悄然北上，往虎山行去。他二人離開虎山甚久，想起家中的種種，都不由得歸心似箭，對於辭去幫主高位，從千人敬仰、幫眾前呼後擁的極度輝煌，歸於無事一身輕的平凡淡然，在兩人心中都是微不足道的小事了。江湖上對於凌鄭二人的悄然離去都極爲驚訝，唯有有識之士能夠明白，這便是虎嘯山莊的作風，不居功，不受譽，該作的便作了，事成便回歸山林，安於澹泊。當年凌霄夫婦甘冒奇險，救了數千武林人物的性命，在江湖上有著極大的威信恩德，本可作個武林盟主、江湖一霸之類；而他們卻決定隱居虎山，韜光養晦，以醫道濟世。凌鄭二人身爲虎山傳人，所作所爲自然流露出虎山的氣度，自是不足爲奇。

不一日，二人來到蘇皖交界的馬鞍山，在山上一座古廟借了兩間單房下榻。將近傍晚，凌昊天和鄭寶安相偕來到寺後山上，找到一處高石，爬上去坐了。放眼望去，只見一片山林蒼翠蔥鬱，層層疊疊的遠山之外，一輪紅日正緩緩西沉，將天空染成一片燦爛的金紅色，碎石般的雲絮上流轉著萬紫千紅的色彩，變幻莫測，煞是好看。凌昊天贊歎道：「想不到這小小山丘之上，也能看到這般的美景！」

鄭寶安點頭道：「這地方倒像我們虎山虎躍崗上的景致。」想起往事，忽然笑了，伸手指去，說道：「你看那棵樹，是不是像極了你小時候最喜歡爬的那株老柏樹？你總說那是『天下第一樹』，專給天下第一的凌小三爬的。後來有一次一群猴子爬上去玩，你不准他們爬你的樹，跟牠們打起架，結果被猴子王摜下樹來，跌斷了手臂，你又羞又惱，躲在山裡不肯回家。義父擔心起來，半夜打著火把出來找你，好不容易找著了你，才將你半拖半拉地帶回家去，趕快替你接好了手臂。」她一邊說著，一邊忍不住格格笑了起來。

凌昊天聽她說起自己童年糗事，忍不住哈哈大笑，說道：「我小時候眞是大搗蛋鬼一個，沒有一天不捱爹媽的打，不挨大哥二哥的罵。我愈打愈不認錯，愈罵愈不聽話，只將爹媽哥哥氣得要命。」鄭寶安笑道：「可不是？你被打了以後，還說你是在練銅筋鐵骨功，被打得愈多，功夫愈深，以後別人用刀槍砍你都不會受傷。師父聽到了，直氣得連飯都吃不下。」

二人說起童年趣事，都笑得前俯後仰。夕陽西下之後，四周漸漸暗下。凌昊天躺在大石之上，閉著眼睛，享受著許久許久沒有感受到的平靜喜悅。坐在他身旁的是溫柔親厚的寶安，陪他說話的是善解人意的寶安，這世間還有什麼能令他更加安寧喜樂？還有什麼能令他更加心神俱醉？他深深地吸了一口氣，吸入滿胸松子的清香，彷彿一切又回到了從前，從前什麼都沒有發生過的時候。

過了不知多久，卻聽鄭寶安輕聲道：「天快黑了，下山的路怕不好走。我們回去吧。」

凌昊天睜開眼睛，看見夜空中出現的第一顆星星。他坐起身來，與寶安相偕回到古廟。

二人正要各回單房休息，經過廟後的小佛堂時，鄭寶安忽道：「我想去上一柱香。」

二人便悄聲跨進佛堂，但見佛堂正中一個人影跪在蒲團之上，燭光之下隱約看出那是個衣衫破舊的婦人，頭髮散亂，雙手合十，口裡忽輕忽響地念著什麼，抬頭直愣愣地望著龕上的木雕佛像，聽得二人進來，並未回頭。

鄭寶安在那婦人身邊的蒲團上跪下，閉上眼睛，默默祝禱。忽聽身旁一聲低吼，她一驚睜眼，但見那婦人轉過頭來望向自己，眼中露出仇恨怨忿的凶光。

鄭寶安驚呼一聲，連忙跳起身退開數步，來到凌昊天身旁。凌昊天此時也已看清，那婦人竟便是雲非凡！他二人都曾落入雲非凡手中，險些死在她手下，此時再次見到她，都不禁心驚膽戰。

雲非凡已然站起身，一步步向鄭寶安走去，咧嘴冷笑，喃喃說道：「鄭寶安，妳好，妳好！」

鄭寶安見雲非凡臉上的傷疤似乎更明顯了些，面容極爲猙獰可怖，只驚得說不出話來，凌昊天扶著她又退出幾步。雲非凡陡然舉起雙手，燭光下但見她十指指甲尖銳而骯髒，便要向鄭寶安撲來。便在此時，角落忽然傳來一聲長長的歎息。

佛堂中三人聽到這聲歎息，都是一震。雲非凡倏然停手回身，雙眼圓睜，凌昊天和鄭寶安也轉頭望著黑暗的角落，三人注視之下，一人從角落緩緩走了出來。昏暗的火光下，但見那是個面貌清俊而蒼白的青年僧人，正是出了家的凌雙飛。他並未望向凌昊天和鄭寶安，雙目直視著雲非凡，說道：「非凡，妳看到什麼了？」

雲非凡臉上現出惶恐害怕的神色，搖頭道：「我沒有……我沒有……」凌雙飛緩緩說道：「魔由心生，境由心造。妳心魔不除，才始終無法除去幻象。非凡，妳始終未曾聽進我的話。快跟我一起念六字眞言，唵、嘛、呢、叭、咩、吽！」

雲非凡忽然跪倒在地，手腳揮舞，又哭又叫，聲嘶力竭，聽不清她在說些什麼，似乎在痛罵詛咒，又似乎在呼喚菩薩的名號。凌雙飛跪在她身旁，沉聲念著咒語，揮手要凌昊天和鄭寶安快快出去，試圖獨自降服狀似瘋狂的雲非凡。

凌昊天和鄭寶安退出了佛堂。但聽堂內凌雙飛沉聲說道：「非凡，我等往昔所造的種種惡業，都源於無始以來的貪瞋癡三毒。唯有痛思己過，誠心懺悔，請求冤親債主大量寬宥，才能化解冤仇，消除惡業。人生錯過一次便不能再錯。今世若不懺悔消業，這段冤孽便會生生世世跟著我們，來世苦報無盡。我們須對傷害過的人誠心悔過，盡力彌補，將一切功德迴向給他，祝願他一世平順，不再遇上任何災難痛苦。唯有如此，才能活得心無罣礙，無懼無悔。」

凌昊天知道二哥的這些話都是對自己說的，他忍不住淚流滿面，只想衝上前去叫一聲二哥，但那佛堂之中卻似有種無形的屏障，讓他無法舉步上前，只能忍著不哭出聲來。鄭寶安咬著嘴唇，望著佛堂中這虛幻如夢的一幕，不禁怔怔地流下眼淚。

次日清晨，凌昊天起身以後，凌雙飛和雲非凡已然離開古廟遠去了。凌昊天悵然若失，卻什麼也沒有說，鄭寶安也一言不發，二人默然上路。不知如何，兩人都沒有談起在古廟中看見的情景，或許那太驚人，太傷心，太淒慘，他們都不願也不敢提起。

距離虎山愈來愈近，這日二人已來到山東境內，在一個小湖旁停下歇腳。

凌昊天坐在湖邊大石頭上，隨手扔出一粒粒的小石子，在清澈的水面上打出一圈一圈的漣漪。他心頭便如那一圈圈的漣漪一般波濤起伏，難以平靜。他想著二哥和二嫂的事，想著趙觀的話：「你們是同一條路上的人，相知最深、默契最厚的伴侶，你們不在一起，那是老天也看不過眼的！」或許趙觀說得不錯，或許我該告訴她我的心意。若不是現在，卻是什麼時候？不是現在，或許以後永遠也沒有機會了。他心中混亂，只不斷將小石子向湖心扔去，扔了一陣，連自己都不清楚自己在想什麼了。

鄭寶安抱膝坐在一旁，眼望湖水，也沉浸在心事之中。兩人靜默了一陣，凌昊天無法甩去數日前所見二哥二嫂的景象，忽道：「妳看這漣漪，一圈泛起之後，慢慢擴大，到後來就淡然消失無蹤了。緣起緣滅，竟是這般容易。」

鄭寶安嗯了一聲，說道：「你在想二哥和二嫂的事，是麼？」凌昊天歎了口氣，說道：「正是。妳怎麼知道？」鄭寶安道：「因爲我也在想他們。」凌昊天問道：「妳在想什麼？」

鄭寶安緩緩地道：「我在想，人與人之間最遙遠的距離，不是相隔千山萬水，各處天涯海角，也不是生離死別，而是心與心之間的距離。二哥二嫂之間的感情原本甚好，在玉修出現之後，就漸趨微薄，後來二哥跟玉修走得更近，二哥二嫂的夫妻之情終於蕩然無存。二嫂不能明白，還想盡力挽回，一心遷就二哥的種種錯誤，反而令二哥愈陷愈深。現在他二人一在佛門，一在塵世，一個誠心懺悔修行，一個仍舊執迷不悟。他們的身子雖在一起，但二人之間的距離絕對比天涯海角還要遙遠。」

凌昊天聽了，不禁觸動心事，心思沉重，並不答話，仍舊向著湖水扔出石子，望著一圈圈的漣漪出神。

鄭寶安靜了一陣，忽道：「小三，你一直是我最好的朋友，自從七八歲我們相識以來，我什麼事都不曾瞞你。唯獨這件事，我卻瞞了你很久很久，都沒有說出。」

凌昊天聽她語音有異，問道：「什麼事？」

鄭寶安低下頭來，靜了良久，才道：「是大哥的事。」凌昊天臉上笑容頓歛，轉過頭去。

鄭寶安低聲道：「那時候，大哥離開前，我一直想跟他說一些話，但他匆匆去了，我始終沒來得及對他說出。沒想到……沒想到他那一去，我便再也沒有機會說了。」

凌昊天閉上眼睛。他不願再去想大哥的事，那記憶是如此的刻骨沉痛，他幾年來都不敢去碰觸。他和寶安的關係才剛剛熱絡起來，她爲什麼要突然提起大哥？

鄭寶安幽幽地歎了口氣，說道：「我現在回想起來，反倒慶幸當時我沒有向他說出這些話。一直到他走前，都還不知道，那……那是最好。」

凌昊天靜默不語，猜不出她究竟想說什麼。鄭寶安靜了一陣，才吸了一口氣，緩緩說道：「我那時想和大哥說，我終於明白了一件事。我對他只有像對兄長般的尊敬親厚，心裡並不愛他。」

凌昊天倏然回身，大聲道：「不要再說了！大哥是那麼專心一意地對妳，妳們的婚事訂下後，他無時無刻不記掛著妳，對婚事萬分期待，他連……連最後的幾句話也是對妳說的。妳……妳不該再說這些話！」

鄭寶安咬著嘴唇，仍舊自顧自地說了下去：「我當時想向他說的，正是要退婚。我要告訴他，我心裡已有了另一個人。」

凌昊天一震，鄭寶安抬起頭，目光迎向他的目光，眼中已含滿了淚水，眼神卻十分堅定，顫聲道：「小三兒，我今日跟你說的都是實話。那時你跑下山去，大哥那樣細心的人，早已察覺你心中有事。他很坦白地問我，我的心究竟是在誰的身上？他要我好好想想，再告訴他答案。我一個人想了很久很久，才終於明白我心中真正掛念的人……是你。你是世上最明白我，跟我最親近的人。你不在的這幾年，我沒有一天不想著你。大哥去了以後，我知道你心中難過自責，一定更加不肯面對我，因此我要說出來。我沒有對不起大哥，從開始就沒有。我不知道他竟會就這麼去了，我真的不知道。我……我也要你曉得，你也沒有對不起大哥。」

凌昊天聽得怔住了，良久都說不出一個字。

鄭寶安吐出一口氣，抹淚道：「我將話說出來了，心裡舒服多了。我知道我若不說，或許還能留住一個朋友。小三兒，我這話一定說得太遲了，是麼？我……我……綽約姊姊和蕭姑娘兩位都是極好的姑娘，又對你一片真心。我一定說得太遲了，是麼？」忍不住又流下眼淚。

凌昊天陡然領悟，寶安今日向自己說出這些話，須有多大的決心和勇氣；自己有沒有足夠的決心和勇氣接受她的話？他心頭熱血翻湧，激動難已，顫聲道：「不遲。我……我也有話要告訴妳。」

鄭寶安忍著眼淚，抬頭望向他。凌昊天走近前去，在她身前跪下，伸手緊緊握住她的雙手，說道：「寶安，我的心和妳一模一樣。從我下山的那一日起，我沒有一天不想著妳，不掛念著妳，妳的笑顏，妳的言語，妳的一切。寶安，我……我眞沒想到我的愛哭寶會這麼傻，也沒想到妳這麼勇敢，比我勇敢一千倍，一萬倍！」

鄭寶安一呆，隨即明白，他說自己傻，是指她不愛大哥而愛小三；說她勇敢，是指她有勇氣在這時候將心裡的話說出來。

凌昊天緊緊握著她的手，心中狂喜充斥，說話聲音都顫了，反覆說道：「寶安，謝謝妳。我好歡喜，我一輩子都沒有如此刻這般歡喜！我還有話要對妳說。」鄭寶安低聲道：「我在聽著。」

凌昊天神色嚴肅，說道：「我要用一生的時間精力，讓我的愛哭寶再也不愛哭！」

鄭寶安破涕爲笑，容色如春花初綻，嬌美無限，嫣然道：「你這古怪小子，永遠都那麼古怪，天下有誰受得了你？」

凌昊天伸手抱住了她，大笑道：「只有我的寶安受得了！只有我的寶安受得了！」

鄭寶安靠在他溫暖的胸膛上，聞著他身上熟悉的氣息，心中明白：「小三兒已經是個男子漢了。」這麼多年來，只有她能夠看透小三兒頑皮搗蛋、狂傲不羈的外表之下那顆溫柔淳善、剛直堅毅的心。她能了解凌昊天作的每一件事，即使他的親生爹娘也沒有她了解得多。她知道小三兒是個寂寞的天才。他從出生起就讓父母頭痛，讓兄長皺眉，他偶爾會衝動，會激憤，會作出驚世駭俗的事情，但他心底始終是個天眞純樸、深情感性的男子。鄭寶安感到一陣難言的甜美：她終於確知那個令他刻骨銘心的女子，就是自己。

凌昊天將她摟在懷中，伸手輕輕撫摸她滑軟的頭髮。他們自從七歲相識起，朝夕相處了十多年，之後又輾轉分別了四五年，雖互相傾慕愛戀，這卻是頭一次說出彼此的心意，頭一次相擁，他一時不知是眞是幻，是醒是夢？

鄭寶安忽道：「你在想什麼？」凌昊天道：「我在想陳家兩位姊妹。」

鄭寶安噗嗤一笑，說道：「我也一樣，不知道現在這一刻是眞的，還是在作夢。」

凌昊天一笑，在她額頭上親了一下，說道：「妳眞是我肚裡的蛔蟲。」

鄭寶安心頭平安喜樂，臉上露出滿足的微笑。凌昊天的心卻沒有那麼安穩。他想起文綽約，還有蕭柔。他欠她們的情，他得去還清。還有修羅王。她欠他的血債，他不能不去討還。

他輕歎一聲，拉著鄭寶安的手坐下，將自己結識文綽約和蕭柔的經過全都說了。鄭寶安靜靜地聽著，最後道：「小三，你若想多娶幾個妻子，我絕對贊成。」

凌昊天笑道：「妳當我是趙觀麼？」

鄭寶安道：「我是說眞的。這兩位姑娘都是超凡絕世的人品，又對你這麼好，你若問我，我都不知你該選哪一個才是。」

凌昊天正色道：「寶安，我心裡始終只有妳一個。我和這幾位姑娘結交，實在是因爲……因為我以為自己永遠也無法得到妳的心。」鄭寶安道：「但是你欠她們的情，還是應該去還清。」

凌昊天點了點頭，低聲道：「妳不怪我？」鄭寶安道：「我怎麼會怪你？我只怪自己話說得太遲。小三兒，你想去作的事情定然很多，你要我一起去，我就跟你一起去。你若想自己去，我便在虎山等你。」

凌昊天心中充滿了喜悅，說道：「我不會讓妳等很久的。」

鄭寶安道：「多久我都等。」

凌昊天一笑，說道：「妳再說一次。」

鄭寶安臉上一紅，說道：「作什麼？」

凌昊天道：「我喜歡聽。」

鄭寶安微笑著，低聲道：「多久我都等。」

數日之後，凌昊天獨自離開虎山，起程前往京城。鄭寶安站在小崗上目送他離去，揮手道別。兩人臉上都帶著笑容，似乎不久之後便會重見歡聚，共度快活的日子。然而二人心底深處卻各自懷藏著一股莫名的悵惘和恐懼。鄭寶安知道凌昊天要去北京找修羅王，此行吉凶難料，她想跟他一起去，凌昊天卻要她留下。他沒有多說，鄭寶安卻明白他的用意：大哥二哥都已去了，若是他也遇上凶險，至少還有寶安留下，能陪伴照顧爹媽晚年。鄭寶安只能忍淚讓他去，她已答應過要等他回來。

凌昊天心中也經過一番掙扎，幾度想不顧一切地留下，永遠陪伴在她的身邊。但他始終不能忘記修羅王陰險恐怖的面目，還有大哥慘死、二哥墮落的一切。如果這些事情不能有個了斷，他這一生都不會過得安穩，也無法安心與寶安相守。

他反覆思索趙觀轉述司空寒星的話：「修羅王若不快點找到凌昊天，她自己就會沒命了。」他知道修羅王和武尊一樣，已練成了極高的武功，他多半不是她的敵手。但他不能逃避；就算他不去找修羅王，她也會來找他的。宿命中似乎早已注定，他勢必與她爲敵，將她消滅。

他吸了一口氣，策馬離開虎山，往北行去。他知道寶安會在身後等他，只要想著她溫柔的微笑和關懷的眼神，他就感到勇氣倍增。只要有她那一句永遠守候的承諾，他知道自己即使到了天涯海角，也不會寂寞孤單，因爲他們倆的心已緊緊靠在一起。

第一百五十五章　內奸伏誅

卻說趙觀在跟凌昊天大吵一架之後，便逕自來到了北京城中。他來到青幫的分壇，卻見一匹黑馬繫在門外，趙觀心中一動，走上前去看那馬，登時認出牠來，低聲道：「馬啊馬，你的主人呢？」

卻聽身後傳來一聲輕輕的歎息。趙觀回過頭，但見一個少女站在身後不遠處，正癡癡地望著自己，一雙眼睛如能訴說千言萬語，正是陳如真。

趙觀喜道：「眞兒，是妳！」

陳如眞神情激動，嘴唇微顫，低聲道：「趙大哥，你沒事麼？那……那壞女人可沒爲難你麼？」

趙觀想起她來到那佛寺之外，看到自己被擒時焦急關切的眼神，又想起司空寒星對自己諸般慘酷虐待，最終卻成爲自己懷中人等情，在陳如眞清純的目光注視下不由得微微發窘，搖頭道：「我沒事，倒讓妳擔心了。眞兒，妳從關中來北京，路上可辛苦麼？我那時落入敵人手中，見到妳趕來救我，心中好生感動。」

陳如眞再也忍耐不住，掩面哭了起來，抽抽噎噎地道：「趙大哥，我見你被那壞女人抓去，擔心得要命，恨不得被抓去的是我自己。我每天晚上都作噩夢，夢到那壞女人折磨你，又要打你，又要殺你……」

趙觀見這小姑娘對自己一片眞情，心中激動，上前輕輕握住她的手，將她的手從臉上移開，替她擦去眼淚，說道：「好眞兒，妳對我這麼好，妳不知道我心裡有多麼感激。快別哭了，讓我看看妳，這幾年可長大了多少？」

陳如眞抬起頭，眼中仍含著淚水。趙觀望著她的臉龐，她此時已過了十八歲，比起當年還是小姑娘時成熟了不少，出落得更加秀美動人，眼神中卻帶著一股說不出的悲傷。趙觀想起陳浮生在大漠上對自己說的話：「她成日茶不思飯不想，整個人像是沒了魂似的。我大姊說她是得了相思病。」他心中不禁生起強烈的憐惜，輕撫她的頭髮，柔聲道：「眞兒，我真不知自己該怎樣報答妳才足夠。都是我不好，這麼長時候都沒有去關中看妳。」

陳如真連連搖頭，說道：「我從來沒有怨怪你半點。我知道你是個大英雄大豪傑，不會有心思去記掛這等小事。只要看到你平安無事，我就放心了。趙大哥，我明日就回關中去啦。你……你好好保重。」

她那時來到北京青幫分壇，陡然見到李畫眉和李彤禧兩位才貌出眾的佳人，又各以趙觀的身邊人自居，心中不免受到極大的衝擊，暗想：「趙大哥身邊已有這般出色的紅顏知己作伴，又怎會記掛著我這個無關緊要的小姑娘？」她單純善良，頓覺徬徨絕望，決意立即啓程回家，還是丁香說好說歹，才將她留住了。

趙觀並不知道她曾遇見李畫眉和李彤禧，望著她淚水滿面、楚楚可憐的模樣，只感到滿心憐惜珍愛，伸手握住她的手，低聲道：「眞兒，我每每想起，都很懊悔當年沒有多陪妳一些時候。妳是個多好的姑娘，我眞希望能花很多很多時間陪在妳身邊，好好照顧妳，憐惜妳。眞兒，妳答應我，在我身邊多留幾日，不要這麼快便走，好麼？」

陳如眞望著他，兩串淚珠劃過她潔白晶瑩的臉頰，沒有回答。趙觀從她的眼神中看出了她想說的一切；她是眞心對待他的，只要他歡喜，她什麼都願意。趙觀心中感動，柔聲道：「眞兒，眞兒，我對妳發誓，這一生一世，都會用盡心思愛護妳。妳不要離開我，好麼？」陳如眞低下頭去，輕聲道：「只要你不趕我走，我自然願意留下。」

趙觀甚是歡喜，將陳如眞安頓在青幫分壇中，陪她吃了飯，逗得她破涕爲笑，令丁香好生照顧她衣食起居，才告辭離去。

趙觀雖十分想多陪陪陳如眞，心底卻知道此番來京還有更重要的事情須辦。他離開陳如眞後，便逕去找百花門人。他打倭寇時只帶了三十多名百花門人同去，卻讓百花門的主力齊聚北京，傳去密令，讓她們留意奸細。他已從司空寒星口中得知奸細是誰，此時決意要將她揪出來。

趙觀來到百花門的聚集處，先找了白蘭兒來密談，又分別與紫薑、舒菫短談，心中已有了個譜。當夜他召集所有門人，表揚此番在浙東擊退倭寇有功的門人，並替數位陣亡的姊妹開壇祭拜。

眾女聚集在百花婆婆的百花圖像之前，趙觀當先跪下，行三拜禮，說道：「百花婆婆在上，趙觀不才，無能保護門下弟子，令多位姊妹在抗倭戰役中不幸喪命。打擊倭寇乃是俠義天理之舉，趙觀不敢忘了百花婆婆的遺命，率領姊妹去作的任何事情，定是本著百花婆婆『以救助天下孤苦無依女子婦人為心，行俠義天理之舉』的遺訓，不敢有違。但盼百花婆婆在天之靈善為照顧殉難的姊妹，引領她們同登百花天界。」說完又是三拜，上了三柱馨香。

趙觀行禮完畢，轉身向眾門人道：「請各位姊妹上前來，替死難的姊妹上香。」

眾女依次上前，在靈前上香，趙觀低頭站在一旁，似乎全未留心，其實卻暗中注意每個門人的舉動。他善於易容，對別人的小動作特別留心，加上記憶力極好，任何人跟他相處過一兩日，他都能記得該人的言行舉止、說話口音和各種細微習慣。此時他看著每個門人上前上香，幾個與死難門人交好的女子都痛哭失聲，真情流露，其餘門人也面帶哀戚之色。

眾門人都上過香後，最後是十多位年老門人上來上香。趙觀對年老門人十分敬重，一一上前攙扶問候。輪到芍藥撐著枴杖上前時，趙觀伸手去扶，說道：「芍藥婆婆，近來身子可安好麼？」

芍藥搖頭道：「多謝門主關心。老身已經不中用啦，這幾年兩條腿不聽使喚，走路也得用枴杖。」

趙觀道：「我當真是疏忽了，未曾好好照顧門中諸位老前輩們。芍藥婆婆，妳不用跪拜了，請坐下吧。」

芍藥點頭稱謝，在一旁的椅上坐下。趙觀也在芍藥身旁坐了，眼望堂中門人，低聲問道：「芍藥婆婆，這一代的門人，比起當年百花婆婆的弟子，可有什麼異同？」

芍藥咳嗽了一聲，說道：「門主，恕老身直言，這一代的孩子都不肯下苦功，武功毒術遠遠比不上我們這些老人年輕之時。」

趙觀微微點頭，說道：「婆婆所言甚是，我也頗有同感。本座無能，還須煩勞芍藥婆婆多多幫忙調教這些弟子。」芍藥連連搖手，說道：「不敢當、不敢當。今日的年輕人，怎麼還會聽我們這些老人的話？這些孩子毒術武功都不行，每回出手暗殺，我都替她們提著心，吊著膽子。」

趙觀彷若無事，淡淡地道：「是麼？當妳下手殺死同門的時候，可也曾為自己提著心，吊著膽子？」

芍藥臉色大變，趙觀已陡然伸手扣住她的手腕，冷冷地道：「戲演夠了麼？」芍藥想要抽手躍開，趙觀已運起拙火內力，鎮得她無法動彈，另一手扯下她臉上的裝扮，二人對面相望，但見裝扮之下是張俏麗的秀臉，一雙鳳眼，正是青竹！

百花門人早已圍了上來，取出各種武器毒藥對準了青竹。白蘭兒怒道：「青竹，門中奸細果然是妳！」紫薑又怒又驚，衝上前來便打了她一個耳光，唾罵道：「背叛師門，殺戮姊妹，好個賤人！」舒堇等門人都怒氣填膺，紛紛唾罵。

青竹被紫薑打得摔倒在地，她眼見身分敗露，數十名百花門人圍繞在身旁，惡狠狠地向著自己瞪視，心中一寒，知道今日已步入死地，只能勉強鎮定，在人叢中尋找趙觀的身影，衝上前跪倒在他面前，顫聲道：「阿觀，竹姊對不起你。不錯，情風館的外敵是我引來的，京城的姊妹是我殺的。我不求你原諒我，你娘的血債，我便死一百次也無法贖罪。我只想告訴你，我實在有不得已的苦衷！」

趙觀臉色鐵青，凝視著青竹，不發一言，心中不知是驚怒多些，還是悲憤多些。青竹秀目含淚，自顧自說了下去：「我跟了娘娘一輩子，也有過不少男人。但連娘娘都不知道，我曾和一人生下了一個孩子。她……她一出生就被她爹爹帶走，跟著她爹爹長大。她從小到大，我只看過她三次。阿觀，她叫作寒星。」

趙觀身子一震，司空寒星！死神的女兒，竟也是青竹的女兒？

青竹又道：「從那以後，他們便不斷以寒星來要脅我，逼我出賣師門。好幾次他……

死神在我面前折磨那孩子，她才四五歲年紀，就得承受那許多非人的虐待，我怎能忍心看下去？我……我爲了她，造下了無數惡業，沾染了滿手血腥。你此刻定已知曉，修羅王段朝便是火教教主段獨聖的女兒，我百花門當年殺盡火教中人，修羅王處心積慮要報此大仇。那時她派宮中侍衛和躲在崇明會的手下前來屠殺情風館，死神便以寒星要脅，要我作內奸。娘娘臨死前發現叛徒是我，她不敢相信，直望著我，那眼神，我到今日都忘不了！都忘不了！」

趙觀聽她提起母親，心中劇痛無已，一股憤怒悲怨升上心頭，大喝道：「不要再說了！妳……妳是人麼？娘對妳如此信任，妳竟害她慘死，妳……妳還是人麼？」

青竹低下頭，啞著聲音道：「我不是人。但我如果任由他們折磨我的女兒，眼看她被親父虐待，我同樣不是人！阿觀，我早不想活了。我如今只求你答應我一件事，只有這一件事。阿觀，看在竹姊這些年來對你盡心照顧的分上，我求你大發慈悲，替我了了這樁心願。我幫娘娘照顧了你這麼多年，我求你幫我照顧我的女兒，好好待她，讓她平安快樂。你是世界上最好的男子，她很可憐，這輩子沒有被人疼愛過，沒有被人善待過。阿觀，我求求你……我求求你……」說到此處，青竹聲淚俱下，哭倒在地。

趙觀硬起心腸不去看她，抬頭望向紫薑，說道：「紫薑師叔，妳是執法長老，這叛徒該如何處置，妳來定奪吧！」

青竹抬起頭，大聲道：「阿觀，讓我自己了斷！」從袖中翻出一截青竹管，對自己發出了連百花門人都聞而變色的萬蟲齧心蠱。

趙觀伸出手想阻止，卻已不及，青竹翻身滾倒在地，全身顫抖，臉上肌肉因痛苦而扭曲變形。白蘭兒等臉上都露出不忍之色，眾女都清楚，世上任何刑罰都不會比身受她自己培養的萬蟲齧心蠱更加痛苦。她大可讓自己死得爽快些，但她卻選擇了用最痛苦的方法自裁，無非是爲了表達她心中沉重深厚的悔意。

趙觀看在眼中，心頭劇痛，再也忍耐不住，跪倒在地，流下眼淚，叫道：「竹姊、竹姊，妳何苦如此？我答應妳了，我會照顧寒星，盡心疼她愛她，讓她一生平安快樂。妳放心吧。阿觀原諒妳了，妳放心去吧！」

青竹勉力撐起身，向趙觀跪下磕頭，她此時已說不出話來，臉上筋肉扭曲，眼中卻閃著感激的淚光和笑意。趙觀閉上眼睛不忍再看。青竹在極度後悔、極度痛苦的死亡路途中瞥見了一絲希望和喜悅：她將自己的骨肉託付給了趙觀，她可以放心地去了。一代使毒高手，一代易容奇才，百花門的菁英長老，情風館的頭牌名妓，都隨著她閉上的眼睛闇然逝去了。

趙觀深深地吸了一口氣，跪在當地良久，不動也不語。他自從母親死後，便不自覺將青竹當成了母親的替身。他深切感念她對自己的種種疼惜照顧，更感激她扶助自己登上百花門主的情義，豈知這一切都如夢幻一般虛假不實？原來造成母親之死，長年在百花門中擔任奸細，相助外人殘殺門中弟子的便是她！她當年爲什麼不去爭奪百花門主之位？她爲什麼始終沒有殺了自己？她爲什麼眼睜睜地看著自己當上青幫幫主，任由自己的勢力地位升上了頂點，而坐視不顧？

他跪在當地，從小到大許許多多的細節一一在腦中浮現。很多事情他以前未能看清，現在都倏然想通了。母親當時寫在地上的「丰」字，不是段字的左半，而是青竹的「青」字的起筆；青竹自己不爭奪百花門主之位，自是爲了避免嫌疑，不願大出風頭而受到其他長老的群起而攻；她推趙觀站上頂點，從旁扶助控制，自比她自己出面有效得多。她自告奮勇，最先來北京開妓院，卻從不鼓勵門人來北京，也從未傳回去任何消息，只因她要蓄意隱瞞修羅王的根據地在北京的事實。她始終沒有出手殺死自己，可能正是因爲自己加入了青幫，較少在百花門中，才令她難以下手。她那次被逼得跟自己一同易容改裝闖入皇宮，洩漏了修羅王的祕密，只好詐死，轉由暗中行事。自己幾番見到她扮成侍衛跟在死神身邊，便覺得她的身法背影很眼熟，卻始終沒有認出她來。至於瘟神和司空寒星等如何學得百花門的毒術，那自是不言可喻了。

趙觀想通了許多事情，心情只有更加沉重悲痛。他閉上眼睛，合掌念起百花禱辭：「將「有情無情，皆歸塵土！有情無情，皆歸塵土！」他吸了一口氣，站起身來，說道：「將她好生埋葬了。」

趙觀離開青竹的屍身，緩步走出屋去，心中悲欣交集：當年下令屠殺情風館的果然便是修羅王。他已挑了崇明會，除去了叛徒青竹，母親的仇算是報了一半了。還有修羅王，死神，等著吧，他要去取他們的性命！

他心計深沉，命門人將青竹之死瞞得不露痕跡，另讓一個門人裝扮成芍藥，仍舊如她在百花門臥底時一般，定時傳訊進入皇宮，向修羅王報告，所報一切也都是實情。他一邊這麼作，一邊派遣手下進入皇宮臥底，查出修羅王和洪泰平及死神果然躲在皇宮之中。趙觀知道要殺死他們，須得謹慎行事，仔細籌劃，便隱忍不動，不斷探查關於他們的情況，並慢慢讓假青竹傳回假的情報。

第一百五十六章　浪子難題

如此半月過去，一個青幫幫眾忽然前來求見，報說幫中大老都已齊聚京城，有急事求見幫主。趙觀專心於報仇之上，已有許久未曾理會青幫中事，聽說大老齊聚，不好不理，只好去相見。他來到眾人聚會的青幫幫眾家中，但見邵十三老、李四標、田忠、年大偉、馬賓龍、米爲義、祁奉本等全都到了，似乎眞有什麼大事。

眾青幫大老見到幫主，都面露喜色，邵十三老首先說道：「恭喜幫主！幫主率領本幫幫眾在浙東相助戚將軍相抗倭寇，凱旋而歸，讓我青幫揚名立萬，在江湖上大大露臉，眞是青幫創始以來從所未有的風光！」田忠也道：「我等聽聞幫主親身參與各場戰役，身先士卒，以致獲建大功，全靠幫主英勇善戰，領導有方，屬下等都極爲敬佩！」李四標則問道：「聽說幫主在大陳島一役受傷甚重，不知現今傷勢如何，身體可恢復完全了？」

趙觀道：「多謝各位誇讚。我身體自然老早恢復完全了，不然哪能躲在京城的青樓之中大享艷福呢？哈哈，哈哈。」

眾人聽他口氣不快，想起他吩咐眾人兩個月內不要來打擾他，現在一個月剛過，眾人便大舉來京城見他，當面違背他的命令，也難怪他要發惱了。

邵十三老忙道：「我們原本是極不願來京城打攪幫主的，但實在是有件緊急事兒，不得不請幫主作主。」

趙觀沉著臉道：「你們一起跑來找我，這不是已經懂得自己作主了麼？還有什麼事情非要問我不可的？」

邵十三老咳嗽了一聲，臉色頗爲尷尬，說道：「是關於幫主的婚事。」

趙觀一呆，脫口道：「我的婚事？」

邵十三老道：「正是。幫主近年來在江湖上闖出好大的名聲，人人都知道本幫幫主年輕俊秀，英勇之名滿天下，因此這數月來每天都有十多位各方人士來總壇提親，東山好漢、西山英雄、北山劍俠、南山刀王，個個都想將閨女妹子嫁給幫主作夫人。我們在總壇應接不暇，答應也不是，不答應也不是，生怕得罪了道上諸位，因此不得不來請幫主親自定奪。」揮了揮手，祁奉本便捧上一個木箱，箱裡堆滿了說媒的片子，寫著對象是哪家哪家的小姐，又是誰人誰人作的媒。

趙觀不禁好笑，拈起一張片子看了，念道：「廣東破山甲袁武師三女，芳齡十六，略識武藝，人品端正，性行淑均。溫柔敦厚，蕙質蘭心。」笑道：「半句不提容貌，想必其貌不揚。」又拿起一片看了，念道：「武漢首富史道銘獨女，貌比貂蟬，聰慧解意，雅善文墨，芳齡十七。」搖頭道：「富家小姐，嬌生慣養，自負美貌，一定難伺候得緊。」又拿起一張，念道：「四川岷山梁堡主幼妹梁七妹，武藝精強，俠名遠播，眾所欽仰。」放下說道：「既是俠名遠播，怎地我從未聽見過？不提年齡，想必已老得嫁不出去了。」

他又拿起幾張看了，打了個哈欠，將箱子一推，說道：「我沒空一個個看去，你們幫我挑吧。」站起身便要走。

眾人看他全不著緊，將這事當成玩笑一般，都急了起來，邵十三老道：「幫主明鑒：幫主的婚事一日不定下，這事兒便懸掛在大家心頭，讓我等食不下嚥，睡不安枕。還請幫主顧念大局，早日作出決定才好！」

趙觀聽了，皺起眉頭，心想：「我要娶誰作老婆的家事，竟然變成了天下事，人人管得。我若不決定，手下們還要睡不著覺。好吧！決定便決定，省得他們跟我糾纏不清。」便道：「我眞得今日作出決定？」

眾手下都望著他，一齊點頭，雖未說出口，卻顯然是一副你今日若不作決定，我們便決不干休的架式。

趙觀負手在屋中踱步，皺眉沉思，不料他想了好一陣，眉頭愈皺愈緊，仍舊無法決定該娶誰爲妻，良久說不出話來。

眾人見他拿不定主意，年大偉當先開口，說道：「幫主，這還用多想麼？朝鮮彤禧公主是金枝玉葉，當今朝鮮王的長姊，幫主娶妻，自然應該以彤禧公主爲首選。」

田忠道：「不然。幫主，你和李大小姐定情在先，她又是我青幫中人，你若辜負了她，幫中兄弟都要說你負心寡倖，難以服眾。」

李四標則道：「小女雖是青幫中人，但她姿色才能都有限得很，粗鄙淺陋，恐無法匹配幫主。依我說，我們青幫要在江湖上立足，必得衷心結交俠義道上的人。關中陳大俠早有意招幫主爲二女婿，陳二姑娘英風颯爽，乃是一位遠近聞名的俠女，人品又不失溫柔體貼，正是幫主良配。」

趙觀原本好生難以委決，聽得眾人各執一辭，更是心煩不已，轉頭見丁香站在一旁，似乎有話要說，便道：「丁香，妳想說什麼？」

丁香歎了口氣，說道：「我只想提醒少爺，你曾經對含兒姑娘許下的諾言，可不能忘記哪。周姑娘身世十分可憐，別的姑娘不是公主便是大小姐，只有她，什麼都沒有，對你又是一片眞心。你……你可千萬別讓她失望！」

趙觀心頭一軟，走上前握住丁香的手，說道：「好丁香，妳心地最好，總爲別人著想，我又怎能冷落了妳？」

眾青幫首腦互相望望，都不知該說什麼才好。

最後還是邵十三老發話了，說道：「幫主，男子漢大丈夫，三妻四妾本是尋常事。當年成老幫主妻妾多達二十七位，有此先例，幫主若想多娶幾房妻妾，也是天經地義。」

年大偉湊合道：「正是。幫主乃是人中豪傑，又有這麼多位紅顏知己，若不都娶回家來，如何對得住她們，又如何對得住祖宗？」田忠也點頭道：「各位姑娘都是有身分的人物，不好作小，若是娶平妻，也不失是一個辦法。」

李四標望向趙觀，說道：「幫主，不知你意下如何？」

趙觀道：「你們的意思，是要我幾位姑娘全娶回來？」

青幫眾首腦神色嚴肅，一齊點頭。趙觀忍不住哈哈大笑，說道：「好、好！我打破腦袋都想不出這麼好的法子。我一個人娶這麼多位夫人，應付得來麼？唉，說來還是我娘當年少了些遠見，若是一生生個八胞胎，八個趙觀，那豈不是好？」眾青幫首腦知道他在胡說發洩，都沒有接口。

趙觀笑了一陣，才道：「好、好、好。我非要娶了老婆，大家才會放過我，是不是？我便從善如流，恭敬不如從命，娶平妻，不分大小，五位，不，六位都娶。」

眾人面面相覷，忙扳手指去算是哪六位。

趙觀看了眾人的神情，忍不住又笑了出來，說道：「李大小姐、丁香、公主、陳二姑娘，周姑娘，還有司空寒星姑娘，就這六位。」眾人聽說他也要娶司空寒星，都是一呆。

趙觀心想既然作了決定，禮數不應缺了，便來到李四標面前，恭敬跪下，說道：「晚輩不才，多年來忙於奔波外務，不曾回報令嬡相知的情義。還請四爺首肯，應允畫眉下嫁晚輩。」

李四標原本心中忐忑，他知趙觀情緣甚多，朝鮮公主和陳如真等都是幫主夫人的極佳人選，不知女兒能否結成這段姻緣；他本對趙觀有恩，李家與趙觀關係極好，李四標並無心憑藉女兒跟幫主攀上親家，只是知道女兒對趙觀用情極深，若嫁不了趙觀，女兒一生都要抑鬱不快，只怕還要作出更加激憤的事來。此時見趙觀終於開口求親，大大鬆了一口氣，忙上前扶起他來，說道：「幫主何須行此大禮？畫眉對幫主一往情深，老夫知之已久。今日得幫主親口提親，心中好生欣慰，哪有不應允之理？」

趙觀仍舊向他拜下，說道：「多謝四爺成全。丈人在上，請受晚輩一拜。晚輩行止輕浮，未能一心對待畫眉，心中好生慚愧。此後定當盡心照拂，絕不辜負。」李四標搖頭道：「幫主千萬別這麼說。畫眉得與幫主結爲眷屬，乃是她的福氣。」

趙觀又來到丁香面前，一膝跪地，微笑道：「丁香，少爺想娶妳爲妻，妳可願意麼？」丁香從未想到趙觀會如此看重自己，竟要娶自己爲正妻，不禁受寵若驚，呆在當地，這時聽得趙觀親口向自己求婚，更是滿面通紅，低下頭去，壓抑不住滿心歡喜，輕聲道：「少爺你快起來，這可成個什麼樣子？」

趙觀笑道：「那麼妳是願意還是不願意？」丁香笑逐顏開，微微點了點頭，臉上紅得如花兒一般，隨即轉身掩面奔入內室。

趙觀站起身，微笑著目送她離去，轉向餘人道：「其餘四位姑娘，我也應正式去提親。不知各位有何高見？」

田忠道：「陳二姑娘出身世宦大族，家裡不知會否願意接受平妻，不如讓屬下先去探探口風。陳大俠對幫主十分欣賞信任，應是不會反對。」趙觀點頭道：「我當親赴關中，當面向陳大俠夫婦求親，才是道理。」

邵十三老道：「周姑娘應不是問題，我等已將她從蘇州接到了總壇安置。」當時趙觀匆匆離開蘇州，臨行前交代方平等代爲處理替含兒贖身之事。最初石阿姨還想藉機敲詐，百般刁難；事情傳到了總壇，邵十三老得知幫主與蘇州青樓名妓結下了情緣，當即出面周旋，盡快替周含兒贖了身，並迎接她去總壇住下。石阿姨發現胡吟的相好竟是名震天下的青幫幫主，直嚇得慌了手腳，更不敢出口講價，忙恭恭敬敬將周含兒送走了。

趙觀點了點頭，說道：「還該多謝邵十三老代為周旋安排。周姑娘都好麼？」邵十三老道：「我讓人將總壇中的歸玉閣清了出來，讓周姑娘住著，派了五個丫頭嬤嬤照顧著。」趙觀知道歸玉閣是舊時趙老幫主最寵愛的二女兒出閣前所住的地方，讓含兒住在那兒，自是為了彰顯她大家小姐的身分，心下甚是滿意。邵十三老又道：「另想請示幫主，周姑娘提起想去造訪虎嘯山莊，卻沒說是為了什麼。」

趙觀一呆，隨即想起在杭州見到含兒時，她便曾偷離劉家，打算獨自去往虎嘯山莊。趙觀從未弄清楚這是為了什麼，在蘇州與含兒交往時更全忘了這回事，並沒想到要向她詢問，此時自己忙得無法分身，也不可能陪她走一趟虎山。但想無論如何，自己都應當助她完成這個心願，便道：「鄭姑娘此時應已回到了虎山，周姑娘若想去，就請邵十三老派三五個穩妥的人陪她走一趟山東吧。待我寫封信去給鄭姑娘，預先通告一聲便是。至於向周姑娘求親的事，須請十三老代我去正式說媒，說成後換帖下聘，一切按照迎娶大家小姐的規矩來辦。」

邵十三老滿口答應了，又道：「至於司空姑娘……這個嘛，我們都不知道她人在哪裡，更不能去找她家中長輩。或許讓幫主自己處理，較為妥當。」趙觀知道眾人對這冷眼煞星仍頗有疑懼，司空寒星躲在少林寺的事情也十分隱密，便道：「不錯，司空姑娘讓我自己處理。」

年大偉臉露難色，說道：「幫主，就怕……就怕公主不肯委曲。我照您指示，已將公主送到總壇去了，安置在來鳳閣。但她不願意，一定要住在正房。」趙觀心想：「彤彤對我情義深重，但她心中應已有譜，知道我不會只娶她一人。我得抽空回總壇去，慢慢跟她提起這事，不讓她著惱。」說道：「公主那邊交給我，等我回總壇後再說。事情就這樣了。怎麼，大家可滿意了麼？要不要先訂下了日子？」

邵十三老拿出黃曆來翻看，說道：「十一月十七是個吉日。」

趙觀搖頭道：「太趕。有沒有三個月後的日子？」

邵十三老仔細查閱黃曆，說道：「那要等到過完年之後了。明年二月二十三日是個吉日。」趙觀道：「好，就定在二月二十三吧。」

他心中默想著六位姑娘的姿容笑貌，和她們對自己的深情託付，心頭一暖，知道自己對她們每位都有著深厚的情義和無盡的疼惜。能夠娶她們爲妻，也算是人生至福，深値慶幸了。

他抬頭望向窗外，心思已從婚事轉到了另一件事之上。他知道自己非得完成這件事，才能成親；他要去報母親的血仇。報仇之行危險非常，他很可能無法回來，他不能讓六位妻子爲他守寡。他打定了主意，若能活著回來，再娶她們不遲。

趙觀送走了青幫諸位大老之後，便聽聞凌昊天也已來到了京城，連忙讓人請他來相見。他見到凌昊天臉上掩藏不住的喜悅之色，心中已自有數，伸手用力拍上他的肩頭，笑道：「怎麼，終於說出來了吧？寶安妹妹可好？」

凌昊天微笑道：「她很好，很好。我竟從不知道自己如此幸運！」

趙觀笑罵道：「因爲你是個傻子。人人都能看出寶安對你的一片情意，只有你自己看不出，還一味逃避。他媽的，沒種的小子，要不是被我罵了一頓，你敢去向她表白麼？」

凌昊天搖頭道：「多虧你罵我。但你罵我還是不夠，下次該狠狠揍我一頓才是。」

趙觀奇道：「怎麼？」

凌昊天道：「我畢竟沒勇氣對她說出我的心意，還是她先向我說的。」

趙觀大笑道：「我總說寶安比你好一千倍，果然沒錯。你連這等勇氣都不如她，眞是枉爲男子漢了。」

二人相對大笑，坐下喝酒。趙觀道：「順便告訴你吧，喜事成雙，我打算明年二月底成婚。」

凌昊天一呆，問道：「你要娶誰？」

趙觀故作神祕，笑道：「你倒猜猜看？」

凌昊天側頭想去，說道：「一定不只一個。公主你是一定會娶的了。陳家眞兒對你一往情深，你大約也要娶她回家。青幫的李大小姐不能辜負了，你身邊的小丫頭丁香對你十分忠心，你多半不會冷落了她。杭州的那位青樓姑娘，爲你攻打崇明會而涉險，你想必也會娶她。」

趙觀聽他說得一個不錯，也不禁驚奇，拍掌笑道：「你這小子，我跟誰相好你竟都一清二楚！不錯，這五個全對，還有一個，你若猜到了，我才真服你。」

凌昊天摸著下巴，問道：「我見過麼？」

趙觀道：「見過的。」

凌昊天沉吟道：「塞外那幾個姑娘，看來你並不曾如何認真。定是最近遇見的。是了，定是司空寒星！」

趙觀聽他一猜即中，大吃一驚，脫口道：「好小子，你怎麼猜到的？」

凌昊天笑道：「第一，她是個美女，只要是美女，便逃不過你風流浪子的法眼。第二，我一直懷疑你是如何從她手中逃脫的，想來定是靠著浪子的迷人手段賺得了她的芳心。之後你將她藏了起來，我就知道她對你死心塌地，即使背叛父親也跟定了你。」

趙觀大笑道：「知我者，凌昊天也！」

凌昊天笑道：「知趙觀之花心對象者，小三兒也！」兩人相對大笑，舉起酒杯一飲而盡。

第一百五十七章 惡惡相剋

凌昊天喝了酒，說道：「言歸正傳，你打算何時入宮？」趙觀笑容收歛，沉吟半晌，說道：「我在等機會。」

凌昊天神色嚴肅，說道：「千萬要小心行事。你記得武尊麼？」趙觀道：「當然記得，怎麼？」

凌昊天道：「我們倆被他打落海時，他對寶安說了一些話。他說修羅王修練的武功和他同出一轍，平時病體纏綿，施展起武功來卻狀似瘋狂，力大無窮。你千萬不可單獨行動，即使你我聯手，也不一定能對付得了修羅王。」

趙觀臉色微變，說道：「她的武功當眞這麼高？」凌昊天道：「誰也沒見過她出手。但她出手若有武尊一半的威力，我便抵擋不住。」

趙觀點了點頭，他知道凌昊天的武功遠在自己之上，他若無法抵擋，自己就更加不是敵手了。他沉吟一陣，問道：「你有什麼打算？」

凌昊天道：「我遲早得和修羅王一決死戰。她便不來找我，我也得去找她。」趙觀道：「你有必勝她的把握麼？」

凌昊天緩緩搖頭，說道：「我這一路從虎山來，一心籌創出一套新的武功，盼能卸開對手強大的掌力，不受波及。再給我半個月，我應能想出可行的辦法。雖不一定能制住她，但應可以撐得久些，不致像在船上遇到武尊時那般，連還手的餘地都沒有。」

趙觀點頭道：「你慢慢想吧，我一時三刻也不會入宮去找她的。」

不料就在趙觀與凌昊天把酒笑談的那夜，百花門人傳來消息，說修羅王傳令讓青竹次日入宮覲見。趙觀知道這是個絕好機會，當下召集百花門人商討對策。眾女都請命裝扮成青竹入宮暗殺修羅王，爲被害死的門人報仇。

趙觀背對眾女，耳中聽得各人群情激昂，爭相請命，忽然回過身來，說道：「你們都不能去。」他凜然望向眾女，靜靜地道：「我要自己動手。」

白蘭兒、紫薑、舒堇等望著他，但見他神色平靜，卻掩不住眼中憤怒的火花。趙觀閉上眼睛，眼前似乎又浮現了情風館滿地死屍的情景，和母親伏在地上的那一幕。十年過去了，他從不曾忘記這深仇大恨，他要親手報仇。

傳言當今江湖上最可怕的人，便是趙觀。他只要一句話，青幫上萬幫眾都會爲他效命；一個指令，黑道上人人聞而變色的百花門人便會出手暗殺。他自己精通毒術，巧善易容，武功詭異莫名，行事果斷狠辣。這樣的人想要對付任何人，都不會需要親自出手的。但是趙觀只有二十三歲，他不怕死，爲了手刃殺母仇人，他不惜親身冒險。

白蘭兒望見趙觀的神色，心中甚覺不安，問道：「凌三少俠也在京城，門主要約他一同入宮動手麼？」

趙觀沉吟半晌，才緩緩搖頭，說道：「小三剛與心上人定情，我不能讓他陪我冒此大險。」眾女都露出憂慮之色，待要相勸，趙觀已轉身走去，將近門口，又回頭道：「我入宮之後，若是三日沒有消息，便是出事了。你們可以告訴小三知道，要他快快避開，切莫爲我報仇。」門人聽了，都是一怔，相顧驚憂，知道他這回獨去，是抱著必死的決心了。

次日清晨，趙觀便裝扮成青竹的模樣，在修羅王手下的接引下進入了皇宮。他曾與青竹扮成彎刀三傑中的二人混入皇宮，世事難料，怎知自己再度混入皇宮時，竟是扮成了青竹？

卻說趙觀跟著一個宮女來到皇宮東北角的朝寧宮中，那宮女便自去了。趙觀站在當地，但見朝寧宮前一片花園，花草都已枯萎，顯然少有打理。朝寧宮的房舍看來有些陳舊，但仍不掩金雕玉琢的富麗堂皇。他知道嚴嵩得勢之後，這位兒媳婦在皇宮中的地位便大大提高，從一個無人理睬的宮女女兒變成一位炙手可熱的長公主。這位公主此時該只有四十出頭年紀，這朝寧宮卻散發著一股難言的蒼老頹廢，是那剝落退色的琉璃屋瓦麼？是那縈繞不絕的撲鼻藥味麼？還是宮前那凋零憔悴、毫無生氣的枯枝敗葉？

趙觀輕輕吸了一口氣，眼見宮中四下無人，心中惴惴，暗想：「青竹熟悉此地，自不會站在這兒發呆。我卻該去何處？」當下信步走入一間偏屋，但見屋中坐了兩個老宮女，正守著一個燉在火上的藥罐打盹兒。兩人聽見趙觀扮成的青竹進來，睜眼點頭招呼了，並未起身。趙觀聞那藥罐中傳出刺鼻的味道，隱約猜知當中是些補氣健體的藥物，心想：「修羅王的身體若眞這般虛弱，如何能使出高深武功？」

趙觀正想時，但見一個年輕宮女走了進來，面貌醜陋出奇，抬頭見到趙觀，咧嘴一笑，說道：「青竹姊，妳回來啦。」

趙觀點了點頭。卻見那宮女打開一個藥罐的蓋子，從中盛出一碗湯藥，放在一個竹籃子中，說道：「主子吃藥的時候又到了。」說完撇了撇嘴，望著趙觀道：「妳說吧，一個人活著，每隔半個時辰就得吃藥，這日子可好過麼？」

趙觀不知該如何回應，只好歎了口氣，沒有答話。

那醜陋宮女拿起竹籃子往外走去，趙觀跟在她身後，問道：「主子好麼？司空先生可在？」醜陋宮女道：「主子好？好什麼好？還不是老樣子？司空先生當然在了，他在後面幫主子取小孩兒的腦髓。」趙觀聽了，不禁感到一陣毛骨悚然，定了定神，說道：「主子要我來見她。」醜陋宮女道：「她在仇殺廳上，洪督主也在。」

趙觀心想：「什麼仇殺廳？」隨口問道：「她在練功麼？」

醜陋宮女似乎有些驚訝，停步回頭望向他，說道：「主子什麼時候不在練功？她總要將所有的仇人都殺死了，才肯罷休。不然那練武的地方怎麼叫作仇殺廳呢？」

趙觀聽那宮女小小年紀，口氣卻極爲譏諷辛辣，便不多說，只默默跟在她身後，來到朝寧宮之後的一個小院子。但見院旁都是兩人高的石牆，院中是座形狀奇特的石屋，屋身是四方形，屋頂卻是圓形。醜陋宮女來到石屋旁，蹲下身來，將藥碗從屋角一個孔洞中遞了進去。她站起身，拍了拍手，說道：「主子不定何時出來，妳就在這兒等著吧。」說完轉身逕自去了。

趙觀望著那宮女的背影，雖只跟她相處半刻，說了七八句話，已能感受到她心底強烈的怨忿和不滿。他吸了一口氣，抬頭打量周遭環境，但見石屋四周的高牆遮住了陽光，院中極爲陰暗，隱隱透出一股腐爛的霉味。他悄聲繞著那石屋走了一圈，但見屋子東面有一扇石門，其餘三面都只有在接近屋頂處有一排石窗。趙觀在屋外靜聽一陣，便來到北面離院子入口最遠之處，輕輕攀上。

才接近窗口，便聽石屋中傳來粗重的呼吸聲，有如受傷猛獸的喘息。趙觀心中一凜，探頭從石窗望去，但見屋中一人盤膝向南而坐，背對自己，長髮披散在背後，身周跪了八個人，個個俯首垂手，動也不動，好似一群木頭人一般。屋子南面置了一個巨大的神龕，龕後牆上掛著一幅大圖，圖中畫著一個全身火紅的神像，面貌猙獰，手中拿著各種不知名的武器。龕上供著的是一個眞人大小的神像，盤膝而坐，面貌白皙清秀，五綹長鬚，臉上滿是自矜得意之色。

趙觀再向屋正中那人仔細看去，但見他身子不斷抖動，全身衣服都已濕透，隱約看出衣衫下的身體甚是消瘦，肌肉不住抽搐。趙觀回想前次見到修羅王時，她決沒有這般瘦骨嶙峋，心想：「這眞是她麼？」

但見屋中那人的身子顫抖得愈來愈厲害，忽然吐出一口長氣，嘶聲喊道：「我受不了了！」倏然揮掌往身邊的木人打去。八掌打出，那八人向後飛出，在空中口噴鮮血，撞上石牆，落地後便直挺挺地躺著，已然斃命，原來全是眞人。當中那人掌力驚人，一掌便將人擊斃，實是狠猛已極。他打死八人後，翻身仰倒在地上，喉嚨間不斷發出嘶嘶之聲。

忽聽一人笑道：「主子，只要是人，都難免有情欲煩惱。除非妳像我這般六根清淨，萬塵不染，不然只要練起這高深內功，就不免有心魔產生。」他說話聲音輕鬆愉快，好似在跟人喝茶閒談一般，與地上那人的掙扎呻吟全不搭調。

趙觀此時已看清，中間那人正是修羅王。她爬在地上發抖，更說不出話來。開口說話之人盤膝坐在神龕之上，一手靠著神像，一手撐著下巴望向修羅王，臉上滿是幸災樂禍的神色，好似十分欣賞她痛苦掙扎的情狀。趙觀心中一凜，看出龕上那人正是曾裝扮成少林和尚清顯的提督東廠太監洪泰平。

修羅王喘了一陣氣，嘶聲道：「你說要替我抓到那姓凌的小子，就能結束我的痛苦。你怎地還沒抓到他？」

洪泰平悠哉地道：「凌昊天和趙觀這兩個人很不好對付。妳知道麼？武尊就是被他們兩人殺死的。武尊的武功深不可測，妳自己想想吧，如果連武尊都打不過他們，妳我又怎是他們的對手？」

修羅王呼吸漸漸平穩，盤膝坐起，哼了一聲，說道：「凌昊天，他算什麼？我能設計陷害他，逼得他走投無路，受天下人憎恨討伐，難道不能再來一次麼？哼哼，當年形勢大好，我若不是突然練功走火，早就追到大漠上將這小子解決了！」

洪泰平嘿了一聲，說道：「殿下，妳就是太過性急。妳自幼體弱多病，雖懷有妳父親留下的陰陽無上神功，卻無法修練。多虧了我給妳的有有神功，讓妳在幾年間便擺脫了糾纏數十年的病苦，脫胎換骨，從個虛弱病婦變成了個鮮蹦活跳的少婦，才讓妳能一展身手，開始對凌家布置機關，下手陷害。誰想到妳報仇心切，有有神功還未練成，又急著開始修練陰陽無上神功，用功過猛，走火入魔，自己反受其害？回想妳初走火時那驚慌失措的模樣，自己保命都來不及，早將追殺凌昊天的事拋到九霄雲外去了。想妳自身不保的那會兒，生怕那兩個小子趁機回來找妳報仇，心驚膽戰，東躲西藏，卻被他們從蘇州揪出，險些喪命。如今可是妳怕他，不是他怕妳了。」

修羅王哼了一聲不答。

洪泰平又道：「再說，今日的凌昊天可不比當年了。他當上丐幫幫主，相助戚繼光擊退倭寇，已成為人人敬重的民族英雄，妳這時再想害他已沒有那麼容易了。但我知道一個方法，一定可以將他手到擒來。」

修羅王眼睛一亮，說道：「什麼辦法？你既知道，幹麼不快快說出來？」

洪泰平微微一笑，說道：「要我說，當然可以。妳若肯將嚴老爺的兩個藏金窟給了我，我便告訴妳。」

修羅王勃然大怒，喝道：「我早將嚴家的金銀財寶拿出大半給你了，你還有臉向我討錢？」

洪泰平道：「此一時，彼一時。我不是告訴過妳麼？我在嵩山上曾跟凌昊天交過一掌，發現他的內功家數跟妳很接近，但他顯然修練得法，不似妳這般走入歧途。我當時便知道他是治好妳練功走火的關鍵。但是妳報仇心切，一心要害慘他們凌家的人，現在弄到凌昊天恨妳入骨，就算妳跪在地上求他，他又怎會願意替妳治病？妳現在唯一的辦法，便是將他打倒，制住了他，再慢慢逼他說出內功心法要訣。但現在凌昊天正當青年，武功勢力如日中天，妳卻已開始走下坡了。妳再不想辦法打敗擒住他，這一輩子都別想報妳父親的大仇了！」

修羅王喘息道：「報仇、報仇，我自己都自顧不暇了，還說什麼報仇？那個姓趙的小子竟然有辦法攻破崇明會，我……我……嘿嘿，我已不是他們的對手了！」

洪泰平道：「妳派人殺了趙觀全家，他回來殺妳幾個人，所謂禮尚往來，這也沒什麼了不起。何況妳又讓青竹去殺了他們在北京的門人？因果報應，絲毫不爽。妳殺人太多，今日受點兒苦報，也是罪有應得。」

修羅王哼了一聲，冷冷地道：「罪有應得，這四個字要用在你身上，才算貼切。你莫以爲武尊死了，你引導他練功走火的罪孽便可以一筆勾銷。你別忘了，織田信長也練了這功夫，走火發瘋是遲早的事。就算武尊的徒弟門人不來找你報仇，織田信長的夫人也絕不會放過你的！」

洪泰平臉色微變，隨即恢復正常，笑道：「他們來找我又有什麼用？我又不知道怎樣才能解救織田信長的練功走火。當時答應他們找出治癒方法的，妳我二人都有份。他們若來找我，妳也逃不脫干係。」

修羅王嘿了一聲，說道：「如果找不到解救之法，我逃不逃得脫干係都一樣是個死。而你呢，卻會被我拖下水去。你自己想想吧，你若落入織田的那位伊賀夫人手中，必將死得慘不堪言！」

洪泰平皺眉道：「妳現在說這些有什麼用？一切還是在於我們能不能抓到凌昊天。妳若聽我的話，答應我的條件，讓我去將他擒來，那麼大家都不必死了。」

修羅王靜默一陣，才道：「你眞有辦法對付凌昊天？」

洪泰平道：「當然有辦法。」

修羅王沉吟良久，忽然從懷中掏出一物，噹的一聲扔在神龕之上，說道：「好！我便再信你一次。這是嚴家東院藏金窟的鑰匙。你快說，怎樣才能抓住凌昊天？」

洪泰平撿起鑰匙收入懷中，微微一笑，說道：「這還不簡單？凌昊天這小子天不怕地不怕，卻最怕人傷害他的心上人。妳若能抓住那姓鄭的小姑娘，凌昊天情急關心，一定會乖乖就擒。」

修羅王臉色一沉，說道：「你當我是傻瓜麼？鄭寶安難道便是好對付的？」

洪泰平笑道：「鄭寶安又怎樣了，妳何需如此忌憚這個小姑娘？憑妳此刻的武功，十個鄭寶安也殺死了。」

修羅王道：「我不怕打不死她。但她是龍幫幫主，身邊有多少人保護，我要向她下手，不免大費工夫，還不如直接去找凌昊天。」

洪泰平搖頭道：「這妳就錯了。妳怕還不知道，讓我告訴妳吧！鄭寶安已辭去了龍幫幫主之位，單獨回到虎山去了。他們這些自命清高的俠客，總喜歡拿自己的性命來開玩笑。她自己不要人保護，妳便派人去抓了她來，那有什麼困難的？」

修羅王遲疑道：「難道虎嘯山莊便是好對付的？」洪泰平笑道：「虎嘯山莊算什麼？凌霄夫婦怕了妳，早已遠遠逃走了。莊中還有什麼厲害人物？凌霄的三個師弟妹還可以看看，其他人就沒什麼可怕的了。」

修羅王沉吟半晌，說道：「我手下的人已經不多了。我倒寧願讓他們守在此地保護我安全，若派他們出去辦事，不免分散了力量。」洪泰平道：「說得也是。這樣吧，妳給我三萬兩銀子車馬費，我便去替妳將鄭寶安抓了回來。」

修羅王怒吼一聲，叫道：「錢，又是錢！滾出去！給我滾出去！」隨手抓起一個死人向洪泰平扔去。洪泰平閃身避開，那死人便砸在神像之上，神像往後傾倒，白皙的臉上沾染了一大塊血跡。

修羅王驚呼一聲，連忙上前將神像扶正，用袖子去擦拭神像臉上的血跡。但她自己的袖子上本已滿是汗水血跡，只將神像的臉愈擦愈髒。

第一百五十八章　瘋狂血魔

洪泰平負手站在旁邊觀看，臉上笑嘻嘻地，顯然對這神像毫無敬意。修羅王好不容易將神像的臉面擦乾淨了，恭恭敬敬地在神龕前跪下，口中念念有辭，似乎在請求神像原諒。

洪泰平微笑道：「想妳的父親當年何等風光，上至皇室廟堂，下至小民家中神龕，處處都供著他的神像。現在呢，供奉他的人怕只剩下妳一個了！」

修羅王陰冷冷地道：「總有一日，我要恢復爹爹當年火教的盛況，讓天下人只知道有火教，不知道有其他宗教！」

洪泰平點頭道：「正是。妳多年來親近洋人的天主教，又供奉西藏喇嘛，皇宮中更不缺畫符舞劍的道士。現在妳將這些其他宗教的來龍去脈都弄清楚了，將來要重興火教，自是得心應手，一舉便成。」

修羅王臉上露出笑容，連連點頭，說道：「還是你明白我的心意。」洪泰平話鋒一轉，又道：「但是妳現在不管要作什麼，都得從淩昊天身上著手。怎麼，三萬兩銀子車馬費，讓我去抓鄭寶安回來給妳作餌，並不算太貴吧？」

修羅王臉色一沉，哼了一聲，才道：「好！你去。你若抓不到鄭寶安，看我怎樣整治你這個死太監！」

洪泰平一笑，閃身出屋而去。趙觀伏在石牆上觀看，大氣也不敢透一口。

待洪泰平去後，趙觀又往石屋中張望，但見修羅王獨自坐在屋中，望著段獨聖的神像發呆，接著撫胸一陣猛咳，咳得全身如要散掉一般。她咳了好一陣子才停下，勉力爬到牆邊，拿起醜陋宮女遞進來的湯藥，急急喝下了，喝完便隨手將碗從石孔摔出，盤膝坐好，又開始練功。

趙觀心中籌思：「洪泰平一意從她身上榨取錢財，看來並不會眞的去抓寶安。修羅王練功練到只剩半條命，還想著要重建火教，號令天下，眞是癡心妄想！」

他眼見時機不可失，便想下手暗殺了修羅王，從袖中取出三枚毒鏢。但聽腳步聲響，一人快步向著這邊走來，趙觀聽腳步聲似乎便是那個醜陋宮女，想是又來送藥了。他心中暗叫不好，正想出去阻止她，果聽修羅王說道：「小怨，剛才妳帶誰來了？」

那宮女卻並不回答，只彎腰將藥碗放在石孔當中。趙觀生怕她會說出青竹已來此一陣子，暴露自己在此偷聽之事，連忙探頭去看。一看之下，他不由得一驚，但見那醜陋宮女身後另有一人，身穿侍衛服飾，臉上蒙著布，一手搭在宮女的肩膀上。這人跟在宮女身後，腳步輕盈無聲，趙觀和石屋中的修羅王竟都未曾察覺有另一人跟著到來。

趙觀心中大奇：「這蒙面人是誰？」

修羅王又問了起來：「小怨，剛才是誰來了？」小怨回頭望了一下身後那人，見他點了點頭，便開口道：「是青竹。」

修羅王冷笑一聲，說道：「她回來了，怎地不來見我？」小怨道：「她說要在外面等你，現在不知去哪兒了。」

修羅王道：「這賤人從來也沒對我忠心。妳替我叫司空先生過來。我要他跟上洪泰平，看他是否真去為我辦事了。」小怨還未回答，便聽死神的聲音響起，說道：「主子，我來了。」

趙觀連忙縮回頭去，心想死神定會和那蒙面人打起來，不料那蒙面人已在轉瞬間躲入了一旁的假山之後，死神竟沒看到他。

卻聽匡噹一聲，卻是死神抓起那碗湯藥摔到一旁，說道：「主子，這藥不能喝了！」

修羅王嘿了一聲，說道：「被人動過了手腳？是小怨這小賤人麼？還是青竹？」死神道：「不，是洪泰平。」

修羅王似乎甚是震驚，陡然推門出屋，喝道：「你說什麼？」死神道：「我見到他剛才從這裡出去，抓住了小怨，在藥碗中加了一些什麼事物。」

修羅王一呆，自言自語道：「爲什麼？爲什麼？」忽然低呼一聲，驚叫道：「太遲了，這丫頭已被他買通了！」揮掌打出，醜陋宮女只叫得一聲：「不是我！」已被修羅王一掌打得飛了出去，跌在地上，口角流血，登時斃命。

死神見她忽下辣手，也是一怔，說道：「主子，妳……」一句話還未說完，便見修羅王伸手抓著咽喉，嘶聲道：「我已經喝了，前一碗藥中……就有那東西……有洪泰平的藥物……」

死神臉上變色，連忙向後退去，但聽牆頭上一人冷笑一聲，說道：「段朝，妳準備好了麼？輪到妳上場啦。眼前這人是妳的大仇人，妳快殺了他，爲妳的父親報仇！」聲音尖銳，正是洪泰平。

死神一張青臉霎時轉成雪白，拔出三尖刀，急急向後退去。但見修羅王臉上神色呆滯中帶著一股奇異的憤恨，雙眼發紅，直勾勾地瞪視死神，忽然猛吼一聲，衝上前去，雙手成爪，直往死神身上抓去。死神大驚失色，高聲叫道：「我是司空屠，妳最信任的手下，妳最忠實的伴侶……快住手，我是司空屠啊！」

修羅王卻似充耳不聞，出爪狠猛已極，一爪將死神手中的三尖刀打飛了去，一爪抓上死神的肩頭。死神用力一掙，逃了開去，肩頭卻已被抓下一塊肉來，鮮血淋漓。他勉力閃避修羅王如鬼如魅的身形，不多時身上又被抓出了幾個傷口。

趙觀只看得目瞪口呆，修羅王出爪之快，爪力之狠，實是前所未見，連死神這等武功，竟都無法在她手下走上一招半式，只有逃避挨打的份兒。

死神自知難逃一死，只想躍牆逃走，卻始終無法擺脫修羅王的攻擊，他猛然大吼一聲，縱躍而起，雙手攀住了牆頭，修羅王卻也跟著躍上，雙爪抓上了死神的小腿。

死神腿上吃痛，雙手用力，想將自己拉上牆去，卻覺手指劇痛，抬頭見洪泰平站在牆頭，正伸腳踩上自己的手指。死神怒吼道：「你害死了我師父還不夠，現在又來害我！我給了你那麼多錢……」

洪泰平高立牆頭，微笑道：「武尊死了，我斷了財源，便不用再繼續敷衍你啦。我早就看你討厭，現在正好藉她的手除掉你。」

死神大叫一聲，再也支撐不住，跌下牆頭。但聽修羅王聲音淒厲，尖聲叫道：「報仇，報仇，報仇！」伸爪在死神身上亂抓，死神在地上掙扎翻滾，不斷慘叫，叫聲漸漸轉弱，最後終於沒有聲音了。

趙觀雖憎恨死神的殘忍嗜殺，看到他這般慘絕的死法，也不禁感到不忍卒睹。但見修羅王猶自在死神的屍身上亂抓，狀若瘋狂，邊抓邊喘息，雙手和身上臉上滿是鮮血碎肉，模樣可怖已極。

洪泰平從牆頭望下，露出微笑，說道：「朝明公主，妳作得很好，很好。妳替妳爹報了仇，殺死了仇人！妳爹一定很以妳爲傲！」

修羅王臉上露出陰森的笑容，喃喃說道：「我報了仇了，我報了仇了！」

洪泰平抬頭望向屋角，笑道：「青竹，我早知道妳回來了。怎麼，死神去了，妳不跟著去陰間陪他麼？」

趙觀這一驚非同小可，連忙翻身躍出石牆，頭也不回地狂奔而去。但聽身後腳步聲響，修羅王已緊追了上來。趙觀如何敢與發了瘋的修羅王對敵，只顧拔腿快奔。忽聽洪泰平怒罵一聲，修羅王忽地停下步來。

趙觀一呆，回頭去看，但見剛才跟在醜陋宮女身後的蒙面侍衛已悄沒聲息地躍了出來，揮掌和洪泰平打在一起。

洪泰平與那蒙面人交了數掌，臉上神色驚詫已極，說道：「你的內力……你這掌法……你是凌昊天！不，你不是，你究竟是誰？」蒙面人卻不出聲，只不斷向洪泰平攻去。

修羅王沒有了洪泰平的指揮，竟似全失了神智，呆在當地不動。趙觀不知她此刻是瘋還是不瘋，望著她猙獰的容顏，狂亂的眼神，沾滿鮮血的手爪，對眼前這魔鬼只感到無比的恐懼害怕，什麼報仇的念頭全拋去了九霄雲外。他勉力定了定神，心中動念：「她一發起瘋來，誰也打她不過。即使小三來找她挑戰，也定會死在她手下。我此時不殺這魔鬼，更待何時？」一咬牙，鼓起勇氣縱躍上前，取出蠍尾鞭向她攻去。修羅王竟毫無反應，直到趙觀的蠍尾鞭在她肩頭鉤出一道血痕，她才忽然驚呼一聲，抱頭轉身向石院奔去。

趙觀心想：「機不可失，我今日不殺她，改日她定會將我們全數殺了！」隨後緊追而上。便在此時，但聽周圍腳步聲響，人聲大作，大約是宮中侍衛聽聞這邊傳出呼聲，紛紛奔來朝寧宮查看。

趙觀追著修羅王進入石院，但見院中那蒙面人和洪泰平猶自相持不下，洪泰平不斷喝問他是誰，蒙面人只不答。又過數十招，那蒙面人忽然向後一縱，翻身跳出了圍牆。洪泰平跟著追出，但見外面已站滿了二三十名侍衛，那蒙面人扯下蒙面混在侍衛當中，再也難以找出。

洪泰平環望牆外侍衛，哼了一聲，喝道：「大家在亂什麼？公主殿下正休息著，你們好大的膽子，竟敢來此打擾她老人家！還不快快退去？」

眾侍衛見他不快，都不敢答話。錦衣衛指揮使陸濤鼓起勇氣，上前說道：「啓稟督主：小人聽得這邊傳來慘叫聲，好像出了什麼事，因此……因此率領手下過來看看。」

洪泰平揮手怒道：「看看，有什麼好看的？主子好端端的沒事，全部給我滾出去！」

便在此時，但聽石院中又傳出呼喊打鬥之聲，眾侍衛都面面相覷，不知裡面發生何事，想進去看又不敢，想走也不敢，一時都呆在當地。

洪泰平皺起眉頭，轉身奔入石院。但見石院中二人正自劇鬥，修羅王揮爪向青竹抓去，青竹揮動長鞭，將修羅王擋在數尺以外。修羅王臉上身上滿是血跡，模樣極爲可怖，她身上被青竹的長鞭打到之處都轉爲青紫色，鞭上顯然餵有劇毒。

洪泰平看了一陣，恍然大悟，冷笑道：「我道是誰，青竹那賤人哪有這等身手？趙觀，你道扮成了青竹，我便認不出你了麼？沒想到你也自己來此送死，那可是你自找的！」忽然提高聲音，喝道：「段朝，聽好了！眼前這人便是妳的殺父仇人，快殺了他！」

修羅王聽到他的指令，行動忽然快捷起來，狂吼一聲，直向趙觀撲去，陡然間又變成了莫可抵禦的絕世高手。

趙觀大驚，只想即時脫身，揮鞭守在身前，同時發出三枚毒鏢，打算暫時逼退敵手，藉機遁去。修羅王尖聲呼號，身形如鬼魅般飄移不定，輕易避開了毒鏢，忽然伸手抓住了蠍尾鞭的鞭梢，用力一扯。她力氣極大，趙觀一時不及放手，竟被她扯近前去。趙觀連忙撤鞭後躍，修羅王雙眼發紅，緊跟上前，揮掌向趙觀打去。趙觀只覺勁風撲面，這掌直如狂風巨浪，向他全身襲來。他氣息爲之而閉，不由自主地向後飛去，背脊撞在石牆之上。他心中驚懼，只覺手腳痠軟，不聽使喚，勉力提起右手握住了單刀刀柄，卻無論如何也拔不出刀來。

修羅王大步走上前，咧口一笑，露出白森森的牙齒，忽然抓起牆邊一柄鐵叉，向趙觀當胸刺去。趙觀更無法閃避，驚呼一聲，但覺胸口劇痛，修羅王已將鐵叉刺入了他的胸口。他靠著石牆緩緩坐倒在地，感到胸口疼痛如燒，呼吸困難，全身癱瘓無力，知道這一叉刺入甚深，自己多半是沒命了。他奮力拔出鐵叉，感到鮮血如泉般湧出，伸右手按住胸口傷口，左手勉力一撐，滾到牆角一堆樹叢之後。

修羅王仰天呼號，狂笑道：「我殺死仇人了！我殺死仇人了！我報了爹爹的仇了，我報了爹爹的仇了！」呼聲尖銳刺耳，又似哭號，又似慘叫。她笑了一陣，低頭去找趙觀，卻不見了人，微微一呆。她在瘋狂中無法思索，喃喃地道：「逃出去了，一定是逃出去了！」伸手抓起沾滿鮮血的鐵叉，一躍而起，身形輕靈，在牆頭一個轉身，如一片紙鳶般飄出牆外。但聽牆外慘叫聲不絕，夾雜著修羅王的狂笑，想是外邊的侍衛宮女太監們紛紛遭到她的毒手。洪泰平追了出去，本想出聲呼喝制止，但見她殺性大起，全然不受控制，不禁皺起眉頭，只想脫去干係，閃身奔出，消失在院外。

趙觀躺在血泊之中，聽著自己微弱的呼吸和漸漸減緩的心跳，知道自己正慢慢地死去。他心中動念：「我殺過很多人，現在自己也要死了。」

便在此時，忽然聽到一陣很輕的腳步聲，一人快步來到樹叢之旁，伸手撥動樹枝，顯然在尋找他。他閉著眼睛，腦中漸漸迷糊，心想：「這人是誰？他是敵人，還是朋友？」他鼻中聞到淡淡的香味，直覺知道來人是個女子，心中動念：「她是我認識的人麼？如果我就要死了，我最希望誰在我的身邊？彤彤麼？丁香麼？畫眉麼？眞兒麼？還是含兒？她們若知道我就要死了，想必會很傷心吧？」

卻聽那人低呼一聲，終於找到了他，俯下身伸手壓住了他胸前的傷口，撕下衣襬，快手替他包紮了。趙觀迷糊中聞到一陣濃烈的藥味，感覺十分熟悉，卻想不起那是什麼藥物。他感到那人將他負起，身輕如燕，快步奔去。

趙觀胸口疼痛難忍，眼前發黑，再也支持不住，昏了過去。

第一百五十九章　生死一線

凌昊天第二日去百花門落腳處找趙觀時，聽說他已單獨入宮，大驚色變，連忙向百花門人詢問他入宮後的消息。趙觀入宮當日便在修羅王手下受了重傷，之後再也沒有消息傳出，百花門在皇宮中的臥底自也無法查知他下落如何，只知道那天夜裡宮裡出現了一個惡鬼，逢人便殺，侍衛、太監、宮女、嬪妃一共死了一百多人。後來皇帝讓道士進宮來畫符燒香，驅逐邪魔，將所有屍體都火化了，這事情便不了了之。百花門人只能猜想趙觀定也在這一場屠殺中喪命，又等了三日仍無消息，俱都悲不可遏，抱頭痛哭。

凌昊天一直等到最後一日晚間，仍舊沒有趙觀的消息，猜想他多半已是凶多吉少了。他耳中似乎還能聽見趙觀向他述說三個月後要成婚的事，笑著談論他的六位未來夫人。他怎能這樣就死了？他怎能不告訴自己便單獨闖入敵窟？

凌昊天倏然明白，趙觀是不願自己陪他冒險，才決定單獨前去。趙觀注定得去報殺母之仇，凌昊天卻並非一定要殺死修羅王。趙觀是因爲知道他和寶安初初定情，才不忍心將他捲入這場血仇之中。他怎能這麼傻？

凌昊天吸了一口長氣。他知道那天晚上動手殺人的惡鬼定然便是修羅王。他仍記得武尊在船上發瘋時的狂態，殺人如砍瓜切菜般輕易。修羅王發起狂來，武功想必也會高到連她自己都不能控制的地步，趙觀絕不是她的敵手。不管是不會絲毫武功的宮女，或是武功高強的武林中人，在她手下都沒有太大的差別，總之會被她殺死，只是一招致命或五招致命的不同而已。

凌昊天閉上眼睛，感到一股沉重的怒意直衝胸口，有如烈火燃燒，將他心中所有其他的思緒都燒得乾乾淨淨。他要去殺修羅王。他不能讓好友就此死去。即使要讓寶安失望，即使要讓父母傷心，他都得去殺修羅王。他要爲他的至交報仇。一個曾經將性命交託給他，用人格維護他，在他最失意時用兩年時光陪伴他的至交，他不能讓殺死趙觀的人繼續活在世上。

凌昊天向百花門人要了一柄長劍，花了一天一夜的時間在房中磨劍。他自少年學武功起便很少用劍，但是這回他必得用劍。他要殺死對頭，這柄劍須得很鋒快，很銳利。他反覆地磨著劍，腦中也反覆地響起兩個聲音：一個是趙觀爽朗開懷的笑聲，一個是修羅王奸險陰毒的笑聲。

不料就在他準備去報仇的前一天晚上，修羅王卻先向他下了挑戰書，約他次夜子時在朝寧宮外決戰，順便讓他領回趙觀的屍首。

凌昊天看了那挑戰書，隨手扔開，好似漠不關心，仍舊專注地，緩緩地磨著劍，直至天明，才扶劍睡去。沒有多久他便醒了過來，在房中持劍比劃。比劃一陣，又扶劍睡去。百花門人知道他在養精蓄銳，準備報仇，都不敢去打擾他。

次日晚間，百花門人去房中探望凌昊天時，他已不在房中了。一根金針插在桌上，釘著那張挑戰書，在夜風中簌簌抖動。

凌昊天背負長劍，快奔來到皇宮之外，躍過圍牆，直闖東北角朝寧宮。宮中上百侍衛在他眼中都如泥雕木塑一般，更未能察覺他的行蹤。他一逕來到朝寧宮前的空地之上，將劍往地上一立，肅然靜候。

朝寧宮的周圍已來了很多人，凌昊天並沒有抬眼去看，卻已知道那都是些什麼人。其中有對他憤恨深重的大喜法王和金吾仁波切；有虎視眈眈的修羅會中人；有對他嫉妒忌憚已久的正派中人；有一心尊奉他爲幫主的丐幫長老；也有好事的武林中人、江湖豪客，專程來此，只盼能親眼目睹這場曠世決戰。

這些人爲何會來到這裡觀戰？是誰叫他們來的？他們怎會知道今夜的決戰？凌昊天並不知道，也不想知道。他索性閉上眼睛，更不爲周圍的細碎人聲所干擾。不論他們爲何而來，都與他無關。他要的只是報仇。

數百對目光注視之下，凌昊天孤傲的身影獨立場中，動也不動。北地天候寒冷得早，陣陣秋風呼嘯而過，強勁得如能刮破人的肌膚。凌昊天卻似毫無知覺，仍舊閉著眼睛，凝肅而立。

沒有多久，月亮升上中天，朝寧宮的屋頂上出現了一個高瘦的人影。他拍了拍手，四周眾人立時安靜了下來。那人開口朗聲說道：「今日適逢盛會，天下英雄聚集於此，眞乃難得啊難得！在下不才，在此權充主持，讓修羅王與虎山醫俠的三子凌昊天一決死戰。兩家積仇深厚，難以化解，今日之戰是不論勝負，只論生死，不死不休！」這人聲音尖銳，在深夜中顯得異常刺耳，正是提督東廠太監洪泰平。

旁觀眾人聽了，俱都聳然動容；武林中人大多知道凌昊天武功極高，也聽過修羅王的名頭，卻從未見過她出手。難道她的武功眞能和凌昊天相提並論？世上怎能同時有兩個武功如此超凡入聖的高手？眾人交頭接耳，互相詢問，這場決鬥到底是爲何而戰？有人說是爲了報仇。報誰的仇？有人說凌昊天的大哥凌比翼是被修羅王害死的。是麼？也有人說青幫幫主趙觀剛剛死在修羅王手上，凌昊天和趙觀是刎頸之交，自然要來替他報仇。也有知道內情的人，悄悄地告訴身旁的人，修羅王乃是舊日火教魔王段獨聖的遺孤，段獨聖死在凌霄和燕龍手中，他的遺孤自要找虎山傳人報殺父之仇。眾說紛紜，談了一陣也就不談了，究竟是何仇恨又有什麼打緊？只要這場比武值得一觀便好了。誰不是花了一千兩銀子買通皇宮中的提督東廠太監，才能偷進宮來觀戰的呢？

就在此時，一個黑影從朝寧宮悄然飄出。那是一個身形高瘦的女子，一身黑衣，面色白得發青，在暗夜中顯得異常的陰森幽詭。

旁觀眾人見到那高瘦的黑衣女子，都悚然高呼起來：「修羅王！朝明公主！」

凌昊天凝望著面前的朝明公主，也就是修羅王的女子，但見她全身瘦削，臉頰凹陷，雙眼空洞無神，一張臉顯得極爲蒼老衰頹，比之數年前在虛空谷中見到她時的形貌已全然不同，只有眼神中的猙獰恨意未變。即使在決戰前夕，凌昊天也不由得爲敵手的巨大改變震驚：是什麼使她的外表改變了這許多？

修羅王的喉頭發出咻然聲響，雙眼在月光下閃耀著血紅色的光芒。她喃喃地道：「凌昊天，我要你死。我要凌家的人全部都死！我要凌比翼死，凌雙飛死，還有凌霄和秦燕龍……我要將你們全數殺死，全數殺死，以報我爹爹的血仇！」

凌昊天望著她，緩緩搖頭，說道：「夠了！」

他聲中含著渾厚的內力，修羅王全身一震，陡然停下不語，雙眼直瞪著凌昊天，忽然伸出手，將手中握著的兩件事物拋在地上，發出啪啪兩聲。那是一條百足長索和一條帶鉤鞭子，凌昊天一眼便看出那是趙觀慣使的蜈蚣索和蠍尾鞭，不禁臉色鐵青。

修羅王忽然仰天大笑，笑聲尖銳淒厲，說道：「不錯，我殺了趙觀這小子！早在十年前，他還是個孩子時，就該被我殺了。現在讓他多活了十年，算是便宜了他！」

凌昊天眼中冒出憤怒的火花。他拔出長劍，鋒銳的長劍在清淨的月光下閃著寒光，劍尖正對著修羅王。二人熾烈仇視的目光在冰冷的空氣中相觸，似乎能將這淒寒的月夜燃燒起來。

卻說當時趙觀胸口被修羅王刺了一叉，身受重傷，只隱約記得自己被一個女子抱起，之後便昏厥過去，不省人事。過了不知多少時候，他略微醒轉，一時不知自己是死是活。待得又清醒了些，便覺全身虛弱，傷口劇痛，不由得呻吟出聲。卻聽耳邊一個輕柔的聲音說道：「你尚未脫離險境，好好躺著別動。」

趙觀聽到她的聲音，已知道她是誰，也知道自己有救了。他睜開眼來，果然看到一張俏美的臉龐，眼中露出關懷急切的神色，正是鄭寶安。他口唇發顫，勉強吐出幾個字：「寶安，是妳。」

鄭寶安坐在榻邊，伸手握著他的手，趙觀感到從她手中傳來一股柔和的內力，令自己身上傷痛略減。但聽她柔聲道：「趙家哥哥，你傷勢不輕，但並非無救。你要撐下去！」趙觀微微一笑，又昏昏睡去。

如此醒醒睡睡，趙觀每次醒來都感到胸口疼痛難忍，身上發著高熱。他知道自己傷勢極重，隨時都可能吐出最後一口氣。鄭寶安似乎從未離開過他的床邊，他每回醒來，她總守在他身旁，握著他的手，替他灌輸眞氣，減輕他身上的痛楚。趙觀強自撐持下去，感到寶安不時餵自己吃下湯藥，替自己針灸抹汗，想盡辦法降低他的體熱。

這天夜裡，趙觀再次醒轉時，感到身清體涼，體熱似已退去，神智出奇的清醒。他睜開眼睛，發現自己睡在一間小屋之中，窗外透入黯淡的光線。鄭寶安仍舊坐在床邊，手中持著一只碗，見他醒來，輕聲說道：「趙家哥哥，該吃藥啦。」扶起他，餵他喝下一碗苦味湯藥。

趙觀喝完了藥，躺回床上，感到精神一振，微微一笑，說道：「寶安，辛苦妳啦。」

鄭寶安噓了一口長氣，臉上滿是喜慰之色，說道：「謝天謝地，你會說話了！你總算是……總算是脫離了險境。」

趙觀微笑道：「妳費盡心思替我治傷，我怎能辜負妳的一番心血？」

鄭寶安流下眼淚，說道：「你能醒來便好了。我眞……眞擔心得緊。」趙觀笑道：「怎麼我好了，妳反倒哭起來？」

鄭寶安抹淚道：「我是喜極而泣。趙家哥哥，你胸前的傷口很深，傷及肺葉，恐怕要好一段時日才能恢復。你聽我的話，以後定要小心保養，連酒都不能多喝。你內功底子很紮實，日後慢慢練功，應能恢復七八成的功力。」

趙觀吐吐舌頭，說道：「不能喝酒？那我活著還有什麼意思？罷了罷了，妳是我救命恩人，我聽妳的話便是。」鄭寶安歎道：「別說什麼恩人不恩人的話了。當時情況眞是凶險得緊，你扮成一個女子進宮來，我全沒想到那是你。幸好洪泰平說破了你的身分，不然我便救不到你了！」

趙觀道：「多虧妳出手相救，不然我一條命就送在皇宮裡了。寶安妹妹，妳怎會剛好在宮裡？」鄭寶安道：「我假扮成侍衛進入宮中，正好遇見修羅王發起狂來，殺傷了你。」趙觀恍然道：「是了，原來跟在那宮女身後的蒙面侍衛就是妳！小三兒知道妳來了麼？」鄭寶安搖頭道：「他不知道我也來了。」

趙觀望著她，說道：「妳是因爲擔心小三，才跟來相助的麼？」

鄭寶安放下藥碗，輕歎一聲，說道：「是。我和小三曾有約定，我們之中只能有一人涉險，另一人須得留下，好陪伴照顧師父和義父晚年。他來找修羅王，我便留在虎山等他。但小三離開虎山之後，事情又有了變卦；你在蘇州結識的那位周含兒姑娘來到虎山，交給我一封信。我從這信中發現了許多往事的眞相。」

趙觀大奇，說道：「含兒？我知道她多年來一直想去虎山，卻不曉得是爲了什麼。不久前我還讓青幫中人護送她去虎山見妳，她怎會有信給妳？」

鄭寶安抬起頭，說道：「這段往事，我也是看了信後才回憶起來。我幼年時曾跟著我娘寄居在京城周大學士的府邸，也就是含兒姑娘的家中。那時我爹爹從洪泰平手中奪得一本武功祕譜，受到東廠侍衛追殺，臨死前託付含兒小姐將這祕譜和一封寫給我義父的信交給我娘。但含兒小姐來找我娘時，竟將信忘了在房中，只將祕譜交給了我娘，因此我娘從未得知爹爹奪取祕譜的用心。」她說到此處，不禁歎了口氣。周含兒當然不會知道，她當時的一念疏忽，竟會造成日後的如許流血患難，家破人亡。

趙觀問道：「那是什麼祕譜？」鄭寶安道：「這祕譜叫作『無無神功』。現今世間練成這門功夫的，應只有我和小三兒兩人。洪泰平可能也練過，但並不精熟。那時含兒小姐轉述爹爹的遺言，要我滿二十歲後才能翻看這書。小三幼年時貪玩，拿了書去看，卻發現整本書全是空白的，一個字也沒有。後來我們才輾轉發現書中藏有字跡，小三為了逗我，將整本書背了下來，趁我不留心時念給我聽，讓我也記住。後來我們都將這事忘了，直到許多許多年後，小三離開虎山闖蕩江湖，才開始修練這無無神功，因而武功大進。我師父義父只道他得益於天風堡的武功，卻不知他內功的進益大部分得自於這無無神功。我到二十歲後也開始修習，才漸漸發現這功夫的高明之處，也才明白小三為何能在短短的幾年內一躍成為武林高手。」

趙觀只聽得驚奇無已，問道：「你爹爹卻為何要偷出這本祕譜？」

鄭寶安道：「含兒小姐這回特地來虎山找我，就是為了將她當年忘了轉交的，我爹爹所寫的信親手交給我。我也是看了爹爹的信後，才知道原委。這封信中寫著許多我們太遲才發現的祕聞：我爹爹當時便知道朝明公主是段獨聖的女兒，也知道宮中太監洪泰平得知她決意報仇之心，打算加以利用。那時洪泰平手中已偷得了許多武林祕譜，準備以高價出售給東瀛霸主和朝明公主。其中最精深的武功，便是這分為上下兩冊的『無無神功』和『有有神功』。我爹爹得知後，便出手奪走了上冊『無無神功』，卻被洪泰平的手下追殺，受傷而死。」

鄭寶安歎了口氣，續道：「爹爹信中並說，這無無神功和有有神功高明非常，敵人若練成了，旁人絕無抵抗之能，因此他才冒死奪走，盼能交到醫俠手中。他卻沒有料到，洪泰平仍舊去了東瀛，面見霸主織田信長，將下冊『有有神功』高價賣給了織田信長，織田信長並將之傳給了手下伊賀大郎，也就是我們見過的伊賀武尊。依我推想，『有有神功』當是練成『無無神功』後更深一層的內功心法。武尊未曾習練無無神功，便去練有有神功，最後雖練成了絕世武功，卻走火入魔，喪失神智。修羅王在洪泰平的引導下，也走上了同一條路。」

趙觀忽然想通一事，心中一寒，說道：「我明白了！洪泰平故意讓修羅王去修練，令她神智失常，便可藉此挾持她，向她索取金錢，並能趁她神智不清時，用她去借刀殺人！」當下說了在仇殺廳中見到洪泰平向修羅王勒索金錢的經過。

鄭寶安微微皺眉，說道：「誰能料到，修羅王奸惡如此，背後卻有比她更奸惡的人在折磨她！嚴嵩這奸相搜刮收賄的本領天下皆知，聽說他錢多得沒處放，在自家的院子裡掘個大坑，往裡面填充金銀，連續三晝夜才填滿。這樣的藏金窖便有好幾個，在江西更有無數田產。」趙觀沉吟道：「這洪泰平聰明之極，他貪圖錢財，看準了嚴嵩的兒媳婦朝明公主下手，從她那兒轉手奪走嚴嵩累積如山的財富。聽人說太監別無可貪，因此特別貪財，果然不錯。」

鄭寶安道：「洪泰平生性貪財，作惡多端。我在看完爹爹的信後，領悟到修羅王若要補救走火入魔的損傷，唯有回頭修練無無神功。他們急著尋找小三兒，想必便是因爲他們得知小三兒學會了無無神功。」

第一百六十章 驚世之戰

趙觀心中一動，想起在仇殺廳中聽得洪泰平對修羅王說的話：「我在嵩山上曾跟凌昊天交過一掌，發現他的內功家數跟妳很接近，但他顯然修練得法，不似妳這般走入歧途。我當時便知道他是治好妳身上病痛的關鍵。但是妳報仇心切，一心要害慘他們凌家的人，現在弄到凌昊天恨妳入骨，就算妳跪在地上求他，他又怎會願意替妳治病？妳現在唯一的辦法，便是將他打倒，制住了他，再慢慢逼他說出內功心法要訣。」

他想到此處，恍然大悟，說道：「如此說來，修羅王現在要找小三兒，正是爲了得到這無無神功的祕訣！」

鄭寶安點了點頭，說道：「我爲何來此，你應該已明白了。」

趙觀凝望著她，說道：「妳知道小三兒打不過修羅王，因此想用無無神功來交換他的性命！」鄭寶安低下頭，輕歎道：「不錯，這或許是唯一的解機了。但是我得先除去了洪泰平，阻止他繼續操控修羅王。」

趙觀忽然想起一事，驚道：「寶安，我受傷昏迷，已有多少時日了？」鄭寶安道：「五天五夜。」趙觀大急，說道：「不好了，小三沒有得到我的消息，定會入宮來找修羅王報仇的！」

鄭寶安大驚失色，說道：「我這幾日只顧著守在這兒，竟全忘了這事！修羅王發起瘋來，小三絕不是她的對手。我得立時出去看看！」她當時救了趙觀回來，因他傷勢太重，無法帶他離開皇宮，只能將他藏在侍衛宿處的一間密室中，日夜不離地照料。她知道二人身在險地，修羅王和洪泰平等若發現趙觀未死且仍留在宮中，定會立時前來加害；趙觀過去數日在生死邊緣掙扎，不定能否撐過難關，因此她更未想到要將他未死的消息傳出宮去，也全不知道凌昊天收下了修羅王的挑戰書，已在當夜來到宮中赴戰。

鄭寶安心急如焚，飛身奔出屋去，想向其他侍衛探問，四下卻不見半個人影。那時已是深夜，一輪明月略略偏西，發出幽冷寒峭的光芒。她又憂又急，展開輕功趕往朝明公主居住的朝寧宮，還未到達，便聽人聲響動，朝寧宮外竟已有數百人在圍觀。鄭寶安湧身跳上屋脊，往下看去，但見眾人團團圍之中，兩個人影正揮兵刃相鬥，正是凌昊天和修羅王！

鄭寶安臉色霎白，游目四望，尋找洪泰平的身影，果見他高踞屋脊，低頭望著場中的廝殺拚鬥，臉上滿是得意之色。

鄭寶安到來之時，這場決戰已持續了一個多時辰。旁觀眾人都看得意動神馳，心驚膽戰，沒有人敢透一口大氣。眾人心裡想的都是同一個問題：「凌昊天怎麼還沒有死？他怎麼可能撐上這麼久？」

凌昊天早知自己不是修羅王的敵手，在那一日一夜之間苦思應對之法。他不能跟對手較量內功或勁力，只能以快取勝，不等對手的內力襲擊到體，便迅速溜滑避開，以求自保。他的劍法同樣以快爲主，不求強勁，不求嚴密，只一味快攻。

當時他與修羅王面對面凝視半晌，便清嘯一聲，當先出手，劍隨身到，直刺對手胸口。修羅王一掌拍出，凌昊天腳步不停，早已繞到她身後，修羅王那一掌便擊在青石地上，砰然一聲巨響，竟生生將石板震碎成七八塊。旁觀眾人見她掌力竟能強勁到此地步，都不由得臉上變色，這是人能使出的力道麼？

但見凌昊天繞著修羅王的身子奔走，長劍如光如電，如影如魅，轉瞬間已連攻數十劍。旁觀眾人見到凌昊天的出劍，都不禁噫的一聲，心想：「這是什麼劍法，竟能快到這等地步？」

但見他出劍根本談不上個別的招術，招招之間更無縫隙可尋，從頭到尾一氣呵成。從世間有人創出劍法以來，凌昊天今夜所使劍法應已達到劍術的極致；所有攻守收發的講究、種種刺挑斬抹的技巧、一切輕重快慢的拿捏，全被他拋得乾乾淨淨，所剩的只有一柄劍和一整片融會貫通、連綿不絕的攻擊。

修羅王的兵器則是一柄最尋常的單刀。她對凌昊天的攻招全不抵禦，只舞刀亂揮，在身邊織起一道強不可破的氣網，讓對手無法攻近她的身前。這兩人的打法都近乎撒潑胡來的蠻打，便似不會武功的尋常莊稼漢子互相以刀劍亂砍一般，但其中蘊含的高妙祕訣和深奧的武學道理，卻非等閒所能體會。

凌昊天和修羅王交了數招，便知她武功之精妙不及武尊，但狂態和猛勁卻猶有過之。他感到陣陣勁風在身邊呼嘯而過，若有半分打在自己身上，不免立時被震飛出戰圈，身受內傷，再無拚鬥之能，當下專心一志地閃避卸力，勉強在修羅王如波濤巨浪般強大真力的縫隙間存身，手中長劍仍舊如一片電光不斷向對手攻去。

旁觀眾人已看出這是一場什麼樣的決戰；這不是兩個武功高手的決鬥，這是一個倔強小孩兒跟一個高大孔武的壯漢的纏鬥。凌昊天隨時可以死在修羅王渾厚猛烈的內勁之下，而他的長劍卻始終無法攻進修羅王的身周三尺之內。如此玄奇詭異而驚險莫名的比鬥實是空前絕後，眾人都看得血脈賁張，心神震動；武學若是有極致絕頂之境，想必便是在此時此地、眼前這場決鬥之中了。

又過了一盞茶時分，修羅王的掌風愈來愈強，簡直如排山倒海一般，四周觀看的人群只能愈退愈遠，十多丈外的屋瓦都被掌風波及，紛紛震落。凌昊天怎能始終盤桓在那個如魔似鬼的修羅王身邊而不受傷？他怎會還沒死？忽然之間，眾人齊聲驚呼，但見點點血跡從戰團中飆出，在圈外地上灑出殷紅色的血花。那是誰的血？仔細看去，才發現血是從凌昊天的身上流出；他此時已劍交左手，右臂的衣衫上染紅了一片，似乎受傷不輕。但他依然撐持下去，左手劍仍舊順暢流轉，凌厲如電。

修羅王似乎已開始感到不耐煩，連連低吼，掌攻刀勢更加狠猛，臉上狂態畢現，面目凶殘如妖魔鬼怪，猙獰如毒蛇猛獸。許多武林中人在那夜看見了她的神態，受到驚嚇震懾，此後數月都徹夜無法入眠，或頻頻被噩夢驚醒，嚇得滿身冷汗。

只見圈外的血點愈來愈密集，似乎兩人身上都受了傷，但凌昊天所受的傷顯然遠遠重過修羅王。旁觀眾人肅然凝視著場中的二人；大家都知道此時已不是誰勝誰負或誰死誰生之爭，而是凌昊天究竟還能撐到幾時。人的體力是有限的，內息是有窮盡的，人的血也不能這麼一直流個不停。他總會倒下，大約將會壯烈地倒下，可悲可歎、可歌可泣地倒下。對於他倒下那一刻的期待是沉重而莊嚴的；眾人心中都知道，這世上除了凌昊天，再也沒有第二個人可以在修羅王魔鬼般的武功下過這麼多招，撐這麼久而不死。

凌昊天也很清楚自己沒有半絲存活的希望。他過去曾多次瀕臨死亡，在銀瓶山莊的山崖，在虛空谷的邊緣，他都眞以爲自己會就那麼死去，但從沒有如此時此刻對於自己必死的命運知悉得這麼清楚透徹，而且死亡的逼近不是摔下山崖的一了百了，卻是一點一滴像夜霧一般漸漸圍繞在他的身周，他幾乎能感覺得到自己向死亡邁近的每一步。他眼睜睜地面對死亡，心中竟出奇的平靜；繼續撐下去、多活一刻並不爲了別的，只爲爭一口氣。他不能輕易放棄，不然即使死了也不會痛快的。他清楚知道自己是爲了什麼而死，他是爲了好友趙觀。他們在地下會面時，定要相聚暢飲一番，依他們豪爽的性子，大約會談談彼此是怎麼死的吧？他可不能丟臉，他是力盡而死，而不是放棄氣餒而死。他要這麼告訴趙觀。

鄭寶安到來之時見到的打鬥，正是這個絕望的場面。她眼見修羅王武功驚世駭俗，內力如狂風巨浪般洶湧澎湃，而凌昊天身上負傷，隨時都可能失手喪命，不禁臉色霎白，心知自己絕對無法衝入場中救助小三，心念電轉，湧身躍上屋頂，清嘯一聲，直向洪泰平撲去，拔劍向他急刺。

洪泰平微微一驚，向後一躍避開，叫道：「什麼人？」

鄭寶安不答，長劍連攻，逼得洪泰平後退數步。洪泰平嘿了一聲，揮掌打出，鄭寶安感到一陣勁風撲面而來，只能揮掌相迎。兩人雙掌相交，各自飄開數丈，立於朝寧宮屋頂的兩端。

洪泰平臉露驚異之色，大聲道：「妳是誰？妳怎麼也會……」

鄭寶安更不回答，復又持劍攻上，洪泰平不得不接招，忽然大叫一聲，說道：「我知道了，妳是鄭寶安，原來妳就是鄭寒卿的女兒！」

鄭寶安冷然道：「不錯。我爹爹正是被你害死的！」

洪泰平臉上滿是喜色，如獲至寶，笑道：「好極了！妳也會無無神功，原來如此！我一直想不明白凌昊天為何會使無無神功，原來是經由妳學得的！」

鄭寶安喝道：「你濫用有有神功害人無數，天地也不容你！」手中長劍凌厲，不斷向他攻去。洪泰平儘自抵擋得住，臉上笑容不斷，心中盤算著該如何利用這個新發現好好賺上一筆。

洪泰平卻沒有留意到，此時朝寧宮前的激戰已持續了一個半時辰，修羅王的藥性已達到了極點，她的神智處於一片狂亂空白，早已不知道自己在跟誰打鬥、為什麼打鬥，只想著要殺死對手，滿足心底強烈的嗜血嗜殺欲望。她沒有洪泰平在一旁用言語催促鼓動，出掌卻愈來愈狂暴，神態愈來愈瘋癲，似乎要將對手和自己一同撕裂毀滅，扯碎成千萬片。凌昊天看出她出手愈漸粗率，動作愈漸呆滯遲緩，似已從巔峰開始走下坡，彷彿眼前出現了半絲曙光，咬牙撐持，心中只想：「我就算要死，也要拉著她一起死！」

又撐持了一陣，凌昊天感到氣息虛弱，手腳無力，心知自己無法再支撐太久，眼見修羅王的眞氣仍舊強勁已極，自己遠非其敵，將心一橫，大叫一聲，忽然將劍向她當胸擲出，猱身衝上，雙掌齊出，向她打去。這是險招也是妙招，他想趁修羅王躲避長劍、內息稍緩時，以全力攻她的未濟。

旁觀眾人齊聲驚呼，凌昊天這擺明是孤注一擲、兩敗俱傷的打法，但見修羅王側身閃開長劍，嘴角露出殘酷的陰笑，揮左掌向凌昊天迎去。

鄭寶安正在朝寧宮的屋頂之上與洪泰平纏鬥，瞥眼見到凌昊天使出同歸於盡的打法，心中大驚，提氣叫道：「趙觀還活著！」

此時人聲嘈雜，凌昊天在人叢圍繞之中隱約聽見了這一聲喊，他心中一震：「那是寶安的聲音！難道趙觀眞的並沒有死？那我是在爲誰報仇？」便在三掌相交之前的一剎那，他陡然矮身滾地避開，修羅王的掌力便盡數打在地上，發出轟然一響，石破地裂，碎屑四飛。凌昊天撿起長劍，跳起身復向修羅王刺去，在她後肩劃出一個長長的口子。

修羅王怒吼一聲，回身向他猛攻，凌昊天定下心神，沉穩接戰，左劍右掌分合對敵，劍勢愈發靈動，掌法愈加沉厚。修羅王在使盡全力打出那石破天驚的一掌之後，藥性減退得更快，出掌的力道已遠不如前。這一戰的局勢便在凌昊天那一滾地間陡然逆轉，旁觀眾人都大出意料之外，驚呼不絕。

凌昊天調勻了呼吸，從對手眼中看到了一絲慌亂和恐懼。他長長地吸了一口氣，知道自己已立於不敗之地。

洪泰平眼見修羅王藥性退去，心中又驚又惱，他此時只想擺脫鄭寶安的攻擊，一躍下屋，奔入朝寧宮的中庭。鄭寶安直追而上，挺劍刺向他的背心。洪泰平邊打邊往宮內奔去，一直逃到後進無人之處，忽然叫道：「出來吧！」

鄭寶安但覺幾樣暗器迎面飛來，她揮劍打下，黑暗中閃出五六個蒙面人，正是東瀛隱身人。洪泰平指著鄭寶安叫道：「這女子會無無神功，就是你們主子要的人，快拿下她！」自己便往門中竄去。

眾隱身人持刀奔上前來，鄭寶安喝道：「讓開！」射出一把金針，去勢急準，隱身人各各穴道中針，跌倒在地。鄭寶安閃身向洪泰平追上，忽聽洪泰平驚呼一聲，似乎見到了什麼極爲可怕的事物。

鄭寶安一呆停步，卻見宮後的空地上陡然多出了十多個灰衣和尙，肅然向洪泰平瞪視，目眥欲裂，正是少林僧人。爲首的是個方臉黑鬚的中年僧人，他低念一聲佛號，眾僧一齊縱出，圍在洪泰平身周。

洪泰平臉色蒼白，顫聲道：「清召，是你！」

那爲首的僧人正是清召。他道：「冤家路窄，清顯，我可終於找到你了！你曾拜入我少林門下，卻將我少林武功傳給邪魔外道，更出手殘殺本門弟子，我少林今日必得清理門戶！」一揮手，群僧同時出手向洪泰平攻去。

洪泰平雖曾在少林學藝，並巧取豪奪得到過諸般神妙武功祕譜，但這些對他來說都只是賺取更多錢財的手段，從來也未曾下苦功認眞修練，如入天下第一珍貴寶庫卻空手而出，此時後悔又怎來得及？他在群僧圍攻之下，已是左支右絀，滿頭大汗，大叫道：「清召，若不是我讓人害死了清聖掌門，今日哪有你作少林首座的份？你怎能不感激我的恩情？」

清召搖頭歎道：「事到如今，你還說得出這等造業邪語，難道眞不怕因果報應麼？」洪泰平大叫道：「我給你們錢，我有很多錢供養佛祖，供養少林寺一百年都行。你們放過我！」清召雙眉豎起，冷然道：「少林弟子的性命，少林一派的清譽，少林祕傳的武功，豈是錢財所能買得？」

洪泰平焦急如焚，他全沒料到少林中人會追到皇宮中來找他算帳，平時重金僱用的保鑣都未在身旁，當眞是人算不如天算。他怎知清召是經由趙觀得知他的藏身處，並在百花門人的接引下進宮來尋他。少林中人此番已有心將他誅殺，出手毫不留情，洪泰平臉上露出極度恐慌之色，胸口背後連接中掌，吐出鮮血，撲倒在地。他勉力爬起身，向著清召叫道：「我有的是錢，你們放過我！你要多少錢都可以，我願用所有的錢買我一條命！」

清召輕歎一聲，說道：「清顯師弟，你這一生，便是被錢財貪著所誤，不能自拔。」緩步上前，揮掌打在他的頭頂。洪泰平吐出一口鮮血，閉上了眼睛。

少林眾僧圍聚上來，在洪泰平的屍身旁跪下，齊念佛號。清召說偈道：「貪瞋癡如火，焚燬短暫身。懺悔除今業，免遭來世苦！」他站起身，轉向鄭寶安合十行禮，說道：

「多謝女施主相助，令本派得以清理門戶，清召感激不盡。」

鄭寶安頷首還禮，清召便率領少林眾僧出宮而去。

第一百六十一章　何謂仇恨

深夜皇宮之中，四下一片死寂。鄭寶安呆立一陣，才悄然走到洪泰平的屍身旁，低聲道：「爹爹，你在天上，看到他落到這般下場，也該心平了吧！」她吸了一口氣，站起身來，但聽腳步聲響，五個青衣人從黑暗中奔出，在她身後站定，向她躬身行禮。

鄭寶安道：「你們來了。這人累積了太多不義之財，你們替我拿去分送給沿海受倭寇侵略的災民，以及被嚴嵩陷害之忠臣義士的遺孤。」

那五人正是龍幫的五位首腦葉揚和阮維貞等，一齊躬身答應，說道：「謹遵幫主號令。」胡偉和林百年兩個上前搜索洪泰平身上，取出許多事物，有一大串鑰匙，一大疊田地契約，一袋金打的葉子，還有不少存託金銀珠寶的字據。鄭寶安望著這些事物，輕歎道：「一個人攫取了這許多錢財，這一輩子難道能用得完麼？」

葉揚道：「屬下定會遵照幫主旨意，將錢財全數分散給該得的人。」鄭寶安點頭道：「甚好，就交給你們去辦吧。」

阮維貞微一遲疑，又道：「幫主，龍幫上下都盼著您能回去龍宮，主持本幫大局。

您……」

鄭寶安淡淡一笑，說道：「龍幫有你們主持，已是足夠了。也該讓我回去休息一下了吧。」五人互相望望，一齊對她長揖不起。鄭寶安道：「我該作的都已作了。我讓三幫和諧相處，攜手合作；令雲夫人交還龍宮和龍幫產業；現在也找出了害死雲幫主的凶手洪泰平，爲雲幫主報了仇。你們再不讓我走，難道還要我承諾替龍幫作什麼更艱難的事麼？」

五人都道：「屬下不敢。」鄭寶安抬頭望向漸漸亮起的東方天空，說道：「你們快去吧。」龍幫眾首腦站起身，收起洪泰平的事物，向她恭敬行禮，轉身快步去了。

朝寧宮外的戰局此時也已告了一個段落。修羅王體力眞氣終於耗盡，喘息連連，凌昊天身上刀傷累累，流血甚多，情狀並不比她好上許多，兩人的打鬥已從性命相博轉爲拖傷撐持的拖鋸戰。修羅王自知氣勢已弱，心中著慌，只想找機會逃脫。她趁凌昊天攻勢略緩，陡然向後縱出，回身便奔。凌昊天舉步追上，喝道：「站住！」

修羅王叫道：「趙觀的命在我手上，你有種就追上來！」

凌昊天叫道：「你不放過他，我便不會放過你！」隨後追上。兩人說話間已遠離了朝寧宮，聲音遠不可聞，這二人即使是在一場曠世激戰之後，各自受傷，體力衰歇，輕功仍不是尋常武人所能及。留在當地觀戰的武林中人見這場比試未有了局，有的覺得已大開眼界，不虛此行，爲怕惹上麻煩，便趕著出宮去；有的一心想看到結果，便施展輕功追上。轉眼之間，朝寧宮外眾人已全數散去，只有那幾塊打碎了的青石板，散落在地上的屋瓦，還有石板地上點點已轉爲褐色的血跡，還在述說方才那場驚天動地大戰。

凌昊天一邊跑，一邊隨手包紮了自己身上較大的幾個傷口，腳下不停，眼望著修羅王的背影，急追而去。修羅王出了皇宮，在京城中快奔，一路來到了城外。此時天色將明，四下一片黑暗寂靜。二人一前一後在清冷的晨霧中快奔，腳下不再是城市中的石板地，而是潮濕的草叢和泥土。修羅王一路奔到城外三十里處的一個小驛站，才停下步來。該地瀕臨貫通南北的大運河，乃是京城居民送行的慣常之地，驛站名爲「解歸驛站」，乃是行人解馬上船，送人歸去之意。

凌昊天見修羅王停下步來，高聲叫道：「趙觀到底是否還活著？他人在何處？妳不交出他來，我是不會放過妳的！」修羅王尖叫道：「不錯，他是在我手中。你若要他的命，就跟我來！」

凌昊天追到岸邊，但見修羅王躍上了一艘小船，將船蕩離岸旁，順著水流向南而去。修羅王站在船頭，叫道：「趙觀便在此，你有種的就上船來！」

凌昊天提氣一躍，落在船上，還未站上船頭，修羅王已向他射出一排暗器。凌昊天揮劍打下，揮掌往修羅王攻去。修羅王不擋不避，返身鑽入船艙中。凌昊天一怔，心想趙觀或許便在船中，生怕修羅王傷了他，連忙撤掌，轉爲點向她背心穴道，逼她自救。修羅王這下卻是故意誘敵，忽然回過身來，向他撒出一把毒粉。

凌昊天連忙閉氣，手指急出，點上了修羅王的穴道，自己卻也中了毒，手腳痲痹。兩人同時受制，動彈不得，一齊倒在船板上。修羅王下半身痲痹，雙手卻還能動，她尖聲笑道：「好！我們便死在一起！」伸手將一盞油燈推翻，燈油流在船板之上，她點起火頭，船身登時燃燒起來。凌昊天勉力抓著船舷，卻無力扳槳或潑水滅火，他知道自己中毒不淺，若跳入水中只怕毒性散布得更快，游不出多遠便會溺死，不禁又驚又急。但見火勢愈來愈烈，轉眼已將小船四周包圍住。修羅王倒在小船的另一頭，不斷狂笑，叫道：「火神，我便用自己和仇人的性命來祭祀您吧！」

便在此時，忽聽岸邊傳來一陣馬蹄聲響，一人高聲叫道：「小三！小三！」

凌昊天聽出那正是趙觀的聲音，大喜叫道：「趙觀，我在船上！」煙霧瀰漫中但見一乘馬奔近碼頭，一條長索甩上船來，凌昊天奮力伸手抓住了，趙觀連忙收回長索，將小船扯回岸邊，伸手將凌昊天拉上岸去。

凌昊天見趙觀果然未死，但半跪在地上，神色痛苦，心中又喜又憂，忙問：「你還好麼？傷得重麼？」

趙觀傷口未癒，原本連床都不能下，卻奔波趕來此地，又出手救人，胸口劇痛難忍，額頭上滿是冷汗，嘴唇發青，幾乎又要昏倒過去。他勉強笑道：「我沒事，還活得好好的。你中了毒是麼？快服下這解藥。」從懷中掏出一顆丸子遞去。凌昊天吃下解藥，運內息在身周一轉，手腳便靈活了起來。但聽船上傳來淒厲的尖叫聲，修羅王的身影漸漸被吞沒在火焰之中。

凌昊天和趙觀對望一眼，都暗生不忍之心。凌昊天轉身躍上船去，拉起修羅王跳回岸上，將她摔在地上。

修羅王已被煙嗆得咳嗽連連，爬在地上不斷喘息。她抬眼望向凌昊天，面目扭曲，厲聲道：「我知道你想好好的折磨我，爲你大哥二哥報仇。我段朝今日落入你手中，正好遂了你的意！你動手啊！」又望向趙觀，尖聲道：「我殺了你全家，與你仇深似海。你給我一個爽快的吧！」

趙觀望向她，靜了一陣，才緩緩地道：「妳爲了報仇而對自己的作踐糟蹋，遠遠勝過我能想像對妳的報復。我從未見過任何人將自己折磨到似妳這般悲慘的地步。讓妳這麼活下去，只怕比我一刀殺了妳還要痛苦。」

修羅王一呆，轉向凌昊天望去，但見他一言不發，俯身扶起趙觀，舉步離去。修羅王滿臉不可置信的神色，叫道：「你……你們爲何不殺我？」

凌昊天並不回頭，只道：「妳已被仇恨折磨成如此，世上還有什麼更可怕的事情？我怎能讓自己如妳一般，被仇恨生呑活吃了？」

修羅王呆在當地，無法作聲。

凌昊天和趙觀互相攙扶著走去，相視一笑，心中都感萬分輕鬆痛快。便在此時，驛站之中陡然湧出一群黑衣人，人數過百，將碼頭團團包圍住，手中拿著弓箭，對準了碼頭，竟是東瀛隱身人。二人臉上變色，停下步來，趙觀低聲道：「箭上有劇毒，不可妄動。」

凌昊天只道這是段朝的布置，回頭望去，不由得一驚；但見一個全身白衣的東瀛女子不知何時出現在岸邊，左手扣在段朝的咽喉上。

那女子約莫四十來歲，容貌高貴，一身東瀛婦女的和服，看來極爲素淨溫和，但只要看見她出手制住段朝的手法，便知她必然是個極爲高明的隱身人。

那女子對著段朝微微一笑，說道：「朝明公主，妳想逃去哪裡？」

段朝跪倒在地，她此時藥性過去，恢復了虛弱的病體，加上身上被淩昊天砍傷打傷的多處傷口，如何有半點力氣反抗？她嘿了一聲，說道：「伊賀夫人，妳親自來了！」

伊賀夫人輕歎一聲，口氣和緩，說道：「我哥哥武尊喪命了，信長相公的身體也快不行了，我不親自來怎麼行？」右手匕首陡出，生生將段朝的一條左臂齊肩割了下來。段朝悶哼一聲，虧得她極爲硬氣，竟然並未慘叫出聲。

淩昊天和趙觀見這女人出手狠辣如此，不禁臉上變色。

伊賀夫人將段朝往地上一摜，口氣仍然極爲溫和，說道：「信長相公因爲練了你們給他的神功，身體一日不如一日，神智也漸漸混亂。他是一代霸主，坐擁天下，卻偏偏不能克制自己體內的眞氣，幾近瘋狂。妳幾次向我保證，說會交給我解除信長相公瘋病的方法，如今卻始終未能交出，讓我等得好生心急。我聽手下報告，說中土有個人會一種叫無無神功的內功，可以根治信長相公的毛病。他在哪裡？妳將人交給我，我就饒妳一命。」

段朝全身顫抖，撐起身來，抬頭向四方望去，眼光與淩昊天相對，那對望只是一霎眼之間的事，兩人間的重重恩怨卻就在那一對望之間化解消滅於無形。段朝移開眼神，嘴唇顫抖，眼神渙散，開口道：「我不知道。世上根本沒有這個人，妳死心吧！我已經沒救了，信長也一樣沒救了。妳等著看他發癲發瘋，喪心病狂而死吧！」

伊賀夫人溫和的臉上透出一抹殺氣，說道：「妳眞的不想要命了麼？」段朝苦笑道：「我的命十分中只剩下了半分，還怕妳殺我麼？信長是什麼樣的人，我怎會不清楚？像他這樣的獨夫，早早死了乾淨！」

伊賀夫人冷然瞪視著她，臉色轉爲肅穆狠厲，低喝道：「來人！行刑！」幾個武士奔上前來，押住了段朝，在她臉上撒下一把毒粉。段朝慘叫出聲，伸手按臉，痛得在地上打滾。趙觀看在眼中，也不禁臉色大變，知道那是極爲陰毒狠辣的毒藥「穿肌蝕骨」，其厲害痛苦處遠勝自己曾受過的「晨昏定省」。

卻聽伊賀夫人慢慢地道：「將她的手指一節節剁了下來，再將她鼻子耳朵都割去，最後再挖出她的眼珠。看她肯不肯說出那個人是誰？」兩個武士拿出小刀上前，便要動手。

凌昊天忍不住叫道：「住手！」縱上前去，揮掌將幾個武士逼退，俯身抱起段朝。伊賀夫人身影一晃，已來到凌昊天身前，揮掌向他打去。凌昊天一手抱著段朝，無法躲避，只能硬接，他此時身上受傷不輕，不由自主便引動了無無神功的內力，伊賀夫人被他震得退出兩步，驚呼一聲，說道：「你……難道便是你？」一揮手，上百名弓箭手登時圍了上來，箭頭全數對準了凌昊天，另有一隊五十餘人奔近前，手中拿著火槍筒，卻是織田軍向西洋人買進的火器。

凌昊天和趙觀見此形勢，都知道已走上了末路，反而鎭定下來。凌昊天抱著段朝，見她左臂斷處血如泉湧，便替她點了傷口四周的穴道，但覺她的身子正漸漸冷去。段朝勉力睜眼望向凌昊天，聲音微弱，說道：「我就要死了，你不用……不用……你爲什麼不走？」

凌昊天心中激動，說道：「我知道妳是段獨聖的遺孤，妳自幼仇恨我們一家，報仇心切，所以才作出這許多傷人傷己的事來。這都沒有關係。妳有一念維護我的心，我就不能眼看妳受酷刑而死。我們兩家過往的一切恩怨，便在此時此刻，在妳我之間了結！」段朝凝視著他，頷首點頭，嘴角露出虛弱的微笑，頭一偏，就此死去。

趙觀看在眼中，輕輕歎了口氣。他知道凌昊天無法眼睜睜地看著段朝爲了維護自己而慘受酷刑，他必得出手相救，就算會令自身陷入險境，那也是顧不得了。他來到凌昊天身邊，大笑道：「好，好！小三，你作得好！不論在何處境，你都是個英雄好漢，都是個眞正的俠客。我見到你今日的氣度舉止，眞是不枉了跟你相交一場！」他感到心境平靜，心想今日二人死在此處，比之他在皇宮中被修羅王一叉刺死可要好上百倍。一切血債冤孽都已釐清，一切仇恨怨怒都已消散。光明坦蕩，無愧於天地，雖有未盡之情，卻無未盡之義。

凌昊天聽了趙觀的話，心中感動，大笑道：「好兄弟，我們這就是難兄難弟吧。要活一起活，要死便一起死！」

兩人心意相通，相對大笑。

伊賀夫人望著二人，忽然省悟，說道：「你們兩個，就是凌昊天和趙觀！」

凌昊天道：「不錯，就是我們！」趙觀笑道：「妳一介荒島蠻夷，初來中土就見到了兩位當世英雄，該當覺得萬分榮幸才是！」

伊賀夫人冷冷地道：「你們死在臨頭，還有興致賣弄口舌？凌昊天，我要將你帶走，逼你說出無無神功的祕訣，挽救信長相公的性命。你們害死我哥哥武尊，殺死無數伊賀族隱身人，破壞我們在海上的勢力，我遲早要找你們算清這筆帳！」

凌昊天大聲道：「武尊數十年來率領東瀛倭賊侵略我中土，殺害我人民，無惡不作，被我大明軍士打得潰不成軍，倉皇逃亡，終至慚愧自殺而死，我說他是死有餘辜！妳要殺我為他抵命也罷，這就動手！我決不跟奸人妥協，妳想逼我說出什麼祕訣，趁早死了這條心！」

第一百六十二章　何謂真情

伊賀夫人雙眉豎起，臉上卻露出微笑，說道：「你不肯說，我總有辦法折磨到你肯說。」

凌昊天笑道：「天下沒有人能逼凌昊天作他不想作的事情。妳便逼看看，我死也不怕，難道還怕妳折磨？」

伊賀夫人嘿了一聲，說道：「好，我便試試！」一揮手，她身後的三個隱身人奔上前來，拿著竹筒對凌昊天噴出一股毒霧。凌昊天受傷已重，更無法抵抗，只覺腦中一陣強烈昏眩，眼前一黑，暈倒在地。

趙觀看出那是屬於「迷神侵腦」一類的劇毒，能讓人在數日內神智迷糊，易於逼問；

若不及時解救，受者腦子中毒深了，便成爲癡呆，再也無法回復神識。他不禁臉上變色，破口罵道：「賊賤人，使這等歹毒下三濫的藥物，妳害他壞了腦子，將神功全數忘光了，害死的是妳自己的老公！」

伊賀夫人走上前，伸腳踢上趙觀的啞穴，說道：「你這小子囉唆得很。我將你也一起帶走了，以後或有用處。」

趙觀躺在地上動彈不得，眼見凌昊天中毒後臉色轉黑，這毒性顯然厲害已極，心中又急又怒。但聽伊賀夫人揮手道：「將這兩人帶走了！」

便在此時，伊賀夫人面前倏然多出了一個青衣人。她如何從一圈持著弓箭火器的東瀛武士中穿入，竟然誰也沒有看清。那是一個少女，身形嬌弱，容色俏麗，正是鄭寶安。她望向伊賀夫人，肅然道：「中原三大幫派的大批人馬就將趕到此地。妳若敢傷害他二人，便別想活著回去東瀛！」

伊賀夫人臉色微變，問道：「妳是誰？」

鄭寶安道：「我是龍幫鄭寶安。襄助大明官兵消滅倭寇勢力的，我龍幫也有一份。」

伊賀夫人嘿了一聲，瞇眼向她打量，一時摸不準該如何對付她。

鄭寶安逕自來到趙觀和凌昊天身旁，但見凌昊天昏倒在地，眉目間隱隱透出黑氣，趙觀則倒在地上，胸口一片殷紅，顯然傷口又已裂開，若不急救，一條命不免送在此地。她臉色霎白，心中念頭急轉。

但聽伊賀夫人冷笑道：「兩個都活不了。這個倔強的不肯說出神功祕密，我在他身上下了九癡迷神藥，好讓我慢慢逼供。他若得不到我的解藥，這一生都無法恢復神識，終要成爲一個廢人！」

鄭寶安低頭望向趙觀，從他眼神中看出伊賀夫人所說確是實情。她咬著嘴唇，知道自己不能再猶疑。她抬頭直視伊賀夫人，開口道：「妳放過他們。我跟妳去。」

伊賀夫人一愣，側目向她瞪視，說道：「妳說什麼？妳要跟我去？」

鄭寶安道：「除了凌昊天外，我是世上唯一會無無神功的人。武尊自殺時，我也在場。妳要帶一個會無無神功的人回去救信長的命，妳要殺一個人爲武尊抵命，就帶我去吧！」

伊賀夫人輕哼一聲，說道：「我怎知道妳眞會無無神功？」

鄭寶安左掌揮出，一股強勁的掌風直向伊賀夫人身邊襲去。伊賀夫人側頭而視，但見身邊的兩名隱者陡然向後飛出，直摔出五丈才落地，動也不動，竟已閉氣暈去。

伊賀夫人微微點頭，說道：「好！妳眞的肯跟我去？那些來救他們的人呢？」

鄭寶安道：「妳給他解藥，放過他們兩個，我就自願跟妳走，並讓三幫中人退去。妳要帶一個活的鄭寶安回去，還是要跟妳的手下全數死在這兒，大家同歸於盡，都由得妳。」

伊賀夫人向鄭寶安上下打量，又低頭望向地上凌趙二人，臉上露出奇異的神色。她又問一次：「妳眞的願意跟我去？」

鄭寶安神色堅決，點了點頭。

伊賀夫人凝望著面前這個外形嬌弱的女子，思慮半晌，終於嘿了一聲，從懷中取出一粒紅色丸子，扔過去給她，說道：「吃下了。」

鄭寶安接住了，托在手中，知道這是她將藉以控制自己的厲害毒藥，手掌不禁微微顫抖。她強自鎮定，沉聲道：「給我他的解藥。」

伊賀夫人扔過去一只小瓶子，說道：「每七日吃一粒，四十九日後毒性除盡，便能回復神識。」

鄭寶安接過那瓶解藥，仰頭將紅色丸子吞下了。

伊賀夫人臉上露出微笑，說道：「好！爽快！」

鄭寶安俯下身，將解藥瓶子放在趙觀手中，伸出手去，輕撫凌昊天的臉頰，嘴角露出微笑，輕聲道：「你答應我，不要告訴他我去了哪裡。」

趙觀知道她這話是對自己說的，他只想大叫：「妳不要去！妳讓我們都死了吧，我們大家死在一塊，又有什麼關係？」

鄭寶安含情脈脈地凝視著凌昊天，又道：「我若能回來，自然會回來的。若不能回來，他來找我也沒用。一切由我而起，也該由我而止。若不是因爲我，他也不會練起這無無神功。你告訴他，我去了很遠的地方，總有一天會回來的。你要他好好活著，要他等我。」

趙觀無法搖頭，眼中流下兩行眼淚。鄭寶安轉過頭望向他，說道：「你是他最好的朋友，你一定要答應我。」

趙觀閉上眼睛，他終於明白，鄭寶安畢竟是一代女俠秦燕龍的親傳弟子，是武林第一幫龍幫的接掌人。她寧願自己承擔一切的苦難，也要讓心上人好好的活下去。他睜開眼，透過淚眼向她望去，告訴她他已明白她的用心。

鄭寶安看到他的眼神，知道他已答應了自己，微微一笑，說道：「你肯答應我，我就放心了。」站起身，向伊賀夫人道：「走吧。」

伊賀夫人一揮手，眾武士收了毒箭火器，成列退去。鄭寶安跟在伊賀夫人的身後，走出幾步，回頭向小三兒望了最後一眼，才緩步離去。

又到了中秋月明夜，趙觀坐在青幫總壇的賞月亭中，眼前似乎又出現了鄭寶安離去時的背影。他答應了她，始終沒有告訴凌昊天她去了哪裡，只說要他等她。那時凌昊天服下解藥，清醒過來之時，已是寶安離開的四十九天以後。他一醒來，便急急要起程趕回虎山，趙觀只能婉轉告知寶安已經離去的事實。

凌昊天聽了，怔然一陣，問道：「她去了哪裡？」

趙觀道：「我不知道。」

凌昊天道：「她要我等多久？」

趙觀道：「我也不知道。」

凌昊天轉過身去，說道：「多久我都等。」趙觀望著他的背影，忍著不作聲。凌昊天又道：「多久我都等。」大步走去，再也沒有回頭。

這都是往事了。凌昊天當年一去，便帶著神駒非馬和大鷹啄眼在江湖上流浪。他始終沒有成家，也沒有再跟別的女子有任何瓜葛，很執著地等著寶安回來。

他的幾個紅顏知己都明白他。幾年內，蕭柔病逝，文綽約嫁給了蒙古王子多爾特。他沒有了負累，但是她在他心裡的份量卻一日日加重，重得讓他難以承受。他只有藉著苦練武功，藉著孤身闖蕩江湖，來忘記心底的痛。他四處流浪，居無定所，一年中只有兩天他一定會在某處：過年時他會回家探望父母，中秋時他會來青幫總壇和趙觀喝酒。

但是今年他沒有到。趙觀不知道他爲什麼沒有來。他是不是已經發現寶安去了何處？他是不是知道了好友一直瞞著他的事？

趙觀清楚知道寶安的用心；他們二人已有約定，其中一個必得留下，以照顧爹媽晚年。她既已身入險境，便不願凌昊天冒險前去相救。凌昊天不應冒險，趙觀卻無此顧忌；他傷勢一復原，顧不得早已定下的大婚日期，便瞞著小三兒，立即趕往東瀛尋找鄭寶安。他趕到時，才知織田信長在京都本能寺被家臣刺殺，伊賀夫人也死於這一役，東瀛陷入一片混戰，寶安竟已不知去向。他尋訪了很久，都未曾探得任何她的消息。他不得不接受這個殘酷的事實——寶安是不會回來了。

趙觀歎了一口長氣。他回想當年他們三人各領青幫、丐幫和龍幫助戚繼光打退倭寇，種種意氣風發的快意往事，現在凌昊天是個浪跡江湖的游俠，寶安離去，只有他還在作他的青幫幫主。這幾年他過得很好，青幫幫務蒸蒸日上，他也有了八個兒女。但他始終無法眞正開心起來，尤其是在中秋夜。每年他都要和凌昊天暢懷對飲，不醉不散，但今年小三兒爲什麼沒有來？

趙觀抬起頭，忽然想起百花婆婆和千葉神俠棺木上的祝語：「有情無情，皆歸塵土」，「一世情仇，盡付東流」。他心中無比自責痛悔，暗想：「當時我一心爲娘報仇，獨自闖入皇宮，身受重傷，讓小三兒以爲我死了，才會出手挑戰修羅王。若不是因爲我，寶安和小三這兩個有情人或許便不會遭此生離死別。我爲什麼未能早些明白？」

這時小亭中，月光下，六位夫人望著趙觀的臉，都能隱約猜知他的心情。

趙觀忽然撫胸咳嗽，那年他在皇宮中被修羅王刺傷，肺葉受損，此後便時時咳嗽。他總算聽了鄭寶安的話，她要他少喝酒，因此近年來他除了中秋夜之外都很少喝酒。丁香伸手輕拍他的背心，低聲道：「這是第三杯了。」

趙觀搖了搖頭。

司空寒星忽然問道：「他爲什麼沒有來？」

趙觀道：「我不知道。」又拿起第四杯酒。

陳如眞歎了口氣，說道：「他跟他爹爹爺爺一個性兒，用情太深，難免痛苦一世。」

趙觀聽了，手一顫，杯中的酒灑了出來。他撫著胸口站起身，心中打定主意：「我要再去東瀛。就算花上一輩子的時間，我也要替小三兒將寶安找回來！」

凌昊天等了很多很多年，寶安都沒有回來。許多年後的一個夜裡，他夢到了她。她在夢裡向他微笑，笑容中帶著無限溫柔關愛，和一絲淡淡的哀愁。

凌昊天一驚醒來，他終於明白了眞相：她是不會回來的了。他了解寶安，就如寶安了解他一般深刻。他知道寶安要他好好的活下去，要他認眞的活下去。他感到全身冷汗淋漓，熱血上湧。天色漸漸亮起，枝頭鳥囀聲聲入耳。凌昊天深深地吸了一口氣，拾起長劍，大步向著晨曦走去。

從那一日起，他不再流浪，他認眞挑起了丐幫幫主的重擔，領導丐幫上萬弟子行俠仗義，扶弱濟貧，幹下了無數轟轟烈烈的壯舉。他以他的豪狂傲氣贏得了武林中人的衷心敬重。當世丐幫之興盛，武林之重見正道，都起於凌昊天一人。他盡心侍奉父母，承歡膝下，讓雙親得以安享晚年。他不只在中秋夜來找至交趙觀，幾乎每月都來武漢與趙觀相聚飲酒，歡笑傾談，並認了趙觀的眾子女爲乾兒乾女，領著他們到處嬉耍玩鬧，重拾童年的頑皮搗蛋。眾孩童都極歡喜親近這位小三叔叔，總纏著他討教武功，聽他講述虎嘯山莊的往事，塞外大漠的奇聞，和武林丐幫的軼事。

凌昊天知道寶安要他歡暢盡興地活下去，一切悲痛都可以深藏在心底。在未來某日，當他重見寶安的那一刻，他可以驕傲地告訴她：我沒有消沉絕望，我每一日都活得充實而有意義，我沒有辜負了你的期望。我小三兒永遠都是足以讓妳鄭寶安引以爲傲，終身相許的男子漢。

等待的日子是漫長的，沒有止境的等待更是漫長無邊。他不曾忘記他們之間一世相守的諾言和相互等候的約定。他只沒有想到等候的一方竟是自己；他只沒有想到自己曾經鄭重許下的心願——讓他的愛哭寶不再愛哭——畢竟無法實現。他只能想像她仍舊在自己身旁，他只能盡力去作一切能讓她喜樂，讓她感到驕傲的事。或許英雄的身邊注定不能有那麼一個人，一個讓他依戀倚靠卻不能不軟弱的人；或許她的離去正是爲了造就一位無欲則剛的不世豪傑。

又是好幾年過去了。

在趙觀和凌昊天的心底深處，都盼望著有這樣的一天，有這樣的一幕：

一日凌昊天在南方辦事時，收到了一張紙條，那是趙觀的字跡，紙上只寫著三個字：「快回家。」

凌昊天生怕父母有事，立即動身趕回虎山。他快步走在虎山的深林之中，忽然感到歸心似箭。那時已是傍晚，遠處家門已隱約可見，他看到門外燈下似乎站了一個人。那是誰？是娘在等他麼？是爹麼？他加快了腳步，才到門口，便見一人站在門外，翹首盼望，臉帶笑容。

凌昊天呆在當地，不敢相信自己的眼睛。但聽她輕輕地道：「你回來了。」

凌昊天走上前去，也道：「妳回來了。」

他們微笑著，雙手互握，並肩走進屋中，好似從未分別過一般，好似他們還是當年那兩個天真無憂的少年少女，一同在後山練完劍相偕歸來一般。

時光歲月能在許多事物上留下痕跡，能替人的容顏添上皺紋白髮，但是在有情人的心中，卻只是微不足道的細節。

全書完

〈後記〉
我寫《天觀雙俠》

寫作緣起

《天觀雙俠》這部長篇武俠小說是我用了將近八年的時間斷斷續續寫成的。這部作品很幸運地贏得了香港中華書局和大陸紅袖添香文學網所舉辦的「二〇〇六全球華文新武俠小說大賽」的首獎「中華武魂」，這對我來說是個很大的意外，可以說是天時地利人和齊聚，外加幾分運氣的結果。

我自幼愛讀金庸，小學時已將金庸全套作品熟讀過好幾遍。跟許多其他作者一樣，提筆寫武俠是因爲金庸封筆了，反覆閱讀幾套有限的作品實在不過癮，只好自己也來編個故事，將這武俠之夢繼續作下去。開始寫這本小說是在一九九八年，那時我剛結婚，隨著先生去倫敦住了一年。那一年中我沒有工作，整天窩在小公寓裡閒得慌，就抱著手提電腦專心寫武俠小說，本書大部分的情節都是在那一年中寫出來的。一九九九年回到香港，重歸工作繁重的投資銀行，一忙起來往往沒日沒夜的，只能忙裡偷閒，斷斷續續地寫下去。當時寫這書只是本著好玩的心，對於出版得獎什麼的完全沒抱任何期望，往往在歷史書上看到，或在生活中見到了什麼有趣的人事物，就信手拈來寫到書裡去了。我原本喜愛寫作，寫武俠時有如邊寫邊作夢，樂在其中，當成是工作之餘的小小消遣。

初稿完成大約是在二千年四月左右，擱了一陣子，到二〇〇二年放產假期間才又重新改稿。那時曾將稿子送去幾家出版社，得知出版長篇武俠小說的可能性極低，也就放棄了。直到二〇〇五年底的一個晚上，我在家中整理電腦檔案，無意中打開了這本書的舊稿，閒著無事，開始閱讀，沒想到這一讀就停不下來了；書很長，我一晚接一晚地讀，邊看邊改，直花了一個多月的時間才將整本書看完了。我眞沒想到自己幾年前寫的東西竟會如此吸引我、感動我，讓我欲罷不能。這喚醒了我長久以來對武俠創作的夢，也給了我多一點點的信心。我強烈地感覺到：是時候了，我該讓趙觀、凌昊天、鄭寶安這些人活起來，走出去；他們該走出文稿，跳出我多年未開的文字檔案，活生生地去面對讀者了。如果這篇小說能感動我，我多麼希望它也能引起讀者的共鳴，感動更多的人！

既然出版無望，我想，就放在原創文學網站上給網友看吧。也是時機湊巧，大陸的原創文學網站「紅袖添香」和香港中華書局聯手舉辦「二〇〇六全球華文新武俠小說大賽」，我在好友玉扇傾城的介紹下來到紅袖，於二〇〇六年初開始上傳《天觀雙俠》，也參加了這場武俠大賽。那時有人說《天觀雙俠》這書名不大起眼，我就改成了《多情浪子癡情俠》，沒想到這書名延用至今，到今日在香港出版也是用這個書名。自紅袖上傳開始，一整年來受到不少網友的喜愛支持，讓我感到非常驚喜——原來我的小說也有人愛看哩！

原來我並非只在獨作白日夢，寫些只能孤芳自賞的玩意兒。而這部小說最後竟獲得大賽首獎「中華武魂」，並得到出版的機會，有如一個醞釀沉積多年的夢忽然實現，心中的興奮喜慰眞不是三言兩語所能形容的。

如果二〇〇五年那天晚上我沒有打開塵封的舊稿，沒有讀下去，沒有感動自己，決定讓我的人物「活起來，走出去」，就不會起心將這作品放上原創文學網站。如果沒有中華與紅袖舉辦的武俠大賽，我也不會有機會將作品呈現在廣大的網路讀者面前，供其閱讀評論。當然，如果沒有我過去八年來憑著一股興趣驅使，慢慢將這八十萬字一字字寫出來，又前後修改增補無數次，將文字故事人物情節一改再改，直到自己滿意爲止，也不會完成這篇素質還算整齊的長篇作品。是這些天時地利人和，外加幾分運氣，促成了這部作品的獲獎和出版。

人物設定

青樓小廝和虎山小三

一本書同時寫兩個豪氣萬丈、機智勇武的少年英雄，不是件容易的事。現在回想起來，也不知是否達成了預期的效果。整本書大多以交叉手法寫成，一段講趙觀，一段講凌昊天，兩人的經歷遙遙呼應，隱隱相關，希望這樣的敘述法不會把讀者弄糊塗了。

我想像中的趙觀是個體貼入微、溫柔可喜的風流浪子，平易近人，人見人愛。書中這麼多位姑娘都爲他傾倒不已，除了因爲他俊秀瀟灑的外表，更因爲他奇特而可愛的性格。他爲了幫助別人可以奮不顧身，對兄弟朋友義氣深重，應變快速且手段高明，將武功比他高的人騙得團團轉，將百花門幾個陰毒互恨的長老弄得服服貼貼，將一群老謀深算的青幫大老玩弄在股掌上，但他自己卻從來不覺得自己有什麼了不起。他最終當上江湖第一大幫青幫幫主，手握大權，炙手可熱，但他仍舊一如既往，心境和他當年在情風館中作小廝時一模一樣，完全沒有將權勢地位放在心上。我覺得這是他最可貴之處。

凌昊天則是比較悲劇的人物。他對人一片眞誠，豪俠灑脫，但他和大哥凌比翼不同之處，是他太過狂傲任性，不屑敷衍討好別人，才令膚淺好忌的正派武林容他不得，處心積慮聯手將他從巔峰上拉下來。正如鄭寶安所說，小三是個寂寞的天才；他年紀太輕，氣度太廣、武功太深、才氣太高，因此無法與常人相處。武林中唯一能賞識他的是清召大師和吳三石；即使是吳三石，也只看出凌昊天可託大任，但他對賴孤九的錯識卻令凌昊天陷入不必要的糾紛和惡鬥。

說來有趣，這書的初意是想寫鄭寶安。我本想將她寫成一個調皮可愛的少女，聰明機智，武功不高但總能化險爲夷。後來從趙觀入手寫來，主角自然而然便是他和小三兒了。寶安雖退居配角，但仍算是第一女主角。我個人對她最爲偏愛，她雖非最美，但個性溫柔體貼，善解人意，認識她的人沒有不喜歡她的。但她並非一個一味天眞嬌癡的小姑娘，她同時也是個勇敢機智、敢作敢當的女俠。她身爲一代奇女子燕龍的唯一弟子，雖沒有燕龍叱吒風雲的氣勢和雄才大略，卻具備了燕龍洞察世情的獨到眼光和處事能力。她能在短短時間內接掌龍宮，旁人都以爲是受了燕龍的庇蔭，實際上大半是憑著她自身的本事。她能讓凌雙飛自動離去，讓龍幫頭目俯首聽令，讓雲夫人不敢亂來，對雲非凡因同情歉疚而不斷忍讓回護，其後率領龍幫相助戚繼光打擊倭寇，這一切都非要極度成熟冷靜的頭腦才能辦得到。

除此之外，寶安對小三兒的眞情才是最讓人動容的。她是眞心愛著小三，始終了解他、相信他、敬佩他、幫助他，小三身邊眞是不能少了像她這樣一個知心體貼的伴侶。只要看看她和小三相處融洽的情狀，看看他們二人之間過人的默契，就知道他們實在是天造地設的一對。相對於文綽約和小三的格格不入，鄭寶安實在適合他多了。

我對於結局該如何寫著實費了一番躊躇：是該讓鄭寶安回來，還是留下空白讓讀者自己去猜想期待？現在的結局是讓她在離去頗長的時間後才歸來，免得小三的命運太過悲慘可憐。至於小三究竟等了多久，鄭寶安爲什麼過了這麼久才回來，趙觀如何將她找了回來，我都沒有確切的答案。我只希望小三等待的時間愈短愈好，因爲我實在很希望他們兩人能歡歡喜喜地重聚結縭，長相廝守。或許十年吧？

十年後寶安回來，不過三十來歲，還能跟小三兒生一個小小三兒或是小小寶安，讓凌霄夫婦可以抱孫子，也是美事。凌霄一生堅苦卓絕，力抗火教，功成之後退隱山林，矢志行醫濟世，是個了不起的人物。他只有凌昊天一個子息，凌家不該絕後。而凌昊天則是個氣概萬千的英雄豪傑，我寫他在大漠上跨白馬、攜獵鷹，側目向俺答瞪視的那一幕，豪氣干雲，自己都不由得爲他傾倒。豪傑二字，凌昊天當之無愧。

趙觀的三個父親

一般人只有一個爹，趙觀卻有三個；一般人只有一個妻子，趙觀卻有六個。這些複雜的人物造就了趙觀較旁人更為複雜的生長經歷和人際關係。

三個父親的想法出自於我曾經想寫的一個人物——五辮仙姑；這個人物後來消失了，關於她的想法卻造成了趙觀奇特的命運。五辮仙姑原本設定是一個生性淫蕩的美女，她知道自己年華即將老去，便蓄意在短時間內與許多武林人物結好，懷胎十月後生下孩子，令得所有人都以為這孩子是他們的骨肉，爭相保護，這孩子因此可以為所欲為，放蕩胡來，成為江湖上人人聞而皺眉的禍害。趙觀當然並沒有變成那樣的人，但他的出身確實是充滿了傳奇。

先說趙觀的母親吧。姬火鶴在前傳《靈劍》中只短短出現（這本書目前只有草稿，還未寫成），直到《天觀雙俠》才真正發展成一個完整的人物。她個性剛直激烈，沒有白水仙的陰毒狡詐，也沒有蕭百合的凶殘暴戾，只堅定而勇敢地作著行俠仗義之舉。她教育兒子的方法又狠又慈愛，讓他小小年紀便接觸毒術和殺人，鍛鍊他的反應和意志力。趙觀的個性和他母親一般複雜，平時溫和親善，對什麼人都好言好語，客客氣氣，發狠的時候卻能如市井流氓般狠霸粗蠻，而認真起來時，又有著陰沉冷靜、深思熟慮的一面。有這樣一位特出的母親，趙觀始終都是引以為傲的。

至於趙觀的父親究竟是誰，我並沒有打算寫出真正的答案，或許連姬火鶴自己都搞不清楚。以趙觀出生的日期來看，似乎三個人都有可能是他的父親。當時沒有ＤＮＡ測驗，姬火鶴就算眞想知道，恐怕也沒辦法確知吧。

和趙觀最親近的要數浪子成達，趙觀內心大約也將成達當成了自己眞正的父親。他清楚自己能坐上青幫幫主之位，很大一部分是靠了成達的關係。他的嗜酒和風流好色也頗有浪子成達的影子，到後來淩昊天甚至直呼他爲「浪子趙觀」，成達也戲稱他的風流事跡是「青出於藍而勝於藍」。

雲龍英長年執掌龍幫，名聲地位重極一時。趙觀對他頗爲敬重，若不是雲夫人和雲非凡太過讓人難以忍受，趙觀和他的關係應能更加親近些。在這本書中雲龍英出場不多，似乎總在忙幫中事務，並未花太多心思在趙觀身上，說不上有什麼父子之情。趙觀也是到他死後，才開始懷念這位他從未有機會親近認識的長輩。

清召是個少林高僧，武功高強，德高望重，趙觀對他尊敬仰望多過親近，兩人的緣分較淺。清召也是個嗜酒如命的人物，爲人正派，並沒有風流好色的一面。清召和小三兒似乎比較投緣，和趙觀就像是兩路人了。

趙觀的妻子們

趙觀的六個妻子出身各有不同；一個婢女，一個公主，一個妓女，一個俠女，一個殺手，一個大小姐。這六位妻子其實代表了趙觀的不同面向：丁香代表善於用毒的百花門人，周含兒代表他出生於市井煙花，李畫眉代表幫派中人，司空寒星代表他狠毒冷靜的殺手性格，陳如眞代表他豪俠的一面，公主則代表他的智計謀略和領袖之風。

丁香對趙觀一片忠誠，是趙觀少年時的伴侶，陪他一路由情風館小廝作到百花門主、杭州少爺，再進入青幫執掌辛武壇。趙觀不肯捨棄她，顯示他的不忘本。

周含兒曾見過童年時的趙觀，那時趙觀雖尚未入百花門，卻已是個十分特異的男孩子。他不過八九歲年紀，便有著強烈的俠義心腸，出手相救無辜落入風塵的周含兒，還有本事帶她乘坐青幫糧船，千里送她回家，有勇有謀，也埋下了他日後入主青幫的伏筆。周含兒最後畢竟落入風塵，飽受辛酸，但她對趙觀一片深情，爲他甘冒大險，助他報仇成功，最終得以風光出嫁成爲青幫幫主夫人，可說是苦盡甘來，得到青樓女子所能企求的最好歸宿。

朝鮮公主李彤禧是個複雜的人物。她心機深沉，手段高超，趙觀除了爲她的美貌外表、雍容氣度傾倒以外，也頗爲她的才能折服。他發現自己被她欺騙利用之後，有些氣惱，但並不後悔；他只感到可惜，這麼一位聰明美麗的姑娘，就將在政爭傾軋之中漸漸失去她的可愛可敬。公主後來爲了證明自己的人格，毅然放下權位，千里迢迢孤身前來尋他，著實令趙觀感到萬分喜慰得意。後來在爭奪青幫幫主之位的關鍵時候，也是李彤禧出面幫趙觀分析情勢，提供方針，助他順利坐上幫主之位。往後她想必也將繼續扮演幕後軍師的角色，在關鍵時刻幫趙觀出策謀劃，成爲趙觀極爲倚重的伴侶。

李畫眉則扮演了慧眼識英雄的角色。她在趙觀仍潛藏爲杭州少爺，終日花天酒地、留連青樓時，便看出這人不平凡，極力引他加入青幫，甚至稱他爲人中龍鳳。若非她的牽引，趙觀更不會加入青幫，並爲青幫立下許多功勞，奠定他未來登上青幫幫主的基礎。趙觀雖爲她的容色吸引，畢竟花心風流，從未將她放在心上；她對趙觀的一片情義始終未能得到回報，令她極爲氣惱。李畫眉也不是個簡單的人物，多次去向趙觀逼婚，第一次她到天津年家長住，專爲等待趙觀，逼得他承諾求親；第二次乾脆與師兄張磊定親，藉此逼迫趙觀攤牌。趙觀自己也很清楚，他若想在青幫中待下去，勢必得娶李畫眉爲妻。最後趙觀爲了表示尊重李四標，感謝他的提拔擁護之恩，應允娶了李畫眉，但心中想必有些許的不情願。李畫眉大約是趙觀除了司空寒星以外，娶得最勉強的一位妻子。

陳如眞是個天眞可愛的小女孩，年紀最小，也最沒有心機，只有對趙觀的一片癡情。趙觀憐惜她，曾捨命保護她，但並不曾眞正欠她什麼情。他尊重陳近雲夫婦，不敢對她太過輕薄，也從未對她表示愛意；甚至在仍與她同行時，便卯足了勁討好貌若天仙的文綽約。趙觀最後娶了陳如眞，只因他知道陳如眞對自己顚倒思戀，不願讓她傷心而已。但陳如眞溫柔美貌，也會是個安分可愛的好妻子。

司空寒星是趙觀最後結識的一位姑娘。她的身世極爲可憐，父親是冷血殘酷的死神，自幼對她百般虐待，逼她殺人，甚至將她當成禁臠，侵犯蹂躪，令她毫無自尊自主。她的母親便是青竹；青竹背叛百花門，造成趙觀家破人亡，最後被趙觀揪出，不得不在他面前自殺。趙觀決定娶司空寒星，一部分自是因爲他對青竹始終存有親厚感激之意，不忍見她失望而死，才在她臨死前的求懇下答應照顧她的女兒。司空寒星是唯一曾經狠狠虐待折磨趙觀的女人，趙觀竟然能不恨她，也屬難能。趙觀接受了她的投懷送抱，又可憐她的身世，才許諾照顧她一世。但司空寒星除了長得美之外，自幼身心受創甚深，個性偏激冷酷，並不是個可愛的女人，甚至頗爲可怕。當趙觀說要娶這位冷眼煞星時，青幫眾大老的愕然是可想而知的。趙觀婚後要能馴服她，讓她與其他夫人和諧相處，讓她不致給自己添太多煩惱，想必要花一番功夫。

這六位姑娘之中，我最喜歡哪一位？事實上我最喜歡的是李彤禧。她雖不會武功，卻是個極爲堅強勇敢的女人。她了解趙觀甚深，雖惱怒趙觀花心，卻能夠容忍，並且清楚知道這是自己的選擇，唯有接受和面對。她也是唯一曾與凌昊天相處的女人。凌昊天顯然對她十分尊重欣賞，在她惱怒時甚至願意代趙觀去追她回來。趙觀不能一心一意待她，實在是太辜負她了。在六位夫人中，李彤禧應是趙觀心中最重視的一位，年紀愈長，他將會愈尊重珍惜她，因爲李彤禧是個有智慧的女人。

最後說一下趙觀的好色。他雖然喜歡拈花惹草，見一個愛一個，卻並非沒有節制的色鬼。他未避免日後尷尬，竟然自制未曾在文綽約大醉時和她發生關係，算是十分了不起的。若是他當時因貪色而讓文綽約實踐她的諾言，未來不免無顏面對小三兒和多爾特。他的幾位妻子中，李畫眉和陳如真在婚前並未跟他有過關係，這是因爲他尊重兩位姑娘的父親，知道自己若對她們輕薄無行，在她們父親面上須不好看。其餘丁香是他的婢女，周含兒原是歌妓，司空寒星自己投懷送抱，公主捨棄高位前來相隨，他便無所顧忌，照單全收了。書中他將所有跟他有過情緣的女子全都娶了回家，並未眞正對誰負心，事實上他風流的對象想必遠遠多過這六位姑娘，我只是沒有寫出來而已。

武林三大美女

「蕭雲文，三美人」：文綽約雖美如天仙，但個性欠缺溫柔，過於豪爽粗率，令她有些遜色。趙觀初見她時，聽她說話太快，為此頗覺失望。文綽約苦戀凌昊天，一片深情，卻不拖泥帶水，不蓄意糾纏，也是個十分可愛的人物。她最後下嫁蒙古王子，遠赴大漠，心中想必仍念念不忘小三兒，仍舊在半夜傳授小三兒當年在柴屋中創出的月下十五劍，藉以懷念他。其實歷史上確有一位蒙古奇女子，名叫「三娘子」，曾經統治塞外蒙古部落長達數十年，與大明關係良好。我想文綽約很可能便是這位三娘子吧！至於她為何自稱三娘子，自是再明白不過了。

另外提一句：當時凌昊天在嵩山絕頂對敵大喜時受了內傷，定力大減，只因文綽約呼喚「小三兒」的口氣很像寶安，曾情不自禁地擁抱親吻她。我曾想過讓他在此情況下不小心與她發生關係，此後才更加難以回絕她的告白，也才算眞正欠她一分須得還清的情。不然的話，凌昊天其實並沒有欠她什麼，因為他自始自終都清楚回絕了她的告白。但我不想讓小三兒成為負心薄倖的人，才讓他忽然清醒，及時自制，沒有犯下錯誤。這本書中，負心薄倖該是趙觀的專利。

雲非凡雖然長相又美，家世又好，武功又高，人卻一點也不可愛。她對趙觀很凶，趙觀剛上山時，她便幫著母親來欺壓趙觀，不是個善良厚道的少女。之後她對趙觀也極冷淡，毫無姊弟之情。凌比翼想必早看出她個性上的缺點，與寶安的溫柔親厚相較起來實有天地之別，自得千方百計地退婚。凌雙飛愛上她，一部分是日久生情，另一部分自是因為她的家世，盼能藉娶她來鞏固自己在龍幫的地位。凌比翼喜愛容色較爲平凡、毫無家世、武功未成的寶安，顯示他是個重視性靈的人，全不在乎身外之名、世俗之譽。最後凌雙飛受到玉修的引誘，冷落遺棄了雲非凡，令她性情大變，成爲一個陰毒狠辣的潑婦，甚至趨於瘋癲，下場甚是悲慘。

蕭柔確然是三人中最美的一位，連凌昊天初次見到她時，都看得呆了，不敢相信世間能有這麼美的女子。然而她飽受病魔折磨，年紀輕輕便與世長辭。她和凌昊天之間以琴敘情的感情十分細膩微妙，凌昊天並非不曾對她動心，這顯示在他相贈玉鼠，許下臨終相陪的承諾之上。在大漠上時他也曾掛念她的病情，並主動回去銀瓶山莊探望，陪她彈琴解悶。他對寶安說自己欠蕭柔的情，這是沒錯的，因爲他心裡確實十分珍惜重視蕭柔，幾番爲自己不能回報她的情意而感到歉疚。

這三位美女的下場都不怎麼好。或許是應了紅顏薄命這句話吧。

最後說一句：趙觀和凌昊天對感情的態度迥異，這是我想探討的一個問題：人是不是一輩子只能愛一個人？還是可以擁有很多的情人，很多次的戀情？這問題凌趙二人都爭不出個結論來，只希望他們兩個都得到幸福愉快的結果。

結語

我寫這部小說時的感覺是很痛快淋漓的，書中主角都是我所欣賞喜歡的類型，寫他們就是寫一切我嚮往的人格典型和價值取向，如俠氣、義氣、友情、癡情等等。這本書可以說是我少年時代武俠夢的結晶。人生的階段不斷轉變，在邁向成熟的道路上，愛作夢的少女也得打點起精神，兢兢業業地去扮演妻子母親的角色了。或許少年夢幻不免天眞淺薄，但成熟世故未必能補足少年時期的癡迷熱情。我不知道未來還會不會寫出更好的武俠小說，只知道自己愛寫武俠，寫武俠是件開心有趣的事兒。誠心希望未來會有足夠的時間和精力繼續創作，讓自己和讀者一起享受徜徉於武俠世界的樂趣。

鄭丰／陳宇慧　二〇〇七年七月

書於香港

國家圖書館出版品預行編目資料

天觀雙俠・卷四／鄭丰（陳宇慧）作 - 初版
- 台北市：奇幻基地，城邦文化出版；家
庭傳媒城邦分公司發行；2007（民96）
面：公分. -（境外之城）

ISBN 978-986-7131-93-5（卷4：平裝）

857.9　　96012742

ISBN　978-986-7131-93-5
EAN　471-770-290-438-8

Printed in Taiwan.

奇幻基地官網及臉書粉絲團
http://www.ffoundation.com.tw/
http://www.facebook.com/ffoundation

鄭丰臉書專頁
http://www.facebook.com/zhengfengwuxia

天觀雙俠・卷四（俠意縱橫書衣版）

作　　者／鄭丰
企劃選書人／王雪莉
責任編輯／王雪莉
版權行政暨數位業務專員／陳玉鈴
資深版權專員／許儀盈
資深行銷企劃／周丹蘋
業務主任／范光杰
行銷業務經理／李振東
副總編輯／王雪莉
發　行　人／何飛鵬
法律顧問／台英國際商務法律事務所　羅明通律師
出版／奇幻基地出版
　城邦文化事業股份有限公司
　台北市 104 民生東路二段 141 號 8 樓
　電話：(02)25007008　傳真：(02)25027676
　網址：www.ffoundation.com.tw
　e-mail：ffoundation@cite.com.tw
發行／英屬蓋曼群島商家庭傳媒股份有限公司城邦分公司
　台北市 104 民生東路二段 141 號 11 樓
　書虫客服服務專線：(02)25007718・(02)25007719
　24 小時傳真服務：(02)25170999・(02)25001991
　服務時間：週一至週五09:30-12:00・13:30-17:00
　郵撥帳號：19863813　戶名：書虫股份有限公司
　讀者服務信箱 e-mail：service@readingclub.com.tw
　歡迎光臨城邦讀書花園　網址：www.cite.com.tw
香港發行所／城邦（香港）出版集團有限公司
　香港灣仔駱克道 193 號東超商業中心 1 樓
　電話：(852) 2508-6231　傳真：(852) 2578-9337
　e-mail : hkcite@biznetvigator.com
馬新發行所／城邦（馬新）出版集團
　【Cite(M)Sdn. Bhd.】
　41, Jalan Radin Anum, Bandar Baru Sri Petaling,
　57000 Kuala Lumpur, Malaysia.
　電話：603-90578822　傳真：603-90576622
　e-mail：cite@cite.com.my

封面設計／黃聖文
排　　版／浩瀚電腦排版股份有限公司
印　　刷／高典印刷有限公司
■2007 年（民 96）7 月 16 日初版一刷
■2022 年（民 111）12月 7 日二版3刷

售價／300元

廣　告　回　函
北區郵政管理登記證
台北廣字第000791號
郵資已付，免貼郵票

104台北市民生東路二段141號11樓

英屬蓋曼群島商家庭傳媒股份有限公司城邦分公司 收

請沿虛線對摺，謝謝

奇幻基地

每個人都有一本奇幻文學的啓蒙書

奇幻基地官網：http://www.ffoundation.com.tw
奇幻基地粉絲團：http://www.facebook.com/ffoundation

書號：1HO006Z　　書名：天觀雙俠．卷四（俠意縱橫書衣版）

請於此處用膠水黏貼

奇幻基地

讀者回函卡

謝謝您購買我們出版的書籍！請費心填寫此回函卡，我們將不定期寄上城邦集團最新的出版訊息。

姓名：________________　性別：☐男　☐女

生日：西元________年________月________日

地址：________________

聯絡電話：________________傳真：________________

E-mail ：________________

學歷：☐1.小學　☐2.國中　☐3.高中　☐4.大專　☐5.研究所以上

職業：☐1.學生　☐2.軍公教　☐3.服務　☐4.金融　☐5.製造　☐6.資訊

☐7.傳播　☐8.自由業　☐9.農漁牧　☐10.家管　☐11.退休

☐12.其他________________

您從何種方式得知本書消息？

☐1.書店　☐2.網路　☐3.報紙　☐4.雜誌　☐5.廣播　☐6.電視

☐7.親友推薦　☐8.其他________________

您通常以何種方式購書？

☐1.書店　☐2.網路　☐3.傳真訂購　☐4.郵局劃撥　☐5.其他

您購買本書的原因是（單選）

☐1.封面吸引人　☐2.內容豐富　☐3.價格合理

您喜歡以下哪一種類型的書籍？（可複選）

☐1.科幻　☐2.魔法奇幻　☐3.恐怖　☐4.偵探推理

☐5.實用類型工具書籍

您是否為奇幻基地網站會員？

☐1.是☐2.否（若您非奇幻基地會員，歡迎您上網免費加入，可享有奇幻基地網站線上購書75 折，以及不定時優惠活動：http://www.ffoundation.com.tw/）

對我們的建議：________________

____

____

請於此處用膠水黏貼